GIVE A BOOK

112-114 HOLLAND PARK AVENUE
LONDON W 11 4UA

EL CAMINO BLANCO

Libros de John Connolly
en Tusquets Editores

JOHN CONNOLLY
EL CAMINO BLANCO

Traducción de Silvia Barbero

MAXI
TUSQUETS
EDITORES

El papel utilizado para la impresión de este libro es cien por cien libre de cloro y está calificado como **papel ecológico**.

Título original: *The White Road*

1.ª edición en colección Andanzas: mayo de 2006
2.ª edición en colección Andanzas: julio de 2006
1.ª edición en colección Maxi: mayo de 2010
2.ª edición en colección Maxi: marzo de 2014

© John Connolly, 2002

Ilustración de la cubierta: fotografía de Jamey Stillings.
© Photographer's Choice / Getty Images.

Fotografía del autor: © Iván Giménez / Tusquets Editores

© de la traducción: Silvia Barbero, 2006

Diseño de la colección: FERRATERCAMPINSMORALES

Reservados todos los derechos de esta edición para
Tusquets Editores, S.A. - Avda. Diagonal 604, 1º 1ª - 08021 Barcelona
www.tusquetseditores.com

ISBN: 978-84-8383-563-0
Depósito legal: B. 15.600-2010
Impresión y encuadernación: Black Print CPI, Barcelona
Impreso en España

Índice

A Darley Anderson

AGRADECIMIENTOS

Los siguientes libros han tenido para mí un valor inestimable a la hora de escribir esta novela:

Before Freedom, de Belinda Hurmence (Mentor, 1990); *Rice and Slaves: Ethnicity and the Slave Trade in Colonial South Carolina,* de Daniel C. Littlefield (Illini Books, 1991); *The Great South Carolina Ku Klux Klan Trials 1871-1872,* de Lou Falkner Williams (University of Georgia Press, 1996); *Gullah Fuh Oonah,* de Virginia Mixon Geraty (Sandlapper Publishing, 1997); *Blue Roots,* de Roger Pinckney (Llewellyn Publications, 2000); *A Short History of Charleston,* de Roger Rosen (University of South Carolina Press, 1992); *Kaballah,* de Kenneth Hanson Ph.D. (Council Oak Books, 1998); *American Extremists,* de John George y Laird Wilcox (Prometheus Books, 1996) y *The Racist Mind,* de Raphael S. Ezekiel (Penguin, 1995).

Muchos han sido los que me han prestado su tiempo y sus conocimientos. Estoy especialmente agradecido a Bill Stokes, subfiscal general, y a Chuck Down, ayudante del fiscal general de Maine; a Jeffrey D. Merril, alcaide de la prisión estatal de Maine, en Thomaston, y a su personal, especialmente al coronel Douglas Starbird y al sargento Elwin Weeks; a Hugh E. Munn, del organismo de seguridad de Carolina del Sur; al teniente Stephen D. Wright, del Cuerpo de Policía de Charleston; a mi guía en la ciudad de Charleston, Janice Kahn; a Sarah Yeates, antigua emplea-

11

da del Museo de Historia Natural de Nueva York y al personal del Parque Nacional de Congaree Swamp National Monument.

A título personal, quiero dar las gracias a Sue Fletcher, a Kerry Hood y a todo el personal de Hodder & Stoughton; a mi agente, Darley Anderson, y a sus ayudantes; a mi familia; a Ruth, por su amabilidad; y, a deshora, al doctor Ian Ross, que me presentó a Ross Macdonald, y a Ella Sanahan, que mantuvo su confianza en mí cuando muy pocos lo hubieran hecho.

Primera parte

¿Quién es ese tercero que camina siempre junto a ti?
Hago la cuenta y sólo estamos tú y yo
Pero cuando miro ascender el camino blanco
Siempre hay alguien más que camina junto a ti
Deslizándose envuelto en una capa parda, encapuchado
Yo no sé si es un hombre o si es una mujer
Pero ¿quién es quien va a tu lado?

T.S. Eliot, *La tierra baldía*

Prólogo

Ya llegan.

Ya llegan en sus coches y en sus camiones, dejando atrás, en el aire puro de la noche, unas columnas de humo azul que parecen manchas en el alma. Ya llegan con sus mujeres e hijos, con sus amantes y novias, hablando de cosechas, de animales y de viajes futuros, de la campana de la iglesia y de la catequesis de los domingos, de trajes de boda y del nombre que les pondrán a los niños que aún no han nacido, de quién dijo esto y quién lo otro, cosas todas ellas insignificantes y a la vez grandiosas que constituyen el sustento de un millar de pueblecitos que no se diferencian en nada del suyo.

Ya llegan con comida y bebidas, y la boca se les hace agua con el olor a pollo frito y a tartas recién horneadas. Ya llegan con las uñas sucias y con aliento a cerveza. Ya llegan con camisas planchadas y vestidos estampados, con el pelo peinado o revuelto. Ya llegan con alegría en el corazón, con sentimientos de venganza y con una excitación que se les enrosca en las entrañas igual que si fuera una serpiente.

Ya llegan para ver cómo arde un hombre.

Dos hombres pararon en la gasolinera de Cebert Yaken, LA PEQUEÑA GASOLINERA MÁS SIMPÁTICA DEL SUR, muy cerca de la ribera del río Ogeechee, en la carretera que lleva a Caina. Cebert había pintado aquel letrero de un rojo y un amarillo chillones en 1968 y, desde entonces, subía cada año a la azotea el primer día de abril para darle una mano de pintura, a fin de que el sol no pudiera ensañarse jamás con el letrero y decolorar su mensaje de bienvenida. Día tras día, el letrero proyectaba su sombra en el solar vacío, en los macetones de flores, en los brillantes surtidores de gasolina y en los cubos que Cebert tenía siempre llenos de agua para que los conductores pudieran limpiar los restos de insectos de los parabrisas. Más allá había unos campos baldíos, y, a principios del caluroso septiembre, la calima que ascendía del asfalto hacía que los árboles del sasafrás danzaran, espejeantes, en el aire inmóvil. Las mariposas se confundían con las hojas caídas: las anaranjadas mariposas dormilonas, las blancas mariposas escaqueadas y las azules mariposas con cola del este se agitaban tras el paso de los vehículos como si fueran las velas de unos barcos de vivos colores que se balancearan en un mar agitado.

Desde el taburete que estaba junto a la ventana, Cebert veía llegar los coches y comprobaba si las matrículas eran de otro estado para, de ser así, preparar una cordial bienvenida al viejo estilo sureño, servir quizás algunos cafés y donuts o bien deshacerse de algunos mapas turísticos cuyas cubiertas amarilleadas por el sol indicaban el fin inmediato de su utilidad.

Cebert llevaba la indumentaria previsible: un mono azul con su nombre bordado en el lado izquierdo del pecho y una gorra de propaganda de la empresa Beef Feeds echada hacia atrás como un toque de informalidad. Tenía el pelo blanco y un largo bigote que se curvaba de forma pintoresca sobre el labio superior y cuyas puntas casi se le unían en la barbilla. A sus espaldas, la gente murmuraba que parecía como si un pájaro acabase de salir volando de la nariz de Cebert, aunque nadie lo decía con mala intención. La familia de Cebert había vivido en aquella región durante varias generaciones y Cebert era uno de los suyos. En las ventanas de la gasolinera ponía anuncios de picnics y de rastrillos benéficos donde se vendían pasteles y hacía donaciones para cualquier buena causa. Si el hecho de vestirse y de comportarse como el abuelo Walton le ayudaba a vender un poco más de gasolina y un par de chocolatinas más, pues mejor para Cebert.

16

Encima del mostrador de madera, detrás del que Cebert se sentaba un día sí y otro también, a lo largo de los siete días de la semana, compartiendo las tareas con su mujer y su hijo, había un tablón de anuncios encabezado por la siguiente frase: «¡Mira quién se dejó caer por aquí!». Cientos de tarjetas de visita estaban clavadas en él. Había más tarjetas en las paredes, en los marcos de las ventanas y en la puerta que comunicaba con la pequeña oficina trasera. Miles de don nadies que pasaban por Georgia, en su ruta para vender tinta para fotocopiadoras o productos para el cuidado del pelo, le habían dado al viejo Cebert su tarjeta como recuerdo de su visita a LA PEQUEÑA GASOLINERA MÁS SIMPÁTICA DEL SUR. Cebert nunca las quitaba, de modo que las tarjetas habían ido acumulándose hasta el punto de formar estratos, como si se tratase de una roca. Si bien algunas habían ido cayéndose con el paso de los años o habían ido a parar detrás de las cámaras frigoríficas, por lo general, si los don nadies pasaban de nuevo por allí al cabo de unos años, acompañados de pequeños don nadies, era casi del todo probable que encontrasen sus tarjetas sepultadas bajo cientos de ellas, como una reliquia de la vida de la que una vez disfrutaron y de la clase de hombre que fueron.

Pero los dos hombres que llenaron el tanque de gasolina y que echaron agua al radiador de su mierda de Taurus, justo antes de las cinco de la tarde, no eran de esos que dejan su tarjeta de visita. Cebert se dio cuenta enseguida de ese detalle y sintió que algo se le revolvía en las tripas cuando aquellos dos hombres le miraron. Se comportaban de un modo que sugería una amenaza que ni se molestaban en disimular, un peligro potencial tan evidente como una pistola amartillada o una espada desenvainada. Cebert apenas los saludó con la cabeza cuando entraron y tuvo buen cuidado de no pedirles su tarjeta. Aquellos hombres no querían que los recordaran, y cualquier persona inteligente, como lo era Cebert, haría bien en darse la maña de olvidarlos en cuanto pagaran la gasolina (en efectivo, por supuesto) y la última mota de polvo que levantase su coche volviese al suelo.

Porque si unos días después decidieras recordarlos, tal vez cuando la poli llegase haciendo preguntas y pidiéndote que los describieras, entonces, bueno, ellos podrían enterarse y decidir también acordarse de ti. Y la próxima vez que alguien se dejase caer por el establecimiento del viejo Cebert sería para llevarle flores, y el viejo Cebert no tendría que darle palique ni venderle un descolorido mapa turístico, porque el viejo Cebert estaría muerto y nunca más tendría que preocuparse de sus mercancías amarillentas ni de la pintura descascarillada del letrero.

De modo que Cebert vio cómo el más bajo de los dos, el tipejo blanco que había echado agua al radiador cuando llegaron a la gasolinera, echó un vistazo a los discos compactos más baratos y a los escasos libros de bolsillo que había en un expositor junto a la puerta. El otro, un negro alto que llevaba una camisa negra y unos vaqueros de marca, miraba con aire despreocupado los ángulos del techo y las estanterías que estaban detrás del mostrador, cargadas hasta arriba de paquetes de cigarrillos. Cuando comprobó que no había ninguna cámara de vigilancia, sacó la cartera y, con la mano enguantada en piel, cogió dos billetes de diez dólares para pagar la gasolina y dos refrescos. Esperó con paciencia a que Cebert le diese el cambio. El coche era el único que había en el surtidor. Tenía matrícula de Nueva York, y tanto la matrícula como el coche estaban bastante sucios, de manera que Cebert no pudo apreciar mucho más que la marca, el color y la estatua de la señora Libertad oteando a través de la mugre.

—¿Necesitan un mapa? —preguntó Cebert, esperanzado—. ¿Tal vez una guía turística?

—No, gracias —dijo el negro.

Cebert hurgó en la máquina registradora. Sin saber por qué, las manos empezaron a temblarle. Nervioso, se sorprendió a sí mismo iniciando justo el tipo de conversación idiota que se había jurado evitar. Le daba la impresión de hallarse fuera de su propio cuerpo, viendo cómo un viejo tonto con unos bigotes caídos se hablaba a sí mismo dentro de una tumba prematura.

—¿Van a quedarse por aquí?

—No.

—Entonces me temo que no volveremos a vernos.

—Puede que tú no.

Había algo en el tono de voz de aquel hombre que hizo que Cebert levantase la vista de la caja registradora. Le sudaban las manos. Sacó con rapidez una moneda de un cuarto de dólar con el dedo índice y dejó que se deslizara por la cuenca de su mano derecha antes de dejarla caer de nuevo en la caja registradora. El negro seguía, muy tranquilo, al otro lado del mostrador, pero Cebert sintió una opresión inexplicable en la garganta. Parecía como si aquel cliente fuese dos personas a la vez: una de ellas vestida con vaqueros negros y camisa negra, con un leve deje sureño en la voz, y la otra una presencia invisible que se había colocado detrás del mostrador y que constreñía poco a poco las vías respiratorias de Cebert.

—O puede que volvamos alguna vez —prosiguió—. ¿Estarás aquí todavía?

—Eso espero —carraspeó Cebert.

—¿Crees que te acordarás de nosotros?

Lo preguntó como quien no quiere la cosa, con algo que podría interpretarse como el esbozo de una sonrisa, pero no había lugar a dudas sobre lo que quería decir.

Cebert tragó saliva.

—Jefe —dijo—, ya mismo me he olvidado de vosotros.

Oído esto, el negro asintió con la cabeza y salió de allí con su acompañante. Cebert no pudo recobrar el aliento hasta que el coche se perdió de vista y la sombra del letrero se proyectó de nuevo en el solar vacío.

Cuando, uno o dos días después, los polis llegaron haciendo preguntas sobre aquellos dos hombres, Cebert negó con la cabeza y les dijo que no sabía nada, que no podía recordar si dos tipos como aquéllos habían pasado por allí a lo largo de la semana. Mierda, montones de gente pasaban por allí en dirección a la 301 o a la carretera Interestatal, como si aquello fuese una atracción de Disney. Y, en cualquier caso, todos esos tipos negros son iguales, ya sabes. Invitó a los polis a café y a pastelillos y se deshizo de ellos. Se sorprendió a sí mismo, por segunda vez en aquella semana, recuperando el aliento.

Echó un vistazo a las tarjetas de visita que atiborraban lo que antes eran paredes blancas, se inclinó y sopló el polvo acumulado en el rimero que le quedaba más próximo. El nombre de Edward Boatner quedó al descubierto. Según aquella tarjeta, Edward trabajaba para una fábrica que estaba a las afueras de Hattiesburg, en Mississippi, como vendedor de repuestos. Bien, si Edward volvía alguna vez, podría echarle un vistazo a su tarjeta. Aún estaría allí, porque Edward quería que lo recordasen.

Pero Cebert no se acordaba de nadie que no quisiera ser recordado.

Él podía ser amigable, pero no era tonto.

Un roble negro se alza en una colina, en el extremo norte de un campo verde. Sus ramas parecen huesos recortados en el cielo iluminado por la luna. Es un árbol muy viejo. Tiene la corteza gruesa y gris, con profundas arrugas de uniformes surcos verticales, como una reliquia fosilizada que hubiese quedado varada tras una marea pretérita. Por algunos sitios, la corteza interior ha quedado al descubierto y rezuma un olor amargo y desagradable. Sus brillantes hojas verdes son carnosas y feas, estrechas y de color intenso, con dientes erizados en el extremo del lóbulo.

Pero no es éste el verdadero olor del roble negro que se alza en el extremo de Ada's Field. En las noches cálidas, cuando el mundo está en calma, pensativo, y la pálida luz de la luna brilla sobre la tierra abra-

sada que hay debajo de la copa del roble negro, éste exhala un olor dis-
tinto, extraño incluso para su propia especie, pero que forma parte de él
como las hojas que cuelgan de sus ramas y las raíces que se hunden en
la tierra. Es el olor de la gasolina y de la carne quemada, de restos hu-
manos y de pelo chamuscado, de goma derretida y de algodón en llamas.
Es el olor de la muerte dolorosa, del miedo y de la desesperación, de los
momentos finales vividos entre las risas y los insultos de los mirones.

Si te acercas, verás que la parte inferior de sus ramas está calcinada
y carbonizada. Mira, observa el tronco: la profunda ranura que surca la
madera, ahora marchita, pero antes vigorosa, donde alguien resquebrajó
de pronto la corteza violentamente. El hombre que hizo aquella marca,
la última marca que dejó en este mundo, era Will Embree y tenía mujer
e hijo, y un trabajo en una tienda de comestibles por el que ganaba un dó-
lar a la hora. Su mujer se llamaba Lila Embree, Lila Richardson de sol-
tera, y el cuerpo de su marido —después del desenlace final: una lucha de-
sesperada que provocó que las botas golpearan con tanta fuerza el tronco
del árbol que acabaron desgarrándole la corteza y dejando una llaga pro-
funda en su pulpa— nunca le fue devuelto, porque quemaron sus restos
y la multitud se llevó como recuerdo los huesos calcinados de los dedos
de las manos y de los pies. Le mandaron una fotografía de su marido
muerto que Jack Morton, vecino de Nashville, había impreso en lotes
de quinientas copias para que se utilizaran como postales: los rasgos de
Will Embree retorcidos e hinchados, y el individuo que estaba bajo sus
pies muerto de risa, mientras las llamas de la antorcha ascendían por
las piernas del hombre al que Lila amaba. Su cadáver fue arrojado a
un pantano y los peces arrancaron de sus huesos los últimos despojos de
carne carbonizada, hasta que se deshicieron y quedaron esparcidos por
el lodo en el fondo del pantano. La corteza nunca se recuperó de la lla-
ga que le hizo Will Embree y desde entonces está a la vista. El hombre
analfabeto dejó su marca en el único monumento erigido a su desapa-
rición, tan indeleble como si la hubiese grabado en piedra.

En algunas partes de este viejo árbol las hojas no crecen. Las ma-
riposas no se posan en él y los pájaros no anidan en sus ramas. Cuan-

do las bellotas caen al suelo, ribeteadas de costras marrones y velludas, se quedan allí hasta que se pudren. Incluso los cuervos desvían sus ojos negros de la fruta podrida.

Alrededor del tronco crece una enredadera. Sus hojas son anchas, y de cada nudo brota una mata de pequeñas flores verdes que huelen como si estuviesen descomponiéndose, pudriéndose, y a la luz del día son negras porque están llenas de moscas atraídas por el hedor. Es la Smilax herbacea, *la flor de la carroña. No hay otra como ella en cientos de kilómetros a la redonda. Como el propio roble negro, es única en su especie. Aquí, en Ada's Field, las dos entidades coexisten, parasitarias y putrefactas: una alimentada por el sustento del árbol, mientras que la otra debe su existencia a la desaparición y a la muerte.*

Y la canción que el viento canta en sus ramas es de miseria y pesar, de dolor y de fallecimiento. Se propaga por los campos baldíos y las chozas a través de acres de trigo y nubes de algodón. Llama a los vivos y a los muertos y a los viejos fantasmas que perviven en su sombra.

Ahora hay luces en el horizonte y coches en la carretera. Es el 17 de julio de 1964 y ya llegan.

Ya llegan para ver cómo arde un hombre.

Virgil Gossard salió al aparcamiento que había junto a la taberna de Little Tom y eructó ruidosamente. El cielo despejado de la noche se extendía por encima de él, presidido por una espectacular luna amarilla. Al noroeste se veía con claridad la cola de la constelación de Draco, con la Osa Menor debajo y Hércules arriba, pero Virgil no era un tipo que perdiese el tiempo mirando las estrellas, sobre todo si por mirarlas corría el riesgo de pasar por alto una moneda caída en el suelo, así que el dibujo de las estrellas le importaba muy poco. Desde los árboles y arbustos se oían los últimos grillos, ya sin las perturbaciones del tráfico ni de la gente, porque aquél era un tramo tranquilo de carretera, con pocas viviendas y aún menos vecinos, pues la mayoría de ellos hacía muchos años que había abandonado sus casas en busca de sitios que ofrecieran más oportunidades. Ya no se oían las cigarras y el bosque se prepararía pronto para el sosiego invernal. A Virgil le alegraría la llegada del invierno. No le gustaban los bichos. Aquel día, muy temprano, algo que parecía unas hebras verdosas de algodón se deslizó por su mano mientras estaba en la cama y sintió una pequeña picadura cuando una chinche de campo, buscando chinches de cama entre las mugrientas sábanas de Virgil, le aguijoneó. Un segundo después, aquella cosa estaba muerta, pero la picadura aún le escocía. Por ese motivo, Virgil pudo decirles a los polis la hora exacta en que llegaron los hombres. Había visto los números verdes que brillaban en su reloj cuando se rascó la picadura: las nueve y cuarto de la noche.

En el aparcamiento tan sólo había cuatro coches, cuatro coches para cuatro hombres. Los otros estaban todavía en el bar viendo la repetición de un memorable partido de hockey en el televisor cutre de Little Tom, pero a Virgil nunca le había interesado mucho el hockey. No tenía buena vista y el disco se movía con demasiada rapidez para poder seguirlo. Aunque la verdad es que todo se movía demasiado deprisa como para que Virgil Gossard pudiera seguirlo. Así estaban las cosas. Virgil no era muy inteligente, pero al menos lo sabía, lo que quizá le hacía más inteligente de lo que él mismo pensaba. Había otros muchos tipos que se creían Alfred Einstein o Bob Gates, pero Virgil no. Virgil sabía que era bobo, así que mantenía la boca cerrada el mayor tiempo posible y procuraba tener los ojos bien abiertos, y sólo se preocupaba de vivir su vida.

Sintió un dolor en la vejiga y suspiró. Tendría que haber ido al lavabo antes de salir del bar, pero los lavabos de Little Tom olían peor que el mismísimo Little Tom, y ya es decir, teniendo en cuenta que el pequeño Tom olía como si estuviera pudriéndose por dentro en una larga agonía. Carajo, todo el mundo estaba pudriéndose, por dentro o por fuera, pero la mayoría de la gente se daba un baño de tarde en tarde para mantener alejadas a las moscas. Pero Little Tom Rudge no. Si Little Tom decidiera bañarse, el agua huiría de la bañera como forma de protesta.

Virgil se apretó la ingle y se apoyó agobiado sobre la pierna izquierda y luego sobre la derecha. No quería volver a entrar, pero si Little Tom le pillaba meando en el aparcamiento, Virgil regresaría a casa con la bota de Little Tom estampada en el culo, y Virgil ya había tenido demasiados problemas allí como para añadir un maldito enema de cuero a sus pesares. Podía echar una meada en un lugar apartado de la carretera, pero cuanto más pensaba en ello, más ganas le entraban. Notaba que le quemaba por dentro: si esperase más...

Bueno, joder, no estaba dispuesto a esperar. Se bajó la cremallera, hurgó dentro de los pantalones y se dirigió con andares de pato a la pared de la taberna de Little Tom justo a tiempo para dejar su firma, que era a lo más que llegaba el nivel intelectual de Virgil. Resoplaba con alivio a medida que la presión disminuía, con los ojos en blanco por aquel breve éxtasis.

Sintió que algo frío le rozaba detrás de la oreja izquierda y se le pusieron los ojos como platos. No se movió. Concentró toda su atención en la sensación del metal sobre la piel, en el sonido del líquido en la madera y en la piedra y en la presencia de una figura alta detrás de él. De repente oyó una voz:

—Te lo advierto, blanco de mierda: como me salpique una sola gota de tu asquerosa meada en los zapatos, van a tener que ponerte un cráneo nuevo antes de meterte en la caja.

Virgil tragó saliva.

—No puedo parar.

—No te pido que pares. No te pido nada. Lo único que te digo es que procures que no me salpique ni una sola gota de tu orina matarratas en los zapatos.

Virgil dejó escapar un pequeño sollozo y procuró desviar el chorro a la derecha. Sólo se había tomado tres cervezas, pero parecía que estuviese meando el Mississippi. Por favor, para, pensó. Echó un ligero vistazo a la derecha y vio una pistola negra en una mano negra. La mano salía de la manga negra de un abrigo. En el extremo de la manga negra del abrigo había un hombro negro, una solapa negra, una camisa negra y el contorno de un rostro negro.

La pistola le golpeó el cráneo con fuerza, advirtiéndole que mirase al frente, pero a Virgil le vino un repentino arrebato de indignación. Había un negrata con una pistola en el aparcamiento de la taberna de Little Tom. No había muchos temas sobre los que Virgil Gossard tuviese una opinión firme ni formada del todo, pero uno de ellos era los negratas con pistola. El gran problema de este país no era que hubiese muchas armas, el problema consistía en que muchas de esas armas estaban en manos de la gente equivocada, y con toda seguridad y contundencia la gente equivocada que llevaba armas era negra. Virgil veía la cosa de la siguiente manera: los blancos necesitaban pistolas para protegerse de los negratas con pistola, mientras que todos los negratas tenían una pistola para cargarse a otros negratas y, si se terciaba, también a los blancos. De modo que la solución era quitarles las pistolas a los negratas y entonces habría menos blancos con pistola, ya que no tendrían nada que temer, y además habría menos negratas cargándose a otros negratas, con lo cual se producirían también menos crímenes. Así de simple: los negratas no podían tener armas. Y ahora, justo detrás de él, precisamente un miembro de la gente equivocada estaba en ese instante apuntándole al cráneo con una de esas pistolas inconvenientes, cosa que a Virgil no le hacía ninguna gracia. Aquello reforzaba su teoría. Los negratas no debían tener pistola y...

La pistola en cuestión le golpeó con fuerza detrás de la oreja y una voz dijo:

—Eh, vale, ¿sabes que estás hablando muy alto?

—Mierda —dijo Virgil, y en esa ocasión oyó su propia voz.

El primero de los coches entra en el campo y se detiene. Los faros iluminan el viejo roble, de modo que su sombra se agranda y se expande por la ladera como una sangre oscura que se derramase y se dispersara a través de la tierra. Un hombre se baja del coche por el lado del conductor, bordea el automóvil y le abre la puerta a una mujer. Ambos tienen unos cuarenta años, la cara curtida y llevan ropa barata y zapatos también baratos, remendados tan a menudo que la piel original no es más que un desvaído recuerdo que apenas se vislumbra entre los parches y zurcidos. El hombre saca del maletero una cesta de paja tapada con una descolorida servilleta roja de cuadros, cuidadosamente remetida. Le da la cesta a la mujer, saca una sábana hecha jirones del maletero y la extiende sobre la tierra. La mujer se arrodilla, se sienta sobre las piernas y retira la servilleta. Dentro de la cesta hay cuatro trozos de pollo frito, cuatro panecillos de mantequilla, una tarrina de ensalada de col y dos botellas de limonada casera, además de dos platos y dos tenedores. Ella saca los platos, los limpia con la servilleta y los coloca encima de la sábana. El hombre se pone cómodo junto a ella y se quita el sombrero. Es una tarde calurosa y los mosquitos ya han empezado a picar. Él aplasta uno y examina sus despojos sobre la mano.

—Hijoputa —dice.

—No digas palabrotas, Esaú —dice la mujer remilgadamente, y sirve la comida con meticulosidad para asegurarse de que a su marido le toca la pechuga, porque es un hombre bueno y trabajador, a pesar de su mala lengua, y necesita alimentarse bien.

—Perdona —se disculpa Esaú mientras ella le pasa un plato de pollo con ensalada de col y mueve la cabeza un poco disgustada por los modales del hombre con el que se ha casado.

En torno a ellos van aparcando otros vehículos. Hay parejas, y ancianos, y adolescentes. Algunos conducen camiones, llevan a sus vecinos abanicándose con el sombrero en el remolque. Otros llegan en enormes Buick Roadmaster, en Dodge Royal, en Ford Mainline e incluso en un viejo y enorme Kaiser Manhattan. Ningún coche tiene menos de siete u ocho años. Comparten la comida o se apoyan contra el capó de los co-

ches y beben botellines de cerveza. Se saludan con apretones de mano y palmadas en la espalda. Ya hay cuarenta coches y camiones, quizá más, dentro y en los alrededores de Ada's Field. Sus faros iluminan el roble negro. Es fácil que haya cien personas reunidas, esperando, y cada minuto llegan más.

Las ocasiones de poder celebrar este tipo de reuniones no se presentan muy a menudo hoy en día. Los grandes años de la Barbacoa del Negro ya han pasado y las viejas leyes se han ajustado a presiones externas. Aquí hay gente que aún recuerda el linchamiento de Sam Hose, allá en Newman, en 1899, cuando pusieron trenes especiales para que más de dos mil personas, llegadas de sitios remotos, pudiesen ver cómo la gente de Georgia trataba a los violadores y asesinos negratas. A nadie le importaba el pequeño detalle de que Sam Hose no hubiese violado a nadie y que hubiese matado a Cranford, el dueño de una plantación, en defensa propia. Su muerte serviría de ejemplo para los otros, y por eso lo castraron, le cortaron los dedos y las orejas y le despellejaron la cara antes de rociarlo de petróleo y arrimarle una antorcha. La multitud recogió los restos de sus huesos y los guardó como recuerdo. Sam Hose fue una de las cinco mil víctimas de los linchamientos llevados a cabo por el populacho en menos de un siglo; algunos de ellos por violación, o eso decían, y otros por asesinato. Y luego estaban los que se limitaban a fanfarronear o a proferir amenazas a la ligera, cuando lo mejor hubiese sido que mantuviesen la boca cerrada. Hablar de esa manera tenía el riesgo de que irritaba a muchísima gente, lo que no hacía sino agravar el problema. Esa manera de hablar tenía que ser reprimida antes de que degenerase en griterío, y no había modo más seguro de acallar a un hombre o a una mujer que la soga y la antorcha.

Gloriosos días, gloriosos días aquéllos.

A eso de las nueve y media de la noche oyen que se aproximan tres camiones, y un rumor de excitación se propaga entre la multitud. Vuelven la cabeza cuando los faros iluminan el campo. Hay al menos seis hombres en cada vehículo. El camión situado en medio es un Ford rojo y en la parte de atrás viene sentado un negro, encorvado, con las ma-

nos atadas a la espalda. Es corpulento, altísimo, y tiene muy pronuncia-
dos y amazacotados los músculos de los hombros y de la espalda, como
si fuesen un saco de melones. Tiene la cabeza y la cara ensangrentadas,
y uno de los ojos cerrado por la hinchazón.

Ya está aquí.

El hombre que va a arder ya está aquí.

Virgil tenía la certeza de que estaba a punto de morir. El ser
un bocazas le había ayudado a meterse en un montón de problemas, y quizás aquél fuese el último que tendría que afrontar.
Pero el buen Dios estaba sonriendo por encima de la cabeza de
Virgil, aunque no lo suficiente como para hacer que el ne..., perdón, que el pistolero se fuese. Por el contrario, notaba el aliento de éste en la mejilla y olía su loción de afeitado mientras hablaba. Olía a cosa cara.

—Como vuelvas a pronunciar esa palabra, mejor que disfru-
tes de la meada, porque será la última.

—Perdón —dijo Virgil, pero cada vez que intentaba quitarse
esa palabra ofensiva de la cabeza le volvía con más fuerza. Empezó a sudar—. Lo siento —dijo otra vez.

—Bueno, está bien. ¿Has acabado por ahí abajo?

Virgil asintió con la cabeza.

—Entonces, guárdala. Puede que una lechuza la confunda con
un gusano y se la lleve.

Virgil tuvo la vaga sospecha de que acababan de insultarlo,
pero se apresuró a meter su virilidad en la bragueta, por si acaso, y se secó las manos en los pantalones.

—¿Llevas alguna arma?

—¡No!

—Apuesto a que te gustaría llevar una.

—Sí —admitió Virgil en un arranque inoportuno de sinceridad.

Advirtió que unas manos le palpaban, cacheándole, pero la

pistola seguía en el mismo sitio, presionándole el cráneo. Virgil supuso que había más de uno. Joder, podía tener la mitad de Harlem detrás de sí. Sintió una presión en las muñecas al ser esposado con las manos a la espalda.

—Ahora vuélvete a la derecha.

Virgil hizo lo que le dijo. Estaba de cara al campo abierto que había detrás del bar y cuyo verdor se prolongaba hasta el río.

—Contesta mis preguntas y dejaré que te vayas por esos campos. ¿Comprendes?

El bobo de Virgil asintió con la cabeza.

—Thomas Rudge, Willard Hoag, Clyde Benson. ¿Están ahí dentro?

Virgil era de esa clase de tipos que instintivamente mienten por sistema, incluso cuando saben que no van a obtener ningún beneficio por ocultar la verdad. Mejor mentir y cubrirte las espaldas que decir la verdad y verte envuelto en problemas desde el principio.

Virgil, fiel a su naturaleza mentirosa, negó con la cabeza.

—¿Estás seguro?

Virgil asintió y abrió la boca para adornar la mentira. Pero el chasquido de la saliva en su boca coincidió con el impacto de su cabeza contra la pared, cuando la pistola le presionó la base del cráneo.

—Mira, de todas formas vamos a entrar. Si entramos y no están, no tendrás de qué preocuparte, a menos que regresemos para preguntarte de nuevo por dónde andan. Pero si entramos y los vemos sentados juntos en el bar, mamándose unas cervezas, entonces habrá muertos que tengan más posibilidades que tú de estar vivos mañana. ¿Me entiendes?

Virgil lo entendió.

—Están dentro —confirmó.

—¿Y quién más?

—Nadie más. Sólo ellos tres.

El negro, cuando Virgil recobró por fin la memoria, le apartó la pistola de la cabeza y le palmeó el hombro.

—Gracias... —dijo—. Lo siento, no oí tu nombre.

—Virgil.

—Bueno, Virgil, gracias —dijo el hombre, y luego le pegó con la culata de la pistola en la cabeza—. Te has portado bien.

Debajo del roble negro aparca un viejo Lincoln. El camión rojo se detiene a su lado y tres hombres encapuchados suben al remolque y arrojan al negro al suelo. Cae de bruces, golpeándose la cara con la tierra. Unas manos fuertes lo incorporan de un tirón mientras él mira con fijeza los agujeros negros, hechos toscamente con quemaduras de cerillas y cigarrillos, de las fundas de almohada que les sirven de capucha. Le llega el hedor de alcohol barato.

Alcohol barato y gasolina.

Se llama Errol Rich, aunque ninguna lápida ni cruz será grabada con ese nombre para señalar su morada última. Desde el momento en que lo sacaron de la casa de su mamá, entre los gritos de su mamá y de su hermana, Errol dejó de existir. Ahora, todos los vestigios de su presencia física están a punto de ser borrados de la faz de la tierra, y sólo quedará el recuerdo de su vida en aquellos que le han querido, y el recuerdo de su muerte permanecerá en los congregados aquí esta noche.

¿Por qué se encuentra aquí? A Errol Rich están a punto de quemarlo porque se negó a doblegarse, porque se negó a ponerse de rodillas, porque le faltó al respeto a sus superiores.

Errol Rich está a punto de morir por romper una ventana.

Iba en su camión, su viejo camión con el parabrisas resquebrajado y la pintura desconchada, cuando oyó el grito.

—¡Oye, negrata!

Entonces le estamparon un vaso en la cabeza, hiriéndole en la cara y las manos, y algo le golpeó con fuerza entre los ojos. Frenó de inmediato y lo olió. En su regazo, una jarra rota vertía los restos de su contenido en el asiento y en sus pantalones.

Orina. Habían llenado una jarra entre todos y la habían lanzado contra el parabrisas. Se secó la cara con la manga de la camisa, que se le mojó y manchó de sangre, y miró a los tres hombres que se encontraban de pie junto a la carretera, a unos pasos de la entrada del bar.

—¿Quién me ha tirado esto? —preguntó.

Nadie contestó, en el fondo estaban asustados. Errol Rich era un hombre muy fuerte. Habían calculado que se secaría la cara y seguiría adelante, no que parase y se encarara con ellos.

—¿Me lo tiraste tú, Little Tom? —Errol se plantó delante de Little Tom Rudge, el dueño del bar, pero Little Tom no le miraba a los ojos—. Porque si lo has hecho tú, será mejor que me lo digas ahora, o si no voy a pegarle fuego a tu bar de mierda.

Pero no hubo respuesta, así que Errol Rich, que siempre había tenido mucho genio, firmó su sentencia de muerte cuando agarró una estaca de la parte de atrás de su camión y se volvió hacia donde estaban los hombres. Éstos retrocedieron pensando que iba por ellos, pero, en vez de eso, lanzó la estaca, que medía casi un metro, contra el ventanal delantero del bar de Little Tom Rudge. Luego se subió al camión y se fue.

Ahora, Errol Rich está a punto de morir por culpa de un mero pedazo de cristal, y todo un pueblo ha acudido para presenciar el espectáculo. Los mira, mira a esos seres temerosos de Dios, a esos hijos e hijas de la tierra, y percibe toda la vehemencia de su odio como un anticipo de la quema.

«Yo arreglaba cosas», piensa. «Arreglaba cosas que se averiaban y las dejaba como nuevas.»

Este pensamiento parece llegarle prácticamente de la nada. Procura espantarlo, pero el pensamiento persiste.

«Tengo ese don. Soy capaz de tomar un motor, una radio o incluso un televisor y repararlos. Jamás he leído un manual y carezco de cualquier tipo de formación profesional. Es un don, un don que tengo, y dentro de nada lo perderé.» Observa las caras expectantes de la multitud. Ve a un muchacho de catorce o quince años con los ojos encendidos por la emoción. Lo reconoce. También reconoce al hombre que apoya la mano en el hombro del

muchacho. Le llevó una radio a Errol para que la tuviese reparada antes
de Santa Anita porque le gustaba escuchar la retransmisión de las carre-
ras de caballos. Errol se la tuvo arreglada a tiempo, tras sustituir el alta-
voz estropeado, y el hombre se lo agradeció con un dólar de propina.

El hombre se da cuenta de que Errol lo observa y aparta la mirada.
Nadie lo ayudará, no puede esperar misericordia por parte de nadie.
Está a punto de morir por romper una ventana, ya encontrarán a otro
que les arregle los motores y las radios, aunque no lo haga tan bien ni
tan barato.

Con las piernas atadas, a Errol lo obligan a saltar al Lincoln. Los
hombres enmascarados lo arrastran, lo suben al techo de la cabina del
camión y le colocan una soga alrededor del cuello mientras se arrodilla.
Se fija en el tatuaje que tiene en el brazo el más alto de ellos: el nombre
de Kathleen sobre una banderola sostenida por ángeles. La mano tensa
la soga. Le rocían de gasolina la cabeza y siente un escalofrío.

Entonces Errol levanta la vista y pronuncia las que serán sus últi-
mas palabras en este mundo.

—No me queméis —suplica. Ha asumido que tiene que morir, que ine-
vitablemente va a morir esta noche, pero no quiere que lo quemen.

«Piedad, Señor, no dejes que me quemen.»

El hombre del tatuaje le arroja a Errol el resto de la gasolina a los
ojos y le deja ciego, y se echa a tierra.

Errol Rich empieza a rezar.

El blanco bajito fue el primero que entró en el bar. Un olor
a cerveza rancia y derramada flotaba en el ambiente. En el suelo, el polvo y las colillas se amontonaban alrededor de la barra,
hacia donde los habían barrido, pero faltaba recogerlos. El entarimado estaba lleno de círculos negros por los miles de colillas
allí aplastadas, y la pintura naranja de las paredes se había abom-
bado formando burbujas que reventaban como una piel infec-
tada. No había un solo cuadro, sólo carteles de propaganda de
cerveza que tapaban los desperfectos más acusados.

El bar no era muy grande. Unos nueve metros de largo por cuatro y medio de ancho. La barra estaba a la izquierda, en forma de cuchilla de patín, con el extremo curvo cerca de la puerta. En el otro extremo había una pequeña oficina y un almacén. Los lavabos se hallaban al fondo de la barra, junto a la puerta trasera. A la derecha había cuatro mesas con asientos adosados pegadas a la pared. A la izquierda, un par de mesas redondas.

Había dos hombres sentados a la barra, y otro tras ella. Los tres debían de pasar de los sesenta años. Los dos que estaban en la barra llevaban gorras de béisbol, descoloridas camisetas de manga corta debajo de camisas de algodón aún más descoloridas y vaqueros baratos. Uno de ellos tenía un cuchillo grande al cinto. El otro ocultaba una pistola bajo la camisa.

El hombre que estaba detrás de la barra daba la impresión de que alguna vez, mucho tiempo atrás, había sido fuerte y estuvo en forma. Los músculos que tuviera en su día en los hombros, el tórax y los brazos, estaban ahora sepultados bajo una gruesa capa de grasa, y el pecho le colgaba como a una vieja. Tenía manchas amarillas de sudor reseco debajo de las mangas de la camiseta blanca y llevaba los pantalones muy bajados de cadera, de un modo que podría resultar atractivo en un chico de dieciséis años, pero que quedaba ridículo en un hombre que contaba cincuenta años más. Tenía el pelo rubio canoso, aunque aún tupido, y parte de la cara oscurecida por la barba de una semana.

Los tres hombres estaban viendo el partido de hockey en el viejo televisor que había colgado encima de la barra, pero se volvieron al unísono cuando entró el recién llegado. Iba sin afeitar, llevaba zapatillas de deporte sucias, una chillona camisa hawaiana y unos chinos arrugados. Tenía pinta de vivir en Christopher Street, aunque nadie en el bar supiese con exactitud dónde estaba Christopher Street, la calle gay más emblemática de Nueva York. Pero ellos conocían a esa clase de individuos, vaya si los conocían. Podían olerlos desde lejos. No importaba si no iba afeitado ni su desaliñada manera de vestir. El tipo tenía la palabra «maricón» escrita por todo el cuerpo.

—¿Me pones una cerveza? —preguntó mientras se acercaba a la barra.

El camarero se quedó inmóvil durante al menos un minuto, después sacó una Bud de la nevera y la puso sobre la barra.

El hombre bajito cogió la cerveza y la miró como si viese una botella de Bud por primera vez.

—¿No tienes otra?

—Tenemos Bud Light.

—Vaya, las dos clases.

El camarero se la sirvió sin inmutarse.

—Dos cincuenta —porque aquél no era de esos locales donde permiten crecer la cuenta. El tipo sacó tres billetes de un grueso fajo y añadió cincuenta centavos para dejar un dólar de propina. Los ojos de los otros tres hombres se quedaron fijos en sus manos finas y delicadas mientras guardaba el dinero en el bolsillo, y después se volvieron a mirar el partido de hockey. El hombre bajito agarró una mesa con los asientos adosados que había detrás de los dos clientes, la arrimó al rincón, puso los pies encima y se dedicó a ver la televisión. Los cuatro hombres se quedaron en esa posición durante cinco minutos, más o menos, hasta que la puerta volvió a abrirse con suavidad y otro hombre con un Cohiba apagado en la boca entró en el bar. Lo hizo de un modo tan sigiloso que nadie se percató de su presencia hasta que estuvo a menos de un metro de la barra, y fue justo en ese instante cuando uno de los hombres miró a la izquierda, lo vio y dijo:

—Little Tom, hay un tipo de color en tu bar.

Little Tom y el otro hombre apartaron la vista del televisor para examinar al negro que, en ese momento, se hacía con un taburete que estaba en el extremo de la barra.

34

—Whisky, por favor —dijo.

Little Tom no se movió. Primero un maricón y ahora un negrata. Vaya nochecita. Sus ojos se pasearon por la cara del hombre, por la camisa cara, por los vaqueros negros planchados con esmero y por el abrigo cruzado.

—Tú no eres de aquí, ¿verdad, chico?

—Exacto. —Ni siquiera parpadeó ante el segundo insulto que le dedicaban en menos de treinta segundos.

—Hay un sitio para negratas a un par de kilómetros más abajo —dijo Little Tom—. Allí podrás tomar una copa.

—Me gusta este sitio.

—Bueno, pues a mí no me gusta que tú estés aquí. Mira, chico, mueve el culo antes de que empiece a tomármelo como un asunto personal.

—Entonces, no vas a ponerme la copa, ¿verdad? —dijo, sin parecer en absoluto sorprendido.

—No, a ti no. Y ahora lárgate. ¿O vas a obligarme a que te eche?

A su izquierda, los dos hombres saltaron de los taburetes, preparados para la pelea que daban por inminente. Pero, en vez de eso, vieron cómo el objeto de su atención se sacaba del bolsillo una botella de whisky metida en una bolsa de papel de estraza y desenroscaba el tapón. Little Tom sacó de debajo del mostrador un bate de béisbol metálico.

—Oye, chico, no puedes beberte eso aquí —le advirtió.

—Lástima —dijo el negro—. Y no me llames «chico». Mi nombre es Louis.

Entonces puso la botella boca abajo y observó cómo fluía su contenido por la barra y daba una cuidadosa vuelta en el recodo del mostrador. El reborde impedía que el líquido cayese al suelo, de modo que pasó por delante de los tres hombres, que miraron con sorpresa cómo Louis encendía el puro con un Zippo de bronce.

Louis se puso de pie y dio una larga chupada al Cohiba.

—Levantad la cabeza, blancos de mierda —dijo, y arrojó el mechero encendido al reguero de whisky.

El hombre del tatuaje golpea con fuerza el techo de la cabina del Lincoln. El motor ruge y el coche da una o dos sacudidas, igual que un novillo atrapado con un lazo, antes de salir disparado entre una nube de polvo, hojas muertas y gases de escape. Por un momento, Errol Rich parece colgar congelado en el aire antes de que el cuerpo se estire. Sus largas piernas descienden hacia la tierra, pero no la alcanzan, y da puntapiés inútiles al aire. De sus labios sale un balbuceo y los ojos se le agrandan a medida que la cuerda ejerce más presión sobre el cuello. La cara se le congestiona. Empieza a padecer convulsiones. Unas gotas rojas le salpican la mejilla y el pecho. Transcurre un minuto y Errol continúa forcejeando.

Debajo de él, el hombre tatuado agarra una rama envuelta con un jirón de lino empapado de gasolina, la enciende con una cerilla y da un paso al frente. Levanta la antorcha para que Errol la vea, se la acerca a las piernas.

Errol empieza a arder, ruge y, a pesar de tener la garganta estrangulada, grita con fuerza, lanza un aullido de inmensa angustia. Luego otro. Las llamas le entran por la boca y las cuerdas vocales empiezan a quemarse. Da patadas una y otra vez, mientras el olor a carne asada inunda el aire. Hasta que las patadas por fin cesan.

El hombre en llamas ya está muerto.

La barra empezó a llamear y se alzó una pequeña columna de fuego que les chamuscó la barba, las cejas y el pelo a los tres hombres. El tipo que tenía la pistola al cinto dio un salto atrás. Se cubrió los ojos con el brazo izquierdo, mientras que con la mano derecha buscaba el arma.

—Vaya, vaya —dijo una voz.

Tenía una Glock 19 a unos centímetros de la cara, que el hombre de la camisa chillona empuñaba firmemente con ambas manos. La mano del que buscaba su pistola se detuvo de inmediato, dejando a la vista el arma. El bajito, que se llamaba Ángel, le sacó la pistola de la funda y le apuntó con ella, de modo que en ese instante el borrachín tenía dos armas a unos centímetros de la cara. Louis empuñaba una SIG y apuntaba con ella al hombre que llevaba un cuchillo al cinto. Detrás de la barra, Little Tom sofocaba con agua las últimas llamas. Tenía la cara roja y respiraba con dificultad.

—¿Por qué coño lo has hecho? —Miraba al negro y a la SIG, que en ese instante le apuntaba al pecho. En la cara de Little Tom se insinuó un cambio de expresión, una leve llamarada de miedo que de inmediato se extinguió apagada por su naturaleza agresiva.

—¿Qué pasa? ¿Algún problema? —le preguntó Louis.

—Sí que lo hay.

Era el hombre del cuchillo al cinto, envalentonado en ese momento que la pistola no le apuntaba. Tenía unos rasgos raros, como hundidos: una barbilla floja que se le perdía en el cuello delgado y fibroso, unos ojos azules que se hundían mucho en las cuencas, y unos pómulos que daban la impresión de haber sido rotos y aplastados por un antiguo y ya casi olvidado golpe. Aquellos ojos sin brillo miraron al negro con impasibilidad mientras mantenía las manos alzadas, lejos del cuchillo, aunque no demasiado. Era una buena idea obligarlo a que se deshiciera del cuchillo. Un hombre que lleva un cuchillo igual que ése sabe cómo usarlo, y además sabe hacerlo con rapidez. Una de las dos pistolas que empuñaba Ángel dibujó un arco en el aire y fue a posarse en él.

—Quítate el cinturón —dijo Louis.

El hombre del cuchillo se quedó quieto durante un momento y luego hizo lo que se le ordenaba.

—Tíralo lejos.

Enrolló el cinturón y lo tiró. El cinturón dio varias vueltas antes de que el cuchillo se saliera de la vaina y cayese al suelo.

—Eso ha estado bien.

—Todavía hay un problema.

—Lo lamento —replicó Louis—. ¿Eres Willard Hoag?

Los ojos hundidos no delataban ningún tipo de emoción. Permanecían fijos e imperturbables en la cara del intruso.

—¿Te conozco?

—No, no me conoces.

Los ojos de Willard se avivaron.

—De todas formas, a mí todos los negratas me parecen iguales.

—Sospechaba que ése era tu punto de vista, Willard. El tipo que está detrás de ti es Clyde Benson. Y tú —levantó la SIG para señalar al dueño del bar—, tú eres Little Tom Rudge.

La rojez de la cara de Little Tom se debía sólo en parte al calor del licor quemado. Su furia crecía por momentos. Se manifestaba en el temblor de sus labios, en el modo en que apretaba y estiraba los dedos. El tatuaje del brazo se le movía, como si los ángeles estuviesen ondeando con lentitud la banderola con el nombre de Kathleen.

Y toda aquella ira iba dirigida al negro que le amenazaba en su propio bar.

—¿Se puede saber qué está pasando aquí? —le preguntó Little Tom.

Louis se rió.

—Una expiación. Eso es lo que está pasando aquí.

Son las diez y diez cuando la mujer se incorpora. La llaman abuela Lucy, aunque aún no ha cumplido los cincuenta y es una mujer hermosa, con un brillo juvenil en los ojos y apenas unas arrugas en su piel oscura. A sus pies está sentado un niño de siete u ocho años, aunque muy alto para su edad. En la radio, Bessie Smith canta Weeping Willow Blues.

La mujer a la que llaman abuela Lucy sólo lleva un camisón y un chal, y está descalza. Aun así se levanta, se dirige al portón y baja los escalones con pasos leves y medidos. Detrás de ella va el niño, su nieto. La llama: «Abuela Lucy, ¿qué pasa?», pero ella no contesta. Más tarde le hablará de los mundos que hay dentro de otros mundos, de los lugares en que la membrana que separa a los vivos de los muertos es tan delgada, que unos y otros se ven y se tocan. Le hablará de la diferencia que existe entre los habitantes del día y los habitantes de la noche, de las peticiones que los muertos hacen a los que dejaron aquí atrás.

Y le hablará del camino que todos andamos y que todos compartimos, tanto los vivos como los muertos.

Pero, de momento, se ajusta el chal y continúa caminando en dirección al bosque, donde se detiene y espera bajo la noche sin luna. Entre los árboles hay una luz, como si un meteoro hubiera descendido de las alturas y estuviese desplazándose a ras de suelo, llameando y sin embargo sin llamear, ardiendo pero sin arder. No desprende calor, pero algo resplandece en el centro de la luz aquella.

Y, cuando el niño mira a los ojos de su abuela, ve a un hombre en llamas.

—¿Os acordáis de Errol Rich? —preguntó Louis.

Nadie contestó, pero un músculo se contrajo en la cara de Clyde Benson.

—He preguntado que si os acordáis de Errol Rich.

—No sabemos de qué estás hablando, chico —dijo Hoag—. Te equivocas de personas.

La pistola giró y dio una sacudida en la mano de Louis. El pecho de Willard Hoag empezó a escupir sangre por el agujero que tenía en el corazón. Dio un traspié hacia atrás, derribando un taburete, y cayó de espaldas. La mano izquierda tanteaba el suelo como si buscase algo. Después dejó de moverse.

Clyde Benson empezó a dar gritos y, a partir de ese instante, todo fue a peor.

Little Tom se tiró al suelo detrás de la barra y buscó la escopeta que guardaba debajo del fregadero. Clyde Benson le arrojó a Ángel un taburete y salió corriendo hacia la puerta trasera. Llegó hasta el aseo de hombres antes de que su camisa sufriera dos desgarros a la altura del hombro. Salió dando traspiés por la puerta y se perdió, sangrando, en la oscuridad. Ángel, que le había disparado, fue tras él.

El canto de los grillos cesó de repente y el silencio de la noche adquirió una rara cualidad premonitoria, como si la naturaleza aguardara las consecuencias inevitables de lo que estaba sucediendo en el bar. Benson, desarmado y sangrando, casi había llegado al aparcamiento cuando el pistolero le alcanzó. Resbaló y cayó lastimosamente al suelo, salpicándolo todo de sangre. Empezó a arrastrarse hacia la hierba alta, como si creyese que llegando allí tendría alguna posibilidad de salvarse. Una bota le hizo palanca bajo el pecho, traspasándolo de un dolor ardiente mientras lo forzaba a darse la vuelta. Apretaba fuertemente los ojos. Cuando volvió a abrirlos, el hombre de la camisa chillona le apuntaba con su pistola a la cabeza.

—No lo hagas —suplicó Benson—. Por favor.

La expresión del joven se mantenía impasible.

—Por favor —rogó Benson sollozando—. Me arrepiento de mis pecados. He encontrado a Jesús.

El dedo apretó el gatillo y el hombre llamado Ángel dijo:

—Entonces no tienes que preocuparte por nada.

En la oscuridad de sus pupilas hay un hombre ardiendo. Tiene la cabeza, los brazos, los ojos y la boca envueltos en llamas. No tiene piel, ni pelo, ni ropa. Sólo es fuego en forma de hombre y dolor en forma de fuego.

—Pobre niño —susurra la mujer—. Pobrecito.

Las lágrimas acuden a sus ojos y le caen con suavidad por las mejillas. Las llamas empiezan a parpadear y a temblar. La boca del hom-

bre en llamas se abre y el hueco sin labios moldea unas palabras que sólo la mujer oye. El fuego se extingue, pasando del blanco al amarillo, hasta que al final sólo se distingue su silueta, negro sobre negro, y luego no quedan sino los árboles, y las lágrimas, y el tacto de la mano de la mujer en la mano del niño.

—Vamos, Louis. —Y vuelve con él a la casa.

El hombre en llamas descansa en paz.

Cuando Little Tom se incorporó con la escopeta, se encontró ante un local vacío y con un cadáver tendido en el suelo. Tragó saliva y se dirigió a la izquierda, hacia el final de la barra. Había dado tres pasos cuando la madera astillada y las balas le desgarraron el muslo y le hicieron añicos el fémur izquierdo y la espinilla derecha. Se desplomó y gritó cuando la pierna herida pegó contra el suelo, pero aún se las arregló para vaciar los dos cañones contra la madera barata de la barra, formando una lluvia de perdigones, de astillas y de cristales rotos. Le llegaba el olor de la sangre, de la pólvora y del whisky derramado. Los oídos le zumbaban cuando cesó el estrépito, y entonces sólo se oyó el gotear del líquido y el crujido de las astillas que caían al suelo.

Y pisadas.

Miró a la izquierda y vio a Louis de pie. El cañón de la SIG apuntaba al pecho de Little Tom. Le quedaba un poco de saliva en la boca y se la tragó. La sangre brotaba de su muslo a causa de la arteria rota. Intentó detener la hemorragia con la mano, pero la sangre le manaba entre los dedos.

—¿Quién eres? —preguntó Little Tom. De afuera llegó el sonido de dos disparos: Clyde Benson moría tirado en el suelo.

—Voy a preguntártelo por última vez: ¿te acuerdas de un hombre llamado Errol Rich?

Little Tom negó con la cabeza.

—Mierda, no sé...

—Lo quemaste tú. Tienes que acordarte de él.

41

Louis apuntó con la SIG al puente de la nariz del dueño del bar. Little Tom levantó la mano derecha y se cubrió la cara.

—¡Vale, vale, me acuerdo! Por Dios, sí, yo estuve allí. Vi lo que le hicieron.

—Lo que tú hiciste.

Little Tom negó furiosamente con la cabeza.

—No, te equivocas. Yo estaba allí, pero no le hice ningún daño.

—Mientes. No me mientas. Dime sólo la verdad. Según dicen, la confesión es buena para el alma.

Louis bajó el arma y disparó. La punta del pie derecho de Little Tom voló convertida en un amasijo de piel y sangre. Cuando el arma apuntó a su pie izquierdo lanzó un alarido. Las palabras le estallaban desde las vísceras como bilis vieja.

—Para, por favor. Por Dios, que esto duele. Tienes razón. Fuimos nosotros. Siento mucho lo que le hicimos. Éramos muy jóvenes entonces. No sabíamos lo que hacíamos. Aquello fue algo horrible, lo sé. —Miró a Louis con ojos suplicantes. Tenía la cara bañada en sudor, como si estuviera derritiéndose—. ¿Crees que pasa un solo día sin que me acuerde de él y de lo que le hicimos? ¿Crees que no tengo que vivir a diario con el peso de esa culpa?

—No —replicó Louis—. No lo creo.

—No me hagas esto —dijo Little Tom con la mano extendida en gesto de súplica—. Encontraré el modo de reparar lo que hice. Por favor.

—Conozco el modo en que puedes repararlo —dijo Louis.

Y entonces Little Tom Rudge murió.

En el coche desmontaron las pistolas y limpiaron cada pieza con unos trapos. Fueron esparciendo las piezas por los campos y los arroyos a medida que avanzaban por la carretera, pero no se dirigieron la palabra hasta que estuvieron a muchos kilómetros del bar.

—¿Cómo te encuentras? —preguntó Louis.

—Como anestesiado —contestó Ángel—. Excepto la espalda. La espalda me duele.

—¿Qué pasó con Benson?

—No era a él a quien quería matar, pero lo maté de todas formas.

—Se llevaron su merecido.

Ángel hizo un gesto despectivo con la mano, como si todo aquello fuese algo sin importancia ni sentido.

—No me malinterpretes. No he tenido ningún problema en hacer lo que acabamos de hacer, pero matarlo no me ha hecho sentirme mejor, si es eso lo que me preguntas. No era a él a quien quería matar. Cuando apreté el gatillo, en realidad no veía a Clyde Benson. Veía al predicador. Veía a Faulkner.

Se quedaron en silencio durante un rato. Iban dejando atrás los campos sumidos en la oscuridad y la silueta hueca de las casas abandonadas se recortaba en el horizonte.

Fue Ángel quien reanudó la conversación.

—Parker debió matarlo cuando tuvo la oportunidad.

—Es posible.

—No hay posible que valga. Debió quemarlo.

—Él no es como nosotros. Se atormenta mucho, piensa demasiado las cosas.

Ángel suspiró profundamente.

—Atormentarse y pensar no es lo mismo. Ese viejo cabrón no va a morirse nunca. Mientras esté vivo es una amenaza para todos nosotros.

Louis asintió sin decir nada en la oscuridad.

—Me cortó la piel y juré que nadie volvería a hacerme tal cosa. Nadie.

Al rato, su compañero le dijo en voz baja:

—Tenemos que esperar.

—¿Esperar qué?

—El momento adecuado y la ocasión adecuada.

—¿Y si no se presentan?

—Se presentarán.

—No me vengas con ésas —dijo Ángel antes de repetir la pregunta—. ¿Qué pasa si no se presentan?

Louis le acarició la cara cariñosamente.

—Entonces nosotros mismos haremos que se presenten.

Poco después cruzaron la línea fronteriza y entraron en Carolina del Sur, justo por debajo de Allendale, y nadie los detuvo. Dejaban tras de sí a Virgil Gossard semiinconsciente y los cadáveres de Little Tom Rudge, de Clyde Benson y de Willard Hoag, los tres hombres que se habían mofado de Errol Rich, que lo habían sacado de su casa y que lo habían colgado de un árbol para matarlo.

Y en el límite de Ada's Field, en su extremo norte, allí donde el terreno se escarpa, ardió un roble negro, y sus hojas se abarquillaron hasta volverse pardas, y la savia crepitaba y rezumaba a medida que se quemaba el tronco, y las ramas parecían los huesos de una mano en llamas que amenazase a la oscuridad salpicada de estrellas del cielo anochecido.

1

Bear dijo que había visto a la chica muerta.

Fue una semana antes de la incursión llevada a cabo en Caina, que dejaría tres muertos. La luz del sol había disminuido, presa de nubes devoradoras, sucias y grises, como el humo que genera el fuego de un vertedero. Reinaba una tranquilidad que presagiaba lluvia. Fuera, el perro cruzado de los Blythe estaba tumbado, inquieto, en el césped, con el cuerpo estirado, la cabeza entre las patas delanteras y los ojos abiertos y nerviosos. Los Blythe vivían en Dartmouth Street, en Portland, en una casa con vistas a Back Cove y a las aguas de Casco Bay. Por lo general, siempre había pájaros volando por los alrededores —gaviotas, patos o chorlitos—, pero aquel día no había rastro de pájaro alguno. Se trataba de un mundo pintado sobre cristal, a la espera de ser hecho añicos por fuerzas ocultas.

Nos sentamos en silencio en la pequeña sala de estar. Bear estaba apático y miraba por la ventana como si esperase que cayeran las primeras gotas de lluvia para confirmar algún temor tácito. En el suelo de roble pulido no se proyectaba una sola sombra, ni siquiera las nuestras. Oía el tictac del reloj chino en la repisa de la chimenea, atestada de fotografías de tiempos más felices. Observé detenidamente una imagen de Cassie Blythe en la que se sujetaba a la cabeza un birrete cuadrado, porque el viento intentaba llevárselo, con la borla levantada y desplegada como el plumaje de un pájaro en señal de alarma. Tenía el pelo negro y crespo, unos labios que tal vez resultaban demasiado grandes para su cara y una sonrisa un poco tímida, aunque sus ojos castaños parecían serenos e invulnerables a la tristeza.

De mala gana, Bear dejó de observar el cielo e intentó captar la mirada de Irving Blythe y la de su mujer, pero no lo logró y entonces se miró los pies. Había evitado mirarme a los ojos desde el principio. Incluso rehusaba advertir mi presencia en la habitación. Era un hombre corpulento que llevaba unos pantalones vaqueros desgastados, una camiseta verde y un chaleco de cuero que le quedaba demasiado estrecho. En la cárcel, la barba le había crecido mucho y de manera desordenada, y el pelo, que le llegaba a los hombros, lo tenía grasiento y descuidado. Desde la última vez que lo vi se había hecho algunos tatuajes de tipo carcelario: la figura mal trazada de una mujer en el antebrazo derecho y un puñal debajo de la oreja izquierda. Tenía los ojos azules y soñolientos. A veces le costaba trabajo recordar los detalles de la historia que estaba contando. Era una figura patética, un hombre que se había quedado sin futuro.

Cuando sus silencios se prolongaban demasiado, la persona que lo acompañaba le tocaba su enorme brazo y hablaba por él, continuando amablemente el relato, hasta que Bear encontraba la manera de regresar al camino tortuoso de sus recuerdos. El acompañante de Bear llevaba un traje azul pálido y camisa blanca, y el nudo de su corbata roja era tan grande que parecía un tumor que le hubiera salido en la garganta. Tenía el pelo plateado y un bronceado que le duraba todo el año. Se llamaba Arnold Sundquist y era detective privado. Sundquist había llevado el caso de Cassie Blythe hasta que un amigo de los Blythe sugirió que deberían hablar conmigo. De manera extraoficial, y es probable que extraprofesional, les aconsejé que prescindieran de los servicios de Arnold Sundquist, a quien estaban pagando mil quinientos dólares al mes, en teoría para que buscase a su hija. Hacía seis años que había desaparecido, poco después de graduarse, y desde entonces no sabían nada de ella. Sundquist era el segundo detective privado que los Blythe habían contratado para investigar las circunstancias de la desaparición de Cassie; y tenía tanta pinta de parásito que si en vez de boca tuviera ventosas, el parecido hubiera sido inequívoco. Sundquist llevaba siempre tanta gomina en el pelo que, cuando se daba un baño en el mar, los pájaros que bajaban a la costa se manchaban las plumas de petróleo. Me imaginé que se las había apañado para sacarles más de treinta de los grandes a lo largo de los dos años que se suponía que había estado a su servicio. Salarios fijos como el de los Blythe son difíciles de encontrar en Portland. No me extrañaba que tratase de recuperar su confianza, y su dinero.

Ruth Blythe me había llamado apenas una hora antes para decirme que Sundquist iba a visitarlos con el pretexto de que tenía nuevas noticias de Cassie. Cuando me llamó, yo había estado cortando troncos de arce y de abedul para tenerlos preparados con vistas al inminente invierno, y no me dio tiempo de cambiarme. Tenía savia en las manos, en los vaqueros gastados y en la camiseta con el lema DA ARMAS A LOS SOLITARIOS. Y allí estaba Bear, recién salido de la cárcel estatal de Mule Creek, con los bolsillos llenos de medicinas baratas compradas en los *drugstores* mugrientos de Tijuana, en régimen de libertad condicional, y contándonos cómo había visto a la chica muerta.

Porque Cassie Blythe estaba muerta. Yo lo sabía, y sospechaba que sus padres también lo sabían. Creo que lo supieron en el instante mismo en que murió. Notarían algún desgarro o algún dolor en el corazón y comprenderían instintivamente que algo le había pasado a su única hija, y que nunca regresaría a casa, aunque seguían quitando el polvo de la habitación y cambiando la cama dos veces al mes para que estuviese lista en el caso de que apareciese por la puerta contando fantásticas historias y dando explicaciones por sus seis años de silencio. Hasta que tuviesen una evidencia de lo contrario, siempre les quedaba la esperanza de que Cassie aún estuviese viva, aunque el reloj de la repisa de la chimenea tañese con suavidad la certeza de su fallecimiento.

Bear se había tragado tres años en California por comerciar con mercancías robadas. En esos asuntos, Bear era más bien tonto. Era tan tonto que sería capaz de robar cosas que ya tenía. Era lo suficientemente tonto como para confundir a Cassie Blythe con un contenedor de escombros, pero, pese a todo, refirió de nuevo los detalles de la historia, a veces con titubeos y con la cara retorcida por el esfuerzo de recordar los detalles que yo estaba seguro de que Sundquist le había obligado a memorizar: cómo bajó a México, después de salir de Mule Creek, para comprar medicinas baratas contra la ansiedad; cómo se había topado con Cassie Blythe, que bebía algo acompañada de un viejo mexicano en un bar del bulevar de Agua Caliente, cerca del hipódromo; cómo había hablado con ella cuando el tipo fue al servicio y había reconocido su acento de Maine; cómo, cuando regresó el tipo, éste le dijo que se metiese en sus asuntos antes de apresurarse a subir a Cassie a un coche. Alguien en el bar le dijo que el tipo se llamaba Héctor y que tenía una casa en la playa de Rosarito. Bear no pudo seguirlos porque no tenía dinero, pero estaba seguro de que la mujer era Cassie Blythe. Recordaba haber visto su fotografía en los periódicos que su hermana le mandaba para matar el tiempo cuando estaba en la cárcel, aunque Bear era incapaz de leer un parquímetro, y menos aún un periódico. Contó que, cuando la llamó por su nombre, incluso volvió la cara, y que él no creía que fuese infeliz o que estuviese retenida contra su voluntad. Aun así, cuando volvió a Portland, lo primero que hizo fue contactar con el señor Sundquist, porque el señor Sundquist era el detective privado al que se mencionaba en las noticias del periódico. El señor Sundquist le había dicho a Bear que ya no llevaba el caso, que otro detective se había hecho cargo del asunto. Pero Bear sólo estaba dispuesto a trabajar con el señor Sundquist, porque confiaba en él y había oído cosas buenas de él. Dijo que si los Blythe querían que los ayudase en México, el señor Sundquist tendría que hacerse cargo del caso otra vez. Sundquist, que hasta entonces había asentido en silencio, en este punto de la narración levantó los hombros y me miró con desaprobación.

—Caray, Bear está inquieto porque tiene que soportar la presencia de ese individuo en la habitación —confirmó Sundquist—. El señor Parker tiene fama de violento.

Bear, con su metro ochenta y sus más de ciento treinta kilos, hizo cuanto pudo para dar la impresión de que mi presencia le inquietaba. Y en realidad así era, aunque no por ninguna razón relacionada con los Blythe ni con la rara posibilidad de que yo pudiese infligirle algún tipo de daño físico.

Yo lo miraba de manera impasible.

Te conozco, Bear, y no me creo ni una sola palabra de lo que dices. No lo hagas. Acaba con esto antes de que se te vaya de las manos.

Bear, después de contar la historia por segunda vez, soltó un suspiro de alivio. Sundquist le dio una palmadita en la espalda y se las arregló para componer lo mejor que pudo un gesto de preocupación. Sundquist había ejercido la profesión durante unos quince años y su reputación era buena —aunque no exactamente extraordinaria— para mucha gente, a pesar de que en los últimos tiempos había sufrido algunos reveses: un divorcio y rumores de que tenía problemas con el juego. Los Blythe eran un negocio rentable que no podía permitirse perder.

Irving Blythe se quedó en silencio cuando Bear acabó de contar su historia. Fue su mujer, Ruth, la primera en hablar. Le tocó el brazo a su marido.

—Irving, yo creo...

Pero él levantó la mano y ella se calló. Yo tenía mis dudas acerca de Irving Blythe. Era de la vieja escuela y a veces trataba a su mujer como si fuese una ciudadana de segunda clase. Había sido un alto ejecutivo de la empresa International Paper, en Jay, y en la década de los ochenta se vio obligado a afrontar las exigencias del sindicato de los trabajadores del papel relativas a la sindicalización de los obreros de los bosques del norte. La huelga que afectó durante diecisiete meses a la International Paper fue una de las más encarnizadas de toda la historia del estado, con más de mil trabajadores despedidos en el transcurso de la contienda. Irv Blythe había sido un firme oponente a cualquier tipo de acuerdo, y la compañía había endulzado su jubilación de manera considerable, como muestra de su aprecio, cuando un día se hartó y volvió a Portland. Pero eso no significaba que no adorase a su hija ni que su desaparición no le hubiese hecho envejecer en los últimos seis años, durante los cuales había adelgazado como si su cuerpo fuese un bloque de hielo derritiéndose. La camisa blanca le quedaba holgada tanto en los brazos como en el pecho, y en el hueco que quedaba entre su cuello y el cuello de la camisa podría caber mi puño. Los pantalones los llevaba fuertemente apretados con un cinturón, y se le formaban bolsas en el culo y en los muslos. Todo él era un símbolo de abandono y fracaso.

—Creo que usted y yo deberíamos hablar, señor Blythe —dijo Sundquist—. En privado —añadió, a la vez que echaba una mirada significativa a Ruth Blythe, una mirada que daba a entender que aquello era asunto de hombres, algo que las emociones femeninas, por muy sinceras que fueran, no podían entorpecer ni enredar.

Blythe se levantó, dejó a su mujer en el sofá, y Sundquist lo siguió hasta la cocina. Bear se quedó allí y sacó un paquete de Marlboro del bolsillo de su chaleco.

—Saldré fuera a fumar, señora.

Ruth Blythe asintió con la cabeza y observó cómo se alejaba la mole de Bear. Se sujetaba la barbilla con el puño, tensa por el golpe que acababa de recibir. Fue la señora Blythe la que había instigado a su esposo a prescindir de los servicios de Sundquist. Él había accedido sólo porque Sundquist no parecía que avanzase en el caso, pero me daba la impresión de que yo no le gustaba demasiado. La señora Blythe era una mujer pequeña, pero pequeña del modo en que lo son los terriers, pues su estatura enmascaraba energía y tenacidad. Yo había revisado todas las noticias que tenían que ver con la desaparición de Cassie Blythe: Irving y Ruth sentados a la mesa, Ellis Howard, el jefe de policía de Portland, junto a ellos, y Ruth Blyte agarrando con fuerza una fotografía de Cassie. Cuando accedí a investigar el caso, ella me dio las grabaciones de la conferencia de prensa para que las revisara, así como recortes de prensa, unas fotografías y unos informes, cada vez más escuetos, de Sundquist. Seis años atrás, habría dicho que Cassie Blythe se parecía a su padre, pero, a medida que los años fueron pasando, me daba la impresión de que Cassie tenía más parecido con Ruth. La expresión de sus ojos, su sonrisa e incluso el pelo se parecían ahora más que nunca a los de Cassie. De un modo extraño, era como si Ruth Blythe estuviese transformándose y adquiriendo los rasgos de su hija, para llegar a ser al mismo tiempo la esposa y la hija a los ojos de su marido, manteniendo viva una parte de Cassie a pesar de que la sombra de su ausencia se le agrandaba cada vez más.

—Está mintiendo, ¿verdad? —me preguntó Ruth cuando salió Bear.

Por un momento estuve a punto de mentirle también, de decirle que no estaba seguro, que no podía descartarse ninguna posibilidad, pero fui incapaz. No se merecía que la engañara, pero, por otra parte, tampoco se merecía que le dijese que no había esperanza alguna, que su hija nunca volvería.

—Creo que sí —contesté.

—¿Por qué lo ha hecho? ¿Por qué habrá querido herirnos de ese modo?

—No creo que su intención fuera herirles, señora Blythe. Bear no haría eso. Se deja influir con facilidad.

—Es cosa de Sundquist, ¿verdad?

Esa vez no le contesté.

—Déjeme hablar con Bear —le dije.

Me levanté y me dirigí a la puerta principal. Vi a Ruth Blythe reflejada en el cristal de la ventana, con el tormento escrito en la cara, debatiéndose entre el deseo de agarrarse a la débil esperanza que le había proporcionado Bear y la certeza de que aquella esperanza se le escurriría como agua entre las manos si intentaba aferrarse a ella.

Fuera, Bear estaba chupando un cigarrillo e intentaba llamar la atención del perro de los Blythe para que jugara con él, pero el perro lo ignoraba.

—Hola, Bear.

Recordaba a Bear de mis años de juventud, cuando apenas era un poco más pequeño y algo más tonto de lo que lo era en ese instante. Entonces vivía con su madre, sus dos hermanas mayores y su padrastro en una casita de Acorn, a la altura de Spurwink Road. Eran gente honrada: su madre trabajaba en Woolworth y su padrastro conducía una camioneta de reparto de una compañía de refrescos. Ahora estaban muertos, pero sus hermanas aún vivían cerca de allí, una en East Buxton y la otra en South Windham, cosa que les vino bien para visitar a Bear cuando, a los veinte años, estuvo internado tres meses en el centro penitenciario de Windham acusado de agresión. Aquélla fue la primera experiencia carcelaria de Bear y tuvo suerte de no experimentar ninguna más en los años sucesivos. Hizo unos trabajillos de chófer para unos tipos de Riverston y después se marchó a California tras una disputa territorial que dejó un muerto y un lisiado de por vida. Bear no estaba involucrado, pero los cargos iban a formularse de forma inminente y sus hermanas lo animaron a que se largara. Lo más lejos posible. En Los Ángeles consiguió un trabajo de friegaplatos, volvió a caer en malas compañías y acabó en Mule Creek. En realidad, Bear carecía de maldad alguna, aunque eso no le hacía menos peligroso. Era un arma en manos de los demás, sensible a cualquier tipo de expectativa relativa al dinero, al trabajo o puede que incluso al mero compañerismo. Bear se limitaba a mirar el mundo con ojos atónitos. Había vuelto a casa, pero daba la impresión de estar tan perdido y tan desplazado como siempre.

—No puedo hablar contigo —me dijo cuando me puse a su lado.

—¿Por qué no?

—El señor Sundquist me dijo que no lo hiciera. Según él, tú jodes todas las cosas.

—¿Qué cosas?

Bear sonrió y me apuntó agitando el dedo.

—No, no. Yo no soy tonto.

Me adentré en el césped, me puse en cuclillas y alargué las manos. De inmediato, el perro se levantó y se acercó a mí lentamente, moviendo el rabo. Cuando lo tuve delante, me olisqueó los dedos y se dedicó a restregarme el hocico por la palma de las manos mientras yo le rascaba las orejas.

—¿Por qué no me hace a mí lo mismo? —preguntó Bear. Parecía dolido.

—Quizá porque lo asustas —le contesté, y me sentí mal al apreciar una expresión de pena en su cara—. A lo mejor es porque me huele a mi perro. Oye, ¿te asusta el gran Bear, pequeño? No es tan espeluznante como parece.

Bear se puso en cuclillas a mi lado, con toda la lentitud y con todo el aire inofensivo que le permitía su corpulencia, y rozó la cabeza del perro con sus enormes dedos. Los ojos del animal se volvieron alarmados hacia él y noté que estaba tenso, hasta que poco a poco comenzó a tranquilizarse cuando se dio cuenta de que aquel hombretón no albergaba malas intenciones.

Cerró los ojos placenteramente al sentir las caricias de nuestros dedos.

—Bear, éste era el perro de Cassie Blythe —le dije, y vi cómo dejaba de hurgar en el pelaje del animal.

—Es un perro bueno —comentó.

—Sí que lo es. Bear, ¿por qué haces esto?

No contestó, pero vi el reflejo de la culpabilidad en sus ojos, como un pequeño pez desamparado que percibe la proximidad de un depredador. Intentó apartar la mano del perro, pero el animal levantó el hocico y lo oprimió contra sus dedos, hasta que consiguió que volviera a acariciarlo.

—Bear, sé que no quieres hacer daño a nadie. ¿Te acuerdas de mi abuelo? Mi abuelo fue el adjunto del *sheriff* en el condado de Cumberland.

Bear asintió con la cabeza.

—Una vez me dijo que veía bondad en ti, aunque tú nunca has sido capaz de reconocerlo. Creía que podrías llegar a ser una buena persona. —Bear me miró como si no comprendiera nada, pero continué—. Lo que estás haciendo hoy no es noble, Bear, ni tampoco decente. Vas a hacer daño a esta familia. Han perdido a su hija y lo que más quieren en este mundo es que esté viva en México. Lo único que quieren es que esté viva, y punto. Pero tú y yo, Bear, sabemos que no es así. Sabemos que ella no está allí.

Durante un rato, Bear no dijo nada, como a la espera de que yo desapareciera y dejase de atormentarlo.

—¿Qué te ha ofrecido?

Bear encorvó los hombros un poco, pero me dio la impresión de que la confesión iba a suponerle un alivio.

—Me dijo que me daría quinientos dólares y que quizá podría conseguirme trabajo. Necesitaba el dinero. También necesito el trabajo. Es difícil encontrar trabajo cuando se ha estado metido en líos. Me dijo que tú no les servirías de nada y que si yo les contaba esa historia, a la larga estaría ayudándoles.

Noté que mis hombros se relajaban, pero también me entraron remordimientos, y sentí una pequeña fracción de la pena que los Blythe sentirían cuando les dijese que Bear y Sundquist les habían mentido acerca de su hija. Ni siquiera me creía con derecho de culpar a Bear.

—Unos amigos míos podrían darte trabajo. He oído que están buscando a alguien que pueda echar una mano en una cooperativa de Pine Point. Puedo interceder por ti.

Me miró.

—¿Harías eso?

—¿Puedo decirles a los Blythe que su hija no está en México?

Tragó saliva.

—Lo siento. Ojalá estuviese en México. Ojalá la hubiese visto. ¿Les dirás eso? —Parecía un niño grande, incapaz de comprender el daño que había causado.

No respondí. En señal de agradecimiento, le di una palmada en el hombro.

—Bear, te llamaré a casa de tu hermana para comentarte lo del trabajo. ¿Necesitas dinero para un taxi?

—No. Bajaré andando a la ciudad. No está lejos.

Acarició al perro en la cabeza por última vez con especial vigor y echó a andar en dirección a la carretera. El perro le siguió, olisqueándole las manos, hasta que Bear llegó a la vereda. El animal volvió a tumbarse en el césped y observó cómo se alejaba.

Entré en la casa. La señora Blythe no se había movido del sofá. Levantó la cabeza y me miró. Vislumbré un diminuto brillo en sus ojos, ese brillo que yo estaba a punto de extinguir.

Negué con la cabeza. Salí de la habitación en el instante en que ella se levantaba y se dirigía a la cocina.

Yo estaba sentado en el capó del Plymouth de Sundquist cuando éste salió de la casa. Venía con el nudo de la corbata un poco ladeado y con una marca roja en la mejilla: una bofetada de Ruth Blythe. Se paró en la linde del césped y me miró con nerviosismo.

—¿Qué vas a hacer? —preguntó.

—¿Ahora? Nada. No voy a ponerte un dedo encima. —Noté que se tranquilizaba—. Pero como detective privado estás acabado. Me aseguraré de ello. Esa gente se merece algo mejor.

Sundquist amagó una sonrisa.

—¿Y tú se lo vas a dar? Parker, sabes que hay mucha gente por estos alrededores que no te tiene mucho aprecio. No se cree que seas un fenómeno. Deberías haberte quedado en Nueva York, porque tu sitio no está en Maine.

Rodeó el coche y abrió la puerta.

—De todos modos, estoy cansado de esta jodida vida. Si te digo la verdad, me alegro de haberme sacudido este asunto. Me voy a Florida. Por mí puedes quedarte aquí y pudrirte.

Me aparté del coche.

—¿Florida?

—Sí, Florida.

Asentí y me dirigí a mi Mustang. Las primeras gotas de lluvia empezaron a caer y salpicaron el revoltijo de alambre y metal retorcido que había en la cuneta y el aceite que se escurría despacio por el pavimento, mientras Sundquist giraba inútilmente la llave de contacto.

—Bueno, está claro que no irás en coche.

Me crucé con Bear y lo acerqué a Congress Street. Se alejó dando zancadas hacia Old Port, donde las multitudes de turistas se abrían ante él como la tierra ante el arado. Recordé lo que mi abuelo me había dicho de Bear y la manera en que el perro lo había seguido hasta el límite del césped, olisqueándole la mano con la esperanza de una caricia. En él había mansedumbre, incluso amabilidad, pero su debilidad y estupidez lo dejaban expuesto a la manipulación y a la perversión. Bear era un hombre que pendía de un hilo, y no había forma de saber de qué lado se inclinaría para él la balanza. No en aquel momento.

A la mañana siguiente hice una llamada a Pine Point y Bear comenzó a trabajar allí al poco tiempo. No volví a verlo, y ahora me pregunto si mi intervención le costó la vida. Aún presiento que de algún modo, en lo más recóndito de sí mismo, en aquella inmensa bondad que incluso él era incapaz de reconocer plenamente, Bear hubiera obrado igual de todos modos.

Cuando miro desde la ventana de mi casa la marisma de Scarborough y veo los canales que atraviesan la hierba, todos ellos comunicados entre sí, cada cual expuesto a las mismas mareas y a los mismos ciclos lunares, comprendo algo sobre la naturaleza de este mundo y sobre la forma en que las vidas aparentemente dispares se cruzan de manera inextricable. Por la noche, bajo el resplandor del plenilunio, los canales refulgen plateados y blancos y los estrechos caminos se pierden en la gran llanura lejana y reluciente. Entonces me imagino que los recorro y que ando por el Camino Blanco, oyendo las voces que salen de los juncos, mientras me adentro en ese nuevo mundo que me aguarda.

2

Había doce serpientes en total. Serpientes de jarretera comunes. Se instalaron en una choza abandonada que había en el límite de mi propiedad, a buen resguardo entre los tablones caídos y las maderas podridas. Vi cómo se deslizaba una por un agujero que había debajo de los escalones en ruinas del porche. Probablemente regresaba al nido después de pasarse la mañana buscando presas. Cuando arranqué las tablas del suelo con una palanca, encontré al resto. La más pequeña parecía medir unos treinta centímetros de largo; la más grande, casi noventa. Se enroscaron unas con otras y las franjas amarillentas dorsales brillaron como tubos de neón en la leve penumbra. Algunas empezaron a estirarse para exhibir sus colores en señal de amenaza. Azucé con la punta de la palanca a la que tenía más cerca y la oí sisear. Un olor dulzón y desagradable subió del agujero cuando las serpientes liberaron el almizcle de esas glándulas que tienen en la base de la cola. Junto a mí, *Walter,* mi perro labrador dorado de ocho meses, se echó hacia atrás con el hocico tembloroso y empezó a ladrar desorientado. Lo acaricié detrás de la oreja y me miró para que lo tranquilizase. Era la primera vez que se topaba con serpientes y no parecía muy seguro de qué se esperaba de él.

—Mejor que no metas el hocico aquí, *Walt.* De lo contrario vas a llevarte una de ellas enroscada en él.

En Maine hay muchas jarreteras. Son unos reptiles fuertes, capaces de sobrevivir a temperaturas bajo cero durante más de un mes y de sumergirse en el agua en invierno gracias a su temperatura corporal estable. A mediados de marzo, cuando el sol empieza a calentar las piedras, salen de la hibernación y comienzan a buscar pareja. Hacia junio o julio se reproducen. Por lo general, cada serpiente tiene diez o doce crías en el nido. A veces, sólo tres. El récord está en ochenta y cinco, que son muchas serpientes, se mire como se mire. Probablemente, las serpientes habían elegido hacer el nido en la choza porque en esa parte de mis tierras hay muy pocas coníferas, ya que éstas provocan que la tierra se ponga ácida, y eso es muy malo para las orugas nocturnas, y las orugas nocturnas son los tentempiés favoritos de las serpientes de jarretera.

Volví a colocar las tablas, retrocedí y salí de nuevo a la luz del sol, con *Walter* pisándome los talones. Las jarreteras son criaturas imprevisibles. Algunas pueden comer de tu mano, mientras que otras te muerden y siguen mordiéndote hasta que se cansan o se aburren o tienes que matarlas. Aquí, en esta vieja choza, era poco probable que hiciesen daño a alguien, y además la población local de mofetas, mapaches, zorros y gatos acabaría oliéndolas tarde o temprano. Así que decidí dejarlas en paz, a menos que las circunstancias me forzaran a lo contrario. En cuanto a *Walter*, bueno, sólo tendría que aprender a no meterse donde no le llamaban.

La marisma salada, que se extendía bajo mis pies y a través de los árboles, brillaba bajo el sol matinal; los pájaros salvajes volaban sobre las aguas, y sus siluetas se divisaban a través de la hierba y de los juncos oscilantes. Los aborígenes americanos habían llamado a este lugar Owascoag, la Tierra de Muchos Pastos, pero hacía bastante tiempo que se habían ido, y para la gente que ahora vive aquí es simplemente «la marisma», el lugar en que confluyen los ríos Dunstan y Nonesuch cuando van a desembocar en el mar. A los ánades reales, que se quedan aquí todo el año, se habían unido los patos carolina, los ánades rabudos, los ánades sombríos y las cercetas, que pasan aquí el verano, pero estos visitantes pronto emprenderían el vuelo para escapar del recio invierno de Maine. La brisa extendía el griterío de los pájaros, mezclado con el zumbido de los insectos, en el dulce clamor del alimentarse y del aparearse, de la caza y de la fuga. Observé cómo una golondrina se lanzaba en picado hacia el lodo, trazando un arco, y se posaba en un tronco podrido. La estación había sido seca y las golondrinas en particular habían gozado de comida en abundancia. Los que vivían cerca de la marisma les estaban muy agradecidos porque acababan no sólo con los mosquitos, sino también con los mucho más peligrosos tábanos, que, con sus mandíbulas de dientes duros, desgarran la piel con la fuerza de una navaja.

Scarborough es una comunidad antigua. Es una de las primeras colonias que se establecieron en la costa septentrional de Nueva Inglaterra, no sólo como campamento provisional de pescadores, sino como asentamiento fijo que se convertiría en el hogar permanente de las familias que vivían allí. Muchas de esas familias descendían de los colonizadores ingleses, entre los que se contaban los antepasados de mi madre. Otras llegaron de Massachusetts y de New Hampshire, atraídas por el reclamo de que eran buenas tierras de cultivo. El primer gobernador de Maine, William King, nació en Scarborough, aunque se fue a los diecinueve años, cuando empezó a hacerse evidente que allí no había demasiadas perspectivas de prosperidad ni de ningún otro tipo. Aquí se han librado muchas batallas —al igual que la mayoría de los pueblos costeros, Scarborough está bañada en sangre— y el entorno se ha visto degradado por culpa de la fealdad de la Interestatal 1, aunque, a pesar de todo, la marisma salada de Scarborough ha sobrevivido y sus aguas brillan como lava líquida en las puestas de sol. La marisma estaba protegida, aunque el desarrollo continuado de Scarborough tuvo como consecuencia la construcción de nuevas casas —no todas bonitas, y algunas resueltamente feas— que se levantaron cerca de la línea de la pleamar de la marisma, ya que a la gente le atraía tanto la belleza del lugar como la existencia previa de antiguos asentamientos. La casa grande con tejado negro a dos aguas en que yo vivía se construyó en torno a 1930 y en buena parte estaba protegida de la carretera y de la marisma por una hilera de árboles. Desde el porche divisaba las aguas, y algunas veces encontraba una paz que no había sentido desde hacía mucho, muchísimo tiempo.

Pero esa clase de paz es momentánea, una huida de la realidad que cesa en el instante en que vuelves la vista y fijas tu atención en los asuntos cotidianos: aquellos a los que quieres y cuentan contigo para que les eches una mano cuando te necesiten, aquellos que esperan algo de ti pero por los que tú no sientes nada y aquellos que te harían daño a ti y a los tuyos si se les presentase la oportunidad. En ese instante tenía de sobra para bregar en las tres categorías.

Rachel y yo nos habíamos mudado a aquella casa hacía sólo cuatro semanas, después de vender la vieja casa de mi abuelo y los terrenos colindantes en Mussey Road, a unos tres kilómetros de allí, al Servicio Postal de Estados Unidos. Estaban construyendo un nuevo e inmenso almacén de correos en la zona de Scarborough y me habían pagado una cantidad considerable de dinero por dejar mis tierras, que se utilizarían como área de mantenimiento de la oficina postal.

Sentí un profundo dolor cuando llegamos a un acuerdo de venta. Después de todo, aquélla era la casa a la que fuimos mi madre y yo desde Nueva York cuando murió mi padre. Era la casa en la que había transcurrido mi adolescencia y la casa a la que había regresado después de la muerte de mi mujer y de mi hija. Ahora, pasados dos años y medio, empezaba de nuevo. A Rachel ya se le iba notando el embarazo, y de algún modo parecía conveniente que comenzásemos nuestra vida como pareja formal en una nueva casa, una casa que hubiésemos elegido, decorado y amueblado entre ambos y en la que, según era mi deseo, pudiéramos vivir y envejecer juntos. Además, como mi antiguo vecino me indicó cuando la venta estaba casi cerrada y cuando él mismo estaba a punto de marcharse a su nuevo hogar en el sur, sólo un loco querría vivir tan cerca de miles de trabajadores de correos, ya que todos ellos son como pequeñas bombas de relojería llenas de frustración a punto de explotar en una orgía de violencia armada.

—No estoy seguro de que sean tan peligrosos —le contesté.

Me miró con escepticismo. Sam fue el primero en vender cuando hicieron las ofertas, y en aquel momento hasta la última de sus pertenencias se hallaba dentro de un camión U-Haul, listas para ser trasladadas a Virginia. Yo tenía las manos llenas de polvo porque le había ayudado en la mudanza.

—¿Has visto la película *El cartero*? —me preguntó.

—No, pero he oído que es una mierda.

—Es malísima. A Kevin Costner lo dejan en cueros, lo cubren de miel y lo atan sobre un hormiguero para que las hormigas lo devoren. Pero eso no es lo relevante. ¿De qué va *El cartero*?

—¿De un cartero?

—De un cartero *armado* —apostilló—. De hecho, hay muchos carteros que van armados. Ahora bien, te apuesto cincuenta pavos a que si tuvieses acceso a los archivos de los asquerosos videoclubes de cualquier ciudad de América, ¿sabes con qué te encontrarías?

—¿Porno?

—No sé nada sobre eso —mintió—. Te encontrarías con que los únicos que alquilan *El cartero* más de una vez son otros carteros. Lo juro. Comprueba los archivos. *El cartero* es para esos tipos algo así como una llamada a las armas. Quiero decir que es una visión de América en la que los trabajadores de correos son héroes y tienen que cargarse a cualquiera que les joda. Es como porno para los carteros. Seguro que se sientan en círculo y se hacen pajas en sus escenas favoritas.

Discretamente, me aparté de él unos pasos. Me apuntaba agitando el dedo.

—Acuérdate bien de lo que digo. Lo que Marilyn Manson significa para los descerebrados alumnos de instituto, es lo que significa *El cartero* para los carteros. Sólo tienes que esperar a que empiecen los asesinatos, y entonces reconocerás que el viejo Sam tenía razón desde el principio.

O eso o que el viejo Sam estaba loco desde el principio. Aún no sabía muy bien si hablaba en serio. Ya me lo imaginaba escondido en una granja de Virginia, esperando el Apocalipsis de correos. Me estrechó la mano y se dirigió al camión. Su mujer y los niños se habían marchado ya, y él esperaba con impaciencia la paz de la carretera. Se detuvo delante de la puerta del camión y me guiñó un ojo.

—No permitas que esos locos miserables te pillen, Parker.

—Aún no lo han logrado —contesté.

Por un instante, dejó de sonreír, pero enseguida recuperó el buen humor.

—Eso no significa que no vayan a intentarlo de nuevo.

—Lo sé.

Asintió.

—Si alguna vez pasas por Virginia...

—Pasaré de largo.

Me dijo adiós con la mano y se marchó levantando el dedo corazón para despedirse para siempre de la futura sede del Servicio Postal de Estados Unidos.

Desde el porche, Rachel me llamó y me señaló el teléfono inalámbrico. Levanté una mano para darle a entender que la había oído y vi cómo *Walt* echaba a correr a toda velocidad hacia ella. La melena pelirroja de Rachel parecía arder bajo la luz del sol, y una vez más sentí una tirantez en el estómago ante su presencia. Mis sentimientos hacia ella se enroscaban y retorcían dentro de mí, así que por un instante me costó trabajo aislar cualquier emoción pura. Había amor —estaba seguro de eso—, pero también había gratitud, nostalgia y temor: temor por nosotros. De alguna manera, temía defraudarla y obligarla a que se alejase de mí. Temía por el hijo que iba a nacer, porque ya había perdido a una hija, que se me aparecía una y otra vez en mis sueños agitados, alejándose de mí y perdiéndose para siempre en la oscuridad, con su madre al lado, muriendo en medio del dolor y la rabia. Y temía por Rachel. Temía que le sucediese algo malo en cuanto me diese la vuelta, cuando estuviese ocupado en mis asuntos, y que también a ella la arrancasen de mi vida.

Ante semejante caso me moriría, porque no sería capaz de soportar de nuevo tanto sufrimiento.

—Es Elliot Norton —dijo mientras me acercaba, tapando el auricular con la mano—. Dice que es un viejo amigo.

Asentí y le di una palmadita en el culo mientras alcanzaba el teléfono. Como respuesta, ella me dio un cariñoso tirón de orejas. O, al menos, quise interpretar que se trataba de un tirón cariñoso. Observé cómo entraba en la casa para proseguir su trabajo. Aún bajaba a Boston dos veces por semana para ocuparse de los seminarios de psicología. Pero por aquel entonces realizaba la mayor parte de sus trabajos de investigación en el pequeño estudio que habíamos montado en uno de los cuartos de invitados. Cuando escribía, siempre apoyaba la mano izquierda en la barriga. Me miró por encima del hombro cuando se dirigía a la cocina y meneó de manera provocativa las caderas.

—Fresca —le dije entre dientes. Ella me sacó la lengua y desapareció.

—¿Disculpe? —dijo la voz de Elliot a través del teléfono. Tenía más acento sureño del que yo recordaba.

—He dicho «fresca». No saludo a los abogados de esa manera. Para ellos uso «puto» o «sanguijuela» si quiero salirme del ámbito de lo sexual.

—Ajá. ¿Y no haces excepciones?

—Normalmente no. Por cierto, esta mañana he encontrado un nido de parientes tuyos en mi jardín.

—Prefiero no preguntar siquiera. ¿Cómo estás, Charlie?

—Estoy bien. Cuánto tiempo, Elliot.

Elliot Norton había sido ayudante del fiscal de distrito en el Departamento de Homicidios de la fiscalía de Brooklyn cuando yo era policía. En aquellas ocasiones en que nuestros caminos se cruzaron habíamos conseguido entendernos bastante bien, tanto en el plano profesional como en el personal, hasta que se casó y volvió a su nativa Carolina del Sur, donde ejercía de abogado en Charleston. Cada año me mandaba una felicitación navideña. Quedé con él en Boston para cenar en septiembre del año pasado, cuando se ocupaba de la venta de algunas propiedades en White Mountains, y unos años antes me había alojado en su casa cuando Susan, mi difunta mujer, y yo pasamos por Carolina del Sur durante los primeros meses de nuestro matrimonio. Rondaba los cuarenta, tenía canas prematuras y se había divorciado de su mujer, Alicia, que era lo suficientemente guapa como para detener el tráfico en un día lluvioso. Ignoraba la causa de la separación, aunque conociendo la clase de tipo que era Elliot, me atrevería a suponer que se había extraviado del redil conyugal alguna que otra vez. La noche que estuvimos cenando en Sonsi, en Newbury, los ojos se le salían de las órbitas, como si fuese uno de esos dibujos animados de Tex Avery, cuando veía pasar a las muchachas con sus modelitos veraniegos por delante de las puertas abiertas.

—Bueno, la gente del sur tendemos a ser poco comunicativos —dijo alargando mucho las palabras—. Además andamos un poco ocupados en mantener a raya a los de color y todo eso.

—Siempre es bueno tener un pasatiempo.

—Exacto. ¿Sigues trabajando como detective privado?

El charloteo había tocado a su fin de un modo bastante brusco, pensé.

—Algo —corroboré.

—¿Estás dispuesto a trabajar?

—Depende de qué se trate.

—Uno de mis clientes está pendiente de juicio. No me vendría mal un poco de ayuda.

—Elliot, Maine queda muy lejos de Carolina del Sur.

—Por eso te he llamado. A los fisgones locales no puede decirse que les interese mucho.

—¿Por qué?

—Porque es un asunto feo.

—¿Cómo de feo?

—Un varón de diecinueve años acusado de violar a su novia y de matarla a golpes. Se llama Atys Jones. Es negro. Su novia era blanca y rica.

—Es un asunto bastante feo.

—Dice que él no lo hizo.

—¿Y le crees?

—Le creo.

—Con todo respeto, Elliot, las cárceles están llenas de tipos que dicen que no lo hicieron.

—Lo sé. He sacado a muchos de la cárcel sabiendo que lo hicieron. Pero lo de éste es distinto. Es inocente. Me apuesto mi casa a que lo es. Y lo digo en sentido literal: mi casa es el aval de su fianza.

—¿Qué quieres que haga?

—Necesito que alguien me ayude a llevarlo a un lugar seguro. Alguien que estudie y compruebe las declaraciones de los testigos. Alguien que no sea de por aquí y que no se espante fácilmente. El trabajo durará una semana, quizás un día o dos más. Mira, Charlie, a ese chaval ya lo han sentenciado a muerte incluso antes de que ponga un pie en el tribunal. Tal y como están las cosas, es probable que no llegue a ver su propio juicio.

—¿Dónde se encuentra ahora?

—Encarcelado en Richland County, pero no puedo dejar que siga allí durante más tiempo. Me hice cargo del caso cuando el abogado de oficio lo dejó y ahora incluso se rumorea que unos canallas de los Skinhead Riviera van a intentar saltar a la fama apaleando al chaval en el caso de que yo consiga que lo suelten. Por eso decidí pagar la fianza. En Richland, Atys Jones es como un pato inmóvil en el punto de mira de una escopeta.

Me recosté en la barandilla del porche. *Walter* salió con un hueso de goma en la boca y me lo restregó en la mano. Quería jugar. Sabía cómo se sentía. Era un día luminoso de otoño. Mi novia estaba radiante al comprobar cómo nuestro primer hijo crecía dentro de ella. Estábamos bastante bien de dinero. Una confabulación de circunstancias de ese tipo te estimula a quitarte de en medio durante una temporada y disfrutarlas mientras duren. Necesitaba al cliente de Elliot Norton tanto como tener escorpiones dentro de los zapatos.

—No sé, Elliot. Cada vez que abres la boca me das una buena razón para hacerme el sordo.

—Bueno, mientras sigas escuchándome podrás oír también lo peor del asunto. La chica se llamaba Marianne Larousse. Era la hija de Earl Larousse.

Al mencionar ese nombre, recordé algunos detalles del caso. Earl Larousse era el industrial más poderoso entre las dos Carolinas y el Mississippi. Poseía plantaciones de tabaco, pozos petrolíferos, explotaciones mineras y fábricas. Incluso era propietario de la mayor parte de Grace Falls, el pueblo en el que se había criado Elliot. Pero el nombre de Earl Larousse nunca aparecía mencionado en las páginas de sociedad ni en los suplementos de negocios. No se le veía al lado de candidatos presidenciales ni de congresistas zoquetes. Contrataba a compañías de relaciones públicas para preservar su nombre del dominio público y para evitar a los periodistas y a quienquiera que intentase hurgar en sus asuntos. A Earl Larousse le gustaba preservar su privacidad y estaba dispuesto a gastarse mucho dinero en ello. Pero la muerte de su hija había ocasionado que su familia estuviese, muy a su pesar, en el candelero. Su mujer había muerto unos años antes. Tenía un hijo, Earl Jr., dos años mayor que Marianne, pero ninguno de los miembros vivos del clan Larousse había hecho declaraciones sobre la muerte de Marianne ni sobre el inminente juicio del asesino.

Elliot Norton estaba defendiendo al hombre acusado de la violación y el asesinato de la hija de Earl Larousse y, en esa línea de acción, se convertiría en la segunda persona más impopular de todo el estado de Carolina del Sur después de su cliente. Todos los involucrados en aquel torbellino que rodeaba el caso iban a sufrir. No cabía la menor duda de eso. Incluso si el propio Earl decidiese no tomarse la justicia por su mano, habría otros muchos dispuestos a hacerlo, porque Earl era uno de los suyos, porque Earl les pagaba los sueldos y porque quizás Earl sabría ser agradecido con quien le hiciera el favor de castigar al hombre que él creía que había asesinado a su pequeña.

—Elliot, lo siento, pero es algo en lo que prefiero no involucrarme en este preciso momento.

Al otro lado del teléfono hubo un silencio.

—Charlie, estoy desesperado —dijo por fin, y percibí en su voz el cansancio, el temor y la frustración—. Mi secretaria va a dejarme al final de esta semana porque no aprueba la lista de clientes que tengo, y muy pronto tendré que ir a Georgia a comprar comida porque nadie de los alrededores querrá venderme una puta mierda —levantó la voz—. Así que no me jodas diciéndome que esto es algo en lo que no quieres involucrarte, como si fueses a presentarte al jodido Congreso o algo por el estilo, porque mi casa y quizá mi vida están en peligro...

No terminó la frase. Después de todo, ¿qué más podía decir?

Le oí respirar profundamente.

—Lo siento —susurró—. No sé por qué he dicho esas cosas.

—No hay problema —le contesté, pero no era verdad que no lo hubiera, ni para él ni para mí.

—Me he enterado de que vas a ser padre —dijo—. Después de todo aquello que pasó, es una buena noticia. Yo que tú, quizá también me quedaría en Maine y me olvidaría de que un gilipollas me llamó de repente para que me uniese a su cruzada. Sí, creo que eso es lo que yo haría si fuese tú. Cuídate, Charlie Parker. Cuida de esa damita.

—Lo haré.

—Sí.

Colgó. Arrojé el teléfono a una silla y me froté la cara. El perro estaba ovillado a mis pies, con el hueso agarrado entre las patas delanteras, y tiraba de él con los dientes afilados. El sol aún brillaba en la marisma y los pájaros se desplazaban con parsimonia sobre el agua, llamándose entre sí mientras planeaban entre las espadañas. Pero aquella naturaleza pasajera y frágil de la que yo era testigo parecía provocarme un hondo pesar. Miré la choza en ruinas en que yacían las serpientes de jarretera, al acecho de roedores y pajarillos. Podías desentenderte de ellas y fingir que no iban a hacerte ningún daño y que, por lo tanto, no había motivo alguno para obligarlas a que se fueran. De ser así, jamás tendrías que enfrentarte a ellas de nuevo, o quizás otras criaturas mayores y más fuertes se ocuparían de ellas por ti.

Pero podía llegar un día en que, al volver a aquella cabaña y levantar la madera del suelo, te llevaras la sorpresa de que, donde una vez hubo una docena, hubiera ya cientos de serpientes, y las viejas tablas y la madera podrida no serían suficientes para contenerlas. Porque el hecho de olvidarlas o de ignorarlas no hace que se marchen, sino que precisamente les facilita la reproducción.

Aquella tarde, dejé a Rachel trabajando en su estudio y me dirigí a Portland. Como tenía en el maletero del coche las zapatillas de deporte y el chándal, pensé que me vendría bien ir a One

City Center y castigarme dando un par de vueltas a la pista. Pero, en vez de eso, acabé merodeando por las calles y echando un vistazo en la librería de viejo de Carlson & Turner's, que estaba al final de Congress Street, y desde allí bajé al Old Port y entré en Bullmoose Music. Compré el nuevo disco de Pinetop Seven, *Bringing Home the Last Great Strike;* un ejemplar promocional de *Heartbreaker,* de Ryan Adams, y *Leisure and Other Songs,* de un grupo llamado Spokane, porque estaba liderado por Rick Alverson, que fue líder de Drunk y que hacía la clase de música que te apetecería escuchar cuando tus viejos amigos te fallan o cuando vislumbras a una antigua novia en la calle de una ciudad cogida de la mano de otro y mirándolo de una manera que te recuerda el modo en que antes te miraba a ti. Aún quedaban turistas, la última avalancha del verano. Las hojas no tardarían en mostrar todo su esplendor y la siguiente avalancha llegaría para admirar cómo las hileras de árboles se extenderían como un gran incendio rojo hacia el norte, hasta alcanzar la frontera de Canadá.

Estaba enfadado con Elliot, pero mucho más enfadado conmigo mismo. Parecía un caso difícil, y los casos difíciles forman parte de mi trabajo. Si esperaba sentado a que llegaran los fáciles, me moriría de hambre o me volvería loco. Dos años atrás habría bajado a Carolina del Sur para echarle una mano sin pensármelo dos veces, pero en ese momento estaba Rachel, y faltaba poco para que yo volviera a ser padre. Me habían dado una segunda oportunidad y de ninguna manera quería ponerla en peligro.

Me vi de nuevo dentro del coche. Saqué la indumentaria del maletero y me pasé una hora en el gimnasio castigándome tan duramente como jamás lo había hecho. Estuve machacándome hasta que me ardieron los músculos y tuve que sentarme en un banco con la cabeza agachada para sobrellevar el momento peor de la náusea. Cuando conducía de vuelta a Scarborough, me sentía mal, y el sudor que me caía por la cara era el sudor propio del lecho de un enfermo.

Rachel y yo no comentamos la llamada hasta la cena. Llevábamos juntos como pareja unos diecinueve meses, aunque sólo compartíamos el mismo techo desde hacía menos de dos. Había quienes desde entonces me miraban de modo distinto, como si se preguntasen cómo un hombre que había perdido a su mujer y a su hija en unas circunstancias tan terribles, hacía menos de tres años, podía persuadirse a sí mismo para empezar de nuevo, para engendrar otro hijo y tratar de encontrarle un lugar en un mundo que había creado un asesino capaz de descuartizar a una niña y a la madre de esa niña.

Pero si no lo hubiese intentado, si no hubiese recurrido a otra persona con la esperanza de establecer con ella algún tipo de vínculo pequeño y titubeante que algún día se haría firme, entonces el Viajante, la criatura que me había arrebatado a mi mujer y a mi hija, me habría ganado la batalla. Yo no podía remediar el daño que nos había hecho a todos, pero me negué a ser su víctima durante el resto de mi vida.

Y aquella mujer, sin pretender aparentarlo, era extraordinaria. Había visto en mí algo digno de ser amado y de ser salvado y se había propuesto recuperar ese algo que se había refugiado en un lugar muy profundo de mí para protegerse a sí mismo de un daño mayor. No era tan ingenua como para creer que podría salvarme: prefirió ayudarme a que yo quisiera salvarme a mí mismo.

Rachel se asustó cuando supo que estaba embarazada. Al principio, los dos estábamos un poco asustados, pero, con todo, teníamos la impresión de que se trataba de un acto de justicia, de un hecho venturoso que nos permitiría afrontar nuestro nuevo futuro con una especie de serena confianza. A veces nos parecía que la decisión de tener un hijo la hubiese tomado por nosotros una especie de poder superior, y que lo único que podíamos hacer era esperar y disfrutar de la espera. Bueno, es posible que Rachel no hubiese utilizado el verbo «disfrutar». Después de todo, fue ella la que soportó una extraña pesadez cada vez que hacía algo desde el instante mismo en que la prueba de embarazo dio positivo. Era ella la que miraba con fijeza aquel cuerpo suyo que ganaba peso en los sitios más insospechados. Ella era la persona que encontré llorando, sentada a la mesa de la cocina, a altas horas de una noche de agosto, presa de sentimientos de terror, de tristeza y de agotamiento. Era ella la que vomitaba todas las mañanas nada más amanecer y la que se sentaba con la mano en la barriga y escuchaba con miedo y asombro entre un latido y otro, como si pudiese oír las pequeñas células que crecían en su interior. El primer trimestre le resultó especialmente difícil. Pero en el segundo recuperó la energía al sentir la primera patada del crío, porque era la prueba de que por fin algo real y vivo se movía dentro de ella.

Mientras la miraba en silencio, Rachel trinchó un trozo de carne tan poco hecha, que tuvo que sujetarlo con el tenedor para evitar que saliese corriendo por la puerta. Junto a la carne había patatas, zanahorias y calabacines formando montoncitos.

—¿Por qué no comes? —me preguntó tras una breve pausa para tomar aire.

Protegí mi plato con el brazo.

—Atrás, perro malo —dije.

A mi izquierda estaba *Walt*, con la cabeza vuelta hacia mí y con un destello de confusión evidente en los ojos.

—No lo decía por ti —lo tranquilicé, y meneó el rabo.

Rachel terminó de masticar y me señaló con el tenedor vacío.

—Ha sido la llamada de hoy, ¿me equivoco?

Asentí y jugueteé con la comida. Después le conté la historia de Elliot.

—Está en un aprieto. Y cualquiera que se ponga a su lado contra Earl Larousse lo estará también.

—¿Conoces a Larousse?

—No. Sólo por las cosas que Elliot me contó de él hace tiempo.

—¿Cosas malas?

—Nada peor de lo que te esperarías de un hombre que posee más dinero que el noventa y nueve coma nueve por ciento de la gente del estado: intimidación, soborno, turbias transacciones de terrenos, follones con la Agencia de Medio Ambiente por contaminar ríos y envenenar campos... La historia de siempre. Tira una piedra en Washington cuando el Congreso esté reunido y seguro que le das a un abogado de los miles que hay como él. Pero eso no hace que la pérdida de su hija le resulte menos dolorosa.

La imagen de Irv Blythe se me cruzó fugazmente por la cabeza. La borré de mis pensamientos igual que se espanta una mosca.

—¿Y Norton está seguro de que su cliente no la mató?

—Eso parece. Después de todo, se encargó del caso cuando lo dejó el primer abogado. Luego pagó la fianza del chico, y Elliot no es de los que arriesgan su dinero ni su reputación por una causa perdida. De nuevo, un negro acusado del asesinato de una blanca rica podría estar en peligro entre el resto de la gente, en el caso de que a alguien se le meta en la cabeza ganarse el favor de la familia afligida. Según Elliot, o pagaba la fianza o lo enterraba. Ésas eran las opciones.

—¿Cuándo es el juicio?

—Pronto.

En internet había revisado las noticias que aparecieron en los periódicos sobre el asesinato, y estaba claro que el caso había sido tramitado desde el principio por vía de urgencia. Marianne Larousse había muerto hacía tan sólo unos meses, pero el caso iba a verse a principios del año siguiente. A la justicia no le apetecía hacer esperar a tipos como Earl Larousse.

Nos miramos fijamente a través de la mesa.

—No necesitamos el dinero. No estamos tan desesperados —dijo Rachel.

—Lo sé.

—Y tú no quieres bajar allí.

—No, claro que no.

—Aclarado entonces.

—Aclarado entonces.

—Termínate la cena, antes de que me la coma yo.

Hice lo que me dijo, incluso la saboreé.

Sabía a ceniza.

Después de cenar, fuimos en coche a Len Libby's por la Interestatal 1. Nos sentamos en un banco de la terraza y nos tomamos un helado. Antes, Len Libby's estaba en Spurwink Road, en el camino de Higgins Beach. Era un sitio que sólo tenía mesas en el interior y en el que la gente se sentaba y le daba a la lengua. Lo habían trasladado a su nueva ubicación, en la autopista, hacía unos años, y, aunque el helado seguía siendo muy bueno, no era exactamente lo mismo tomártelo viendo cuatro carriles atestados de vehículos. Como contrapartida, habían colocado un alce de chocolate de tamaño natural detrás del mostrador, y probablemente lo consideraban un signo de progreso.

Rachel y yo no hablamos. El sol se ponía y alargaba nuestras sombras, prolongándolas delante de nosotros, al igual que nuestras esperanzas y temores ante el futuro.

—¿Has leído hoy el periódico?

—No, no he tenido tiempo.

Alcanzó el bolso y hurgó dentro de él hasta que encontró el artículo que había recortado del *Press Herald* y me lo pasó.

—No sé por qué lo recorté. Sabía que tarde o temprano lo verías —dijo—. Por un lado, no quería que tuvieses que volver a leer nada sobre él. Estoy cansada de ver su nombre.

Desplegué el recorte.

«THOMASTON – El reverendo Aaron Faulkner permanecerá en el centro de máxima seguridad de Thomaston hasta que tenga lugar su juicio, según declaró ayer un portavoz del Departamento de Prisiones. Faulkner, acusado a principios de este año de los cargos de conspiración y asesinato, fue trasladado a Thomaston desde una prisión estatal hace un mes, después de un presunto intento fallido de suicidio.

»Faulkner fue arrestado en Lubec en mayo del presente año, después de tener un enfrentamiento con Charlie Parker, detective privado de Scarborough, durante el cual murieron dos personas, un varón que se hacía llamar Elias Pudd y una mujer no identificada. Los análisis de ADN revelaron después que el muerto era, de hecho, el hijo de Faulkner, Leonard, y la mujer fue identificada como Muriel Faulkner, la hija del predicador.

»A Faulkner se le acusó oficialmente en mayo de los asesinatos de los baptistas de Aroostook, el grupo religioso encabezado por el propio predicador y que desapareció de la congregación en Eagle Lake en enero de 1964, y de conspirar para llevar a cabo el asesinato de al menos otras cuatro personas conocidas, entre ellas el industrial Jack Mercier.

»Los restos de los baptistas de Aroostook se encontraron en las cercanías de Eagle Lake el pasado abril. Funcionarios de Minnesota, Nueva York y Massachusetts también están investigando casos sin resolver en que Faulkner y su familia estuvieron presuntamente implicados, aunque aún no se han presentado cargos contra Faulkner fuera de Maine.

»Según fuentes del despacho del fiscal general de Maine, tanto la Oficina de Alcohol, Tabaco y Armas como el FBI están examinando el caso de Faulkner con el propósito de inculparle en cargos federales.

»El abogado de Faulkner, James Grimes, declaró ayer a los periodistas que seguía preocupado por la salud y el bienestar de su cliente y que estaba considerando la opción de apelar al Tribunal Supremo del Estado tras conocer la decisión del Tribunal Superior de Primera Instancia de Washington de negarle la fianza. Faulkner se ha declarado inocente de todos los cargos que se le imputan y alega que, en realidad, su familia le tuvo prisionero durante casi cuarenta años.

»Mientras tanto, el entomólogo especialista que se halla al servicio de los investigadores para catalogar la colección de insectos y de arañas encontrada en Lubec, en el recinto ocupado por el reverendo Aaron Faulkner y su familia, declaró ayer al *Press Herald* que su trabajo estaba casi concluido. Según un portavoz de la policía, se cree que la colección había sido reunida por Leonard Faulkner, alias Elias Pudd, a lo largo de muchos años.

»"Hasta ahora hemos identificado casi doscientas especies diferentes de arañas, así como otras cincuenta especies de insectos", declaró el doctor Martin Lee Howard, quien además dijo que la colección constaba de algunas especies muy raras y que incluía un número de ellas que, hasta la fecha, su equipo no había podido identificar.

»"Una de ellas parece ser una subespecie de la extremadamente repugnante araña de la cueva del diente", declaró el doctor Howard. "Con toda certeza, no es autóctona de Estados Unidos." Preguntado si había alguna pauta derivada de su investigación, el doctor Howard declaró que el único factor que unía a las distintas especies era que "todas eran muy repugnantes. Lo que pretendo sugerir es que aun siendo los insectos y las arañas mi materia de trabajo, debo admitir que hay un montón de esos chicos y chicas a los que no me gustaría encontrarme en mi cama por la noche".

»El doctor Howard añadió: "Pero sí que hemos descubierto muchas arañas reclusas marrones y, cuando digo muchas, quiero decir muchas. Quienquiera que reuniese esta colección sentía un cariño indudable por las reclusas, y eso es algo de veras infrecuente. Cariño es lo último que una persona normal sentiría por una araña reclusa".»

Volví a doblar el recorte del periódico y lo tiré a la papelera. La posibilidad de que apelaran la denegación de fianza resultaba inquietante. El despacho del fiscal general había recurrido directamente a un gran jurado tras la detención de Faulkner, una práctica común en un caso que parecía estar relacionado con asuntos que llevaban mucho tiempo sin resolver. Veinticuatro horas después de que detuviesen a Faulkner, un gran jurado compuesto por veintitrés miembros se había reunido en Calais, en Washington County, y había hecho pública una orden de detención bajo las acusaciones de asesinato, de conspiración para asesinar y de complicidad con asesinos. A continuación, el Estado solicitó una vista para tomar una decisión relativa a la fianza. Tiempo atrás, cuando en Maine estaba vigente la pena de muerte, los acusados de delito capital no tenían derecho a fianza. Tras la abolición de la pena de muerte, se modificó la constitución para denegar la fianza a los acusados de delitos capitales siempre y cuando hubiese «una prueba evidente y una presunción clara» de la culpabilidad del acusado. A fin de determinar esa prueba y esa presunción, el Estado podía solicitar una vista con las partes implicadas, bajo la supervisión de un juez, para que ambas expusieran sus argumentos.

Rachel y yo habíamos prestado declaración antes de la vista, así como el principal detective de la Policía Estatal encargado de la investigación de la muerte de la congregación baptista de Faulkner y del asesinato de cuatro personas en Scarborough, presuntamente ordenado por Faulkner. Bobby Andrus, el ayudante del fiscal general, había alegado el riesgo de que Faulkner se diese a la fuga, así como que constituía una amenaza potencial para los testigos. Jim Grimes hizo todo lo posible para encontrar algún tipo de fisura en las conclusiones del fiscal, pero habían pasado seis días desde el arresto de Faulkner y Grimes seguía sin contar con nada. Aquello le bastó al juez para denegar la fianza, pero por los pelos. Había pocas pruebas irrefutables que implicaran a Faulkner en los crímenes de los que se le acusaba y el desarrollo de la vista había obligado al Estado a reconocer la relativa inconsistencia del caso. El hecho de que Jim Grimes hiciese pública la posibilidad de una apelación indicaba que estaba convencido de que un juez del Tribunal Supremo del Estado llegaría a una conclusión diferente en el asunto relativo a la fianza. Yo no quería pensar siquiera qué podía ocurrir si dejaban en libertad a Faulkner.

—Podemos mirarlo con perspectiva y considerarlo publicidad gratuita —dije, pero la broma sonó falsa—. No nos lo quitaremos totalmente de encima hasta que lo metan en la cárcel para siempre, y puede que ni siquiera entonces.

—Supongo que para ti es un momento decisivo —susurró.

Puse mi mejor y más sincera mirada romántica y le apreté la mano.

—No —le dije, de la manera más teatral que pude—. Lo único decisivo para mí eres tú.

Hizo como si se metiera un dedo en la garganta para vomitar y sonrió. La sombra de Faulkner se disipó durante un rato. Alargué mi mano hacia la suya y se llevó mis dedos a la boca para chupar los restos de helado que había en ellos.

—Venga —dijo, y los ojos le brillaron a causa de un apetito diferente—. Vamos a casa.

Pero cuando llegamos a casa había un coche aparcado en la entrada. Lo reconocí nada más verlo a través de los árboles: el Lincoln de Irving Blythe. En cuanto detuvimos el coche, él abrió la puerta del suyo y salió, dejando que sonara la música clásica de la emisora de la radio pública, una música que flotaba melosa en el aire quedo de la noche. Rachel le saludó y entró en la casa. Vi que encendía las luces de nuestro dormitorio y que bajaba las persianas. Irv Blythe había elegido el momento idóneo si lo que pretendía era interponerse entre mi persona y una vida amorosa activa.

—¿En qué puedo ayudarle, señor Blythe? —le pregunté en un tono que dejaba claro que el hecho de ayudarlo en aquel instante estaba muy al final en mi lista de prioridades.

Tenía las manos metidas hasta el fondo de los bolsillos. Vestía una camisa de manga corta metida por dentro de la cintura elástica de los pantalones, que los llevaba muy subidos, por encima de lo que quedaba de su antigua barriga, y de esa manera daba la impresión de que tenía las piernas demasiado largas en relación al cuerpo. Habíamos hablado poco desde que acepté investigar las circunstancias de la desaparición de su hija. En realidad, trataba casi siempre con su mujer. Repasé los informes policiales, hablé con los que habían visto a Cassie durante los días previos a su desaparición y reconstruí los movimientos que llevó a cabo en los últimos días de su vida. Pero había pasado demasiado tiempo para que los que la recordaban pudiesen aportar datos nuevos. En algunos casos, incluso tenían problemas para recordar cualquier cosa. Hasta el momento, no había encontrado nada extraordinario, pero decliné la oferta de un anticipo similar al que había disfrutado Sundquist durante tanto tiempo. Les dije a los Blythe que les presentaría una factura sólo por las horas de trabajo. Con todo, aunque Irv Blythe no me mostrase abiertamente su hostilidad, yo aún tenía la sensación de que hubiese preferido que no me involucrara en la investigación. No estaba seguro de en qué medida los acontecimientos del día anterior habían afectado a nuestras relaciones. Al final, fue Blythe quien sacó el asunto a colación.

—Ayer, en casa... —empezó a decir, pero se calló.

Esperé.

—Mi mujer cree que le debo una disculpa —se puso muy colorado.

—¿Usted qué opina?

Fue de lo más franco.

—Opino que me gustaría creer a Sundquist y al hombre que

79

trajo consigo. Me molestó que usted disipase las esperanzas que me dieron.

—Eran falsas esperanzas, señor Blythe.

—Señor Parker, hasta entonces no habíamos tenido esperanza alguna.

Se sacó las manos de los bolsillos y empezó a rascarse en el centro de las palmas como si allí quisiera localizar la fuente de su pena y arrancársela como se arranca una astilla. Vi que tenía llagas medio cicatrizadas en el dorso de una mano y en la cabeza, allí donde el dolor y la frustración le habían llevado a herirse a sí mismo.

Era el momento de aclarar las cosas entre nosotros.

—Tengo la sensación de que no le gusto mucho —le dije.

Dejó de rascarse la mano derecha y la agitó levemente en el aire, como si intentase agarrar el sentimiento que yo le inspiraba y arrebatárselo al aire para poder mostrármelo sobre la palma arrugada y llagada de su mano en lugar de verse obligado a traducirlo a palabras.

—No se trata de eso. Estoy seguro de que es muy bueno en lo suyo. Pero es que he oído hablar de usted. He leído las noticias de los periódicos. Sé que resuelve casos difíciles y que ha descubierto la verdad acerca de gente que llevaba años desaparecida, incluso más tiempo del que lleva desaparecida Cassie. El problema es, señor Parker, que por lo general esa gente está ya muerta cuando la encuentra. Quiero que mi hija vuelva viva. —Estas últimas palabras las dijo de manera precipitada y con voz temblorosa.

—Y usted cree que el hecho de contratarme viene a ser como admitir que ella se ha ido para siempre, ¿verdad?

—Algo por el estilo.

Fue como si las palabras de Irv Blythe me hubiesen abierto unas heridas ocultas que, al igual que sus llagas a flor de piel, sólo estaban cicatrizadas a medias. Había algunas personas a las que yo no había logrado salvar, eso era cierto, y había otras que incluso murieron mucho antes de que yo empezara a atisbar siquiera la naturaleza del peligro que se cernía sobre ellas. Pero había hecho un pacto con mi pasado que se basaba en el convencimiento de que, a pesar de haber fallado mientras protegía a determinadas personas, a pesar de haber fallado incluso a la hora de proteger a mi mujer y a mi hija, yo no era del todo responsable de lo que les había ocurrido. Alguien me había arrebatado a Susan y a Jennifer, e incluso si me hubiese quedado con ellas las veinticuatro horas del día a lo largo de noventa y nueve días, esa persona habría esperado hasta que el día que hacía cien me diese la vuelta durante un momento para acabar con ellas. Me debatía entre dos mundos: el mundo de los vivos y el mundo de los muertos, y en ambos procuraba mantener un poco de paz. Era todo cuanto podía hacer. Pero no estaba dispuesto a tolerar que mis errores los juzgase alguien como Irving Blythe. Ya no.

Le abrí la puerta del coche.

—Se está haciendo tarde, señor Blythe. Lamento no poder ofrecerle el consuelo que usted quiere. Todo lo que puedo decirle es que seguiré preguntando. Seguiré intentándolo.

Asintió y echó una mirada a la marisma, pero no hizo ademán de entrar en el coche. La luz de la luna se reflejaba en las aguas y la vista de los canales relucientes pareció inducirlo a un examen de conciencia.

—Señor Parker, sé que está muerta —dijo en voz baja—. Sé que no va a volver a casa viva. Todo lo que quiero es enterrarla en algún lugar bonito y tranquilo donde pueda descansar en paz. No creo en los finales. No creo que esto pueda acabar alguna vez para nosotros. Sólo quiero darle sepultura y que mi mujer y yo podamos ir a verla y dejar unas flores a los pies de su tumba. ¿Me comprende?

Estuve a punto de tocarlo, pero Irving Blythe parecía de los que rechazan un gesto así entre dos hombres. En vez de eso, le dije de la manera más amable que pude:

—Lo comprendo, señor Blythe. Conduzca con cuidado. Le llamaré.

Se subió al coche y no me miró hasta que giró hacia la carretera. Entonces vi sus ojos en el espejo retrovisor y aprecié en ellos el odio por aquellas palabras que de algún modo yo le había obligado a pronunciar, por tener que admitir que se las había arrancado de lo más profundo de su ser.

Esperé un rato antes de reunirme con Rachel. Me senté en el porche y me dediqué a observar las luces de los coches solitarios que pasaban, hasta que los insectos me obligaron a entrar. Rachel ya estaba dormida y sonrió como si percibiese que estaba a su lado.

Al lado de ambos.

Aquella noche, un automóvil se detuvo delante de la casa de Elliot Norton, a las afueras de Grace Falls. Elliot oyó cómo se abría la puerta del coche y luego unas pisadas que cruzaban el césped de su jardín. Estaba a punto de alcanzar la pistola que tenía en la mesita de noche cuando la ventana del dormitorio estalló y la habitación quedó envuelta en llamas. La gasolina ardiendo le salpicó las manos y el pecho y le quemó el pelo. Aún ardía cuando bajó las escaleras tambaleándose, en dirección a la puerta que daba al jardín, donde rodó sobre el césped húmedo para sofocar el fuego.

Se quedó tendido boca arriba, bajo la luz de la luna, viendo cómo se quemaba su casa.

Mientras la casa de Elliot Norton llameaba allá en el sur, me despertó el ruido de un coche en punto muerto en la Old County Road. Rachel estaba dormida a mi lado, y cada vez que respiraba algo vibraba en sus fosas nasales, produciendo un sonido suave, tan regular como el movimiento de un metrónomo. Con mucho cuidado, me deslicé por debajo de la colcha y me acerqué a la ventana.

A la luz de la luna, un viejo Cadillac Coupe de Ville negro estaba parado en el puente que cruza la marisma. A pesar de la distancia, distinguí las abolladuras y arañazos que tenía en la chapa, la curva que trazaba el parachoques doblado, la telaraña que formaba el cristal roto en una esquina del parabrisas. Oía retumbar el motor, pero del tubo de escape no salía humo. A pesar de que aquella noche brillaba la luna, no pude vislumbrar el interior del vehículo a través del cristal oscuro de las ventanillas.

Ya había visto un coche como ése antes. Lo conducía un tipo pálido y deforme llamado Stritch, una criatura repugnante. Pero Stritch estaba muerto, con un agujero en el pecho, y el coche había sido destruido.

Entonces la puerta trasera del Cadillac se abrió. Esperé a que saliera alguien, pero no salió nadie. El coche siguió parado con la puerta abierta durante uno o dos minutos, hasta que una mano invisible la cerró de un tirón. Un crujido de tapa de ataúd me llegó a través del agua y la hierba y el coche se marchó, haciendo un cambio de sentido para dirigirse al noroeste, hacia Oak Hill y la Interestatal 1.

Rachel se removió en la cama.

—¿Qué pasa? —me preguntó.

Me volví hacia ella y vi cómo unas sombras vagaban por la habitación, unas nubes cinceladas por la luz de la luna, hasta que la envolvieron y, lentamente, empezaron a devorar su palidez.

—¿Qué pasa? —preguntó Rachel.

Yo estaba otra vez en la cama, sólo que en ese momento me había incorporado de golpe y había apartado las sábanas con los pies. Su mano cálida se apoyaba en mi pecho.

—Había un coche —dije.

—¿Dónde?

—Fuera. Había un coche.

Me levanté desnudo de la cama y me encaminé a la ventana. Descorrí la cortina, pero no había nada, sólo la carretera, tranquila, y las hebras plateadas del agua de la marisma.

—Había un coche —dije por última vez.

Y vi las huellas de mis dedos marcadas en la ventana, dejadas allí mientras yo alargaba la mano hacia ellas, al igual que ellas, estampadas ahora en el cristal, se alargaban hacia mí.

—Vuelve a la cama —me dijo.

Fui junto a ella y la abracé, dejando que se acurrucara hasta que se quedó dormida.

Y la estuve mirando hasta que se hizo de día.

3

Elliot Norton me llamó a la mañana siguiente del incendio intencionado. Tenía quemaduras de primer grado en los brazos y en la cara. No obstante, se consideraba bastante afortunado. El fuego había quemado tres habitaciones del primer piso y había dejado un agujero en el techo. Como ningún contratista local estaría dispuesto a emprender las reparaciones, contrató a unos chicos procedentes de Martínez, justo en la frontera del estado de Georgia, para arreglar los desperfectos.

—¿Hablaste con la poli? —le pregunté.

—Sí. Fueron los primeros en llegar. No les faltan sospechosos, pero si pueden presentar cargos contra alguien por esto, me retiraré de la abogacía y me meteré a monje. Saben que está relacionado con el caso Larousse y yo sé que está relacionado con el caso Larousse, de manera que no discrepamos en nada. Menos mal que esta coincidencia me va a salir gratis.

—¿No hay sospechosos?

—Van a detener a algunos gilipollas locales, pero no creo que sirva de mucho, no a menos que alguien viese u oyese algo y esté deseando echarle valor y contarlo. Mucha gente opinará que no me merecía menos por haber aceptado el caso.

Hubo una pausa. Noté que esperaba que yo rompiese el silencio. Al final lo hice, y sentí cómo mis pies empezaban a querer darse a la fuga a medida que me daba cuenta de hasta qué punto me estaba involucrando sin remedio en aquello.

—¿Qué vas a hacer?

—¿Qué puedo hacer? ¿Impedir que el chaval salga? Es mi cliente, Charlie. No puedo hacer eso. Y tampoco puedo permitir que me intimiden para que abandone el caso.

Estaba apretando las clavijas de mi mala conciencia a propósito. Aquello no me gustaba, pero quizá pensó que no tenía otra opción.

No sólo me molestó su disposición a aprovecharse de nuestra amistad. Elliot Norton era un buen abogado, pero nunca lo había visto compadecerse por nadie en asuntos de trabajo. Había arriesgado su casa y puede que su vida por un joven del que apenas sabía nada, y aquél no era el Elliot Norton que yo conocía. No estaba seguro de que, a pesar de mis dudas, pudiese seguir dándole largas, pero lo menos que podía hacer era intentar exigirle algunas respuestas satisfactorias.

—Elliot, ¿por qué haces esto?

—¿Hacer qué? ¿Ser abogado?

—No, ser el abogado de ese muchacho.

Esperaba el típico discurso de que un hombre debe hacer lo que debe, de que nadie estaría dispuesto a defender al chaval y de que él, Elliot, hubiera sido incapaz de mantenerse al margen y ver cómo ataban con correas al pobre muchacho a una camilla y le inyectaban un veneno para que el corazón se le parase. Pero, en vez de eso, me sorprendió. Tal vez fuera el cansancio, o el suceso de la noche previa, pero cuando habló su voz desprendía una amargura que nunca había apreciado en él.

—¿Sabes?, una parte de mí siempre ha odiado este lugar. Odiaba sus costumbres y su mentalidad pueblerina. Veía a los tipos que me rodeaban y sabía que no aspiraban a ser políticos, jueces ni príncipes de la industria. No querían cambiar el mundo. Querían beber cerveza y echar algún que otro polvo, y trabajar en una gasolinera por mil dólares al mes ya les daba para eso. No pensaban marcharse de aquí jamás, y si ellos no lo hacían, yo sí que estaba seguro de que me largaría.

—Así que te hiciste abogado.

—Exacto: una profesión noble, a pesar de lo que creas.

—Y te fuiste a Nueva York.

—Me fui a Nueva York, pero me repugnaba vivir en Nueva York, incluso más que vivir aquí. Quizás aún tenía que demostrar algo.

—Así que ahora vas a representar a ese chaval como una manera de vengarte de todos ellos.

—Algo por el estilo. Tengo un instinto visceral, Charlie: ese chaval no mató a Marianne Larousse. Puede que carezca de modales, pero me resisto a creer que sea un violador y un asesino. No puedo mantenerme al margen y ver cómo lo ejecutan por un crimen que no cometió.

Medité sobre aquello. Es posible que yo no fuese nadie para cuestionar las cruzadas ajenas. Después de todo, me habían acusado demasiadas veces de ser un cruzado.

—Te llamaré mañana —le dije—. Hasta entonces, procura no meterte en líos.

Suspiró hondamente, como si viese un rayo de esperanza en la oscuridad.

—Gracias, te lo agradecería.

Cuando colgué el teléfono, Rachel estaba apoyada en el marco de la puerta, mirándome.

—Vas a bajar, ¿verdad?

No era un reproche. Sólo una pregunta.

Me encogí de hombros y le dije:

—Tal vez.

—Crees tener una deuda de lealtad con él.

—No, con él en particular no. —No estaba seguro de poder expresar con palabras mis razones, pero creí que al menos necesitaba intentarlo, que necesitaba explicármelo a mí mismo y explicárselo a Rachel—. Cuando he estado en apuros, cuando me he encargado de casos difíciles, y más que difíciles, he tenido a mi lado a gente deseosa de ayudarme: tú, Ángel, Louis... Y otra mucha gente también, y a alguna de esa gente ayudarme le costó la vida. Ahora hay alguien que me pide ayuda, y no estoy seguro de que pueda darme media vuelta y quitarme de en medio tan fácilmente.

—En la vida todo se paga.

—Supongo que sí. Pero si bajo, primero hay que ocuparse de algunas cosas.

—¿Como qué?

No contesté.

—Quieres decir que hay que ocuparse de mí —unos dedos invisibles trazaron unas delgadas líneas de irritación en su frente—. Ya hemos hablado de eso.

—No, yo he hablado de eso. Tú sólo te tapas las orejas.

Sentí cómo el tono de mi voz se elevaba y aspiré aire antes de proseguir.

—Mira, no quieres llevar un arma y...

—No estoy dispuesta a aguantar ese rollo —dijo. Subió las escaleras vociferando y, pasados unos segundos, oí que cerraba la puerta de su estudio de un portazo.

Me encontré con el sargento de detectives Wallace MacArthur, del Departamento de Policía de Scarborough, en Panera Bread Company, en Maine Mall. Durante los sucesos que condujeron a la detención de Faulkner tuve un altercado con MacArthur, pero resolvimos nuestras diferencias en una comida en Back Bay Grill. Hay que reconocer que la comida me costó casi doscientos pavos, incluido el vino que se bebió MacArthur, aunque mereció la pena para tenerlo de nuevo de mi parte.

Pedí un café y me reuní con él en una mesa con asientos adosados. Estaba desmigando un bollo de canela caliente, y el azúcar glaseado que lo recubría había quedado reducido a la consistencia de la mantequilla derretida, manchando la página de anuncios de contactos en la última edición del *Casco Bay Weekly*. La sección de contactos del *CBW* solía ofrecer una buena cantidad de mujeres deseosas de que las abrazasen delante de una chimenea, de hacer excursiones a pie en lo más crudo del invierno o de apuntarse a clases de danza experimental. Ninguna de ellas parecía la candidata adecuada para MacArthur, que era tan tierno como un cactus y al que no le gustaba ninguna actividad física que requiriese salir de la cama. Gracias a un metabolismo de galgo y a un estilo de vida propio de soltero, había llegado al final de la cuarentena sin verse forzado a caer en las trampas potenciales del buen comer y del ejercicio físico continuado. El concepto que tenía MacArthur del ejercicio consistía en ir alternando los dedos al apretar el mando a distancia.

—¿Has encontrado alguna que te guste? —le pregunté.

MacArthur masticaba pensativo un trozo de bollo.

—¿Cómo pueden asegurar estas mujeres que son «atractivas», «guapas» y «de buen carácter»? Vamos a ver: soy soltero, ando siempre por ahí, merodeando, y jamás me encuentro con mujeres de ese tipo. Conozco a mujeres poco atractivas. Conozco a mujeres feas. Conozco a mujeres de trato difícil. Si son tan guapas y tan desinhibidas, ¿cómo es que se anuncian en la contraportada del *Casco Bay Weekly*? Te aseguro que algunas de estas mujeres mienten.

—Tal vez deberías probar con los anuncios que hay más adelante.

Las cejas de MacArthur se sobresaltaron.

—¿Las *freakies*? ¿Bromeas? Ni siquiera sé qué quieren decir esas tonterías. —Ojeó con discreción la contraportada y echó un rápido vistazo a la mesa contigua para asegurarse de que nadie le miraba. Su voz se redujo a un susurro—. Aquí hay una mujer que busca «un macho suplente para la ducha». A ver, ¿qué demonios es eso? Ni siquiera acierto a sospechar qué es lo que quiere que haga. ¿Quiere que le arregle la ducha o qué?

Le miré y me devolvió la mirada. Tratándose de un hombre que había sido poli durante más de veinte años, MacArhur podía dar la impresión de estar en Babia.

—¿Qué? —preguntó.

—Nada.

—No, dilo.

—No, simplemente no creo que esa mujer te convenga. Eso es todo.

—Qué me vas a contar a mí. No sé qué es peor, si comprender lo que esta gente busca o no comprenderlo. Dios, todo lo que quiero es una relación normal y sincera. Eso tiene que existir en alguna parte, ¿verdad?

Yo no estaba seguro de que pudiese existir una relación normal y sincera, pero entendía lo que quería decir. Se refería a que el detective Wallace MacArthur no iba a ser el suplente de la ducha de nadie.

—Lo último que he sabido de ti es que estabas ayudando a la viuda de Al Buxton a superar su dolor.

Al Buxton fue ayudante del *sheriff* del condado de York, hasta que contrajo una extraña enfermedad degenerativa que lo dejó con el mismo aspecto que una momia sin vendas. Nadie lloró su pérdida. Al Buxton era tan desagradable, que hacía que los herpes parecieran bonitos.

—Aquello duró poco. No creo que tuviese que sobreponerse a demasiado dolor. ¿Sabes?, una vez me dijo que se folló al embalsamador de su marido. No creo que al hombre le diese tiempo siquiera de lavarse las manos, de lo rápido que se le echó encima.

—Tal vez estaba muy agradecida por lo bien que hizo su trabajo. Al Buxton tenía mejor aspecto muerto que vivo, y también resultaba más agradable.

MacArthur se rió, pero me dio la impresión de que la risa le irritó los ojos. Entonces me percaté de que los tenía hinchados y enrojecidos. Parecía que había estado llorando. Quizás incluso la cosa más insignificante le afectaba más de lo que yo podía imaginar.

—¿Qué te pasa? Parece como si la madre de Bambi acabase de morir.

Instintivamente se llevó la mano derecha a los ojos para secárselos, pues habían empezado a caerle lágrimas, pero al instante se detuvo.

—Esta mañana me han rociado con *spray* inmovilizador.

—No jodas. ¿Quién lo hizo?

—Jeff Wexler.

—¿El *detective* Jeff Wexler? ¿Qué hiciste? ¿Lo invitaste a salir? ¿Sabes?, aquel tipo que iba vestido de policía en el grupo Village People en realidad no era un poli. No deberías tomarlo como modelo.

MacArthur no pareció inmutarse.

—¿Qué habrías hecho tú? Me rociaron con *spray* porque son las normas del departamento: si quieres llevar el *spray*, tienes que experimentar su efecto. Sólo así no te precipitarás a la hora de usarlo.

—¿De verdad? ¿Funciona?

—¿Que si funciona? Estaba ansioso por salir de allí y rociarle la cara a algún bastardo para poder sentirme mejor. Esa cosa *escuece*.

Horrible. El *spray* escuece. ¿Quién iba a pensarlo?

—Me han dicho que trabajas para los Blythe —dijo MacArthur—. Es un caso sin resolver al que ya le han dado carpetazo.

—Ellos no se dan por vencidos, aunque la poli sí.

—Eso no es justo, Charlie, y tú lo sabes.

Levanté la mano para disculparme.

—Anoche vino a mi casa Irv Blythe. Tuve que decirles a él y a su mujer que la primera pista con la que contaban al cabo de muchos años era falsa. No me agradó hacerlo, porque están sufriendo, Wallace. Hace ya seis años de eso y no pasa un día sin que sufran. Se han olvidado de ellos. Sé que no es culpa de la poli. Sé que es un caso sin resolver. Pero no es un caso sin resolver para los Blythe.

—¿Crees que está muerta? —El tono de su voz me dio a entender que él ya había llegado a sus propias conclusiones.

—Espero que no.

—Supongo que siempre queda la esperanza —sonrió haciendo una mueca—. Si no estuviese convencido de ello, yo no andaría buscando en la sección de contactos.

—He dicho que estoy esperanzado, no que me sienta locamente optimista.

MacArthur levantó de manera obscena el dedo corazón.

—Así que querías verme, ¿no? Encima llegas tarde y he tenido que comprar un bollo de canela, que cuesta lo suyo.

—Lo siento. Mira, puede que tenga que ausentarme durante una semana. A Rachel no le gusta que sea tan protector, pero no quiere llevar un arma.

—Necesitas que alguien se pase por allí y le eche un vistazo, ¿verdad?

—Sólo hasta que vuelva.

—Eso está hecho.

—Gracias.

—¿Tiene algo que ver con Faulkner?

Me encogí de hombros.

—Supongo que sí.

—Parker, los suyos ya están muertos. Sólo queda él.

—Es posible.

—¿Ha ocurrido algo que te haga pensar lo contrario?

Negué con la cabeza. No había nada, sólo una sensación de desasosiego y la creencia de que Faulkner no pasaría por alto el aniquilamiento de su prole.

—Parker, tienes suerte en todo. Lo sabes, ¿verdad? La sentencia del departamento del fiscal general, literalmente, no te afectó: no fueron contra ti por obstaculizar la investigación, no formularon cargos contra ti ni contra tus amigotes por las muertes que tuvieron lugar en Lubec. No quiero decir que los mataras tú ni mucho menos, pero aun así...

—Lo sé —le interrumpí con aspereza, porque quería cambiar de tema—. Bueno, te ocuparás de que alguien se pase por casa, ¿verdad?

—Seguro, no te preocupes. Cuando pueda, lo haré yo mismo. ¿Crees que estará de acuerdo en que instalemos una alarma?

Yo ya lo había considerado. Con toda probabilidad requeriría destrezas diplomáticas a nivel de la ONU, pero supuse que al final Rachel se dejaría convencer.

—Quizá. ¿Conoces a alguien que pueda instalarla?

—Conozco a un tipo. Llámame cuando hayas hablado con ella.

Le di las gracias y me levanté para irme. No había dado aún tres pasos cuando me detuvo su voz.

—Oye, ¿no tendrá por casualidad amigas solteras?

—Sí, creo que sí —le contesté justo antes de que se me cayera el alma a los pies y me diese cuenta de dónde me había metido. La cara de MacArthur se animó, mientras que la mía, por el contrario, se descompuso—. Oh, no. ¿Por quién me tomas? ¿Por una agencia de contactos?

—Venga, hombre, es lo menos que puedes hacer.

Moví la cabeza con gesto abatido.

—Le preguntaré, pero no te prometo nada.

Dejé a MacArthur con una sonrisa en la cara.

Con una sonrisa y con mucho azúcar glaseado alrededor de la boca.

El resto de la mañana y parte de la tarde los dediqué a despachar el papeleo pendiente, hice la factura de dos clientes y revisé las escasas notas que tenía sobre Cassie Blythe. Había hablado con su antiguo novio, con sus amistades más cercanas y con sus compañeros de trabajo, así como con el personal de la agencia de contratación de Bangor, a la que había acudido el día mismo de su desaparición. Como le estaban reparando el coche, Cassie tomó un autobús para ir a Bangor y salió de la terminal de Greyhound, en la esquina entre Congress y St John, sobre las ocho de la mañana. Según los informes de la policía y el seguimiento de Sundquist, el conductor la recordaba porque intercambiaron unas palabras. Estuvo durante una hora en la agencia de contratación, sita en West Market Square, antes de entrar a curiosear en la librería Book Marcs. Uno de los empleados recordaba que le preguntó por libros firmados de Stephen King.

Después de eso, Cassie Blythe desapareció. No utilizó el billete de vuelta y no había constancia de que hubiese viajado con ninguna otra compañía de autobuses ni de que hubiese cogido un vuelo de cercanías. La tarjeta de crédito y la del cajero automático no se habían utilizado desde el día de su desaparición. Me estaba quedando sin gente a la que poder recurrir y todo aquello no estaba llevándome a nada.

Tenía la impresión de que no iba a encontrar a Cassie Blythe. Ni viva ni muerta.

El Lexus negro se detuvo ante la casa poco después de las tres. Yo estaba en el piso de arriba, delante del ordenador, imprimiendo las noticias sobre el asesinato de Marianne Larousse. La mayoría de ellas daba muy poca información, salvo un suelto del *State* que detallaba el hecho de que Elliot Norton se había encargado de la defensa de Atys Jones en sustitución del abogado de oficio asignado al caso, un tal Laird Rhine. Para el cambio de abogado no se tramitó una petición oficial, lo que significaba que Rhine había acordado con Elliot abandonar el caso. En unas breves declaraciones, Elliot le comentaba al periodista que, aunque

Rhine era un buen abogado, Jones se merecía algo más que un abogado de oficio agobiado por la falta de tiempo. Rhine no comentaba nada. La noticia databa de un par de semanas atrás. Estaba imprimiéndola justo en el instante en que llegó el Lexus.

El hombre que salió del asiento del copiloto llevaba unas zapatillas Reebok manchadas de pintura, unos pantalones vaqueros manchados de pintura y, para rematar el conjunto, una camisa vaquera manchada de pintura. Parecía un modelo de pasarela en un congreso de decoradores, en el caso de que los gustos de los decoradores se decantasen por los ladrones semijubilados y maricas de un metro sesenta y cinco de estatura. Ahora que lo pienso, cuando yo vivía en el East Village había varios decoradores cuyos gustos se habían decantado por ahí.

El conductor del coche era al menos treinta centímetros más alto que su compañero y llevaba unos mocasines de color corinto que habían conocido tiempos mejores y un traje de lino de color canela. Su tez negra brillaba a la luz del sol, tan sólo oscurecida por una levísima sombra de pelo en la cabeza y una barba que circundaba sus labios fruncidos.

—Bueno, este sitio es muchísimo más bonito que aquel basurero al que llamabas hogar —dijo Louis cuando bajé a recibirlos.

—Si tanto lo odiabas, ¿por qué te tomabas la molestia de ir allí de visita?

—Porque te ponía de mala leche.

Le tendí la mano a Louis para estrechársela y me vi con una maleta de Louis Vuitton en ella.

—No doy propina —dijo.

—Lo supuse en cuanto me di cuenta de que eres demasiado tacaño como para venir en avión para pasar el fin de semana.

Enarcó un poco la ceja.

—Oye, trabajo gratis para ti, traigo mis propias armas y compro las balas. No puedo permitirme el lujo de venir en avión.

—¿Todavía llevas un arsenal en el maletero del coche?

—¿Por qué lo preguntas? ¿Necesitas algo?

—No, pero si a tu coche lo parte un rayo, sabré adónde ha ido a parar mi jardín.

—Todas las precauciones son pocas. El mundo es un infierno lleno de maldad.

—¿Sabes? Existe una palabra para la gente que está convencida de que tiene el mundo entero en su contra: paranoia.

—Sí, y hay una palabra para la gente que no: muerte.

Pasó con majestuosidad junto a mí, se dirigió a Rachel y la abrazó cariñosamente. Rachel era la única persona a la que Louis demostraba un afecto verdadero. Sólo podía imaginar que le acariciaba la cabeza de vez en cuando a Ángel. Al fin y al cabo, llevaban casi seis años juntos.

Ángel se puso a mi lado.

—Creo que está volviéndose más cariñoso a medida que envejece —le dije.

—Sería igual de cariñoso si tuviese garras, ocho piernas y un aguijón en la punta del rabo.

—Caray, y es todo tuyo.

—Sí, ¿no soy un tipo con suerte?

Parecía como si Ángel hubiera envejecido de repente desde la última vez que lo vi, unos meses atrás. Tenía unas profundas arrugas alrededor de los ojos y de la boca y el pelo negro salpicado de canas. Incluso andaba con más lentitud, como si temiese tropezar. Sabía por Louis que aún tenía un intenso dolor en los omóplatos, allí donde el predicador Faulkner le había cortado un cuadrado de piel, para luego dejar a Ángel sangrando dentro de una vieja bañera. Los injertos estaban agarrando, pero las cicatrices le dolían cada vez que hacía el mínimo movimiento. Louis y Ángel habían soportado un periodo de separación forzosa. La implicación directa de Ángel en los acontecimientos que desembocaron en la captura de Faulkner tuvo como consecuencia inevitable el hecho de que la policía lo pusiera en su punto de mira. Se había mudado a un apartamento a diez manzanas del de Louis para que su amante no se viese involucrado en la investigación, puesto que el pasado de Louis no resistiría un examen minucioso por parte de las fuerzas de la ley y del orden. Estaban corriendo un riesgo incluso al venir aquí juntos, pero fue Louis quien lo sugirió y no me sentía con ganas de discutir con él. Puede que pensara que a Ángel le vendría bien estar con gente que le quería.

Ángel adivinó mis pensamientos, porque sonrió con tristeza.

—No tengo buen aspecto, ¿verdad?

Le devolví la sonrisa.

—Nunca lo tuviste.

—Oh, sí. Lo había olvidado. Vayamos adentro. Haces que me sienta un inválido.

Vi cómo Rachel le besaba con ternura en la mejilla y le susurraba algo al oído. Por primera vez desde que había llegado se rió.

Pero cuando Rachel me miró por encima del hombro de Ángel, sus ojos traslucían la compasión que sentía por él.

Cenamos en Katahdin, en el cruce de Spring y High, en Portland. Katahdin tiene un mobiliario mal conjuntado, una decoración excéntrica, y a uno le da la impresión de estar comiendo en el salón de una casa particular. A Rachel y a mí nos encanta. Por desgracia, también a mucha otra gente, así que tuvimos que esperar durante un rato en la acogedora barra, oyendo los chismorreos y la cháchara de los que solían comer allí. Ángel y Louis pidieron una botella de chardoné Kendall-Jackson y me di el gusto de beberme media copa. Después de la muerte de Jennifer y de Susan, pasé mucho tiempo sin probar el alcohol. La noche en que murieron me había ido a un bar, y después supe encontrar muchas maneras de atormentarme por no haber estado a su lado cuando me necesitaron. Ahora sólo me tomaba una cerveza de vez en cuando y, en alguna ocasión muy especial, un vaso de vino Flagstone en casa. No echaba de menos la bebida. Mi afición por el alcohol se había esfumado casi por completo.

Al final, encontramos mesa en un rincón y empezamos con uno de los excelentes panecillos de mantequilla del Katahdin. Hablamos del embarazo de Rachel, criticaron la decoración de mi casa y nos pusimos al día en los cotilleos de Nueva York cuando llegaron sus platos de marisco y mi *London broil*.

—Tío, tu casa está llena de viejos trastos de mierda —dijo Louis.

—Antigüedades —le corregí—. Eran de mi abuelo.

—Por mí como si fueran de Moisés. Son trastos viejos, te pareces a uno de esos hijos de puta que venden basura por internet en las subastas de e-Bay. ¿Cuándo vas a convencerlo para que compre muebles nuevos, guapa?

Rachel levantó las manos e hizo un gesto de yo-no-me-meto-en-eso justo en el instante en que la dueña del local se acercó a nuestra mesa para asegurarse de que todo estaba en orden. Le sonrió a Louis, que se mostró un poco desconcertado ante el hecho de que su presencia no la hubiera intimidado. La mayoría de la gente se sentía intimidada, como mínimo, ante Louis, pero la dueña del Katahdin era una mujer fuerte y atractiva que no se dejaba intimidar por un simple «Gracias por preguntarlo». Al contrario, le sirvió más panecillos de mantequilla y lo miró del modo en que un perro miraría un hueso especialmente apetitoso.

—Me parece que le gustas —dijo Rachel, irradiando inocencia.

—Soy marica, no ciego.

—Pero ella no te conoce tanto como nosotros —añadí—. Yo que tú me lo comería todo. Vas a necesitar todas tus energías para salir corriendo.

Louis frunció el ceño. Ángel se mantenía en silencio, porque ya había tenido bastante a lo largo de todo el día. Se le levantó el ánimo cuando la charla se centró en Willie Brew, que estaba al frente de una tienda de coches en Queens y que fue quien me proporcionó mi Boss 302; además, Louis y Ángel eran socios suyos.

—Su hijo dejó embarazada a una chica —me contó.

—¿Qué hijo, Leo?

—No, el otro, Nicky. El que parece un idiota erudito, aunque sin lo de erudito.

—¿Va a hacer lo que debe?

—Ya lo ha hecho. Se las piró a Canadá. El padre de la chica está muy cabreado. El tipo se llama Pete Drakonis, pero todo el mundo lo llama Jersey Pete. Creo que no se debería joder a tipos que tienen nombre de estado, salvo Vermont quizás. Un tipo que se llama Vermont se empeñaría en que te dedicases a salvar ballenas y a beber té chai.

Mientras tomábamos el café, les conté lo de Elliot Norton y su cliente. Ángel movió la cabeza con desaliento.

—Carolina del Sur no es mi lugar preferido —dijo.

—Es difícil que allí organicen un desfile oficial para celebrar el día del Orgullo Gay —reconocí.

—¿De dónde dijiste que era el tipo? —preguntó Louis.

—De un pueblo llamado Grace Falls. Está por...

—Sé por dónde queda —contestó.

Había algo en el tono de su voz que hizo que me callase. Incluso Ángel le miró, pero no insistió sobre ese punto. Nos limitamos a observar cómo Louis desmigaba un trozo de panecillo con el pulgar y el índice.

—¿Cuándo tienes planeado salir? —me preguntó.

—El domingo.

Rachel y yo lo habíamos hablado y convinimos en que mi conciencia no descansaría a menos que me fuese allí durante un par de días como mínimo. A riesgo de que Rachel se cabreara tanto conmigo que me dejara hecho polvo, me atreví a sacar el tema de la conversación que mantuve con MacArthur. Para mi sorpresa, accedió tanto a que se pasase a verla con regularidad como a la instalación de una alarma en la cocina y otra en nuestro dormitorio.

Por cierto, también estuvo de acuerdo en buscarle pareja a MacArthur.

Louis pareció consultar una especie de calendario mental.

—Me reuniré contigo allí —dijo.

—Los dos nos reuniremos contigo allí —le corrigió Ángel.

Louis le lanzó una mirada.

—Primero tengo que hacer algo —replicó—. Y ese algo me pilla de camino.

Ángel apartó una migaja.

—Yo no tengo ningún plan —dijo Ángel, con una voz estudiadamente inexpresiva.

Como me daba la impresión de que la conversación había tomado un rumbo desconocido para mí, y como no estaba dispuesto a pedir un mapa para situarme, pedí la cuenta.

—¿Tienes la más mínima idea de lo que estaban hablando? —me preguntó Rachel cuando nos dirigíamos al coche.

Ángel y Louis iban delante de nosotros sin decir palabra.

—No —respondí—. Pero me da la impresión de que alguien va a lamentar que esos dos hayan salido de Nueva York.

Sólo esperaba que ese alguien no fuese yo.

Aquella noche me despertó un ruido proveniente del piso de abajo. Dejé que Rachel siguiese durmiendo, me puse la bata a toda prisa y bajé las escaleras. La puerta de entrada estaba entreabierta. Ángel estaba sentado, con las piernas estiradas, en una silla del porche, vestido con un pantalón de chándal y una vieja camiseta de Doonesbury. Tenía un vaso de leche en la mano y miraba hacia la marisma iluminada por la luz de la luna. Del oeste nos llegó el grito de un búho, que bajaba y subía de tono. En el cementerio de Black Point había un par de nidos. A veces, por la noche, los faros de los coches los iluminaban y los veíamos encaramarse a las copas de los árboles con un ratón forcejeando para desprenderse de sus garras.

—¿Los búhos te desvelan?

Me lanzó una mirada por encima del hombro y en su sonrisa reconocí un poco al Ángel de antes.

—El silencio es lo que me desvela. ¿Cómo coño puedes dormir con toda esta tranquilidad?

—Puedo comenzar a tocar el claxon y a blasfemar en árabe si crees que eso te servirá de algo.

—Caramba, ¿lo harías?

Estábamos rodeados de mosquitos que merodeaban esperando la ocasión de posarse sobre sus presas. Eché mano de una caja de cerillas que había en el alféizar de la ventana, encendí una vela repelente y me senté a su lado. Él me ofreció el vaso de leche.

—¿Leche?

—No, gracias. Estoy intentando dejarla.

—Haces bien. El calcio podría matarte.

Se bebió la leche a sorbos.

—¿Te preocupa?

—¿Quién, Rachel?

—Sí, Rachel. ¿Por quién creías que te preguntaba, por Chelsea Clinton?

—Está muy bien. Pero he oído que a Chelsea le va bien en la universidad, así que eso tampoco está mal.

Una sonrisa revoloteó en sus labios, como el breve batir de las alas de una mariposa.

—Sabes a qué me refiero.

—Lo sé. A veces tengo miedo. Tengo tanto miedo que salgo aquí afuera, le echo un vistazo a la marisma y me pongo a rezar. Rezo para que no les pase nada ni a Rachel ni al bebé. Francamente, creo que he sufrido lo mío. Todos lo hemos sufrido. Tenía ciertas esperanzas de que el libro se hubiese cerrado durante un tiempo.

—Un lugar como éste, en una noche como ésta, quizás invita a creer que ha sido así —dijo—. Es un lugar bonito, además de tranquilo.

—¿Estás pensando en jubilarte aquí? En ese caso tendré que mudarme de nuevo.

—No, a mí me gusta demasiado la ciudad. Pero esto está bien para un cambio de aires.

—En la leñera hay serpientes.

—¿No las tenemos todos? ¿Qué vas a hacer con ellas?

—Dejarlas en paz. Espero que se vayan o que cualquier alimaña las mate por mí.

—¿Y si eso no ocurre?

—Entonces yo mismo me encargaré de ellas. ¿Quieres decirme por qué estás aquí fuera?

—Me duele la espalda —se limitó a contestar—. También me duele la parte de los muslos de la que me arrancaron la piel.

Vi reflejadas en sus ojos las formas de la noche con tanta nitidez que parecía que fuesen una parte de él, los componentes de un mundo muy oscuro que, de algún modo, había invadido y colonizado su alma.

—Aún los veo, ¿sabes? A aquel predicador de los cojones y a su hijo mientras me sujetaban y me cortaban la piel. Me susurraba al oído, ¿lo sabías? Aquel cabrón de Pudd me susurraba al oído, me frotaba la frente y me decía que todo iba bien, mientras su viejo me rajaba. Cada vez que me pongo de pie o me desperezo, siento la cuchilla en la piel y me trae todo aquello a la memoria. Y, cuando eso ocurre, el odio vuelve a inundarme. Nunca había sentido tanto odio.

—Se desvanece —dije en voz baja.

—¿De verdad?

—Sí.

—Pero no desaparece.

—No, es tuyo. Haz con él lo que tengas que hacer.

—Quiero matar a alguien —lo dijo sin mostrar sentimiento alguno, con voz serena, con el mismo tono con que alguien diría en un día caluroso que va a darse una ducha fría.

Louis era el asesino, pensé. No importaba que matase por motivos que no tenían nada que ver con el dinero, con la política ni con el poder; no importaba que ya no fuese moralmente neutral, como tampoco importaba lo que pudo haber hecho o no en el pasado: nadie iba a llorar a las víctimas que elegía. Louis era capaz de segar una vida sin perder el sueño por ello.

Ángel era diferente. Cuando las circunstancias le habían obligado a matar o a morir, había elegido matar. Le molestaba hacerlo, pero era mejor estar molesto sobre la tierra que debajo de ella, y yo tenía razones personales para agradecerle sus acciones. Faulkner había destruido algo dentro de Ángel, un pequeño dique que se había construido dentro de sí para contener toda la pena, todo el dolor y toda la ira por las cosas que le habían pasado a lo largo de su vida. Yo conocía algunos detalles: los abusos sexuales, el hambre, el rechazo, la violencia. Pero en ese momento empecé a darme cuenta de las consecuencias de que todo aquello se hubiese desbordado.

—Sin embargo, aún sigues sin querer testificar contra él aunque te lo pidan —le dije.

Sabía que el fiscal auxiliar del distrito dudaba de que fuese conveniente requerir la comparecencia de Ángel en el juicio, en especial por el hecho de que tendrían que citarlo, y Ángel no era de esos que visitan los juzgados de forma voluntaria.

—No sería de gran ayuda como testigo.

Era verdad, pero yo no sabía qué debía contarle y qué no sobre el caso Faulkner. No sabía si debía comentarle la poca consistencia que tenía el caso en sí y el miedo de que todo se viniera abajo si no se aportaban pruebas más sólidas. Según el periódico, Faulkner se quejaba de que él había sido, en realidad, prisionero de su hijo y de su hija durante cuatro décadas; que ellos dos fueron los únicos responsables de la muerte de la gente de su congregación y de las agresiones contra grupos e individuos cuyas creencias eran distintas de las de ellos, así como que fueron sus hijos quienes le llevaban los huesos y los trozos de piel de las víctimas y quienes le obligaban a que las conservase como reliquias. El típico argumento en su defensa de «Los que ya están muertos lo hicieron».

—¿Sabes dónde queda Caina? —preguntó Ángel.

—Ni idea.

—Está en Georgia. Louis nació cerca de allí. De camino a Carolina del Sur, vamos a hacer una paradita en Caina. Sólo para que lo sepas.

Mientras hablaba, vi en sus ojos algo que reconocí de inmediato, porque antes lo había visto en los míos: un fuego feroz. Se levantó y volvió la cara para ocultarme el dolor que sentía al moverse. Luego se dirigió a la puerta mosquitera.

—No va a resolver nada —dije.

Se detuvo.

—¿Y eso qué importancia tiene?

A la mañana siguiente, Ángel apenas habló durante el desayuno, y lo poco que habló no iba dirigido a mí. La conversación que mantuvimos en el porche no propició que acercáramos posiciones. Al contrario, confirmó que nuestras desavenencias aumentaban. Antes de que se marchasen, Louis era consciente de ese distanciamiento.

—¿Hablasteis anoche? —preguntó.

—Un poco.

—Cree que debiste matar al predicador cuando tuviste la oportunidad.

Veíamos a Rachel hablándole en voz baja a Ángel. Ángel tenía la cabeza gacha y asentía de vez en cuando, pero yo podía percibir cómo le acometían las oleadas de desasosiego. Ya no era momento de hablar ni de razonar.

—¿Me culpa a mí?

—No es tan sencillo como eso.

—¿Y tú?

—No, yo no. Ángel ya habría muerto más de dos veces de no haber sido por ti. Entre tú y yo no hay querella alguna. Es Ángel quien tiene el problema.

Ángel se inclinó y besó en la mejilla a Rachel de una manera cariñosa aunque apresurada y se dirigió al coche. Nos miró, asintió y entró en el vehículo.

—Hoy voy a subir allí —dije.

Louis, a mi lado, pareció sobresaltarse.

—¿A la cárcel?

—Así es.

—¿Puedo preguntar por qué?

—Faulkner ha solicitado mi presencia.

—¿Y estás dispuesto a verlo?

—Necesitan toda la ayuda posible, y Faulkner no está prestándosela. Creen que mi presencia no les vendrá mal.

—Se equivocan.

No repliqué.

—Aún pueden llamar a declarar a Ángel.

—Antes tendrán que encontrarlo.

—Si testifica, tal vez pueda colaborar a que Faulkner se pase el resto de la vida entre rejas.

Louis ya se alejaba.

—Es posible que no queramos que se quede entre rejas —dijo—. Es posible que lo prefiramos libre, para así poder echarle el guante.

Observé cómo su coche bajaba por Black Point Road, a través del puente, y subía por Old County, hasta que lo perdí de vista. Rachel estaba a mi lado, cogida de mi mano.

—¿Sabes? —me dijo—. Ojalá nunca hubieses tenido noticias de Elliot Norton. Desde que te llamó nada ha sido igual.

Le apreté la mano con fuerza, en un gesto que expresaba, a partes iguales, consuelo y asentimiento. Tenía razón. De algún modo, nuestras vidas se habían contaminado a causa de unos asuntos en los que no habíamos tenido arte ni parte. El hecho de querer obviarlos ahora no nos ayudaría. Ya no.

Y nos quedamos allí juntos, ella y yo, como si, en un pantano de Carolina, un hombre intentara palpar el reflejo de su propia sombra y fuese devorado por ella.

4

Un individuo llamado Landron Mobley se detuvo a escuchar, con el dedo en el gatillo de su rifle de caza. El agua de la lluvia goteaba desde las hojas de un álamo de Virginia, tiñendo de gris su enorme tronco. De la maleza que crecía a su derecha le llegaba el profundo y ruidoso croar de las ranas toro, mientras que un ciempiés de color marrón rojizo, en busca de arañas e insectos, avanzaba en torno a la puntera de su bota izquierda. Las cochinillas que se alimentaban por allí ignoraban la proximidad de la amenaza. Durante unos segundos, Mobley siguió con la mirada al ciempiés y observó, risueño, cómo aceleraba el paso bruscamente, con las patas y las antenas casi invisibles por la velocidad, y cómo las cochinillas se dispersaban o rodaban convertidas en bolas blindadas de color gris. El ciempiés se enroscó sobre uno de los bichitos y comenzó a hurgar en el punto en que se unían la cabeza y el cuerpo metálico, buscando un sitio vulnerable donde inyectar su veneno. La lucha fue corta y terminó con la muerte de la cochinilla. Mobley volvió su atención a lo que tenía entre manos.

Se llevó al hombro la culata de nogal del Voere, parpadeó para quitarse el sudor de los ojos y acercó el ojo derecho a la mira telescópica. El cañón del rifle relucía débilmente a la luz última de la tarde. De su derecha le llegó de nuevo un crujido, seguido de un estridente cli-cli-cli. Apuntó y giró el arma un poco hasta que se detuvo en un laberinto de liquidámbares, de olmos y de sicómoros, de los que colgaban enredaderas secas como si fuesen pieles de serpiente. Respiró hondo una sola vez y exhaló el aire poco a poco, justo cuando el milano real abandonaba su refugio, con su cola larga y negra ahorquillada, con el blancor de su pechera y de su cabeza fantasmagórica contrastando con la negrura del extremo de sus alas, como si una sombra negra hubiese descendido sobre el pájaro, a modo de presagio de una muerte inminente.

La pechuga le explotó en un torbellino de sangre y de plumas, y el milano pareció rebotar en el aire cuando recibió el impacto de la bala. El pájaro cayó segundos más tarde y fue a parar a un macizo de alisos. Mobley se apartó la culata del hombro y abrió la recámara de cinco cartuchos, que estaba vacía. Aparte del milano, aquello significaba que sus cinco proyectiles habían acabado con un mapache, con una zarigüeya de Virginia, con un gorrión y con una tortuga mordedora, esta última pieza decapitada de un solo tiro mientras tomaba el sol sobre un tronco, a menos de sesenta centímetros de donde se encontraba Mobley.

Se encaminó al macizo de alisos y estuvo fisgoneando por allí hasta que dio con el cuerpo del pájaro, que tenía el pico entreabierto y un agujero en el centro de su ser que lanzaba destellos rojos y negros. Sintió una satisfacción que no había experimentado al cobrarse las otras cuatro piezas y le invadió una excitación casi sexual por la naturaleza transgresora del acto que acababa de cometer: no sólo la destrucción de una pequeña forma de vida, sino también la eliminación de esa brizna de elegancia y hermosura que aquel pájaro había añadido al mundo. Mobley removió el cadáver aún caliente del milano con la boca del rifle. Las plumas se unieron ligeramente como si quisieran cerrar la herida, como si el tiempo corriera al revés y los tejidos cobraran ímpetu, y la sangre fluyese de nuevo por su cuerpo, y la pechuga agujereada volviera de repente a hincharse, y el milano pudiera remontar el vuelo, reconstruyendo su cuerpo a medida que se elevaba, de modo que el impacto de la bala no implicase un momento de destrucción, sino de creación.

Mobley se puso en cuclillas y recargó el rifle con cuidado. Luego se sentó en el tronco de un haya caída y sacó de la mochila una Miller High Life. Tiró de la pestaña de la lata, dio un trago largo y eructó, con la mirada fija donde el milano había ido a caer, como si en verdad esperase que volviese a la vida, que ascendiese de la tierra manchado de sangre y se elevase a los cielos. En algún lugar sombrío de su conciencia, Landron Mobley deseaba secretamente no haber matado al milano, sino tan sólo haberlo herido; deseaba haber encontrado al pájaro, al remover la hojarasca, revolcándose en el suelo, con las alas batiendo en vano la tierra y la sangre manándole de la herida. En ese caso, Mobley se hubiera arrodillado, hubiera agarrado el pájaro por el cuello con su mano izquierda y le hubiera metido un dedo por el agujero de la bala, girándolo contra la carne, palpando su calidez mientras el pájaro forcejeaba, desgarrándolo por dentro, hasta que el milano se estremeciese y muriese. Mobley convertido, a su manera, en una bala, una bala que explorase aquel cuerpo como si fuese tanto el instrumento como el agente de la destrucción del milano.

Abrió los ojos.

Tenía los dedos manchados de sangre. Cuando miró hacia abajo, vio que el milano estaba hecho pedazos y las plumas esparcidas por la tierra. Los ojos sin vida del pájaro reflejaban el vagar de las nubes por el cielo. De forma distraída, Mobley se llevó los dedos a los labios, se pasó la lengua por ellos y probó el sabor del milano. Luego parpadeó con fuerza y se limpió en los pantalones, avergonzado, pero a la vez excitado, por aquella repentina combinación de voluntad y de deseo. Aquellos momentos de enardecimiento le sobrevenían con tanta rapidez, que a menudo le asaltaban por sorpresa y se le disipaban antes de poder disfrutar de su consumación.

Durante un tiempo, encontró en el trabajo un desahogo para su deseo. Sacaba a una mujer de la celda y le exploraba el cuerpo. Le tapaba la boca con la mano y la forzaba a que se abriese de piernas. Pero esos días se habían acabado. Landron Mobley fue uno de los cincuenta y un guardias y empleados de la prisión que habían sido despedidos por el Departamento Penitenciario de Carolina del Sur por mantener «relaciones deshonestas» con presidiarias. Relaciones deshonestas: Mobley casi se reía. Eso fue lo que el Departamento notificó a los medios de comunicación, en un intento de suavizar la realidad de lo sucedido. Seguro que hubo presidiarias que participaron por voluntad propia, en algunos casos porque se sentían solas o porque estaban cachondas, o bien porque era un medio para conseguir un par de paquetes de cigarrillos, un poco de maría y quizás algo incluso un poco más fuerte. Aquello era puro puterío, así de claro, y no importaban las excusas que se dieran a sí mismas. Landron Mobley no era de los que desaprovechan la oportunidad de tirarse un coño que se ofrece a cambio de algún favor. De hecho, Landron Mobley no renunciaba a aprovecharse de ningún coño y punto; y había presidiarias en la Institución Penitenciaria de Mujeres, en Columbia's Broad River Road, que tenían razones para mirar a Landron Mobley con algo más que un poco de respeto y, sí, señor, de miedo, después de que les hubiese dejado claro lo que les pasaría si enojaban al viejo Landron. Landron, con aquellos ojos suyos lúgubres e inexpresivos que buscaban llenar el vacío que había en ellos con las emociones reflejadas en los de una mujer, y ella apartando los labios con placer o con dolor, aunque Landron no distinguía entre una cosa y otra ni tampoco le importaban los sentimientos de ella, porque lo que le gustaba, la verdad sea dicha, era la resistencia, el forcejeo y la entrega forzosa. Landron, que vagaba de celda en celda y buscando la vulnerabilidad de los cuerpos hechos un ovillo debajo de las mantas. Landron, que, rebosante

110

de malicia, se inclinaba sobre la silueta delgada y oscura, le sujetaba la cabeza y la paralizaba con su peso al echarse sobre ella. Landron, en medio de las gotas de lluvia que caían de las hojas y del croar de las ranas toro, con los dedos manchados de la sangre aún caliente del milano, iba empalmándose gracias a los recuerdos.

Uno de los periodicuchos locales publicó la noticia de que una presidiaria llamada Myrna Chitty había sido violada mientras cumplía una condena de seis meses por robar un bolso. Se abrió una investigación. Y maldita sea. Si Myrna Chitty no les hubiese hablado a los investigadores de las visitas ocasionales de Landron a su celda, si no les hubiese dicho que Landron la había forzado en su camastro ni hubiera descrito cómo lo oía desabrocharse el cinturón, y luego el dolor, oh, Dios mío, el dolor... Al día siguiente, Landron fue suspendido de sueldo y al cabo de una semana lo despidieron, pero ahí no iba a acabar la cosa. Se había fijado una vista del Comité de Prisiones y Criminología para el 3 de septiembre y se rumoreaba que iban a recaer cargos por violación sobre Landron y sobre una pareja de guardias que se había dejado llevar por el entusiasmo. Se produjo una conmoción general y Mobley comprendió que, si las cosas seguían su curso, iba a pasar una temporada a la sombra.

Pero una cosa estaba clara: Myrna Chitty no iba a testificar en ningún juicio por violación. Él sabía de sobra lo que les ocurría a los guardias de prisiones que terminaban cumpliendo condena. Sabía de sobra que todo lo que les había hecho a las mujeres le sería infligido a él por centuplicado, y Landron no tenía ninguna intención de que le jodieran ni de examinar cuidadosamente la comida buscando trozos de cristal. Si Myrna Chitty declaraba, sería el primer paso de una sentencia de muerte inevitable para Landron Mobley, una sentencia de muerte que al final se ejecutaría mediante un navajazo o una paliza. Ella tenía previsto salir de la cárcel el 5 de septiembre, ya que le habían reducido la condena por colaborar en la investigación, y Landron estaría esperándola cuando ella moviese su asqueroso culo blanco de regreso a su casita llena de mierda. Entonces, Landron y Myrna iban a tener una pequeña charla, y es posible que él se viera obligado a recordarle lo que estaba perdiéndose ahora que el viejo Landron no se pasaba por su celda ni la bajaba a las duchas para cachearla buscando objetos de contrabando. No, Myrna Chitty no pondría la mano sobre la Biblia ni acusaría a Landron de violador. Myrna Chitty mantendría la boca cerrada a menos que Landron le ordenase lo contrario, o a menos que estuviese muerta.

Echó otro trago largo y le dió un puntapié al suelo. Landron Mobley no tenía muchos amigos. Era un tremendo borracho, aunque, dicho sea en su favor, también resultaba tremendo cuando estaba sobrio, de modo que nadie podía quejarse de que lo había engañado con respecto a su carácter. Siempre había sido igual. Era un marginado, alguien a quien casi todos despreciaban por su falta de educación, por su gusto por la violencia y por el miasma de sexualidad degradada que le aureolaba como una niebla tóxica. Con todo, sus aptitudes habían atraído a otros que veían en Mobley a una criatura que les permitía depravarse sin perder del todo el control y que se valían de la absoluta corrupción de Mobley para satisfacer sus propios apetitos sin tener que padecer las consecuencias.

Pero siempre había consecuencias, porque Mobley era como una planta carnívora que atrae a sus víctimas con la promesa de jugos dulces y que después las ahoga con un exceso del jugo prometido. La corrupción de Mobley podía contagiarse a través de una palabra, de un gesto, de una promesa, y aprovechaba cualquier debilidad del mismo modo en que el agua aprovecha una grieta en el hormigón para expandirse cada vez más y más profundamente, ensanchando el resquicio, hasta que consigue destruir de forma irremediable toda la estructura.

Estuvo casado con una mujer llamada Lynnette. No era guapa, ni siquiera lista, pero, aun así, era su mujer, y la exprimió hasta dejarla seca, como había hecho con tantos otros a lo largo de los años. Un día volvió de la cárcel y ella se había largado. No se llevó mucho, aparte de una maleta con ropa vieja y sucia y algo del dinero que Landron tenía guardado para los imprevistos en una cafetera resquebrajada, pero Landron aún recordaba el raudal de ira que le invadió, su estremecimiento ante la traición y el abandono, y su voz resonando hueca por la casa ordenada.

Sin embargo, dio con ella. Le había advertido de lo que podía pasarle si alguna vez intentaba abandonarlo, y Landron era un hombre de palabra, al menos cuando le convenía. La localizó en la habitación sucia de un motel, a las afueras de Macon, en Georgia, donde ella y Landron pasaron un buen rato. Al menos Landron sí se lo pasó bien. Él, claro, no podía hablar por Lynnette. Cuando acabó con ella, ni siquiera podía hablar por sí misma, y tendría que pasar mucho tiempo antes de que un hombre mirase a Lynnette Mobley y no le entraran ganas de vomitar al verle la cara.

Durante un rato, Landron descendió a su mundo privado de fantasías: un mundo en el que las Lynnette sabían cuál era su sitio y no se fugaban en cuanto un hombre se daba la vuelta. Un mundo en que él aún llevaba uniforme y elegía a las mujeres más débiles para entretenerse. Un mundo en el que Myrna Chitty intentaba huir de él, aunque él le ganaba terreno poco a poco, hasta que por fin la alcanzaba, la volteaba, y aquellos ojos castaños llenos de temor mientras la forzaba en el suelo, la forzaba en el suelo...

En torno a él, la ciénaga del Congaree parecía retroceder, y las orillas se volvían borrosas, transformándose en una neblina gris, verdosa y blanca. Lo único que atraía su atención era el gotear del agua y el trino de los pájaros. Pero incluso aquello no tardó en volverse inaudible para Landron, sumergido como estaba en su mundo privado.

Pero Landron Mobley no había salido del Congaree.

Landron Mobley no saldría jamás del Congaree.

La ciénaga del Congaree es muy antigua, antiquísima. Era ya antigua cuando los recolectores prehistóricos cazaban en ella. Era ya antigua cuando Hernando de Soto la cruzó en 1540. Era ya antigua cuando la viruela aniquiló a los indios congaree en 1698. Los colonizadores ingleses utilizaron los canales del interior como medio de transporte desde 1740, pero no fue hasta 1786 cuando Isaac Huger emprendió la construcción de una auténtica red de transporte fluvial para cruzar el Congaree. En los extremos del noroeste y del sudoeste, bajo el lodo y el sedimento, están sepultados los cuerpos de los trabajadores que murieron durante la construcción de los canales ideados por James Adams y otros en la primera década del siglo XIX.

Al final de aquel siglo empezó la explotación forestal en los terrenos que eran propiedad de la Francis Beidler's Santee River Cypress Lumber Company, hasta que pararon en 1915, para volver a explotarla medio siglo más tarde. En 1969, el interés por la explotación forestal se reanudó y se comenzó la tala en 1974, lo que llevó a que se organizasen movilizaciones ciudadanas para intentar salvar aquel territorio, ya que en algunas zonas había extensiones de árboles que no habían sido talados jamás y que representaban la última y más importante reserva forestal ribereña de árboles de madera noble en aquella parte del país. Había cerca de veintidós mil acres declarados monumento nacional, la mitad de los cuales eran bosques vírgenes de árboles de madera noble, que se extendían desde el cruce de Myers Creek y la carretera de Old Bluff hacia el noroeste y que invadían los límites de los condados de Richland y Calhoun por el sudeste, bordeando la línea ferroviaria. Sólo una pequeña parte de terreno, más o menos un millón ochocientos mil metros cuadrados, estaba en manos privadas. Cerca de aquella extensión era donde Landron Mobley se había sentado, absorto en sus sueños de mujeres llorosas. La ciénaga del Congaree era su territorio. Todo cuanto había hecho antes allí, entre los árboles y en el lodo, no le creaba ningún tipo de conflicto. Por el contrario, se regodeaba en aquellos recuerods que añadían relieve a su anodina vida actual. Allí el tiempo carecía de sentido, y revivía sus momentos de placer a través de la memoria. Landron Mobley nunca se sentía más cerca de sí mismo que cuando estaba en el Congaree.

Los ojos de Mobley se abrieron de repente, pero se quedó muy quieto. Lentamente, de manera casi imperceptible, giró la cabeza a la izquierda y su mirada se posó en los ojos castaños de una cierva de Virginia. Era de color castaño rojizo y medía más de metro y medio. Alrededor de los ojos, de la nariz y de la garganta tenía cercos blancos. Meneaba la cola con cierta inquietud, dejando al descubierto la blancura de su envés. Mobley sabía que había ciervos por los alrededores. Había visto sus huellas a más o menos un kilómetro y medio de allí, en dirección al río, y había seguido el rastro de sus excrementos, de la vegetación ramoneada y de los troncos de los árboles en que los machos se habían restregado la cornamenta y habían desgarrado la corteza, pero les había perdido el rastro en la espesura de los matorrales. Cuando ya había dado por hecho que en aquella ronda no iba a poder abatir ningún venado, aparecía, observándolo fijamente debajo de un pino taeda, una hermosa cierva. Sin quitar los ojos del animal, Mobley intentó alcanzar el rifle con la mano derecha.

Pero su mano sólo agarró el vacío. Desconcertado, giró la vista a la derecha. El Voere había desaparecido, y lo único que atestiguaba que alguna vez lo había dejado allí era un hoyuelo en la tierra. Se incorporó a toda prisa y oyó cómo la cierva emitía un agudo y silbante resoplido de alarma antes de refugiarse, silenciosa y con la cola erguida, entre la arboleda. Mobley ni siquiera se dio cuenta de su huida. El Voere se contaba entre sus más preciadas pertenencias y en ese momento alguien se lo había robado mientras él soñaba despierto con la polla en la mano. Escupió con furia y buscó huellas en el suelo. Había pisadas a poco menos de un metro a su derecha, pero los arbustos eran muy tupidos a partir de ese punto y no pudo seguir el rastro del ladrón y la profundidad de su hendidura daba a entender que se trataba de una persona pesada.

—La madre que te parió —musitó—. ¡La madre que te parió! —gritó luego—. ¡Tu puta madre!

Volvió a mirar las pisadas y la ira empezó a debilitarse para dar paso a las primeras punzadas de miedo. Estaba en el Congaree sin arma alguna. Es posible que el ladrón hubiese puesto rumbo al interior de la ciénaga con su trofeo, o puede que aún estuviese por los alrededores esperando ver la reacción de Landron. Echó un vistazo a los árboles y a la maleza, pero no halló rastro de ningún ser humano. A toda prisa, y tan en silencio como pudo, recogió la mochila y echó a andar en dirección al río.

El trayecto de vuelta hasta donde había dejado su barca le llevó casi veinte minutos, ya que no podía avanzar todo lo rápido que quería por temor a hacer más ruido de la cuenta y por las paradas que hacía a intervalos regulares para comprobar si alguien le seguía. Una o dos veces creyó vislumbrar una figura entre los árboles, pero cuando se detenía no lograba detectar señal alguna de movimiento y el único sonido que le llegaba era el del agua que goteaba levemente de las hojas y las ramas de los árboles. Pero no fueron aquellos falsos indicios lo que aumentó el temor de Mobley.

Los pájaros habían dejado de cantar.

A medida que se acercaba al río, aceleraba el paso. Sus botas hacían un ruido de succión al avanzar sobre el barro. Se halló en medio de un bosque enano de neumatóforos, demarcado por unos troncos podridos y restos erguidos de árboles secos, convertidos ya en hábitat de pájaros carpinteros y de pequeños mamíferos. Parte de aquella destrucción era el vestigio dejado por el paso del huracán Hugo, que había diezmado el parque en 1989, pero que a su vez favoreció el rebrote de la vegetación. Más allá de unos pujantes árboles jóvenes, Mobley vio las oscuras aguas del río Congaree, que se alimentaban del Piedmont. Rompió con fuerza la última barrera de vegetación y se encontró de pronto a orillas del río. El llamado musgo de España, que colgaba de la rama de un ciprés, casi le hizo cosquillas en la nuca cuando se hallaba cerca de donde había amarrado la barca.

La barca también había desaparecido.

Pero en su lugar había algo.

Había una mujer.

Estaba de espaldas, de modo que Mobley no podía verle la cara. Una sábana blanca la cubría desde la cabeza hasta los pies, como si fuese una túnica con capucha. Estaba de pie en el bajío, y el extremo de la tela se arremolinaba en la corriente. Mientras Mobley la miraba, ella se agachó para coger agua con las manos, levantó luego la cabeza y se mojó la cara. Mobley pudo ver que debajo de la túnica blanca no llevaba nada. Era una mujer fuerte y la tela se ciñó a la hendidura oscura de sus nalgas al agacharse, dejando entrever una piel de chocolate debajo del merengue de su indumentaria. Mobley estuvo a punto de excitarse, a no ser por...

A no ser porque no estaba seguro de que lo que había debajo de la tela pudiera llamarse piel. Parecía resquebrajada, como si la mujer estuviese escamada o niquelada. Daba la impresión de que, o bien le habían arrancado parte de la piel, o bien le habían untado algo en ella, lo que hacía que la tela de la túnica se le adhiriese a algunas zonas del cuerpo. Era casi un reptil, y su aspecto de depredador hizo que Mobley retrocediera un poco.

Intentó verle las manos, pero las tenía bajo el agua. Lentamente, la mujer se agachó más y sumergió los brazos, primero hasta las muñecas, después hasta los codos, para acabar casi encorvada por completo. Suspiró de placer. Era el primer sonido que oía de ella. Su silencio le desconcertó al principio, y luego le irritó. Él había hecho más ruido que la cierva asustada mientras avanzaba pesadamente hasta alcanzar la orilla del río, pero daba la impresión de que la mujer no se había percatado de su presencia, o tal vez de que había preferido ignorarla. Mobley, a pesar de su desasosiego, decidió poner fin a aquella situación.

—¡Oye! —la llamó.

La mujer no respondió, pero le dio la impresión de que contraía la espalda levemente.

—¡Oye! —repitió—. Te estoy hablando.

Esa vez, la mujer se levantó, pero no miró a ninguna parte. Mobley avanzó un poco, hasta que sus pies estuvieron casi al borde del agua.

—Estoy buscando una barca, ¿la has visto?

La mujer estaba completamente inmóvil. Mobley pensó que su cabeza resultaba demasiado pequeña para el cuerpo, hasta que se dio cuenta de que estaba calva del todo. Apreció, a través del tejido de la túnica, que tenía escamas en el cráneo. Alargó una mano para tocarla.

—He dicho...

Mobley notó una presión enorme en la pierna izquierda y, al mismo tiempo que se daba cuenta de que le habían disparado, la pierna se le venció. Cayó de costado, con la mitad del cuerpo dentro del agua y la otra mitad fuera, y se miró la rodilla destrozada. La bala le había volado la rótula, y lo que había dentro de ella era blanco y rojo. La sangre fluía por el Congaree. Mobley dejó de apretar los dientes y aulló de dolor. Buscó al tirador con la mirada. Una segunda bala le penetró en la región lumbar y le partió la columna en dos. Mobley se desplomó de lado, viendo cómo un charco negro se expandía alrededor de sus piernas. Estaba paralizado, aunque aún sentía el dolor que invadía cada célula de su cuerpo.

Mobley oyó unos pasos que se aproximaban y volvió la mirada. Abrió la boca para hablar, pero algo afilado le penetró en la carne debajo de la barbilla: un garfio que le desgarraba la piel y que le perforaba la lengua y el paladar. El dolor resultaba inimaginable, un espantoso dolor que sobrepasaba en intensidad a la quemazón que sentía en la parte inferior del cuerpo y en la pierna. Intentó gritar, pero el garfio le mantenía la boca cerrada, y lo más que lograba emitir era un sonido áspero y ronco. La presión aumentaba a medida que la cabeza era jalada hacia atrás y, poco a poco, Mobley era arrastrado hacia el bosque. Veía el acero del garfio delante de su cara, lo percibía en la lengua y lo sentía entre los dientes. Intentó levantar una mano para agarrarlo, pero iba debilitándose y sus dedos sólo pudieron rozar el metal antes de que la mano se le desplomase. Sobre las hojas y el lodo iba quedando una reluciente estela de sangre. El alto follaje de los árboles parecía una mortaja negra desplegada en el cielo. El bosque se comprimía en torno a él, y estaba mirando fijamente, por última vez, el río, cuando la mujer se despojó de la sábana y se volvió, desnuda, a mirarle.

Muy dentro de él, en aquel lugar oscuro en que Landron Mobley imaginaba el dolor que podía infligir a los demás, una multitud de mujeres con escamas cayó sobre él, y entonces empezó a gritar.

Segunda parte

No dio consuelo ni salvó a nadie
A la deriva va por lunas culpables.

Darren Richard, «Pinetop Seven»,
Mission District

5

Cuando vuelvo la vista atrás, advierto un patrón en todo lo que ocurrió: una extraña confluencia de sucesos dispares, una serie de conexiones entre hechos aparentemente inconexos que venían ya de antiguo. Recuerdo la confusión que se produjo debido a la superposición imperfecta de los diferentes estratos de la historia, la estrecha relación existente entre algunas cosas que habían ocurrido en el pasado y otras que sucedieron luego, y empiezo a comprender. Estamos atrapados no sólo por nuestra propia historia, sino también por la historia de aquellos a quienes elegimos para que compartan nuestra vida. Ángel y Louis trajeron consigo su pasado, como lo trajo Elliot Norton y como traje yo el mío. Y por esa razón no debió de pillarnos por sorpresa el hecho de que, cuando nuestros respectivos presentes se entretejieron, el pasado de cada cual empezara a manifestar su poder, arrastrando bajo tierra tanto a culpables como a inocentes, ahogándolos en las aguas salobres, descuartizándolos en la corriente del Congaree.

Y la primera conexión estaba esperando a que la destaparan en Thomaston.

El centro de máxima seguridad de Thomaston, en Maine, tenía el aspecto tranquilizador de una prisión. Un aspecto tranquilizador siempre y cuando no estuvieses preso allí, como es lógico. A cualquiera que llegase a Thomaston con la perspectiva de tener que cumplir una condena larga era probable que se le cayese el alma a los pies con sólo echarle un vistazo a la prisión. Tenía los muros altos e imponentes, y una solidez que se debía a que la habían incendiado y reconstruido un par de veces desde su inauguración en la década de 1820. Thomaston había sido elegida como emplazamiento de la prisión estatal porque se encontraba aproximadamente a medio camino de la costa y porque era un lugar accesible para trasladar a los presos en barco. Pero su fin estaba próximo, ya que en 1992 se abrió, a pocos kilómetros de allí, un centro de supermáxima seguridad, conocido como MCI (Institución Penitenciaria de Maine). Había sido diseñado para alojar a los delincuentes más peligrosos, los sometidos a un régimen de aislamiento casi absoluto, así como a los que presentaban un comportamiento conflictivo. Estaba previsto ampliar aquella nueva prisión estatal con un terreno colindante, pero, mientras tanto, Thomaston seguía albergando a unos cuatrocientos hombres. Uno de ellos era, desde su intento de suicidio, el predicador Aaron Faulkner.

Me acordé de lo que dijo Rachel cuando oyó que Faulkner había intentado quitarse —al menos aparentemente— la vida.

—No encaja —dijo—. No es de ese tipo de gente.

—Entonces, ¿por qué lo hizo? No creo que fuese un grito de socorro.

Ella se mordió el labio.

—Si lo hizo, fue con alguna intención concreta. Según las noticias de los periódicos, las heridas eran profundas, pero no tan profundas como para que corriera un peligro inmediato. Se cortó las venas, no las arterias. Un hombre que quiere morirse de verdad no hace eso. Por algún motivo, quería que lo sacasen de la supermáxima. La pregunta es: ¿por qué?

Ahora se me presentaba la oportunidad de plantear esa pregunta al propio interesado.

Conduje hasta Thomaston después de que Ángel y Louis salieran para Nueva York. Aparqué en uno de los lugares reservados para las visitas, fuera de la entrada principal, después entré en la recepción y di mi nombre al oficial de policía que se encontraba tras el mostrador. Detrás de él, más allá del detector de metales, había un panel de cristal blindado y ahumado que ocultaba la principal sala de vigilancia de toda la prisión, allí donde las alarmas, las videocámaras y las visitas eran constantemente monitorizadas. La sala de vigilancia dominaba la sala de visitas, a la que, en circunstancias normales, me habrían llevado para mantener un encuentro cara a cara con cualquiera de los tipos encarcelados en el centro.

Pero aquélla no era una circunstancia normal, porque el reverendo Aaron Faulkner distaba mucho de ser un preso normal.

Llegó otro guardia para escoltarme. Pasé por el detector de metales, me coloqué la tarjeta de identificación en la chaqueta y me condujo al ascensor. Subimos al tercer piso, donde se encontraba la sala de administración. A aquella zona de la prisión la llamaban «la parte blanda». A ningún preso se le permitía estar allí sin escolta, y la habían separado de «la parte dura» mediante un sistema de puertas duales de compresión que no podían abrirse a la vez, de manera que si un preso se las ingeniaba para pasar la primera puerta, la segunda permanecería cerrada.

El coronel que estaba al mando de la guardia y el alcaide de la prisión me esperaban en el despacho de éste. La prisión había pasado por diversos regímenes durante los últimos treinta años: desde una disciplina estricta, impuesta con mano dura, pasando por una campaña desafortunada de liberalismo, que a los guardias más veteranos no les gustaba en absoluto, hasta que, al final, se había acomodado a un punto intermedio que pecaba de conservadurismo. En otras palabras, los presos no volverían a escupir a las visitas y resultaba seguro andar entre la población reclusa, cosa que a mí me parecía bien.

Un toque de corneta señaló el final de la hora de recreo.

A través de las ventanas, pude ver cómo los presos vestidos de azul empezaban a encaminarse a las celdas. Thomaston estaba cercada por un área de ocho o nueve acres que incluía Haller Field, el campo de deportes de la prisión, cuyos muros eran de piedra. En un rincón alejado, sin ningún letrero indicativo, estaba la antigua sala de ejecución.

El alcaide me ofreció café y empezó a jugar nerviosamente con su taza, girándola en la mesa por el asa. El coronel, que resultaba casi tan imponente como la propia prisión, permanecía de pie y en silencio. Si estaba tan incómodo como el alcaide, no lo demostraba. Se llamaba Joe Long y su cara manifestaba la misma emoción que la talla en madera de un indio fumador.

—Señor Parker, usted comprenderá que esto es algo atípico —dijo el alcaide—. Por lo general, las visitas se llevan a cabo en la sala destinada a tal fin, no a través de los barrotes de las celdas. Y es muy raro que llamen de la oficina del fiscal general para pedir que facilitemos citas anómalas. —Dejó de hablar y esperó a que yo le diera alguna explicación.

—La verdad es que preferiría no estar aquí —dije—. No quisiera tener que verme de nuevo frente a Faulkner, por lo menos hasta el juicio.

Los dos tipos intercambiaron una mirada.

—Se rumorea que ese juicio tiene toda la pinta de ser un desastre —dijo el alcaide. Se le notaba cansado y ligeramente indignado. No dije nada, así que continuó hablando para romper aquel silencio—. Y supongo que está aquí porque el fiscal quiere que usted hable con Faulkner a toda costa. ¿Cree que le revelará algo? —concluyó. La expresión de su cara me dio a entender que ya conocía la respuesta, aunque de todas formas le devolví el eco que esperaba.

—Faulkner es demasiado listo para eso —le dije.

—Entonces, ¿por qué está aquí, señor Parker? —preguntó el coronel.

Ahora me tocaba suspirar a mí.

—Coronel, francamente no lo sé.

El coronel no comentó nada mientras, en compañía de un oficial, me conducía al pabellón siete. Pasamos por delante de la enfermería, donde a unos viejos postrados en sillas de ruedas les suministraban las medicinas necesarias para maximizar su cadena perpetua. Las celdas cinco y siete albergaban a los más viejos, a los presos más enfermos, que compartían una habitación con muchas camas y adornada con grafitis tipo LA CAMA DE BED o ACOSTÚMBRATE. Tiempo atrás, a los presos especiales más viejos, como Faulkner, los alojaban en aquella zona o bien los metían en una celda aislada del resto de la población reclusa, con los movimientos muy restringidos, hasta que se tomaba alguna decisión con respecto a ellos. Pero la principal unidad de aislamiento se hallaba ahora en el centro de supermáxima seguridad, que no tenía capacidad para ofrecer servicios psiquiátricos a los reclusos, y el intento de autolesión por parte de Faulkner parecía requerir algún tipo de examen psiquiátrico. La propuesta de que Faulkner fuese transferido al Centro de Salud Mental de Augusta fue denegada tanto por la oficina del fiscal general, que no quería predisponer a los miembros del futuro jurado a considerar a Faulkner como un loco, como por los abogados de Faulkner, que temían que el Estado pudiese aprovechar de forma discreta aquella oportunidad para someter a su cliente a una vigilancia más estrecha de la que era posible en cualquier otra parte. Puesto que el Estado consideraba que la cárcel del condado no resultaba apta para controlar a Faulkner, Thomaston fue la solución intermedia.

Faulkner había intentado cortarse las venas con una cuchilla de cerámica que había ocultado en el lomo de su Biblia antes de que lo transfiriesen a la Institución Penitenciaria de Maine. La había mantenido oculta, sin hacer uso de ella, a lo largo de casi tres meses. Un vigilante del turno de noche se dio cuenta de lo que pasaba y pidió ayuda justo cuando Faulkner parecía perder el conocimiento. Como consecuencia de aquello, Faulkner fue trasladado a la unidad de estabilización de salud mental, en el extremo occidental de la prisión de Thomaston, donde en un principio lo alojaron en la galería de los pacientes graves. Le quitaron la ropa que llevaba y le dieron una bata de nailon. Estaba vigilado constantemente por una cámara, así como por un guardia que anotaba en un cuaderno todos los movimientos que hacía y cualquier cosa que dijese. Además, grababan todas las conversaciones. Después de pasar cinco días allí, Faulkner fue transferido a la galería de los menos graves, donde le permitieron usar las duchas y la ropa azul reglamentaria, le dieron productos de higiene (aunque ninguna maquinilla de afeitar) y comida caliente, y podía acceder a un teléfono. Había comenzado una terapia personalizada con un psicólogo de la prisión, y unos psiquiatras elegidos por su equipo legal le habían examinado, aunque Faulkner no había abierto la boca ante ellos. Después exigió llamar por teléfono para ponerse en contacto con sus abogados y preguntó si le permitirían hablar conmigo. Su petición de que la entrevista tuviera lugar en su celda fue, quizá para sorpresa de todos, aprobada.

Cuando llegué a la unidad de estabilización de salud mental, los guardias estaban terminando de comerse unas hamburguesas de pollo que habían sobrado del almuerzo de los presos. En el área principal de la unidad recreativa, los presos dejaron lo que tenían entre manos y me miraron fijamente. Uno de ellos, un hombre fornido y jorobado, que apenas medía metro y medio, con el pelo negro y lacio, se acercó a las rejas y me escudriñó en silencio. Lo observé, no me gustó lo que sentí y aparté la mirada. El coronel y el oficial se sentaron en el borde de un escritorio, observando cómo uno de los guardias de la unidad me conducía a la galería en que se hallaba la celda de Faulkner.

Sentí un escalofrío cuando aún estaba a unos tres metros de

distancia de él. Al principio, pensé que se debía a mi reticencia a encontrarme cara a cara con el viejo, hasta que me di cuenta de que el guardia que me acompañaba temblaba ligeramente.

—¿Qué pasa con la calefacción? —pregunté.

—La calefacción está al máximo —contestó—. En este sitio el calor se va como a través de un colador, pero nunca como ahora.

Se detuvo cuando aún estábamos fuera del campo de visión del ocupante de la celda y bajó la voz.

—Es él. El predicador. Su celda está helada. Instalamos dos estufas fuera de la celda, pero se cortocircuitaban. —Echó a andar inquieto—. Es algo que tiene que ver con Faulkner. No sé cómo, hace que baje la temperatura. Sus abogados ponen el grito en el cielo por las condiciones de su encarcelamiento, pero no podemos hacer nada.

Cuando terminó de hablar, algo blanco se movió a mi derecha. Las rejas de la celda quedaban más o menos a la altura de mis ojos, así que la mano que salió parecía haber traspasado una pared de acero. Aquellos dedos blancos palparon el aire, moviéndose con crispación, como si tuviesen no sólo el don del tacto, sino también el de la vista y el del oído.

Después llegó la voz, que sonaba como limaduras de hierro al caer sobre un papel.

—Parker —dijo aquella voz—. Has venido.

Lentamente, me encaminé a la celda y aprecié las manchas de humedad de las paredes. Las gotitas relucían con la luz artificial y brillaban como millones de pequeños ojos plateados. Tanto la celda como el hombre que estaba de pie frente a mí desprendían un olor a humedad.

Era más bajo de como lo recordaba, y se había cortado su melena blanca casi al rape, aunque conservaba su extraña y fogosa intensidad en los ojos. Estaba tremendamente delgado. No había ganado peso, según suele ocurrirles a algunos presos, con la dieta de la prisión. Tardé un momento en comprender el motivo.

A pesar del frío que hacía en la celda, Faulkner desprendía una ola de calor. Estaba quemándose por dentro: la cara febril, el cuerpo atormentado por temblores, pero en cambio no había rastro alguno de sudor en su cara ni señal alguna de malestar. Tenía la piel seca como un papel, y daba la impresión de que ardería por dentro en cualquier momento y de que las llamas lo consumirían, reduciéndole a cenizas.

—Acércate —me dijo.

El guardia que estaba a mi lado movió la cabeza en señal de negación.

—Estoy bien aquí —contesté.

—¿Me tienes miedo, pecador?

—No, salvo que puedas traspasar el acero.

Mis palabras me recordaron la imagen de la mano que aparentemente se materializaba en el aire y pude oírme a mí mismo tragando saliva.

—No —dijo el viejo—. No tengo necesidad de hacer trucos de salón. Dentro de muy poco estaré fuera de aquí.

—¿Tú crees?

Faulkner se echó hacia delante y apretó la cara contra los fríos barrotes.

—Lo sé.

Sonrió y se pasó la lengua blanquecina por los labios resecos.

—¿Qué quieres?

—Hablar.

—¿Sobre qué?

—Sobre la vida. Sobre la muerte. Sobre la vida después de la muerte. O, si lo prefieres, sobre la muerte después de la vida. ¿Aún se te aparecen, Parker? ¿Todavía ves a los perdidos, a los muertos? Yo sí. Me visitan. —Sonrió y respiró con tanta profundidad que parecía estar ahogándose, como si estuviese en los preliminares de un orgasmo—. Son *muchísimos*. Todos aquellos a los que diste pasaporte me preguntan por ti. Quieren saber cuándo vas a reunirte con ellos. Tienen planes para ti. Yo les digo que pronto. Que muy pronto estarás con ellos.

No respondí a sus provocaciones. En vez de eso, le pregunté por qué se había autolesionado. Levantó los brazos con las cicatrices ante mí y se los miró casi con sorpresa.

—Es posible que quisiera evitarles su venganza —me contestó.

—No te salió demasiado bien.

—Es cuestión de opiniones. Ya no estoy en aquel sitio, en aquel infierno moderno. Me relaciono con otra gente. —Los ojos le brillaron—. Incluso es posible que logre salvar algunas almas perdidas.

—¿Tienes a alguien en mente?

Faulkner sonrió.

—No a ti, pecador. Eso tenlo por seguro. Para ti ya no hay salvación posible.

—Sin embargo, querías verme.

Dejó de sonreír.

—Tengo que hacerte una oferta.

—No tienes nada con lo que poder negociar.

—Tengo a tu mujer —dijo con voz pausada y áspera—. Puedo negociar con ella.

No me lancé contra él, aunque él reculó de repente, como si la violencia de mi mirada hubiese tenido el mismo efecto que un empujón en el pecho.

—¿Qué has dicho?

—Estoy ofreciéndote la seguridad de tu mujer y de tu futuro hijo. Estoy ofreciéndote una vida que no está amenazada por el temor a un castigo justo.

—Tu lucha es ahora con el Estado, viejo. Es mejor que te reserves las negociaciones para el juicio. Y si vuelves a mencionar eso en mi cara, te voy a...

—¿A qué? —se burló—. ¿A matarme? Tuviste la oportunidad, y no habrá otra. Y mi lucha no es sólo con el Estado. ¿No te acuerdas? Mataste a mis hijos, a mi familia, tú y tu colega invertido. ¿Qué le hiciste al hombre que mató a tu niña, Parker? ¿No le diste caza? ¿No lo mataste como si fuera un perro rabioso? ¿Por qué voy yo a comportarme de un modo distinto ante la muerte de mis hijos? ¿O es que acaso hay unas reglas para ti y otras para el resto de la humanidad? —Suspiró teatralmente—. Pero yo no soy como tú. No soy un asesino.

—¿Qué es lo que quieres, viejo?

—Que no declares en el juicio.

Tardé en contestarle el tiempo que media entre un latido y otro.

—¿Y si lo hago?

Se encogió de hombros.

—Entonces no me hago responsable de las acciones que puedan emprenderse contra ti o contra los tuyos. Yo no, por supuesto. A pesar de mi natural animosidad hacia ti, no tengo intención de hacer ningún daño ni a ti ni a los tuyos. Nunca he hecho daño a nadie en mi vida y no voy a empezar ahora. Pero puede que haya otros que hagan suya mi causa, a menos que les quede claro que mi deseo no es ése.

Me volví al guardia.

—¿Has oído eso?

Asintió con la cabeza, pero Faulkner se limitó a mirar al guardia de manera impasible.

—Sólo intento que no tomen represalias contra ti, pero, en cualquier caso, aquí el señor Anson no va a serte de mucha ayuda. Está follándose a una putita a espaldas de su mujer. Peor aún, a espaldas de los padres de ella. ¿Qué edad tiene la niña, señor Anson? ¿Quince? La ley ve con malos ojos a los violadores, a los que abusan de los menores y a todo ese tipo de gente.

—¡Que te den por culo!

Anson se abalanzó sobre los barrotes, pero lo sujeté por el brazo. Se volvió hacia mí, y por un momento creí que iba a golpearme, pero se contuvo y me apartó la mano. Miré a mi derecha y vi aproximarse a los colegas de Anson. Levantó la mano para darles a entender que todo estaba en orden y se detuvieron.

—Creí que no tenías necesidad de recurrir a trucos de salón —le dije.

—¿Quién sabe qué maldad se esconde en el corazón de los hombres? —susurró—. ¡La Sombra lo sabe! —dijo, esbozando una sonrisa—. Deja que me vaya, pecador. Vete de aquí y yo haré lo mismo. Soy inocente de las acusaciones que se me hacen.

—La entrevista se ha acabado.

—No, no ha hecho más que empezar. ¿Te acuerdas de lo que dijo nuestro común amigo antes de morir, pecador? ¿Te acuerdas de las palabras del Viajante?

No le respondí. Había muchas cosas de Faulkner que yo despreciaba, y otras muchas que no comprendía, pero que conociera unos hechos de los que era imposible que tuviera conocimiento era lo que más me perturbaba de él. Por alguna razón, de un modo que yo era incapaz de vislumbrar, Faulkner había inspirado al hombre que mató a Susan y a Jennifer, reafirmándolo en la decisión que había tomado, una decisión que le condujo finalmente a la puerta de nuestra casa.

—¿No te habló del infierno? ¿No te dijo que esto es el infierno y que estamos en él? Era un insensato en muchos aspectos. Un hombre imperfecto e infeliz, pero en muchas cosas tenía razón. Esto es el infierno. Cuando cayeron los ángeles rebeldes, éste fue el lugar que se les asignó. Se marchitaron. Perdieron su belleza y fueron condenados a vagar por aquí. ¿No temes a los ángeles de las tinieblas, Parker? Deberías. Ellos te conocen, y pronto irán contra ti. Todo lo que has visto hasta ahora no es nada comparado con lo que te espera. A su lado, soy un insignificante soldado de infantería encargado de allanar el camino. Las cosas que van a ocurrirte ni siquiera son humanas.

—Estás loco.

—No —susurró Faulkner—. Yo estoy condenado por mi fracaso, pero tú serás condenado a la vez que yo por tu implicación en ese fracaso. Ellos te condenarán. Ya están esperando el momento.

Moví la cabeza. Anson, los demás guardias e incluso los muros y barrotes de la prisión parecieron esfumarse. Sólo estábamos el viejo y yo, flotando. Tenía la cara empapada de sudor a causa del calor que emanaba de él. Era como si me hubiese contagiado una fiebre terrible.

—¿No quieres saber lo que me dijo cuando vino a verme? ¿No te importan las charlas que condujeron a la muerte de tu mujer y de tu hijita? ¿No hay algo muy dentro de ti que quiere saber de qué hablamos?

Me aclaré la garganta. Las palabras, cuando logré pronunciarlas, parecían metralla.

—Ni siquiera llegaste a conocerlas.

Se rió.

—No me hacía falta conocerlas, pero tú... Oh, hablábamos de ti. A través de él conseguí comprenderte como ni siquiera tú has logrado comprenderte a ti mismo. En cierto modo, me alegra haber tenido la posibilidad de verme contigo, aunque... —Su gesto se ensombreció—. Los dos hemos pagado un precio muy alto por el entrecruzamiento de nuestras vidas. Échate ahora a un lado y no volverá a haber problemas entre nosotros. Pero si sigues por ese camino, no me hago responsable de lo que pueda pasar.

—Adiós.

Me dispuse a irme, pero mi forcejeo con Anson me había dejado al alcance de Faulkner. Alargó la mano, me agarró por la chaqueta y entonces, cuando perdí el equilibrio, tiró de mí con fuerza. Volví la cabeza de forma instintiva. Mis labios amagaron un grito de alarma.

Y Faulkner me escupió en la boca.

No me di cuenta de lo que había pasado hasta transcurrido

un momento, y entonces empecé a golpearle. Anson intentaba detenerme mientras yo agarraba al viejo. Los otros guardias llegaron corriendo hacia nosotros y me llevaron consigo. Tenía en la boca el olor de Faulkner, y él continuaba gritándome desde su celda.

—Tómatelo como un regalo, Parker —voceó—. Un regalo que deberías interpretar como lo interpreto yo.

Me deshice de los guardias a empujones y me sequé la boca. Pasé con la cabeza gacha ante la zona recreativa, en la que aquellos presos que no estaban considerados peligrosos para sí mismos ni para los demás me miraban a través de los barrotes. Si hubiera levantado la cabeza y mi atención hubiese dejado de centrarse en lo que acababa de hacerme el predicador, es posible que hubiese visto al hombre jorobado y de pelo oscuro que me observaba con más fijeza que los demás.

Cuando me iba, el hombre llamado Cyrus Nairn sonrió con los brazos extendidos, formando un río de palabras con los dedos, hasta que un guardia se percató de lo que hacía y entonces bajó los brazos.

El guardia sabía lo que Cyrus estaba haciendo, pero no le prestó atención. Después de todo, Cyrus era mudo, y aquello era lo que hacen los mudos.

Señas.

Estaba a punto de llegar a mi coche cuando oí detrás de mí el sonido de unos pasos en la grava. Era Anson. Parecía preocupado.

—¿Todo bien?

Asentí con la cabeza. Me había lavado la boca en las dependencias de los guardias con un elixir que me dieron, pero aún tenía la impresión de que una parte de Faulkner me recorría el cuerpo por dentro, infectándome.

—Lo que oíste ahí dentro... —empezó a decir.

Lo interrumpí.

—Tu vida privada es asunto tuyo. No es cosa mía.

—Las cosas no son como las contó.

—Nunca lo son.

El cuello se le enrojeció, y aquel rubor se le extendió por toda la cara como si se tratara de un proceso de ósmosis.

—¿Quieres dártelas de listo conmigo?

—Ya te lo he dicho: tu vida privada es asunto tuyo. Pero deja que te haga una pregunta. Para quedarte tranquilo, puedes registrarme para comprobar si llevo un micrófono oculto. —Se lo pensó durante un instante y me animó a continuar—. ¿Es verdad lo que dijo el predicador? No me interesan las cuestiones legales ni por qué lo estás haciendo. Lo único que me interesa saber es si son ciertos los detalles que dio.

Anson no contestó. Se limitó a bajar la mirada y a asentir con la cabeza.

—¿Puede ser que algún guardia se haya ido de la lengua?

—No. No lo sabe nadie.

—¿Tal vez algún preso? ¿O alguien del pueblo que esté en condiciones de propagar por la cárcel un chismorreo?

—No, no lo creo.

Abrí la puerta del coche. Anson parecía tener la necesidad de hacer un último comentario propio de un machote. No tenía pinta de ser un hombre dispuesto a reprimir su deseo sexual ni ningún otro tipo de impulso.

—Si alguien se entera de esto, vas a hundirte en mierda —me advirtió.

Aquello sonó a falso incluso para él. Lo leí en su cara enrojecida y en el modo en que se vio obligado a concentrarse en tensar los músculos del cuello hasta que sobresalieron por el cuello de la camisa. Le permití recuperar el grado de dignidad que él considerase adecuado para la ocasión. Luego lo vi alejarse, arrastrando los pies hacia la puerta de entrada de la prisión, regresando a regañadientes, o esa impresión daba, junto a Faulkner.

Sobre él cayó una sombra, como si un pájaro de inmensas alas hubiese descendido y lo estuviese sobrevolando lentamente en círculos. Daba la impresión de que sobre los muros de la cárcel se cernían otros pájaros. Eran grandes y negros y se desplazaban de forma perezosa, trazando espirales, pero había algo antinatural en sus movimientos. Planeaban sin la gracia y la belleza de los pájaros, porque sus cuerpos escuálidos parecían no corresponderse con sus enormes alas, como si luchasen contra la ley de la gravedad, bajo la amenaza de estrellarse en picado contra el suelo. Las alas les permitían planear durante un momento antes de verse obligados a batirlas violentamente para poder mantenerse en el aire.

Entonces, uno de ellos se desvió de la bandada y, cada vez más grande a medida que descendía en espiral, fue a posarse en lo alto de una de las torres de vigilancia. Me di cuenta de que no era un pájaro, y entonces supe de qué se trataba.

El cuerpo del ángel de las tinieblas estaba demacrado. Tenía la piel negra de los brazos momificada, recubriendo unos huesos muy delgados, tenía la cara alargada y rapaz, los ojos sombríos y maliciosos. Su mano en forma de garra se apoyaba en el cristal mientras batía sus grandes alas de plumaje oscuro a un ritmo lento. Poco a poco se le unieron otros y, en silencio, cada uno fue posándose encima de los muros y las torres, hasta que la prisión se oscureció por su presencia. No se me acercaron, pero percibí la hostilidad que me tenían y algo más: el sentimiento de sentirse traicionados, como si, de alguna manera, yo fuese uno de ellos y les hubiese dado la espalda.

—Cuervos —dijo una voz a mi lado. Era una anciana. Llevaba una bolsa marrón en la mano, llena de cosas para alguno de los presos. Quizá para su hijo, o para su marido, que estaría entre los viejos del pabellón siete–. Nunca he visto tantos y tan grandes.

Y ahora eran cuervos, cuervos que medían unos sesenta centímetros y que tenían las plumas de las puntas de las alas tan separadas que parecían dedos, mientras se deslizaban sobre los muros y se llamaban en voz baja entre sí.

–Nunca pensé que pudieran reunirse tantos –comenté.

–Y no lo hacen –dijo–. Normalmente no, de ninguna de las maneras, pero ¿quién está en condiciones de decir qué es normal en estos tiempos que corren?

Siguió su camino. Me metí en el coche y me alejé, pero por el espejo retrovisor vi que los pájaros, a medida que los dejaba atrás, no empequeñecían. Por el contrario, incluso cuando la cárcel menguaba, daba la impresión de que crecían y de que adquirían nuevas formas.

Y noté sus ojos fijos en mí, mientras la saliva del predicador colonizaba mi cuerpo como un cáncer.

«Un regalo que deberías interpretar como lo interpreto yo.»

Aparte de la prisión misma y de la tienda de artesanía de la prisión, no hay nada que retenga a un visitante ocasional en Thomaston. Sin embargo, en el pueblo hay una excelente casa de comidas en la parte norte, especializada en tartas caseras y en pudín que se sirven calientes a los lugareños y a aquellos que van allí a hablar un poco después de haberse reunido con sus seres queridos tras una mesa o a través de una pantalla. Compré un elixir en una tienda y me enjuagué la boca en el aparcamiento antes de entrar en la casa de comidas.

La pequeña zona del comedor, con el mobiliario desparejo, estaba en gran parte desocupada, con la excepción de dos viejos que permanecían sentados en silencio, uno al lado del otro, viendo los coches pasar, y de un hombre más joven que llevaba un traje caro de muy buen corte y que ocupaba, junto a la pared, una mesa de asientos adosados. Tenía a su lado el abrigo, plegado con esmero, y en la mesa había un ejemplar del *USA Today* junto a un plato con restos de nata y tarta. Pedí un café y me senté frente a él.

—Tienes mala cara —dijo el hombre.

Noté que algo atraía mi mirada hacia la ventana. Desde donde me encontraba sentado era imposible ver la cárcel. Moví la cabeza para despejarla de las visiones de las criaturas sombrías que estaban posadas en los muros, expectantes. No eran reales. Sólo eran cuervos. Me sentía enfermo y asqueado por la agresión de Faulkner.

No eran reales.

—Stan —dije para distraerme—. Bonito traje.

Se abrió la chaqueta para mostrarme la etiqueta.

—Armani. Comprado en una tienda de saldos. Guardo el recibo de compra en el bolsillo interior, por si acaso me acusan de corrupción.

La camarera me llevó el café y volvió al mostrador para seguir leyendo una revista. La radio sintonizaba un programa de música popular. Y sonó, a través del tiempo, la música del grupo canadiense Rush.

Stan Ornstead era el ayudante del fiscal del distrito y formaba parte del equipo designado para hacerse cargo del caso Faulkner. Fue Ornstead quien logró convencerme —con el consentimiento de Andrus, el fiscal del distrito— de que me viese cara a cara con Faulkner y quien consiguió que la entrevista se llevase a cabo en la celda, con el propósito de que yo pudiese comprobar la situación que él había creado a su alrededor. Stan era apenas unos años más joven que yo, y se le auguraba un gran porvenir. Tenía una carrera brillante, aunque en aquella ocasión no brillaba tanto como él hubiese querido. Esperaba que el propio Faulkner se encargara de dar un giro a aquello, sólo que, como había dicho el alcaide, el caso Faulkner estaba convirtiéndose en algo realmente serio, en algo que amenazaba a todo el que estuviese involucrado de lleno en él.

—Pareces conmocionado —dijo Stan, después de que yo diese dos reconstituyentes sorbos de café.

—Él produce ese efecto en la gente.

—No se ha ido mucho de la lengua, ¿verdad?

Me quedé inmóvil, y él levantó las palmas de las manos como queriendo decir «¿Qué podías hacer tú?».

—¿Han puesto micros en las celdas de los presos peligrosos? —pregunté.

—Ellos no, si te refieres a las autoridades de la cárcel.

—Pero alguien se ha tomado la justicia por su mano.

—La celda ha sido cableada. De manera oficial no sabemos nada.

«Cableada» es el término que se emplea para designar una operación de vigilancia que no cuenta con la autorización de un juez. Más concretamente, es el término que emplea el FBI para designar cualquier operación de ese tipo.

—¿Los federatas?

—Esos gabardinas no se fían mucho de nosotros. Les preocupa que Faulkner salga sin cargos, así que quieren conseguir todo lo que puedan, mientras puedan, por si hubiera cargos federales o una acusación doble. Todas las conversaciones que tiene con sus abogados, con sus médicos, con sus loqueros, e incluso con su némesis, que eres tú, por si no lo sabías, se están grabando. Como mínimo, esperan que revele algo que les ponga en la pista de otros como él o que incluso les proporcione algún tipo de información sobre otros crímenes que haya podido cometer. Desde luego, todo eso resulta inadmisible, pero útil si funciona.

—¿Y saldrá sin cargos?

Ornstead se encogió de hombros.

—Ya sabes a lo que se agarra: asegura que en realidad estuvo preso durante décadas y que no participó ni tuvo conocimiento de ninguno de los crímenes cometidos por la Hermandad o por aquellos que estaban relacionados con ella. No hay nada que le relacione directamente con ninguno de los asesinatos, y aquel nido subterráneo de habitaciones en que vivía estaba sellado por fuera con varios cerrojos.

—Estaba en mi casa cuando intentaron matarme.

—Eso dices tú, pero estabas totalmente aturdido. Tú mismo me dijiste que no veías con claridad.

—Rachel lo vio.

—Sí, ella lo vio, pero acababan de golpearle la cabeza y tenía los ojos cubiertos de sangre. Ella misma admite que no puede recordar muchas de las cosas que se dijeron, y él no estaba allí para presenciar lo que pasó después.

—Hay un agujero en Eagle Lake en el que se encontraron diecisiete cuerpos, los restos de la gente de su congregación.

—Dice que se debió a los enfrentamientos entre las distintas familias. Se volvieron unos contra otros, y después contra su propia familia. Asegura que mataron a su mujer y que sus hijos pagaron con la misma moneda. Incluso asegura que estaba en Presque Isle el día en que los mataron.

—Agredió a Ángel.

—Faulkner lo niega, asegura que lo hicieron sus hijos y que le obligaron a presenciarlo. De todas formas, tu amigo se niega a testificar, e incluso si lo citásemos, cualquier abogaducho de mala muerte le haría pedazos. No es un testigo muy creíble que digamos. Y, con el debido respeto, tú tampoco eres precisamente un testigo ideal.

—¿Y eso por qué?

—Te has tomado demasiadas libertades con tu pistola, pero el hecho de que los cargos contra ti se hayan venido abajo no significa que hayan desaparecido del radar de la gente. Puedes estar jodidamente seguro de que el equipo legal de Faulkner lo sabe todo sobre ti. Le darán la vuelta a la tortilla y dirán que entraste allí hecho una furia, que barriste a tiros el lugar y que el viejo tuvo suerte de salir con vida de aquello.

Aparté de un empujón la taza de café.

—¿Para esto me has traído aquí, para hacer trizas mi historia?

—Da lo mismo hacerlo aquí que en un tribunal. Tenemos problemas. Y es posible que tengamos más.

Esperé.

—Sus abogados han confirmado que en los próximos diez días van a elevar una petición al Tribunal Supremo para que se revise la decisión relativa a la fianza. Creemos que el juez encargado del asunto puede ser Wilton Cooper, y eso no es una buena noticia.

A Wilton Cooper le faltaban sólo unos meses para jubilarse, pero continuaría siendo una espina para la oficina del fiscal general hasta entonces. Era obstinado, imprevisible, y sentía por el fiscal general una animosidad personal cuyo origen se perdía en la noche de los tiempos. En el pasado, se había manifestado en contra de la fianza preventiva, pero también era muy capaz de defender los derechos del acusado a costa de los derechos de la sociedad en general.

—Si Cooper se hace cargo de la revisión, puede obrar de una manera o de otra —explicó Ornstead—. Los argumentos de Faulkner son una mierda, pero necesitamos tiempo para reunir las evidencias y poder minarlas, y quizá pasen años antes del juicio. Y ya has visto su celda: podríamos ponerlo en el fondo de un volcán y aun así haría frío. Sus abogados han contratado a especialistas independientes que denunciarán que el continuado encarcelamiento de Faulkner está poniendo en peligro su salud, y que morirá si permanece detenido. Si lo trasladamos a Augusta, podríamos cavar nuestra propia tumba sin darnos cuenta, en caso de encontrarnos ante un alegato de locura. La supermáxima no cuenta con las instalaciones adecuadas para él. ¿Y dónde lo metemos si se le traslada de Thomaston? ¿En la prisión del condado? Creo que no. Así que lo que tenemos ahora mismo es un juicio a la vuelta de la esquina sin testigos fiables, con unas pruebas insuficientes para hacer el caso irrefutable y un acusado que incluso puede morir antes de que podamos llevarlo al estrado. Cooper puede ser la guinda que corone la tarta.

En ese momento fui consciente de que había estado apretando el asa de la taza de café con tanta fuerza que me dejó una marca en la palma de la mano. Cuando la solté, vi que el asa por dentro estaba manchada de sangre.

—Si paga la fianza, se dará a la fuga —dije—. No se quedará esperando el juicio.

—Eso no lo sabemos.

—Sí lo sabemos.

Los dos estábamos inclinados sobre la mesa, y al parecer lo hicimos simultáneamente. Los dos viejos que se encontraban sentados cerca de la ventana se volvieron para mirarnos, atraídos por la tensión que se mascaba entre nosotros. Me eché hacia atrás y los miré. Se pusieron a observar el tráfico de nuevo.

—De cualquier forma —dijo Ornstead—, incluso Cooper no fijará la fianza por debajo de siete cifras, y no creemos que Faulkner tenga acceso a semejantes fondos.

Todo el activo de la Hermandad había sido bloqueado y la oficina del fiscal general estaba intentando seguir las pruebas documentales que pudieran llevar a otras cuentas ocultas. Pero alguien pagaba a los abogados de Faulkner, y se había abierto un fondo para su defensa en el que estaban vertiendo dinero a raudales unos desalentados fanáticos de derechas y algunos chiflados religiosos.

—¿Sabemos quién está organizando ese fondo para la defensa? —pregunté.

Oficialmente, el fondo era responsabilidad de una firma de

abogados, Muren & Associates, en Savannah, Georgia, pero era una operación de tres al cuarto. Allí tenía que haber mucho más que una pandilla de picapleitos sureños ideando algo desde una oficina con sillas de plástico. El propio equipo legal de Faulkner, dirigido por Jim Grimes, se mantenía al margen de aquello. Aparte de su semblante pétreo, Jim Grimes era uno de los mejores abogados de Nueva Inglaterra. Era capaz de librarse con su labia hasta de un cáncer, y no resultaba un abogado nada barato.

Ornstead dio un largo suspiro. El aliento le olía a café y a nicotina.

—Y aquí viene el resto de las malas noticias. Muren recibió una visita hace un par de días, un tipo llamado Edward Carlyle. Las grabaciones de teléfono han demostrado que los dos han estado en contacto diario desde que esto empezó, y Carlyle es consignatario de la cuenta corriente con que se financia todo.

Me encogí de hombros.

—El nombre no me suena de nada.

Ornstead golpeó la mesa con suavidad, marcando un ritmo delicado.

—Edward Carlyle es la mano derecha de Roger Bowen. Y Roger Bowen es...

—Un tonto de mierda —terminé la frase—. Y un racista.

—Y un neonazi —añadió Ornstead—. Pues sí, a Bowen se le paró el reloj en torno a 1939. Es todo un tipejo. Seguro que tiene acciones en los hornos de gas, a la espera de que las cosas vuelvan a arreglarse algún día gracias al viejo lema de «la solución final». Hasta donde sabemos, Bowen es quien se halla detrás de la recaudación de fondos para pagar la defensa. Ha tratado de pasar inadvertido a lo largo de estos últimos años, pero algo le ha sacado de su agujero, y ahora pronuncia discursos, aparece en mítines y pasa el cepillo. Me da la impresión de que tienen muchas ganas de que Faulkner vuelva a las calles.

—¿Por qué?

—Bueno, eso es lo que intentamos averiguar.

—La sede de Bowen se encuentra en Carolina del Sur, ¿verdad?

—Él se mueve entre Carolina del Sur y Georgia, pero pasa la mayor parte del tiempo en algún lugar de la parte alta del río Chattooga. ¿Por qué?, ¿planeas bajar a visitarlo?

—Es posible.

—¿Puedo preguntar por qué?

—Tengo un amigo en apuros.

—La peor clase de amigo. Bueno, cuando estés allí podrías preguntarle a Bowen por qué Faulkner es tan importante para él, aunque no te lo recomiendo. No creo que seas el primero de la lista de sus amigos con los que desee encontrarse.

—No soy el primero de la lista de nadie.

Ornstead se levantó y me dio una palmadita en el hombro.

—Me estás partiendo el corazón.

Lo acompañé a la puerta. Tenía el coche aparcado justo delante de la entrada.

—Has oído algo, ¿verdad? –le pregunté. Di por hecho que Stan había oído todo lo que había pasado entre Faulkner y yo.

—Sí. ¿Te refieres al guardia?

—Anson.

—No me concierne, ¿y a ti?

—Es una menor. No creo que Anson sea una buena influencia para ella.

—No, supongo que no. Haremos que alguien lo investigue.

—Te lo agradecería.

—Dalo por hecho. Ahora debo preguntarte algo. ¿Qué pasó allí? Sonaba como si hubiese habido una refriega.

A pesar del café, aún tenía el sabor del elixir.

—Faulkner me escupió en la boca.

—Mierda. ¿Vas a necesitar un análisis?

—Lo dudo, pero me siento igual que si me hubiese tragado el ácido de una pila y estuviera quemándome la boca y las tripas.

—¿Por qué lo hizo? ¿Para que te cabrearas con él?

Negué con la cabeza.

—No, me dijo que era un regalo que me ayudaría a ver con más claridad.

—¿Ver qué?

No respondí, pero lo sabía.

Quería que viese lo que le esperaba a él y lo que se me venía encima.

Quería que viese las cosas como las veía él.

6

El movimiento racista militante nunca ha sido demasiado numeroso. El ala dura cuenta con veinticinco mil miembros como mucho. A esta cifra deben sumarse los, quizá, más de ciento cincuenta mil simpatizantes activos y, con toda probabilidad, otros cuatrocientos mil miembros informales que no aportan ni dinero ni mano de obra efectiva, pero que, si les aflojas la lengua con bebida suficiente, salen con el cuento de la amenaza que representan los de color y los judíos para la raza blanca. Los miembros del Klan constituyen más de la mitad del ala dura. El resto lo componen cabezas rapadas y un surtido de nazis. El nivel de cooperación entre ambos grupos es mínimo, y en ocasiones han llegado a un nivel de competitividad que linda con la agresión abierta. Rara vez los miembros son fijos: van y vienen de un grupo a otro con frecuencia, dependiendo de las necesidades de los jefes, de los enemigos o de los tribunales.

Pero a la cabeza de cada grupo se halla un núcleo formado por activistas de toda la vida, y, aunque cambie el nombre del movimiento o haya una pelea entre ellos y se dividan en células cada vez más pequeñas, esos líderes permanecen. Son misioneros, fanáticos y proselitistas de la causa, y expanden el evangelio de la intolerancia en ferias, en mítines y en conferencias, a través de boletines informativos, panfletos y programas de radio de madrugada.

Entre ellos se encontraba Roger Bowen, que era uno de los más veteranos y también uno de los más peligrosos. Nacido en el seno de una familia baptista de Gaffney, Carolina del Sur, en las estribaciones del Blue Ridge, había ocupado cargos en multitud de organizaciones reaccionarias, incluidas algunas de las más notorias agrupaciones neonazis de los últimos veinte años. En 1983, cuando tenía veinticuatro años, Bowen fue uno de los tres jóvenes interrogados, aunque salieron sin cargos, por su implicación en la Orden, la sociedad secreta fundada por el racista Robert Matthews y asociada a las Naciones Arias. Durante 1983 y 1984, la Orden llevó a cabo una serie de robos a furgones blindados y a entidades bancarias para financiar sus operaciones, entre las que se contaban atentados con explosivos, incendios premeditados y falsificaciones de diverso tipo. La Orden fue también la responsable del asesinato de Alan Berg, presentador de un programa de entrevistas en Denver, y del de un tipo llamado Walter West, un miembro de la Orden sospechoso de haber revelado secretos. Al final apresaron a todos los miembros de la Orden, con la excepción del propio Matthews, que fue asesinado en un tiroteo con los agentes del FBI en 1984. A partir de ese instante no había pruebas para relacionar a Bowen con aquellas actividades, de modo que no se le pudo juzgar, y la verdad sobre el verdadero alcance de la implicación de Bowen en la Orden murió con Matthews. A pesar del reducido número de activistas de la Orden, las operaciones que el FBI llevó a cabo contra ella ocuparon a una cuarta parte de todos los efectivos del departamento. El reducido número de miembros de la Orden había jugado a su favor, pues resultaba difícil infiltrar en ella a topos y confidentes, excepción hecha del desgraciado Walter West. Una lección que Bowen jamás olvidó.

Bowen anduvo durante un tiempo a la deriva, hasta que encontró un hogar en el Klan, aunque por aquel entonces la cofradía ya estaba bastante castigada a causa de las actividades del Programa de Contrainteligencia del FBI: los miembros del Ku Klux Klan habían fracasado, su prestigio había caído en picado y la edad media de sus miembros había empezado a disminuir a medida que los más viejos iban desertando o muriéndose. El resultado fue que las relaciones tradicionalmente conflictivas del Klan con todo el boato del neonazismo dejaron de ser tan ambiguas, y la nueva savia no era tan quisquillosa con respecto a tales asuntos como lo eran los miembros veteranos. Bowen se unió a los Caballeros del Ku Klux Klan del Imperio Invisible de Bill Wilkinson, pero cuando el Imperio Invisible se disolvió en 1993, tras un costoso proceso judicial, Bowen ya había fundado su propio Klan: el de los Confederados Blancos.

Con todo, Bowen no iba por ahí reclutando adeptos, como hacían en los otros clanes, e incluso el nombre del Klan no era mucho más que una bandera de conveniencia. Los Confederados Blancos nunca sobrepasaron la docena de individuos, pero tenían poder e influencia a pesar de lo reducido de su número y contribuyeron de manera decisiva en el proceso de nazificación que se desarrolló en el Klan a lo largo de la década de los ochenta, difuminando cada vez más las fronteras tradicionales que existían entre los miembros del Klan y los neonazis.

Bowen no negaba el Holocausto: le gustaba la idea de la existencia del Holocausto, la posibilidad de que hubiese existido una fuerza capaz de asesinar a una escala antes inimaginable y con tal sentido del orden y de la planificación. Fue esto, más que cualquier tipo de escrúpulo moral, lo que llevó a Bowen a distanciarse de los escándalos fortuitos y de los estallidos esporádicos de violencia, que eran endémicos en el movimiento. En el mitin anual de Stone Mountain, en Georgia, incluso llegó a condenar en público un incidente que había tenido lugar en Carolina del Norte, donde un grupo de borrachos marginales del Ku Klux Klan golpeó hasta matarlo a un hombre blanco de mediana edad llamado Bill Perce, y lo único que oyó fue un abucheo para que abandonase la tribuna. Desde entonces, Bowen evitó volver a Stone Mountain. No le comprendían y él no los necesitaba, aunque siguió trabajando entre bambalinas y financiando marchas ocasionales del Klan a pequeñas poblaciones situadas entre las fronteras de Georgia y Carolina del Sur. Incluso si, como ocurría con frecuencia, sólo tomaban parte un puñado de hombres, la amenaza que implicaba una marcha aún tenía repercusión en los periódicos, originaba quejas indignadas por parte de los borregos liberales y contribuía a la atmósfera de intimidación y desconfianza que Bowen necesitaba para que su obra siguiera funcionando. Los Confederados Blancos eran en gran parte una fachada, una mera representación teatral parecida a los movimientos que hace un mago con su varita antes de realizar un truco. El verdadero truco se llevaba a cabo a escondidas, y el movimiento de la varita no sólo no tenía nada que ver con el ilusionismo, sino que resultaba irrelevante del todo para el truco en sí.

Porque era Bowen el que estaba intentando reconciliar las viejas enemistades. Era él quien establecía puentes entre los Patriotas Cristianos y los Arios, entre los cabezas rapadas y los del Klan. Era Bowen el que tendía la mano a los miembros más ruidosos y radicales de la derecha cristiana. Era Bowen el que era consciente de la importancia de la unidad, de la intercomunicación, del aumento de los fondos. Y fue Bowen quien se dio cuenta de que, al tomar a Faulkner bajo su protección, podría convencer a aquellos que creían en la historia del predicador para que le diesen a él el dinero. La Hermandad había recaudado más de quinientos mil dólares el año antes de la detención de Faulkner. Eran migajas en comparación con lo que sacaban los telepredicadores más famosos, pero para Bowen y los suyos representaba una ganancia sustanciosa. Bowen había visto cómo el dinero entraba a raudales en el fondo creado para la apelación de Faulkner. Ya había suficiente como para reunir el diez por ciento de una fianza de siete cifras y algo más de propina, y seguía creciendo. Pero ningún avalista estaría lo suficientemente loco como para cubrir la fianza de Faulkner en caso de que la revisión le fuese favorable. Bowen tenía otros planes y otros asuntos entre manos. Si jugaban bien sus cartas, Faulkner podría salir y desaparecer antes de que finalizase el mes, y si circulaban rumores de que Bowen lo había quitado de en medio para ponerlo a salvo, tanto mejor para Bowen. De hecho, mucho después de eso poco importaría que el predicador estuviese vivo o muerto. Sería suficiente con que se mantuviera oculto, y eso podría hacerlo con la misma facilidad bajo tierra que encima de ella.

Pero Bowen admiraba los logros alcanzados por el viejo predicador y su Hermandad. Sin recurrir a aquellos asaltos bancarios que habían minado la Orden, y con una soldadesca que nunca ascendía a más de cuatro o cinco individuos, Faulkner llevó a cabo una campaña de asesinatos y de intimidación contra blancos fáciles durante casi tres décadas y había borrado con éxito las pistas. Incluso el FBI y la ATF aún tenían problemas a la hora de vincular la Hermandad con la muerte de médicos abortistas, de homosexuales declarados, de líderes judíos y de las demás pesadillas de la extrema derecha. Se sospechaba que Faulkner había autorizado aquella aniquilación.

Era extraño, pero Bowen apenas había considerado la posibilidad de aliarse con la causa de Faulkner hasta que reapareció Kittim. Kittim era una leyenda entre la extrema derecha y un héroe del pueblo. Se había aproximado a Bowen poco antes del arresto de Faulkner y, a partir de ahí, la idea de involucrarse en el caso acabó llegándole a Bowen de forma natural. Y si no podía recordar a qué se debía la fama de Kittim, o incluso de dónde venía, bueno, qué más daba. Siempre les pasa lo mismo a los héroes del pueblo, ¿no es verdad? Ellos son reales sólo en parte, pero, con Kittim a su lado, Bowen se sintió de nuevo motivado, casi invencible.

Era algo tan fuerte que apenas se daba cuenta del miedo que sentía ante la presencia del aquel hombre.

La admiración de Bowen, traducida a hechos concretos con

la llegada de Kittim, pareció halagar el ego de Faulkner, ya que, a través de sus abogados, el predicador se mostró de acuerdo en convertir a Bowen en paladín de su causa; incluso llegó a ofrecer dinero de unas cuentas bancarias secretas, imposibles de rastrear por sus perseguidores, si Bowen era capaz de urdirle un plan de fuga. Por encima de todo, el viejo no deseaba morir en la cárcel. Prefería ser un perseguido durante el resto de su vida antes que pudrirse tras unos barrotes a la espera de que lo juzgaran. Faulkner sólo había pedido un favor más. A Bowen le molestó un poco aquella petición, dado que ya se había ofrecido para librar a Faulkner del peso de la ley, pero, cuando Faulkner le dijo en qué consistía aquel favor, Bowen se tranquilizó. Después de todo, era un favor muy pequeño, y le proporcionaría el mismo placer a Bowen que a Faulkner.

Bowen creyó encontrar en Kittim al hombre más apropiado para aquel trabajo, pero se equivocaba.

En realidad, el hombre le había encontrado a él.

La furgoneta de Bowen entró en el pequeño claro que había delante de la cabaña, levantada justo a lo largo de la linde del estado de Carolina del Sur, al este de Tennessee. El refugio estaba hecho de madera oscura. Tenía cuatro peldaños de madera tosca que llevaban al porche y dos estrechas ventanas a cada lado. Parecía diseñado como fortín defensivo.

A la derecha de la puerta había un hombre sentado en una mecedora, fumando un cigarrillo. Era Carlyle. Tenía el pelo corto y rizado, con unas entradas que habían empezado a salirle a los veintipocos años, pero que misteriosamente se detuvieron al cumplir los treinta, dejándole una especie de peluca rubia de payaso en su cabeza de huevo. Se mantenía en buena forma física, como la mayoría de los hombres que Bowen tenía a su lado. Bebía poco, y Bowen no recordaba haberlo visto fumar antes. Parecía cansado y enfermo. A Bowen le llegó el olor de algo a medida que se acercaba: vómito.

—¿Estás bien? —preguntó Bowen.

Carlyle se secó los labios con los dedos y se miró las yemas para ver si le quedaba algún detrito.

—¿Por qué? ¿Estoy manchado de mierda?

—No, pero hueles mal.

Carlyle le dio una larga calada al cigarrillo y aplastó a conciencia la colilla en la suela de su bota. Cuando tuvo la certeza de que estaba apagada, la hizo trizas y dejó que la brisa esparciera las hebras de tabaco.

—¿De dónde hemos sacado a ese tipo, Roger? —preguntó cuando acabó.

—¿A quién? ¿A Kittim?

—Claro, a Kittim.

—Es una leyenda —respondió Bowen. Su voz sonaba como un mantra.

Carlyle se pasó la mano por la calva.

—Eso lo sé. Bueno, supongo que lo sé. —La incertidumbre que reflejaban sus gestos no tardó en transformarse en indignación—. De cualquier forma, venga de donde venga, es un monstruo.

—Lo necesitamos.

—Hasta ahora nos ha ido bien sin él.

—Esto es distinto. ¿Le habéis sacado algo al tipo ese?

Carlyle negó con la cabeza.

—No sabe nada. Es un pedazo de carne.

—¿Seguro?

—Créeme. Si supiese algo, ya nos lo habría dicho. Pero ese gilipollas de los cojones sigue machacándolo.

Bowen apenas creía en las conspiraciones judías. Claro que había judíos ricos que tenían poder e influencia, pero resultaba evidente que se hallaban muy dispersos si uno se tomaba la molestia de analizar el panorama global. De todas formas, si había que creer a Faulkner, algunos viejos judíos de Nueva York habían intentado asesinarle. Contrataron a un hombre para que lo hiciera. Aquel hombre ya estaba muerto, pero Faulkner quería saber quiénes lo habían enviado, a fin de poder vengarse de ellos cuando llegase el momento, y Bowen era de la opinión de que no estaba de más saber contra qué se enfrentaban. Ése fue el motivo por el que atraparon al muchacho y lo sacaron de las calles de Greenville cuando empezó a llamar la atención por preguntar lo que no debía donde no debía. Después de eso, lo llevaron allí arriba, atado y amordazado, en el maletero de un coche, y se lo entregaron a Kittim.

—¿Dónde está?

—Fuera, en la parte de atrás.

Cuando Bowen iba a pasar por delante de él, Carlyle alargó el brazo y le cortó el camino.

—¿Has comido ya?

—No mucho.

—Suerte que tienes.

Retiró el brazo y Bowen bordeó la cabaña hasta que llegó a un corral cercado que tiempo atrás se usaba para guardar cerdos. Bowen pensó que el hedor de los cerdos aún persistía, hasta que vio lo que estaba tendido en el centro del corral y se dio cuenta de que no se trataba de un olor animal, sino humano.

El joven estaba desnudo y atado a una estaca bajo el sol. Tenía la barba corta y muy bien arreglada y el pelo negro pegado al cráneo a causa del sudor y del lodo. Le habían sujetado la cabeza con un cinturón de piel. Se veía cómo apretaba los dientes cada vez que le abrían y le palpaban las heridas. El hombre que estaba encima de él, torturándolo, llevaba un mono y guantes. Examinaba con los dedos las nuevas cavidades y aberturas que iba haciéndole con un cuchillo. Cuando el muchacho atado a la estaca se ponía tenso y gimoteaba débilmente a través de la mordaza, su torturador se detenía por un instante, y luego proseguía la tarea. Bowen no podía ni imaginarse siquiera cómo había logrado mantener al muchacho con vida, ni mucho menos consciente, pero Kittim era en verdad un hombre muy habilidoso. Se puso en pie cuando oyó que Bowen se acercaba, desplegó el cuerpo igual que lo haría un insecto cuando se le molesta y se volvió hacia él.

Kittim era alto, mediría casi un metro noventa. La gorra y las gafas de sol que siempre llevaba puestas ocultaban casi por completo sus facciones, pero lo hacía a propósito, ya que algo le pasaba en la piel. Bowen no sabía con exactitud de qué se trataba, y nunca había tenido el valor suficiente para preguntárselo, pero la cara de Kittim era de un color púrpura rosáceo y sólo tenía unas matas ralas de pelo repartidas por el escamoso cráneo. A Bowen le recordaba a un marabú, nacido para alimentarse de los muertos y de los moribundos. Los ojos, cuando dejaba que se los vieran, eran de un verde muy oscuro, como los de un gato. Debajo del mono se apreciaba un cuerpo delgado, casi cadavérico, y fuerte. Llevaba las uñas muy cuidadas e iba muy bien afeitado. Desprendía un leve olor a carne animal y a loción de afeitar Polo.

Y a veces a petróleo quemado.

Bowen bajó la mirada para ver al muchacho, y después la centró en Kittim. Desde luego, Carlyle tenía razón: Kittim era un monstruo. Del pequeño séquito de Bowen, sólo Landron Mobley, que era sólo un poco mejor que un perro rabioso, daba la impresión de sentir cierta simpatía por él. A Bowen le molestaban no sólo los tormentos que le estaba infligiendo al judío, sino también la sensación de carnalidad que los acompañaba: Kittim estaba excitado sexualmente. Bowen le notaba la erección por debajo del mono. Por unos segundos, le irritó el hecho de tener que dominar el miedo subyacente que aquel hombre le provocaba.

—¿Te estás divirtiendo? —le preguntó Bowen.

Kittim se encogió de hombros.

—Me pediste que averiguara lo que sabía —y su voz sonó como una escoba que barre un suelo de piedra polvoriento.

—Carlyle dice que no sabe nada.

—Carlyle no manda aquí.

—Exacto. Mando yo, y te pregunto si le has sacado algo que pueda sernos útil.

Kittim miró con fijeza a Bowen a través de las gafas de sol y le volvió la espalda.

—Déjame —dijo mientras se hincaba de rodillas para seguir martirizando al joven—. Aún no he terminado.

En vez de irse, Bowen desenfundó la pistola. Volvió a concentrar sus pensamientos en aquel extraño hombre deforme, en su naturaleza fantasmal y en su pasado. Era como si le hubiesen invocado, pensó; como si fuese una personificación de los temores y de los odios de todos ellos, una abstracción hecha carne. Fue él quien acudió a Bowen y le ofreció sus servicios. Bowen fue conociéndolo poco a poco, como una fuga de gas que se filtrara lentamente en una habitación; algunas de las difusas historias que se contaron en torno a él fueron adquiriendo un nuevo sentido con su presencia, y Bowen se veía incapaz de quitárselo de encima. ¿Qué fue lo que dijo Carlyle? Que era una leyenda, pero ¿por qué? ¿Qué había hecho para serlo?

Además, no parecían interesarle ni la causa, ni los negros, ni los maricones, ni los putos judíos, cuya mera existencia proporcionaba a la mayoría de los de su clase el combustible necesario para poner en marcha todos sus odios. Pero Kittim daba la impresión de estar por encima de tales asuntos, incluso cuando martirizaba a una víctima desnuda. Ahora Kittim intentaba decirle lo que tenía que hacer y le ordenaba que se alejase de su presencia, como si Bowen fuese un mayordomo negro con una bandeja. Ya era hora de que Bowen recobrara el control de la situación y demostrara a todo el mundo quién era el jefe. Se acercó sigilosamente a Kittim, levantó la pistola y apuntó al joven que estaba tendido en el suelo.

—No —dijo Kittim en voz baja.

Bowen lo miró y...

Y Kittim comenzó a brillar.

Fue como si una ola repentina de intenso calor lo traspasara, haciéndole retorcerse, y, por un instante, era Kittim y era a la vez otro, alguien sombrío y alado, con ojos de pájaro muerto que reflejasen el mundo sin tener vida dentro de sí. Su carne estaba flácida y marchita, y los huesos se le transparentaban bajo ella. Tenía las piernas un poco torcidas y los pies alargados.

El olor a petróleo se hizo más intenso y, de repente, Bowen comprendió. Por dudar de él, por dejar que su ira se desbordase, había permitido de alguna manera que su mente descubriese un aspecto de Kittim que hasta entonces había permanecido oculto: la verdad de su naturaleza.

Es viejo, pensó Bowen, mayor de lo que aparenta, mayor de lo que cualquiera de nosotros pueda imaginar. Tiene que concentrarse para mantener sus dos naturalezas. Por eso su piel es como es, por eso anda tan despacio, por eso se mantiene alejado. Tiene que luchar para seguir siendo lo que es. No es humano. Es...

Bowen dio un paso atrás cuando la figura empezó a recomponerse hasta que se halló de nuevo contemplando a aquel hombre vestido con un mono y con los guantes manchados de sangre.

—¿Te pasa algo? —preguntó Kittim.

A pesar de la confusión y del miedo, Bowen comprendió que no debía revelarle la verdad. De hecho, no podría haber dicho la verdad aunque quisiera, porque su mente se estaba esforzando por apuntalar rápidamente su cordura amenazada, y en aquel momento no estaba seguro de cuál era la verdad. Kittim no podía haber brillado. No podía haberse transformado. No podía ser lo que Bowen, por un instante, había creído que era: una cosa sombría y alada, un pájaro terrible y mutante.

—Nada —contestó Bowen. Miró atontado la pistola que tenía en la mano y la guardó.

—Entonces, déjame volver a la faena —dijo Kittim, y lo último que Bowen vio fue la desvanecida esperanza en los ojos del joven, antes de que el cuerpo delgado de Kittim se cerniera sobre él.

De vuelta al coche, Bowen pasó junto a Carlyle.

—¡Oye! —Carlyle alargó la mano para detenerlo, pero se echó atrás y la apartó cuando vio la cara de Bowen—. Tus ojos —dijo—. ¿Qué les ha pasado a tus ojos?

Pero Bowen no contestó. Más tarde, le contó a Carlyle lo que había visto, o lo que creía haber visto, y luego, cuando las cosas tomaron el rumbo que tomaron, Carlyle se lo contó a los investigadores. Pero, de momento, Bowen se guardó aquello para sí y su cara no reflejó emoción alguna mientras se alejaba en el coche, ni siquiera cuando se miró en el espejo retrovisor y vio que los capilares del globo ocular se le habían reventado. Sus pupilas eran agujeros negros en mitad de unos charcos de sangre.

Lejos, en el norte, Cyrus Nairn retrocedió a la oscuridad de su celda. Allí era más feliz que fuera, porque no tenía que mezclarse con la gente. No le comprendían y no podían comprenderle. Tonto: ésa era la palabra que todo el mundo había utilizado para referirse a Cyrus durante toda su vida. Tonto. Capullo. Mudo. Esquizo. A Cyrus no le importaba en absoluto lo que le dijeran. Él sabía que era listo. También sospechaba, en lo más hondo de su ser, que estaba loco.

A Cyrus lo abandonó su madre cuando tenía nueve años, y vivió atormentado por su padrastro hasta que por fin lo encarcelaron por primera vez cuando tenía diecisiete años. Aún era capaz de recordar algunos aspectos de su madre: no el amor o la ternura —no, eso nunca—, aunque sí aquella mirada suya cuando empezó a despreciar lo que había traído al mundo tras un parto difícil. El niño nació jorobado, incapaz de mantenerse del todo erguido, con las rodillas dobladas, como si siempre estuviese esforzándose por levantar un peso invisible. Tenía la frente muy ancha, los ojos muy oscuros, con el iris casi negro; la nariz achatada, con los orificios muy anchos; la barbilla pequeña y redonda y la boca muy grande. El labio superior le colgaba sobre el inferior. Incluso cuando tenía la boca quieta, se le quedaba entreabierta, y por eso parecía que Cyrus estaba siempre a punto de dar un mordisco.

Y era fuerte. Tenía los músculos de los brazos, de los hombros y del pecho muy voluminosos. Bajo su estrecha cintura, la musculatura volvía a abultarse en las nalgas y en los muslos. Su fuerza le había salvado. De no haber sido por ella, la cárcel le habría vencido desde hacía mucho.

La primera condena le fue impuesta por allanamiento de morada, después de haber entrado en la casa de una mujer, en Houlton, armado con un cuchillo de cocina. La mujer se encerró en su dormitorio y llamó a la policía. Detuvieron a Cyrus cuando trataba de escapar por la ventana del cuarto de baño. Comunicándose por señas, les dijo que sólo estaba buscando dinero para cerveza, y le creyeron. Aun así, le cayeron tres años de condena, aunque sólo cumplió dieciocho meses.

Tras un reconocimiento practicado por el psiquiatra de la cárcel le diagnosticaron por primera vez que era esquizofrénico, y el psiquiatra aseguró que presentaba los clásicos síntomas «de manual»: alucinaciones, delirios, patrones anómalos de pensamiento y de expresión, audición de voces inexistentes... Cyrus asentía con la cabeza mientras le explicaban todo lo que le ocurría por medio de un intérprete, aunque él podía oír sin ningún problema. Sencillamente, prefirió no decir que no era sordo ni revelar el hecho de que una noche, hacía ya muchísimo tiempo, decidió no volver a hablar.

O puede que alguien hubiese tomado aquella decisión por él. Cyrus nunca estuvo del todo seguro.

Le recetaron una medicación, los llamados antipsicóticos de primera generación, pero Cyrus odiaba los efectos secundarios, que le provocaban modorra, y no tardó en ingeniárselas para no tomarlos. Pero, aún más que los efectos secundarios, Cyrus odiaba el sentimiento de soledad que le producían aquellas drogas. Despreciaba el silencio. Cuando volvió a oír las voces, se abrazó a ellas y les dio la bienvenida, como se hace con los viejos amigos que regresan desde algún lugar remoto con nuevas y raras historias que contar. Cuando al fin salió de la cárcel, apenas oyó el típico discursito del guardia que le hablaba por encima del clamor de las voces, debido a lo excitado que estaba Cyrus ante la perspectiva de recobrar la libertad y de reanudar los planes que las voces le habían detallado tan minuciosamente durante tanto tiempo.

Porque para Cyrus el asunto de Houlton había sido un fracaso por dos motivos. En primer lugar, porque le habían pillado. En segundo lugar, porque no había entrado en la casa para robar dinero.

Había entrado en la casa por la mujer.

Cyrus Nairn vivía en una pequeña cabaña levantada en un terreno que la familia de su madre poseía cerca del río Androscoggin, a unos veinte kilómetros al sur de Wilton. Antiguamente, la gente solía almacenar la fruta y la verdura en agujeros cavados en la orilla del río, donde se mantenían frescas una vez recolectadas. Cyrus dio con esos agujeros, los reforzó y camufló la entrada con arbustos y maderos. Cuando era niño, los agujeros le ayudaban a aislarse del mundo. A veces, casi creía que había nacido para vivir en ellos, que aquellos agujeros eran casas hechas a su medida. La curvatura de su espina dorsal, su cuello corto y grueso, sus piernas un poco dobladas en las rodillas: todo daba la impresión de haber sido diseñado expresamente para permitirle acomodarse en los agujeros de la ribera del río. Ahora, los frescos agujeros ocultaban otras cosas, e incluso durante el verano la refrigeración natural resultaba efectiva, ya que Cyrus tenía que echarse a tierra para poder olisquear algún leve rastro de lo que yacía allí abajo.

Después de lo de Houlton, Cyrus aprendió a tener más cuidado. Cada cuchillo que fabricaba lo usaba sólo una vez, luego lo quemaba y enterraba la hoja muy lejos de sus propiedades. Al principio podía pasarse un año, o quizá dos, sin cobrarse una pieza, satisfecho de permanecer agazapado en el frescor silencioso de los agujeros, antes de que las voces se volvieran demasiado estridentes y le obligasen a salir de caza una vez más. Después, cuando ya era adulto, las voces se hicieron más insistentes y las exigencias cada vez más continuas, hasta que intentó cazar a una mujer en Dexter y ella se puso a gritar, entonces acudieron unos hombres y le dieron una paliza. Por aquello le cayeron a Cyrus cinco años, pero la condena ya tocaba a su fin. La junta encargada de conceder la libertad condicional estudió los resultados del test Hare PCLR, un tipo de examen ideado por un catedrático de psicología de la Universidad de British Columbia que estaba considerado como un indicador estándar para medir la posibilidad de reincidencia por parte del recluso y su grado de violencia, así como la respuesta del individuo a los métodos terapéuticos, y el dictamen de la junta había sido favorable. Dentro de unos días, Cyrus estaría libre, libre para poder regresar al río y a sus amados agujeros. Aquél era el motivo de que le gustase la oscuridad de la celda, sobre todo de noche, cuando cerraba los ojos e imaginaba que estaba de nuevo allí, entre las mujeres y las niñas, aquellas niñas perfumadas.

Su excarcelación se debió en parte a su inteligencia natural, ya que Cyrus, si los psiquiatras de la prisión le hubiesen estudiado con más detenimiento, les habría servido para demostrar la teoría de que los mismos factores genéticos que contribuyeron a su condición también le habían dotado de genio creativo. Pero, en las últimas semanas, Cyrus también había recibido ayuda por parte de una fuente inesperada.

Cuando el viejo llegó a la unidad de estabilización de salud mental, observó a Cyrus tras los barrotes de su celda y empezó a mover los dedos.

«Hola.»

Hacía tanto tiempo que Cyrus no hablaba por señas con nadie que no fuese el médico jefe, que casi había olvidado cómo hacerlo, aunque con lentitud al principio, y después con mayor soltura, entabló diálogo con el viejo.

«Hola. Me llamo...»

«Cyrus. Sé tu nombre.»

«¿Cómo sabes mi nombre?»

«Sé todo sobre ti, Cyrus. Sobre ti y tu pequeña despensa.»

Cyrus regresó a su celda, donde se quedó acurrucado durante el resto del día, mientras las voces gritaban y discutían unas por encima de otras. Pero al día siguiente volvió a asomarse al extremo de la unidad recreativa. El viejo estaba esperándole. Lo sabía. Sabía que Cyrus volvería.

Cyrus comenzó a hablar mediante signos.

«¿Qué quieres?»

«Cyrus, tengo que darte algo.»

«¿Qué?»

El viejo dejó pasar un rato, después le hizo la señal, aquella señal que Cyrus se hacía a sí mismo en la oscuridad cuando todo amenazaba con convertirse en algo tan insoportable que Cyrus necesitaba alguna esperanza, algo a lo que aferrarse, algún tipo de anhelo.

«Una mujer, Cyrus. Voy a darte una mujer.»

Apenas a un metro de donde estaba Cyrus, Faulkner se puso

de rodillas y empezó a rezar para que todo saliese bien. Desde el principio supo que al llegar allí encontraría a alguien de quien pudiera valerse. Los de la otra prisión no le servían. Eran presos a perpetuidad, y a Faulkner no le interesaban los condenados a cadena perpetua. Así que se autolesionó porque necesitaba que le trasladaran a la unidad de estabilización de salud mental y tener acceso a una población reclusa más apropiada. Calculó que le resultaría más difícil, pero había reconocido al instante a Nairn y vislumbró su sufrimiento. Faulkner juntó los dedos y los apretó, y las oraciones que antes susurraba comenzaron a hacerse cada vez más audibles.

El guardia Anson se acercó con paso tranquilo a la celda y se detuvo al ver la figura arrodillada. Con un movimiento limpio y experto de la mano, pasó el lazo de goma por la cabeza del orante. Luego, echando una mirada rápida por encima del hombro, tiró y arrastró a Faulkner, que, entre arcadas de ahogo, intentaba aferrarse a lo que podía. Anson lo levantó, se acercó a los barrotes y agarró al viejo por la barbilla.

—¡Hijo de puta! —susurró Anson de manera casi inaudible, ya que había visto a unos hombres en la celda de Faulkner antes de que trasladaran al predicador y sospechaba que habían instalado micrófonos. A esas alturas, había hablado con Marie y le había advertido que no dijese nada acerca de su relación en el caso de que sus temores se confirmaran—. Vuelve a hablar de mí otra vez y terminaré lo que empezaste, ¿me explico?

Hundió los dedos en la piel seca y caliente de Faulkner y notó bajo ella el hueso frágil, a punto de quebrarse. Lo soltó y aflojó la presión del lazo de goma antes de tensarlo de nuevo, haciendo que la cabeza del viejo se estrellase dolorosamente contra los barrotes.

—Y más vale que tengas cuidado con lo que comes, soplapollas, porque voy a juguetear con tu comida antes de que te la sirvan, ¿te enteras?

Le quitó la cuerda y Faulkner cayó al suelo. El predicador se levantó con lentitud y se fue tambaleante hacia el camastro, respirando de manera entrecortada y palpándose la herida del cuello lastimado. Oyó cómo se alejaba el guardia y, sentado y manteniéndose a distancia de los barrotes, prosiguió sus rezos.

Cuando se sentó, algo que había en el suelo atrajo su atención y lo siguió con la mirada. Lo estuvo observando durante un rato, hasta que lo aplastó con el pie. Luego limpió los restos de la araña de la suela del zapato.

—Muchacho —susurró—, te lo advertí. Te advertí que tuvieses tus mascotas controladas.

Entonces le llegó un sonido parecido al siseo del vapor o a la exhalación de una furia apenas contenida.

Y en su celda, adormilado, con el recuerdo del olor a tierra húmeda inundándole los sentidos, Cyrus Nairn se conmovió al comprobar que una nueva voz se unía al coro que sonaba dentro de su cabeza. Aquella voz le había llegado cada vez con más frecuencia durante las últimas semanas, desde que él y el predicador habían empezado a comunicarse y a compartir detalles de su vida. Cyrus se alegró de la llegada de aquel extraño que expandía unos tentáculos por su mente, imponiendo su presencia y silenciando las demás voces.

«Hola», dijo Cyrus, escuchando dentro de su cabeza su propia voz, aquella que nadie había oído durante tantos años, y moviendo los dedos por inercia.

«Hola, Cyrus», respondió el visitante.

Cyrus sonrió. No estaba seguro de cómo llamar al visitante, porque el visitante era poseedor de muchos nombres, nombres antiguos que Cyrus jamás había oído. Aunque había dos que usaba más a menudo que el resto.

Algunas veces decía que se llamaba Leonard.

La mayoría de las veces decía que se llamaba Pudd.

7

Aquella noche Rachel me observaba en silencio mientras me desvestía.

—¿Vas a contarme qué ocurrió? —preguntó por fin.

Me acosté a su lado y noté cómo se me acercaba, rozando su barriga con mi muslo. La toqué e intenté percibir la vida que llevaba dentro.

—¿Cómo te encuentras? —le pregunté.

—Estupenda. Esta mañana sólo vomité un poco —me sonrió y me dio un empujón—. ¡Después entré y te besé!

—Muy bonito. Pues ni me di cuenta de que fuera más desagradable de lo habitual, lo que no dice gran cosa de tu higiene.

Rachel me pellizcó con fuerza en la cintura y después me acarició la cabeza.

—¿Y bien? Aún no has contestado mi pregunta.

—Dijo que quería que me retractase... Bueno, que nos retractásemos, ya que supongo que te citarán a ti también... Que nos retirásemos del caso y nos negáramos a testificar. A cambio, prometió dejarnos tranquilos.

—¿Le crees?

—No, e, incluso si le creyese, no cambiaría en nada las cosas. Stan Ornstead duda de que yo sea un testigo idóneo, pero sólo está crispado, y esa duda en realidad no se extiende a ti. Testificaremos, nos guste o no, pero me da la impresión de que a Faulkner, en el fondo, le da lo mismo nuestra declaración, y me temo que está absolutamente convencido de que va a conseguir salir bajo fianza después de la revisión del caso. No sé con qué intención me llamó, salvo la de mofarse de mí. Quizá se aburre tanto en la cárcel que pensó que podría proporcionarle algún entretenimiento.

—¿Y se lo diste?

—Un poco, pero es de los que se entretienen con facilidad. También hubo más cosas. En su celda hacía un frío polar, Rachel. Parece como si su cuerpo absorbiese todo el calor que le rodea. Y se cebó con uno de los guardias, uno que tiene un lío con una jovencita.

—¿Se trata de un mero chismorreo?

—No. El guardia reaccionó como si le hubiesen dado una bofetada. No creo que se lo haya contado a nadie. Según Faulkner, la chica es menor de edad, y el propio guardia me lo confirmó más tarde.

—¿Qué vas a hacer?

—¿Con lo de la chica? Le pedí a Stan Ornstead que lo investigara. Es todo lo que puedo hacer.

—¿Y qué sacas en claro de Faulkner? ¿Que es vidente?

—No. No es vidente. No creo que haya una palabra para definir lo que es Faulkner. Antes de dejarle me escupió. Concretamente, me escupió en la boca.

Noté que se ponía rígida.

—Sí, así fue como me puse yo. No hay suficiente elixir en el mundo para quitarme eso de la boca.

—¿Por qué lo hizo?

—Me dijo que me ayudaría a ver mejor.

—¿A ver mejor qué?

Entrábamos en un terreno delicado. Estuve a punto de hablarle del coche negro, de lo que vi en los muros de la cárcel, de las visiones que tuve en el pasado de las niñas perdidas, de las visitas que Susan y Jennifer me hacían desde algún lugar del más allá. Estaba deseoso de contarle todo aquello, pero no pude, y no acertaba a comprender por qué. Creo que ella notó algo, pero prefirió no preguntar. De todas formas, si me hubiese preguntado, ¿cómo habría podido explicárselo? Aún no estaba del todo seguro de la naturaleza del don que poseía. No me gustaba la idea de que algo que había en mí atrajese a esas almas perdidas. A veces prefería creer que se trataba de un trastorno psicológico en vez de un trastorno parapsicológico.

También estuve a punto de llamar a Elliot Norton para decirle que el problema era suyo y que yo no quería involucrarme. Pero se lo había prometido. Y mientras Faulkner estuviese entre rejas, esperando una decisión relativa a su fianza, Rachel se hallaría a salvo. No me cabía duda de que Faulkner no intentaría nada que hiciera peligrar su puesta en libertad.

El coche negro era otro asunto. No fue un sueño, aunque tampoco algo real. Era como si algo que estuviese latente en un punto ciego de mi visión se hubiera hecho visible durante unos segundos. Como si una alteración transitoria de la percepción me hubiese permitido ver lo que suele estar oculto. Y, por alguna razón que no comprendía del todo, consideré que el coche, ya fuese real o imaginario, no representaba una amenaza concreta. Su finalidad era más borrosa y su simbolismo más ambiguo. De todas formas, el hecho de que el Departamento de Policía de Scarborough estuviese vigilando la casa me ofrecía un consuelo añadido, aunque resultaba improbable que los oficiales de la policía fuesen a informar de la aparición de un Coupe de Ville negro y abollado.

También estaba el asunto de Roger Bowen. No podía salir nada bueno de un encuentro con él, pero sentía curiosidad por verlo de cerca, quizá para sondearlo un poco y ver si lograba sacar algo en claro. Más que nada, tenía yo la sensación de que había una convergencia de acontecimientos, y presentía que el caso de Elliot Norton, aun siendo diferente, estaba relacionado con ellos. No creo mucho en las casualidades. La experiencia me dice que lo que ocurre por casualidad suele ser la manera que tiene la vida de decirte que no estás prestando la atención suficiente.

—Cree que los muertos le hablan —dije por fin—. Cree que hay ángeles deformados rondando por la prisión de Thomaston. Eso era lo que él quería que viese.

—¿Y lo viste?

La miré. No sonreía.

—Vi cuervos —contesté—. Bandadas de cuervos. Y antes de que me mandes a dormir al cuarto de invitados, te diré que no fui el único que los vio.

—No dudo de tu palabra —dijo Rachel—. Nada de lo que puedas decirme del viejo me sorprendería. Incluso estando encerrado, me provoca escalofríos.

—No tengo por qué ir —le dije—. Puedo quedarme aquí.

—No quiero que te quedes aquí —contestó—. No he querido dar a entender eso. Dímelo con franqueza: ¿estamos en peligro?

Me lo pensé antes de contestar.

—Creo que no. Al final no va a ocurrir nada hasta que sus abogados apelen el fallo de la fianza. Después tendremos que reconsiderarlo. Por ahora, el papel de ángel de la guarda del Departamento de Policía de Scarborough es una garantía de seguridad, aunque puede que necesite un poco de apoyo extraoficial.

Abrió la boca para objetar algo, pero se la cerré delicadamente con la mano. Entrecerró los ojos en señal de reproche.

—Mira, es tanto por tu bien como por el mío. Si llega el caso, no supondrá ninguna molestia ni llamará la atención, y yo dormiría un poco más tranquilo si contásemos con ese apoyo.

Aparté un poco mi mano de su boca y me preparé para oír la diatriba. Separó los labios y volví a cerrarle la boca. Ella suspiró con resignación y encorvó los hombros en señal de derrota. Retiré la mano y la besé en los labios. Al principio no reaccionó, pero después noté que separaba los labios y que buscaba cautelosamente mi lengua con la suya. Abrió mucho más la boca. La estreché contra mí.

—¿Usas el sexo para obtener lo que quieres? —me preguntó tras recuperar un poco la respiración, mientras mi mano se deslizaba por la parte interna de su muslo.

Alcé las cejas y simulé que me había ofendido.

—Desde luego que no —le aseguré—. Soy un hombre. Lo que quiero es sexo.

Sentía el sabor de su risa en mi lengua cuando empezamos el baile lento del amor, muy suavemente.

Me desperté en medio de la oscuridad. No había ningún coche, aunque parecía que se acabase de ir uno por la carretera.

Salí de la habitación y bajé sin hacer ruido a la cocina. Sabía que no volvería a conciliar el sueño. Cuando llegué a los últimos escalones, vi que *Walt* estaba sentado delante de la puerta del salón. Tenía las orejas levantadas y golpeaba con lentitud el rabo contra el suelo. Me miró y fijó enseguida la vista en el salón. Cuando le rasqué las orejas, se mostró insensible, manteniendo los ojos fijos en una zona oscura que había en un rincón de la habitación, siempre en penumbra por las gruesas cortinas, pero más oscura aún de lo normal, como un agujero abierto entre dos mundos.

Había algo en aquella oscuridad que atraía la atención del perro.

Alcancé la única arma que tenía a mano: el abrecartas que había en la bandeja del perchero. Lo cogí subrepticiamente y entré en la habitación, consciente de que estaba desnudo.

—¿Quién anda ahí? —pregunté.

A mis pies, *Walt* dejó escapar un leve gemido, pero era más de excitación que de miedo. Fui acercándome a aquella oscuridad.

Y surgió de ella una mano.

Era la mano de una mujer, una mano muy blanca. Vi que tenía tres heridas horizontales tan profundas que dejaban al descubierto los huesos de los dedos. Las heridas eran antiguas, de un color marrón grisáceo, y la piel se había endurecido a su alrededor. No había rastro de sangre. La mano avanzó un poco más, con la palma de cara y los dedos alzados.

detente

Y comprendí que aquellas heridas eran sólo las primeras que le hicieron, que había intentado detener la cuchilla con las manos, pero que la cuchilla le había alcanzado la cara y el cuerpo. Tenía más cuchilladas, las que la mataron y las que le propinaron después de morir.

por favor

Me detuve.

—¿Quién eres?

me estás buscando

—¿Cassie?

sabía que me buscabas

—¿Dónde estás?

Perdida

—¿Qué ves?

Nada

está oscuro

—¿Quién te hizo eso? ¿Quién?

No uno

muchos en uno

Entonces oí un leve susurro, y otras voces que se unían a la de ella.

Cassie déjame hablar deja que hable con él Cassie ¿va a ayudarnos? Cassie ¿sabe él mi nombre? ¿puede decirme cuál es mi nombre? Cassie ¿puede sacarme de aquí? Cassie quiero irme a casa por favor estoy perdida Cassie por favor quiero irme a casa por favor

—Cassie, ¿quiénes son?

no lo sé
no puedo verlas
pero todas están aquí
él nos trajo aquí

De repente, una mano me tocó por detrás el hombro desnudo. Era Rachel, que apretaba su pecho contra mi espalda. Notaba el frescor de las sábanas en mi piel. Las voces fueron desvaneciéndose, apenas audibles, aunque desesperadas e insistentes.

por favor

Y, en sus sueños, Rachel frunció el ceño y dijo en un leve susurro:

—Por favor.

8

Al día siguiente volé desde el aeropuerto de Portland. Era domingo por la mañana y aún no había demasiado tráfico en las carreteras cuando Rachel me dejó en la puerta del edificio de la terminal. Antes llamé a Wallace MacArthur para decirle que me marchaba y le dejé el número del móvil y del hotel en que me alojaría. Rachel le había arreglado una cita con una amiga suya llamada Mary Mason, que vivía a las afueras de Pine Point. Rachel la conocía de la Sociedad Audubon, y se imaginó que ella y Wallace podrían congeniar muy bien. Wallace se había tomado la molestia de ver su foto en el archivo de las oficinas de tráfico y se declaró satisfecho con su presunta pareja.

—Parece guapa —me dijo.

—Sí, pero no seas engreído. Aún no te ha visto.

—¿Qué hay de mí que no pueda gustarle?

—Tienes un concepto demasiado elevado de tu propia imagen, Wallace. En cualquier otro daría la impresión de ser engreimiento, pero en ti no.

Hubo una pausa.

—¿En serio?

Rachel se inclinó hacia mí y me besó en los labios. Acerqué su cabeza a la mía.

—Cuídate —dijo.

—Tú también. ¿Llevas el móvil?

Sumisamente, sacó el móvil del bolso.

—¿Y vas a llevarlo ahí?

Asintió con la cabeza.

—¿Todo el tiempo?

Frunció los labios, se encogió de hombros y asintió a regañadientes.

—Voy a llamarte para comprobarlo.

Me dio un puñetazo en el brazo.

—Vete y sube al avión. Habrá azafatas esperando a que las seduzcan.

—¿En serio? —dije, e, instintivamente, me pregunté si yo tenía más cosas en común con Wallace MacArthur de lo que era razonable.

—Sí, y, la verdad, te hace falta práctica —y se rió.

Louis me dijo una vez que el Nuevo Sur era como el Viejo Sur, salvo que todo el mundo pesaba casi cinco kilos más que antes. Es posible que estuviese un poco resentido, y además no era lo que se dice un admirador de Carolina del Sur, considerado el estado sureño más reaccionario después de Mississippi y de Alabama, a pesar de haber solucionado los conflictos raciales de una manera un poco más civilizada que los otros dos estados. Cuando Harvey Gantt se convirtió en el primer estudiante negro que ingresó en la Universidad de Clemson, en Carolina del Sur, la junta directiva, en vez de optar por el bloqueo y el uso de las armas, aceptó de mala gana que había llegado la hora del cambio. De todas formas, en 1968 tres jóvenes negros fueron asesinados en Orangeburg, también en Carolina del Sur, durante las manifestaciones que se organizaron fuera de la bolera All Star, en la que sólo se permitía el acceso a los blancos. Cualquiera que tuviese más de cuarenta años en Carolina del Sur seguro que había ido a una escuela segregada, y aún había gente que pensaba que la bandera confederada debería izarse en el Capitolio de Columbia. Aparte de eso, como si la segregación no hubiese existido jamás, andaban bautizando lagos con nombres como Strom Thurmond, el anciano senador republicano famoso por ser un racista fanático.

Llegué al aeropuerto internacional de Charleston vía Charlotte, que parecía una especie de almacén de saldos de especímenes que la evolución humana ha olvidado y un vertedero para los peores excesos de la moda de la industria del poliéster. La música de Fleetwood Mac sonaba en la gramola de la taberna Taste of Carolina, en la que gordos con pantalones cortos y en camiseta bebían cerveza baja en calorías envueltos en una neblina de humo de tabaco. Las mujeres que los acompañaban alimentaban de monedas de un cuarto de dólar las máquinas tragaperras que había sobre el pulido suelo de madera del bar. Un hombre que tenía tatuada una calavera con atributos de payaso en el brazo izquierdo me lanzó una mirada retadora desde la mesa baja ante la que estaba sentado, despatarrado y con el cuello de la camiseta empapado de sudor. Le mantuve la mirada, hasta que eructó y desvió la vista para otra parte con una estudiada expresión de aburrimiento.

Miré las pantallas para verificar mi puerta de embarque. Había aviones que despegaban de Charlotte con destino a lugares que nadie en su sano juicio querría visitar, esa clase de lugares donde sólo deberían expedirse billetes para salir de allí, para cualquier otro sitio, no importa adónde, sólo dame un maldito billete. Embarcamos a tiempo y me senté al lado de un hombre grandote que llevaba una gorra del Departamento de Bomberos de Charleston. Se inclinó hacia mí para mirar por la ventanilla los vehículos y los aviones militares que estaban aparcados y el avión de dos hélices de la compañía de correos que rodaba por la pista para despegar.

—Menos mal que estamos en uno de estos reactores y no en uno de esos viejos avioncitos —dijo.

Asentí mientras él abarcaba con la mirada los aviones y el edificio de la terminal principal.

—Me acuerdo de cuando en Charlie había sólo dos pequeñas pistas —continuó—. Demonios, aún estaban construyéndolo. Le hablo de los tiempos en que yo estaba en el ejército...

Cerré los ojos.

Fue el vuelo corto más largo de mi vida.

El aeropuerto internacional de Charleston estaba casi vacío cuando aterrizamos. Apenas se veía gente por los pasillos o en las tiendas. Al noroeste, en la Base de las Fuerzas Aéreas de Charleston, había un avión militar verde grisáceo parado bajo el sol de la tarde, tenso como una langosta que se dispone a emprender el vuelo.

Me localizaron en la zona de recogida de equipajes, cerca de las oficinas de alquiler de coches. Había dos hombres, uno gordo que llevaba una chillona camisa de cáñamo y otro, más viejo, con el pelo negro engominado y peinado hacia atrás y con una camiseta y un chaleco debajo de una chaqueta negra de lino. Me observaron con disimulo el rato que me pasé ante el mostrador de Hertz. Luego esperaron en la puerta lateral de la terminal mientras me encaminaba hacia el calor del aparcamiento, en dirección a la marquesina debajo de la que se encontraba mi Mustang. Yo aún tenía las llaves en la mano, cuando ellos ya estaban dentro de un gran Chevy Tahoe en el cruce con la carretera principal de salida. Me siguieron, dejando dos coches entre el suyo y el mío, hasta que llegamos a la Interestatal. Pude haberlos despistado, pero no tenía mucho sentido hacerlo. Sabía que estaban allí, y eso era lo único importante.

El Mustang nuevo que alquilé no iba igual que mi Boss 302. Cuando pisé el acelerador hasta el fondo, el motor tardó casi un segundo en reaccionar, se despertó, se desperezó y hasta se rascó antes de iniciar finalmente la aceleración. Con todo, tenía un reproductor de CD, de manera que pude escuchar a los Jayhawks

mientras conducía por el tramo de edificios de estilo neobruta-
lista de la Interestatal 26, con *I'd Run Away* sonando a todo volumen cuando me desvié por la salida de North Meeting Street
en dirección a Charleston, hasta que la ambigüedad de la letra
de la canción hizo que la quitase y que pusiera la radio, aunque
aquella estrofa aún resonaba dentro de mi cabeza:

> Así que tuvimos un pequeñín.
> Supe que aquello no iba a durar mucho.
> Era algo que tenía en mente.
> Pero lo que tenía en mente era muy fuerte.

Meeting Street es una de las principales arterias de entrada a
Charleston y lleva en línea recta a la zona turística y comercial,
pero la parte alta de la calle es espantosa. Debajo de un cartel
que anunciaba el Diamond Gentleman's Club, un negro vendía
sandías en la carretera, apostado en la parte trasera de una camioneta. Las sandías estaban apiladas cuidadosamente. El Mustang traqueteó sobre las vías del tren, pasó por delante de unos
almacenes sellados con tablones y de unos centros comerciales
abandonados, y atrajo la mirada de unos niños que jugaban al
baloncesto en solares de hierba muy crecida y también de unos
viejos que estaban sentados en los porches. La fachada de las casas tenía la pintura descascarillada y en las grietas de los escalones brotaban hierbajos, como una burla al bienestar. El único
edificio que parecía limpio y nuevo era una oficina moderna de
cristal y de ladrillo rojo que era la sede del organismo de ges-
tión de las viviendas sociales. Daba la impresión de ser un edificio que invitaba a aquellos que vivían gratis gracias a él a que
lo asaltaran y robaran el mobiliario y todo cuanto había allí dentro. El Chevy me siguió durante todo el trayecto. Reduje la velocidad una o dos veces y di una vuelta completa a Meeting, pasé
por Calhoun y Hutson y volví a Meeting, sólo para fastidiar a

aquellos dos tipos. Mantuvieron la distancia todo el tiempo, hasta que llegué al patio del hotel Charleston Place y se alejaron despacio.

En el vestíbulo del hotel, blancos y negros acaudalados, vestidos con sus mejores galas de domingo, hablaban y reían a gusto después de oír misa. De vez en cuando, llamaban a grupos de personas para que se dirigieran al comedor, donde podrían disfrutar del tradicional *brunch* que preparan en el Charleston Place. Yo, por mi parte, enfilé la escalera hacia mi habitación. Tenía dos camas de matrimonio y desde la ventana se veía el cajero automático del banco que se encontraba al otro lado de la calle. Me senté en la cama, lo más cerca posible de la ventana, y telefoneé a Elliot Norton para avisarle de que había llegado. Soltó un largo suspiro de alivio.

—¿Está bien el hotel?

—Sí —dije, por decir algo.

El Charleston Place era en verdad lujoso, pero, cuanto más grande es un hotel, más fácil les resulta a los extraños tener acceso a las habitaciones. No había visto a nadie con pinta de pertenecer al cuerpo de seguridad del hotel, aunque era probable que allí los dispositivos de seguridad fuesen deliberadamente discretos, y el pasillo estaba vacío, al margen de una camarera que empujaba un carro con toallas y artículos de tocador. Ni siquiera me miró.

—Es el mejor hotel de Charleston —dijo Elliot—. Tiene gimnasio y piscina. Pero si lo prefieres, puedo hacerte una reserva en algún otro sitio en que te hagan compañía las cucarachas.

—Ya he tenido compañía desde que llegué al aeropuerto —le comenté.

—Vaya.

No parecía sorprendido.

—¿Crees que han estado escuchando tus conversaciones telefónicas?

—Me temo que sí. Nunca me he tomado la molestia de comprobarlo. No me pareció que fuese necesario. Pero en esta ciudad resulta muy difícil mantener en secreto cualquier cosa. También está el detalle, como ya te conté, de que mi secretaria se largó esta misma semana y dejó bien claro que no aprobaba en absoluto a algunos de mis clientes. Lo último que hizo fue reservarte hotel. Puede que se le haya escapado algo.

No me preocupaba mucho que me hubieran seguido. De todas formas, la gente involucrada en el caso iba a enterarse enseguida de que yo estaba allí. Me preocupaba más la posibilidad de que alguien descubriese lo que teníamos planeado para Atys Jones y tomase medidas contra él.

—Vale, por si acaso, no volveremos a llamarnos desde un teléfono fijo. Lo que necesitamos son móviles seguros para hablar de lo que tenemos entre manos. Los compraré esta tarde. Cualquier asunto confidencial puede esperar hasta que nos veamos.

Los teléfonos móviles no eran la solución ideal, pero si no firmábamos ningún contrato, si lográbamos mantener los números ocultos y los utilizábamos con discreción, seguramente no nos pillarían. Elliot volvió a darme la dirección de su casa, que se encontraba a unos ciento treinta kilómetros al noroeste de Charleston, y le dije que llegaría por la tarde. Antes de colgar añadió:

—Te alojé en el Charleston Place porque, aparte de tu comodidad, tenía otro motivo.

Esperé.

—Los Larousse van allí casi todos los domingos para el *brunch* y para ponerse al día en cuestiones de cotilleos y de negocios. Si bajas ahora, es posible que los veas. Earl, Earl Jr., quizás algunos primos y socios empresariales... Pensé que a lo mejor te gustaría echarles un discreto vistazo para hacerte una idea de cómo son, aunque si te han seguido desde el aeropuerto, me imagino que te examinarán tanto como tú a ellos. Lo siento, tío. Lo he jodido todo.

Pasé aquello por alto.

Antes de bajar al vestíbulo consulté las páginas amarillas y llamé a una compañía de alquiler de coches llamada Loomis. Quedé en que me llevaran un Neon sin ninguna señal de identidad al garaje del hotel al cabo de una hora. Suponía que cualquiera que estuviese vigilándome buscaría el Mustang, y no tenía intención de facilitar mucho las cosas a quien decidiera seguirme.

Vi al clan Larousse salir del comedor. Reconocí en el acto a Earl Larousse por las fotos que había visto de él en los periódicos. Llevaba un traje blanco de marca y una corbata de seda negra, como los plañideros en los entierros chinos. No llegaba al metro ochenta. Era calvo y fornido. A su lado iba su hijo, una versión juvenil y más delgada de él, aunque con un ligero toque de afeminamiento del que carecía el padre. El espigado Earl Jr. llevaba una camisa blanca de tejido vaporoso y unos pantalones negros demasiado ajustados en el culo y en los muslos, lo que le daba la apariencia de un bailaor flamenco en su día libre. Tenía el pelo muy rubio y las cejas apenas se perfilaban de lo claras que eran. Calculé que debía de afeitarse una vez al mes como mucho. Los acompañaban tres hombres y dos mujeres. No tardó en unirse al grupo el hombre del pelo engominado y peinado hacia atrás, que se acercó a Earl Jr., le susurró algo discretamente al oído y se fue. De inmediato, Earl Jr. me miró. Le dijo algo a su padre y se separó del grupo para dirigirse hacia mí. Yo no sabía con lo que iba a encontrarme, pero desde luego no me esperaba aquello: se me acercó con la mano extendida y con una sonrisa pesarosa.

—¿El señor Parker? Permítame que me presente. Mi nombre es Earl Jr.

Le estreché la mano.

—¿Acostumbra usted a vigilar a la gente desde que llega al aeropuerto?

La sonrisa se le difuminó. La recuperó enseguida, aunque más pesarosa que antes.

—Lo siento —dijo—. Teníamos curiosidad por saber qué aspecto tenía.

—No entiendo.

—Sabemos por qué está aquí, señor Parker. No lo aprobamos del todo, pero lo entendemos. No queremos que haya problemas entre nosotros. Comprendemos que usted debe hacer su trabajo. Sólo estamos interesados en que, sea quien sea el responsable de la muerte de mi hermana, caiga sobre él todo el peso de la ley. De momento, creemos que esa persona es Atys Jones. Si se probase que no fue él, lo aceptaríamos. La policía nos interrogó y le dijimos todo cuanto sabíamos. Lo único que le pedimos es que respete nuestra intimidad y que nos deje en paz. No tenemos nada más que añadir a lo que ya se ha dicho.

Tenía toda la pinta de haber ensayado el discurso. Incluso más que eso: advertí en Earl Jr. un aire de indiferencia. Lo que decía sonaba sincero, aunque mecánico, pero la expresión de sus ojos era burlona y a la vez un poco temerosa. Llevaba una máscara, aunque aún desconocía lo que se ocultaba tras ella. Por detrás de él, su padre nos observaba, y percibí hostilidad en la expresión de su cara. Por alguna razón para mí desconocida, daba la impresión de que aquella hostilidad iba dirigida tanto a su hijo como a mí. Earl Jr. se dio la vuelta y se unió al grupo. Una losa de silencio cayó sobre la ira del padre mientras abandonaban el vestíbulo y entraban en los coches que les esperaban fuera.

Como no tenía nada mejor que hacer, volví a la habitación, me duché, me comí un sándwich y esperé a que llegase el tipo de la agencia de alquiler de coches. Cuando me avisaron de recepción, bajé, firmé los documentos y entré en el garaje del hotel. Me puse unas gafas de sol y salí. La luz destellaba en el parabrisas. No había rastro del Chevy ni de nadie que pareciera interesado en mí ni en el coche. Al salir de la ciudad, paré en un gran centro comercial y compré dos teléfonos móviles.

Elliot Norton vivía en las afueras, a unos tres kilómetros de

Grace Falls, en una modesta casa blanca de estilo colonial, con dos columnas a ambos lados de la puerta de entrada y un gran porche que rodeaba toda la planta baja. Parecía el típico sitio donde aún se preparaban julepes de menta. La gran plancha de plástico que recubría el agujero del techo le quitaba todo aire de autenticidad. Encontré a Elliot en la parte de atrás hablando con dos hombres que llevaban monos de trabajo y que fumaban apoyados contra una furgoneta. El rótulo del vehículo indicaba que eran albañiles de Tejados y Construcciones Dave's, con sede en las afueras de Martínez, en Georgia. *(¿Le gustaría ahorrar? ¡Llame a Dave!)* A la derecha de donde se encontraban había un montón de tubos de andamiaje listos para ser montados, a fin de empezar el trabajo a la mañana siguiente. Uno de los hombres jugueteaba distraídamente con un trozo de pizarra quemada, pasándoselo de una mano a otra. Cuando me acerqué, dejó de hacerlo y me señaló con la barbilla. Elliot se volvió enseguida y dejó a los dos hombres para estrecharme la mano.

—¡Tío, qué alegría verte! —sonrió. En la parte izquierda de la cabeza el pelo se le había chamuscado y, para disimularlo, se había rapado el resto. Una gasa le tapaba la oreja izquierda, y a lo largo de la mejilla, de la barbilla y del cuello las marcas de las quemaduras le brillaban. Tenía ampollas en la mano izquierda, en la parte que dejaba a la vista la venda elástica.

—No te lo tomes a mal, Elliot, pero no tienes muy buen aspecto —le dije.

—Lo sé. El fuego acabó con la mayor parte de mi vestuario. Vamos. —Me echó el brazo por la espalda y me llevó dentro de la casa—. He comprado té helado para ti.

La casa apestaba a humedad y a humo. El agua se había filtrado por el suelo del piso de arriba y había dañado la escayola de los techos de la planta baja. Unas nubes marrones recorrían los cielos blancos de los techos. Parte del papel pintado de las paredes había empezado a caerse y consideré que era muy probable que Elliot se viera obligado a reemplazar la mayor parte de las vigas del pasillo. En el salón había un sofá cama sin hacer y ropa colgada de una barra de cortina y del respaldo de las sillas.

—¿Aún sigues viviendo aquí? —le pregunté.

—Sí —contestó mientras limpiaba de ceniza un par de vasos.

—Estarías más seguro en un hotel.

—Tal vez. Pero, en ese caso, la gente que le hizo esto a mi casa podría volver y acabar el trabajo.

—Puede que vuelvan de todas formas.

Negó con la cabeza.

—Por ahora no. Están contentos. El asesinato no va con su estilo. Si quisieran matarme, habrían hecho un trabajo mejor la primera vez.

Sacó una jarra de té helado de la nevera y llenó los vasos. Me quedé junto a la ventana mirando el jardín de Elliot y las tierras colindantes. No se veían pájaros en el cielo y apenas si llegaba un rumor de los bosques que rodeaban la propiedad de Elliot. A lo largo de la costa, las aves migratorias se iban yendo. Los patos carolina se unían a las golondrinas de mar, y los halcones, las currucas y los gorriones no tardarían en seguirlos. Tierra adentro, donde nos encontrábamos, resultaba menos evidente su partida, e incluso la presencia de los pájaros que pasaban allí todo el año no se notaba tanto como tiempo atrás. Habían dejado de oírse los cantos primaverales de apareamiento, y el brillante plumaje del verano iba transformándose poco a poco en un manto de luto invernal. Pero, para compensar la ausencia de pájaros y el recuerdo de sus colores, las flores silvestres habían empezado a brotar, ya que lo peor de la flama veraniega había pasado. Había ásteres, varas de oro y girasoles, y mariposas atraídas en tropel por el predominio de tonalidades amarillas y purpúreas. Agazapadas debajo de las hojas, las arañas estarían esperándolas.

—¿Cuándo podré verme con Atys Jones? —le pregunté.

—Será más fácil que hables con él después de que lo hayamos sacado del condado. Lo recogeremos en el Centro de Detención del Condado de Richland mañana por la tarde, después lo cambiaremos de coche en Campbell's Country Corner para despistar a los que puedan interesarse en saber adónde nos dirigimos. Desde allí lo trasladaré a un piso franco en Charleston.

—¿Quién es el otro conductor?

—Un hijo del viejo que cuidará a Atys. Es legal. Sabe lo que se trae entre manos.

—¿Por qué no lo escondes más cerca de Columbia?

—Estará más seguro en Charleston, créeme. Lo llevaremos a la parte este, en pleno centro de un barrio negro. Nadie irá allí a hacer preguntas. Y si alguien las hiciera, nos enteraríamos enseguida y nos daría tiempo de sobra de cambiarlo a otro sitio. De todas formas, es un arreglo provisional. Es probable que tengamos que esconderlo en otro sitio más seguro. Y es posible que debamos contratar a unos guardias jurados. Ya veremos.

—¿Me cuentas la historia? —le pregunté.

Elliot movió la cabeza y se restregó los ojos con los dedos sucios.

—La historia es que él y Marianne Larousse se entendían.

—¿Eran novios?

—Novios ocasionales. Atys cree que lo utilizó para vengarse de su hermano y de su papi, y él estaba encantado de seguirle el juego. —Chasqueó la lengua con los dientes—. Debo decirte, Charlie, que mi cliente no es lo que se dice encantador por naturaleza, no sé si me sigues. Sesenta kilos de hostilidad andante, con la boca en un extremo y el ojo del culo en el otro, y la mayoría de las veces no sabría decirte cuál es una cosa y cuál es la otra. Según Atys, la noche en que Marianne murió habían echado un casquete en el asiento delantero de su Pontiac Grand Am. Se pelearon y ella salió corriendo hacia los árboles. Él la siguió, y pensó que la había perdido en el bosque, pero después se la encontró con la cabeza hecha papilla.

—¿Y el arma?

—Lo que había a mano: una piedra de cuatro kilos. La policía detuvo a Atys con manchas de sangre en las manos y en la ropa, y con restos de piedra y de polvo que coinciden con el arma homicida. Admite que le tocó la cabeza y el cuerpo cuando intentaba retirar la piedra. También tenía manchada de sangre la cara, pero no concordaba con la clase de salpicadura que te queda cuando golpeas a alguien con una piedra. Ella no tenía restos de semen, aunque sí de lubricante: el de un condón Trojan, la misma marca de condones que Atys llevaba en la cartera. Parece ser que hubo sexo consentido, pero un buen fiscal podría ser muy capaz de alegar violación. Ya sabes: se excitaron, ella se arrepintió de pronto y eso a él no le gustó nada. No creo que un argumento de ese tipo pueda tenerse en pie, pero intentarán reforzar el caso de todas las maneras posibles.

—¿Crees que será suficiente para sembrar la semilla de la duda en un jurado?

—Es posible. Estoy buscando a un experto para que testifique sobre las manchas de sangre. La acusación encontrará con toda probabilidad a otro que diga exactamente lo contrario. Nos hallamos ante un hombre negro acusado de asesinar a una chica blanca del clan de los Larousse. Lo tiene todo en contra. El fiscal procurará que el jurado esté atiborrado de blancos de clase media y que oscilen entre los cuarenta y los sesenta años, así verán a Jones como al negro del saco. Nuestra única esperanza es lograr que sean menos, pero... —Esperé. Siempre hay un «pero». Aquélla no podía ser una historia sin algún «pero»—. Detrás de todo esto hay una historia local, y de las peores.

Hojeó con rapidez la pila de carpetas que había encima de la mesa de la cocina. Pude vislumbrar informes de la policía, declaraciones de testigos, las transcripciones de los interrogatorios a Atys llevados a cabo por la policía, e incluso fotografías de la escena del crimen. Pero también vi páginas fotocopiadas de libros de historia, recortes de periódicos antiguos y libros sobre la esclavitud y el cultivo de arroz.

—Esto que tienes aquí —dijo Elliot— es la típica historia de un odio heredado.

9

Las primeras carpetas eran de color azul y contenían declaraciones de testigos y más material recopilado por la policía a raíz de la muerte de Marianne Larousse. Las carpetas de los documentos históricos eran verdes. Había además una carpeta blanca muy delgada. La abrí, vi las fotografías que había dentro y la cerré con cuidado. Aún no estaba preparado para ocuparme de los informes relativos al cadáver de Marianne Larousse.

Una vez, me hice cargo de un trabajillo para un abogado defensor de Maine, así que tenía una idea muy clara de lo que me quedaba por delante. Atys Jones sería el elemento primordial, desde luego, como mínimo al comienzo. A menudo, los acusados dicen a los investigadores privados cosas que no cuentan a los abogados, a veces porque las olvidan por completo, o bien por toda la tensión nerviosa que se genera en torno a la detención, y otras veces porque confían más en los investigadores que en sus abogados, sobre todo si se trata de unos abogados de oficio agobiados por la cantidad de casos que llevan. La norma es que cualquier información adicional se comunique al abogado, tanto si resulta favorable como si resulta perjudicial para el caso. Elliot ya había obtenido algunas declaraciones y testimonios de gente que conocía a Atys, incluyendo los de sus profesores y los de sus antiguos jefes, en un intento por formar un perfil favorable de su cliente ante el jurado, así que podía desentenderme de la pesadez que suponía esa tarea.

Tendría que revisar todos los informes policiales relacionados con Jones, ya que me permitirían saber en qué se habían basado para formular los cargos contra él, pero también comprobaría si él había cometido algún error en su declaración o si había testigos con los que no se había contactado. Los informes de la policía también me serían de gran ayuda para comprobar las declaraciones, ya que en ellas constaban la dirección y el número de teléfono de los testigos interrogados. Después de eso, empezaría el verdadero trabajo de campo: tendría que volver a interrogar a todos los testigos. Los primeros informes policiales rara vez son exhaustivos, ya que los polis prefieren dejar los interrogatorios más detallados a los investigadores del fiscal o al detective encargado del caso. Tendría que conseguir declaraciones firmadas, y aunque casi todos los testigos estarían encantados de hablar, sólo unos cuantos lo estarían por estampar su firma en un resumen de sus propias declaraciones sin mostrar reticencia. Además, era probable que los investigadores del fiscal ya hubiesen hablado con ellos, y a menudo intimidan de tal forma a los testigos, que éstos prefieren no hablar con el investigador de la defensa, lo que supone un nuevo obstáculo. Pensándolo bien, me quedaba por delante un buen ajetreo, y no podía conformarme simplemente con remover la superficie del caso antes de regresar a Maine.

Alcancé la carpeta verde y la abrí de golpe. Algunos de los documentos que había dentro se remontaban al siglo XVII y a los orígenes más remotos de Charleston. El recorte de periódico más reciente era de 1981.

—En medio de todo eso puede estar la razón de la muerte de Marianne Larousse y la razón por la que quieren que Atys Jones sea condenado por asesinarla —dijo Elliot—. Ésa era la carga que llevaban a sus espaldas, lo supieran o no. Eso es lo que ha destruido sus vidas.

Mientras hablaba, buscaba algo en los muebles de la cocina. Volvió a la mesa con el puño derecho fuertemente cerrado.

—Pero en cierta manera —dijo Elliot en voz baja—, esto es por lo que de verdad estamos hoy aquí.

Y abrió el puño para dejar caer una cascada de arroz amarillo sobre la mesa.

AMY JONES

A la edad de 98 años, cuando fue entrevistada por Henry Calder en Red Bank, S.C.

Del libro *La época de la esclavitud: entrevistas con antiguos esclavos de Carolina del Norte y del Sur,* ed. Judy y Nancy Buckingham (New Era, 1989).

«Nací esclava en el condado de Colleton. Mi papá se llamaba Andrew y mi mamá Violet. Eran propiedad de la familia Larousse. El Amo Adgar era un buen amo para sus esclavos. Era propietario de unas sesenta familias de esclavos, antes de que los yanquis llegasen y le arruinasen la vida.

»La Vieja Señora dice a toda la gente de color que corra. Ella viene hasta nosotros con una bolsa llena de plata envuelta en una manta, porque los yanquis quieren hacerse con todas las cosas de valor. Nos dice que ya no puede protegernos. Echan abajo el granero de arroz y dividen el arroz, pero no hay suficiente arroz para alimentar a toda la gente de color. Los peores negros y negras siguieron al ejército, pero nosotros nos quedamos y vemos morir a los otros niñitos.

»Nosotros no estábamos preparados para lo que venía. No teníamos educación, ni tierras, ni vacas, ni gallinas. Los yanquis llegan y nos quitan todo lo que tenemos. Nos dejan libres. Intentan hacernos comprender que somos tan libres como nuestros amos. No sabíamos escribir, así que sólo tuvimos que tocar la pluma y decir qué nombre queríamos que se pusiera. Después de la guerra, el Amo Adgar nos da una tercera parte de lo que producimos, ahora que somos libres. Papá muere justo antes que mi mamá. Ellos se quedan en la plantación y mueren allí, después de que son libres.

»Pero me lo contaron. Me hablaron del Viejo Amo, del padre del Amo Adgar. Me contaron lo que hizo...»

Comprender lo que significa ese cultivo es comprender la historia, porque la historia es el Oro de Carolina.

El cultivo de arroz comenzó aquí en 1680, cuando desde Madagascar llegó la semilla a Carolina. Lo llamaban el Oro de Carolina por su calidad y por el color de su cáscara, y durante generaciones enriqueció a las familias vinculadas a su producción. Había familias de ingleses, entre ellas los Heyward, los Drayton, los Middleton y los Alston, y familias de hugonotes, como los Ravenel, los Manigault y los Larousse.

Los Larousse eran vástagos de la aristocracia de Charleston y pertenecían al escaso puñado de familias que controlaban prácticamente todos los aspectos de la vida en la ciudad, desde los miembros que ingresaban o no en la St. Cecilia Society hasta la organización de la temporada social, que duraba desde noviembre hasta mayo. Valoraban su apellido y su reputación por encima de todo, y protegían ambas cosas con dinero y con las influencias que el dinero puede comprar. No sospechaban siquiera que las acciones de un solo esclavo socavarían su gran fortuna y su seguridad.

Los esclavos trabajaban de sol a sol seis días a la semana, pero descansaban los domingos. Para llamar a los braceros se utilizaba una caracola, y las notas que ésta emitía recorrían aquellos campos de arroz que parecían arder bajo los rayos del sol declinante, aquellos rayos que recortaban las siluetas negras como si fuesen espantapájaros en medio del incendio. Las espaldas se enderezaban, las cabezas se erguían y, poco a poco, emprendían el largo camino de vuelta al granero y a las chozas, donde se alimentaban de melaza, guisantes, pan de maíz y, de tarde en tarde, de alguna de las aves que ellos mismos criaban. Al final de la larga jornada se sentaban para comer y para hablar, vestidos con ropa hecha de paja cobriza y de paño blanco. Cuando llegaba un nuevo reparto de zapatos de suela de madera, las mujeres remojaban el cuero de vacuno en agua caliente y lo engrasaban con sebo o con pellejos para que el calzado se adaptase a sus pies, y aquel olor seguía pegado a sus dedos cuando hacían el amor con sus hombres: el hedor de unos animales muertos mezclado con el sudor de su pasión.

Los hombres no aprendían a leer ni a escribir. El Viejo Amo era muy estricto en ese particular. Se les azotaba por robar, por decir mentiras o por hojear un libro. Había una cabaña de adobe cerca de los pantanos a la que se trasladaba a los que enfermaban de viruela. La mayoría de los esclavos que iban allí no regresaban nunca. Guardaban el Potro en el granero, y cuando llegaba la hora de imponer castigos más severos, tendían al hombre o a la mujer sobre él, lo amarraban y lo azotaban. Cuando los yanquis incendiaron el granero de arroz, en el suelo que quedaba debajo del Potro había manchas de sangre, como si el mismísimo terreno hubiese empezado a oxidarse.

Algunos de los esclavos procedentes del este de África Oriental trajeron consigo unos conocimientos de la técnica del cultivo de arroz que permitieron a los propietarios de las plantaciones superar los problemas afrontados por los primeros colonos ingleses, a quienes les había resultado muy dificultoso su cultivo. En muchas plantaciones introdujeron un régimen de aparcería que permitía a los esclavos mejor cualificados trabajar con un poco más de independencia y disponer de tiempo libre para cazar, para trabajar en el huerto o para mejorar la situación de su familia. Los esclavos podían negociar los productos recolectados con el propietario, y de ese modo le aliviaban de su obligación de abastecerlos.

Aquel régimen de aparcería originó diferencias jerárquicas entre los esclavos. El siervo más importante era el capataz, que actuaba como mediador entre el hacendado y la mano de obra. Por debajo de él estaban los artesanos cualificados: los herreros, los carpinteros y los albañiles. Resultaba lógico que aquellos trabajadores especializados fuesen los líderes de la comunidad de esclavos, y por lo tanto tenían que ser vigilados de cerca, por temor a que fomentasen disturbios o decidieran escapar.

Pero la tarea más importante de todas recaía en el encargado de la presa, ya que el destino del cultivo de arroz estaba en sus manos. Cuando era necesario, los campos de arroz se inundaban con el agua dulce que se acumulaba en unos embalses que había encima de los campos, en un terreno más elevado. El agua salada fluía tierra adentro con la marea y forzaba al agua dulce a emerger a la superficie de los ríos costeros. Sólo entonces las bajas y anchas esclusas se abrían para permitir la entrada de agua dulce, a fin de que se expandiera por los campos. Un sistema de esclusas subsidiarias permitía que el agua desembocara en los campos colindantes, una técnica de drenaje cuya correcta aplicación era resultado directo de los conocimientos que los esclavos africanos habían aportado. Cualquier brecha o rotura en las esclusas significaría la entrada de agua salada en los campos, lo que arruinaría la cosecha de arroz. Por ese motivo, el encargado de la presa unía a su tarea de abrir y cerrar las esclusas la de mantener en buen estado los troncos, los fosos de drenaje y los canales.

En la plantación de los Larousse el encargado de la presa era Henry, el marido de Annie. A su abuelo, por aquel entonces ya difunto, lo capturaron en enero de 1764 y lo llevaron al campo de prisioneros de Barra Kunda, en la zona alta de Guinea. Desde allí lo trasladaron a James Fort, a través del río Gambia, en octubre de 1764. Aquél era el punto principal de embarque de esclavos para el Nuevo Mundo. Llegó a Charles Town en 1765, y allí lo compró la familia Larousse. Cuando murió, tenía seis hijos y dieciséis nietos. Henry era el nieto mayor. Henry se había casado con su joven esposa, Annie, seis años antes y por entonces tenía tres niños. Sólo uno de ellos, Andrew, alcanzaría la madurez y sería padre, una línea que se prolongaría hasta principios del siglo XX, hasta terminar en Atys Jones.

Un día, en 1833, ataron a Annie, la mujer de Henry, al Potro y la azotaron hasta que el látigo se rompió. Como le habían arrancado totalmente la piel de la espalda, le dieron la vuelta y empezaron a azotarla de frente con otro látigo. Su intención era castigarla, no matarla. Annie era una mercancía demasiado valiosa como para matarla. La había perseguido un grupo de hombres encabezado por William Rudge, uno de cuyos descendientes colgaría de un árbol a un hombre llamado Errol Rich, ante una multitud de curiosos, en el nordeste de Georgia. La vida de aquel descendiente sería segada por un negro sobre un lecho de whisky y serrín. Rudge era el pattyroller, el patrullero de los esclavos, cuya tarea consistía en perseguir y dar caza a los que optaban por escaparse. Annie había salido huyendo de un hombre llamado Coolidge, el cual la había arrastrado detrás del tocón de un árbol e intentado violarla por detrás cuando la vio pasar por un camino de barro, transportando la carne de una vaca que el Viejo Amo había mandado sacrificar el día anterior. Cuando Coolidge estaba forzándola, Annie agarró del suelo la rama de un árbol y se la clavó en un ojo, y casi le dejó ciego. Entonces se escapó, porque nadie se tomaría la molestia de creer que lo hizo en defensa propia, ni siquiera en el caso de que Coolidge afirmase que la herida no fue intencionada, que se topó en el camino con la negra mientras él iba borracho de licor robado. El pattyroller y sus hombres la siguieron y la llevaron de vuelta ante el Viejo Amo. La ataron al Potro y la azotaron, y a su marido y a sus tres hijos los obligaron a presenciar el castigo. Pero no sobrevivió al azotamiento. Tuvo unas convulsiones y murió.

Tres días más tarde, Henry, el marido de Annie, el fiel encargado de la presa, inundó de agua salada la plantación de los Larousse, malogrando toda la cosecha.

Una patrulla de hombres armados lo persiguió a lo largo de cinco días. Henry había robado una pistola Marston de tambor y estaba claro que, quienquiera que se cruzase en su camino cuando descargase las seis balas, se reuniría de inmediato con el Creador. Así que los jinetes contuvieron el avance y enviaron por delante a un grupo de esclavos ibos para que siguiesen el rastro de Henry, tras prometerles que recompensarían con una moneda de oro a aquel que apresase al huido.

Al final acorralaron a Henry en la linde de la ciénaga del Congaree, no lejos del lugar donde ahora se levanta un bar llamado Swamp Rat, el mismo bar en que Marianne Larousse se tomaría una copa la misma noche en que murió, porque la voz del presente contiene el eco del *pasado. El esclavo que encontró a Henry cayó muerto al suelo, con unos agujeros desiguales en el pecho producidos por las balas de la Marston disparadas a quemarropa.*

Tomaron tres pinchos metálicos de catar arroz, que eran unos artefactos huecos en forma de T acabados en una punta afilada para poder clavarlos en el suelo, con ellos crucificaron a Henry en un ciprés y lo dejaron allí con las pelotas dentro de la boca. Pero, antes de que Henry muriese, el Viejo Amo se detuvo delante de él montado en un carro con los tres hijos del esclavo. Lo último que vio Henry antes de que sus ojos se cerraran para siempre fue cómo Andrew, el menor de sus hijos, era arrastrado por el Viejo Amo detrás de unos arbustos. Después el niño comenzó a gritar y Henry murió.

Así fue como comenzó la enemistad entre los Larousse y los Jones, los amos y los esclavos. El cultivo era riqueza. El cultivo era historia. Había que protegerlo. El delito de Henry permaneció vivo durante un tiempo en la memoria de la familia Larousse y luego fue olvidándose poco a poco, al menos en parte, pero los pecados de los Larousse se transmitieron de unos Jones a otros. Y el pasado fue avivado en cada presente sucesivo, propagándose, generación tras generación, igual que un virus.

La luz había comenzado a menguar y los albañiles de Georgia ya se habían marchado. Desde la ventana vi cómo un murciélago descendía de un roble centenario para cazar mosquitos. Algunos se las arreglaron para entrar en la casa y comenzaron a zumbar alrededor de mi oreja, esperando la ocasión de poder picarme. Yo trataba de aplastarlos con la mano. Elliot me dio un repelente y me lo unté en las zonas del cuerpo que tenía al descubierto.

—¿Aún había miembros de la familia Jones trabajando para los Larousse después de lo que ocurrió? —le pregunté.

—Ajá —dijo Elliot—. A veces los esclavos morían. Eso era lo que pasaba. La gente perdía a su padre y a su madre, incluso a sus hijos, pero no se lo tomaba como algo personal. Hubo algunos miembros de la familia Jones que pensaban que lo hecho, hecho estaba. Pero también hubo otros que quizá no pensaban lo mismo.

La Guerra Civil destrozó la vida de la aristocracia de Charleston, así como las estructuras de la ciudad misma. Los Larousse no salieron del todo malparados porque fueron previsores (o tal vez por la traición que cometieron, ya que guardaron la mayor parte de su riqueza en oro y sólo invirtieron una pequeña cantidad en bonos y en moneda de la Confederación). Aun así, igual que a muchos otros sureños derrotados, se les obligó a ver desfilar por las calles de Charleston a los soldados supervivientes del Cincuenta y Cuatro Regimiento, o los Negros de Shaw, que era como se los conocía. Entre ellos estaba Martin Jones, el tatarabuelo de Atys Jones.

Una vez más, las vidas de estas dos familias estaban a punto de chocar violentamente.

Los jinetes de la noche se mueven a través de la oscuridad, blanco recortado sobre el camino negro. Muchos años antes, un hombre de piel aceitunada, con marcas de esclavo en las piernas, aseguró haber tenido una visión en la que aparecían aquellas siluetas en negativo, negro sobre blanco, una inversión que sin duda repugnaría a los hombres que aquel día iban a resolver su asunto a lomos de caballos encapuchados, con armas de fuego y látigos que repiqueteaban sordamente contra las sillas de montar.

Porque así es Carolina del Sur en torno a 1870: no la del cambio del nuevo milenio, sino la de los jinetes de la noche que siembran el terror. Ellos rondan tierra adentro y aplican su propia versión de la justicia sobre los pobres negros y sobre los republicanos que los apoyan, rechazando doblegarse ante las Enmiendas Décimo Cuarta y Décimo Quinta. Son un símbolo del temor que ven los blancos en los negros, y gran parte de la población blanca los respalda. Los Códigos Negros ya se han introducido como un antídoto contra la reforma, limitando los derechos de los negros a llevar armas, a poder aspirar a una posición superior a

194

la de granjeros y sirvientes, e incluso a salir de sus casas o a recibir visitas sin autorización.

Con el tiempo, el Congreso contraatacará con la Enmienda de Reconstrucción, el Decreto de Imposición de la Ley de 1870 y el Decreto contra el Ku Klux Klan de 1871. El gobernador Scott creará una milicia negra para proteger a los votantes en las elecciones de 1870, cosa que enfurecerá más a la población blanca. Al final, se suspenderá el habeas corpus en los nueve condados del interior, lo que tendrá como consecuencia el arresto fulminante de cientos de miembros del Klan, pero, de momento, la ley cabalga a lomos de un caballo encapuchado, y lo hace con afán de venganza, y las medidas tomadas por el gobierno federal llegarán demasiado tarde para salvar treinta y ocho vidas, demasiado tarde para evitar las violaciones y las palizas, demasiado tarde para detener la quema y la destrucción de granjas, de cosechas y de cabezas de ganado.

Demasiado tarde para salvar a Missy Jones.

Su marido, Martin, hizo campaña para asegurar el voto negro en 1870 en vista de la intimidación y la violencia reinantes. Se oponía a renegar del Partido Republicano y se había ganado una paliza por meterse en líos. Después, prestó su apoyo y sus ahorros a la naciente milicia negra y marchó con sus hombres por la ciudad en una radiante tarde de domingo. Sólo iba armado uno de cada diez hombres, pero, aun así, los que luchaban contra la ola de emancipación lo consideraron como un acto de arrogancia sin precedentes.

Fue Missy la que oyó aproximarse a los jinetes y la que dijo a su marido que huyese, porque esa vez lo matarían si lo encontraban. Los jinetes de la noche aún no habían hecho daño a ninguna mujer en la comarca de York, así que Missy, aunque temía a los hombres armados, no tenía razón alguna para suponer que ella sería la primera.

Pero lo fue.

Cuatro hombres violaron a Missy, pues si no podían castigar a su marido directamente, lo harían a través de su mujer. Según ella, la violación no revistió ninguna violencia física, más allá de la violación en *sí, e incluso le pareció que no proporcionó placer a los hombres que la llevaron a cabo. Fue algo tan sencillo como marcar a hierro a una vaca o como estrangular a una gallina. El último que la violó incluso la ayudó a cubrirse y le ofreció su brazo mientras la acompañaba hasta una silla de cocina para que se sentase.*

«Dile que se porte bien, ¿me oyes?», dijo un hombre. Era joven y guapo, y Missy reconoció en él algunos rasgos de su padre y de su abuelo. Tenía la barbilla de los Larousse y el pelo rubio característico de aquella familia. Se llamaba William Larousse. «No nos gustaría tener que volver», le advirtió.

Dos semanas más tarde, William Larousse y otros dos hombres cayeron en una emboscada a las afueras de Delphia llevada a cabo por un grupo de asaltantes enmascarados y armados con porras. Los compañeros de William huyeron, pero él se quedó hecho un ovillo mientras le llovían los golpes. La paliza lo dejó paralítico. Sólo podía mover la mano derecha y era incapaz de ingerir cualquier alimento que no estuviese previamente triturado.

Pero Missy Jones prefirió ignorar lo que le hicieron a ella. Apenas si le habló a su marido cuando éste regresó de su escondite, y rara vez volvió a hablar después de lo ocurrido. Ni siquiera regresó a la cama de su esposo, sino que dormía en el pequeño granero, entre los animales, reducida también su mente a un nivel animal por culpa de los hombres que la violaron para castigar a su marido, y lenta e irreparablemente fue enloqueciendo.

Elliot se levantó y tiró el resto de su café en el fregadero.

—Como te dije, hubo algunos que quisieron olvidar el pasado y otros que nunca lo olvidaron, incluso hasta el día de hoy...

Dejó que las últimas palabras quedaran en el aire.

—¿Crees que Atys Jones podría ser uno de ésos?

Elliot se encogió de hombros.

—Creo que a una parte de él le gustaba la idea de estar follándose a la hija de Earl Larousse, y por extensión estar jodiendo a Earl. Ni siquiera sé si Marianne conocía la historia de las dos familias. Supongo que significaba más para los Jones que para los Larousse, no sé si me explico.

—Pero todo el mundo conoce la historia, ¿o no?

—Los periódicos han informado sobre la historia de las dos familias con la intención de indagar en ella, aunque tampoco mucho. De todas formas, me sorprendería que algún miembro del jurado no la conociese, y puede que se mencione a lo largo del juicio. Los Larousse protegen religiosamente su nombre y su historia. Su reputación lo es todo para ellos. Hicieran lo que hicieran en el pasado, ahora lo resarcen mediante obras sociales. Apoyan causas benéficas a favor de los negros. Apoyaron la integración en las escuelas. En su casa no ondea la bandera de la Confederación. Han compensado los pecados de las generaciones anteriores, pero puede que el fiscal utilice viejos fantasmas para alegar que Atys Jones se propuso castigarles arrebatándoles a Marianne.

Se puso de pie y se desperezó.

—A menos, desde luego, que encontremos a la persona que mató a Marianne Larousse. Entonces las tornas cambiarían por completo.

Aparté la copia de la fotografía de Missy Jones, muerta en torno a los cuarenta años y metida en un ataúd barato. Después volví a examinar meticulosamente los documentos que estaban encima de la mesa, hasta que llegué al último recorte. Era la noticia publicada en un periódico el 12 de julio de 1981, donde se detallaba la desaparición de dos jóvenes negras que habían vivido cerca del Congaree. Se llamaban Addy y Melia Jones. No se sabía nada de ellas desde que se las vio tomando juntas una copa en un bar del pueblo.

Addy Jones era la madre de Atys Jones.

Le mostré el recorte a Elliot.

—¿Qué es esto?

Alargó la mano y lo cogió.

—Esto —dijo— es el último rompecabezas para ti. La madre y la tía de nuestro cliente desaparecieron hace diecinueve años, y ni él ni nadie las ha vuelto a ver desde entonces.

Aquella noche, conduje de vuelta a Charleston con la radio sintonizada en un programa de entrevistas que se emitía desde Columbia, hasta que la señal empezó a debilitarse entre silbidos y distorsiones. El malogrado candidato gubernamental Maurice Bessinger, propietario de una cadena de asadores de carne llamada Piggie Park, se había aficionado a izar la bandera confederada en sus locales. Sostenía que era un símbolo de la tradición sureña, y quizá lo fuese, aunque había que tener en cuenta algunos detalles: tiempo atrás, Bessinger había trabajado en dos ocasiones en la campaña presidencial de George Wallace; aparte de eso, había encabezado un grupo denominado Asociación Nacional para la Conservación del Pueblo Blanco y, por último, había acabado en la corte federal por violar el Acta de Derechos Civiles de 1964 al negarse a servir a los negros en sus restaurantes. Incluso se las arregló para ganar el caso en un juicio, aunque después un tribunal federal le obligó a aplicar la ley de integración. Desde entonces había aparentado gozar de una especie de conversión religiosa y se había reincorporado al Partido Demócrata, pero él era de esos de genio y figura hasta la sepultura.

Mientras conducía en la oscuridad, me acordé de la bandera, de las familias Jones y Larousse y del peso de la historia, que era como un cinturón de plomo amarrado a sus cuerpos, tirando siempre de ellos hacia el fondo. En algún punto de esa historia, en el pasado aún vivo, estaba la respuesta a la muerte de Marianne Larousse.

Pero aquí, en el sur, en un lugar que me resultaba extraño, el pasado asumía formas raras. El pasado era un viejo envuelto en una bandera roja y azul que aullaba, desafiante, bajo el cartel de un cerdo. El pasado era una mano muerta sobre el rostro de los vivos. El pasado era un fantasma engalanado con sufrimientos.

El pasado, como sabría yo más tarde, era una mujer vestida de blanco que tenía escamas en vez de piel.

Tercera parte

Tengo la impresión de moverme en un mundo de fantasmas
y me veo a mí mismo como la sombra de un sueño.

Alfred, Lord Tennyson, *The Princess*

10

Luego, en la tranquilidad de la habitación del hotel, abrí la carpeta de Marianne Larousse. La oscuridad que me rodeaba era menos una ausencia de luz que una presencia palpable: se trataba de sombras con corporeidad. Encendí la lámpara que había encima de la mesa y esparcí los documentos que Elliot me había dado.

Y, tan pronto como vi las fotografías, tuve que apartar la mirada, porque noté el peso de ella sobre mí, aunque no la había conocido y nunca llegaría a conocerla. Fui hacia la puerta e intenté expulsar las sombras inundando de luz la habitación, pero, en lugar de irse, retrocedieron y se escondieron debajo de las mesas y detrás del armario, esperando la desaparición inevitable de la luz.

Y me dio la impresión de que mi existencia, de alguna manera, se bifurcaba, de que estaba a la vez en la habitación del hotel, con las pruebas de la violenta erradicación de este mundo de Marianne Larousse, y de vuelta a la quietud del salón de los Blythe, viendo cómo Bear movía la boca y formulaba mentiras bienintencionadas y cómo Sundquist, igual que un ventrílocuo detrás de él, manipulaba y envenenaba la atmósfera de la habitación con avaricia, malicia y falsas esperanzas, mientras Cassie me miraba fijamente desde la fotografía que le hicieron el día de su graduación, con aquella sonrisa incierta que se insinuaba en su boca como un pájaro receloso de posarse en una rama. Intenté imaginármela viva, disfrutando de una nueva vida lejos de su casa, convencida de que la decisión de dejar atrás su existencia anterior era la acertada. Pero me veía incapaz de hacerlo, ya que, cuando intentaba imaginarla en cualquier escenario, sólo era una sombra sin rostro y una mano con heridas que le recorrerían paralelas de un extremo al otro.

Cassie Blythe no estaba viva. Toda la información que había recopilado en torno a ella me indicaba que no era la clase de jovencita que se deja llevar por la corriente y condena a sus padres a una vida de sufrimiento y de incertidumbre. Alguien la había arrebatado de este mundo, y yo no sabía si podría encontrar a esa persona y, aun en el caso de encontrarla, si podría descubrir al fin la verdad que se escondía detrás de su desaparición.

Entonces supe que Irving Blythe tenía razón, que lo que había dicho sobre mí era cierto: que invitarme a entrar en sus vidas equivalía a admitir el fracaso y asumir la victoria de la muerte, porque yo llegaba cuando todas las esperanzas habían desaparecido, sin ofrecer nada a cambio, salvo la posibilidad de descubrir algo que traería consigo más dolor y más tristeza, y una evidencia que tal vez haría parecer a la ignorancia una bendición. El único consuelo posible era que mi intervención hiciese un poco de justicia, que la vida pudiese continuar con un pequeño grado de certeza: la certeza de que el dolor físico de un ser querido había llegado a su fin, y el consuelo de que alguien se hubiera tomado el trabajo de intentar descubrir por qué le infligieron tal dolor.

Yo, cuando era más joven, me hice policía. Me uní al cuerpo porque creí que era mi deber. Mi padre había sido policía, como también lo había sido mi abuelo, pero mi padre terminó su carrera y su vida en la ignominia y la desesperación. Se llevó por delante dos vidas antes de quitarse la suya por motivos que tal vez nunca se conocerán, y yo, al ser tan joven, sentí la necesidad de echarme su carga a la espalda e intentar compensar lo que él hizo.

Pero yo no era un buen policía. No tenía ni disposición ni disciplina. Es verdad que poseía otras virtudes, como por ejemplo la tenacidad y el afán por descubrir y por comprender, pero ninguna de ellas era suficiente para permitirme sobrevivir en aquel entorno. También carecía de otro elemento crucial: el distanciamiento. No disponía de los mecanismos de defensa apropiados que les permitían a mis compañeros mirar un cadáver y verlo sólo como lo que era: no un ser humano, sino la ausencia del ser y la negación de la vida. De forma superficial, pero en el fondo necesaria, los policías necesitan llevar a cabo un proceso de deshumanización para realizar su trabajo. El humor negro es propio de ellos, y una aparente indiferencia que les permite referirse a un cadáver como «fiambre» o «basura» (excepto cuando cae un compañero, porque entonces se trata de algo tan próximo que resulta imposible verlo con distancia), y pueden examinar heridas y mutilaciones sin precipitarse, entre lágrimas, a un vacío en el que la vida y la muerte resultan imposibles de soportar. Son responsables de los vivos, de los que siguen aquí y del mantenimiento de la ley.

Yo no tenía eso. Nunca lo tuve. Por el contrario, he aprendido a abrazar a los muertos, y ellos, a su vez, han encontrado un modo de llegar a mí. De repente, en aquella habitación de hotel, lejos de casa, me enfrentaba a la muerte de otra joven, y la desaparición de Cassie Blythe me atormentaba de nuevo. Tuve la tentación de llamar a los Blythe, pero ¿qué podía decirles? Aquí, en el sur, no podía hacer nada por ellos, y el hecho de que yo estuviese pensando en su hija les proporcionaría un escaso consuelo. Quería acabar con lo que me había traído a Carolina del Sur, revisar las declaraciones de los testigos y garantizar la seguridad de Atys, aunque fuese de forma provisional, y luego volver a casa. Era lo único en que podía ayudar a Elliot.

Pero el cuerpo de Marianne Larousse me atraía hacia sí con una intimidad extraña, pidiéndome que demostrase algo, que me hiciera cargo de la naturaleza del asunto en que estaba involucrándome y de las posibles consecuencias de mi actuación.

No quería mirar. Estaba cansado de mirar.

Aun así, miré.

La pena que produce. La terrible y abrumadora pena que produce verlos.

A veces es una fotografía la que provoca esa pena. En realidad, nunca los olvidas. Siempre permanecen contigo. Doblas una esquina, pasas conduciendo por delante de un ventanal entablado, quizás ante un jardín que está cubriéndose de hierbajos, y ves la casa que se pudre detrás igual que una muela picada, porque nadie quiere vivir allí, porque el olor de la muerte aún permanece dentro de ella, porque el propietario contrató a unos inmigrantes y les pagó cincuenta dólares a cada uno por limpiar la casa a fondo, y ellos utilizaron la mierda de materiales que tenían a mano: unos desinfectantes asquerosos y fregonas sucias que extendieron el hedor en lugar de quitarlo, que transformaron la trayectoria lógica de las manchas de sangre en el boceto caótico de una huella de violencia semiborrada, una ringlera de oscuridad en las paredes blancas que luego cubrieron con pinturas baratas y aguadas, y pasaron el rodillo dos o tres veces por los tramos manchados, pero, cuando la pintura se secó, aún estaba allí: una mano ensangrentada restregada en los blancos, cremas y amarillos de las paredes, y que había dejado el recuerdo de su paso incrustado en la madera y en la escayola.

De manera que el propietario cierra la puerta con llave, atranca las ventanas y espera a que la gente olvide o a que alguien muy desesperado o muy tonto esté de acuerdo con la renta rebajada y la acepte, aunque sólo sea para intentar borrar el recuerdo de lo que ocurrió allí con los problemas y las preocupaciones de una nueva familia, como una especie de limpieza psíquica que pudiera triunfar donde los inmigrantes fracasaron.

Si quieres, puedes entrar. Puedes enseñar tu placa y explicar que sólo es pura rutina, que los viejos casos sin resolver se vuelven a revisar al cabo de unos años, con la esperanza de que el paso del tiempo pueda revelar algún detalle que se hubiera pasado por alto. Pero no necesitas entrar, porque estuviste allí la noche en que la encontraron. Viste lo que dejaron de ella sobre el suelo de la cocina, o entre los arbustos del jardín, o acaso su cuerpo cubierto y de través en la cama. Viste de qué modo, al exhalar su último aliento, algo más expiraba también: aquello que constituía su esencia, una especie de estructura interna arrancada de alguna manera de su cuerpo sin dañar la piel, de modo que se desploma y se consume, a pesar de que su cuerpo parece hinchado: una mujer que se expande y que a la vez se contrae mientras la miras. En su piel ya aparecen manchas, allí donde los insectos han empezado a alimentarse de ella, porque los insectos siempre llegan antes que tú.

Y luego puede que tengas que hacerte con una fotografía suya. Algunas veces te la da el marido o la madre; otras, el padre o el novio, y ves cómo sus manos se mueven entre las páginas del álbum, o buscando dentro de una caja de zapatos o de un bolso. Y piensas: ¿Esto le han hecho? ¿Han reducido esta persona a lo que veo ahora? O tal vez sabes lo que le hicieron —no puedes precisar con exactitud cómo, pero lo sabes—, y el hecho de tocar los vestigios de una vida perdida parece como si fuese una segunda violación, una segunda violación que debes impedir mediante un manotazo enérgico, porque fallaste antes y ahora tienes la oportunidad de redimir aquel fracaso.

Pero cuando ocurre no lo haces. Esperas, y confías en que después de esa espera vendrán las pruebas o la confesión, y los primeros pasos deben encaminarse al restablecimiento de un orden moral, de un equilibrio entre las necesidades de los vivos y las demandas de los muertos. Pero aquellas imágenes regresarán más tarde, de forma espontánea, y si en ese momento estás con alguien en quien confías, puede que le digas: «Lo recuerdo. Recuerdo lo que ocurrió. Yo estaba allí. Fui testigo, y después intenté ser más que eso. Intenté hacer un poco de justicia».

Y si lo lograste, si se impuso un castigo al culpable y el expediente se marcó como cerrado, puede que sientas una punzada de..., no de placer, no es eso, sino ¿de paz?, ¿de alivio? Quizá lo que sientes carezca de nombre, no debería tener nombre. Quizás es sólo el silencio de tu conciencia, porque esta vez ya no te gritará un nombre dentro de la cabeza y no tendrás que volver a sacar el expediente para recordarte de nuevo aquel sufrimiento, aquella muerte, y tu incapacidad de mantener el equilibrio que se necesita para que el tiempo y la vida sigan su curso.

Caso cerrado: ¿no se dice así? Da la impresión de que ha pasado mucho tiempo desde la última vez que empleaste esa expresión y que pudiste saborear la falsedad de esas palabras, justo en el momento en que se forman en la lengua y atraviesan los labios. Caso cerrado. Sí. Pero no está cerrado, porque los que se han quedado aquí continúan percibiendo esa ausencia, y esa ausencia se manifiesta en los cien mil cambios diminutos que es necesario llevar a cabo para asumirla, porque la vida, ya sea de una manera perceptible o imperceptible, incide en otras vidas. Irv Blythe, a pesar de todos sus defectos, llegó a comprenderlo. No hay fin. Sólo hay vidas que continúan o vidas que terminan, y las relaciones que se establecen entre sí. Por lo menos, los vivos ya no son asunto tuyo. Son los muertos los que se quedan contigo.

Y quizás esparces las fotos y piensas: lo recuerdo.

Te recuerdo.

Yo no he olvidado.

No te olvidaré.

Estaba tumbada boca arriba sobre un lecho de lirios araña aplastados, y la explosión de color de las marchitas flores blancas parecía un defecto de revelado, como si se hubiese mancillado el negativo al captar aquella escena. El cráneo de Marianne Larousse aparecía muy dañado. Estaba peinada con la raya en medio, y el impacto de la piedra le había causado heridas a ambos lados. Pelos y mechas ensangrentadas se enmarañaban en las heridas. Un tercer golpe le había abierto el lado derecho del cráneo, y la autopsia reveló unas fracturas que se extendían a través de la base craneal y el borde superior de la cuenca del ojo izquierdo. Tenía la cara cubierta por completo de sangre, porque el cuero cabelludo es muy vascular y sangra en abundancia cuando resulta dañado. Tenía la nariz rota, los ojos fuertemente cerrados y las facciones detenidas en una mueca a causa de la violencia de los golpes recibidos.

Hojeé de inmediato el informe de la autopsia. El cuerpo de Marianne no presentaba mordeduras, moratones ni escoriaciones que pudiesen ser indicativos de una agresión sexual, aunque habían encontrado entre el vello púbico de la víctima algunos pelos que resultaron ser de Atys Jones. Los genitales los tenía enrojecidos, lo que daba a entender que la víctima acababa de tener relaciones sexuales, pero no presentaba magulladuras ni laceraciones internas o externas, aunque se encontraron restos de lubricante en la vagina. El semen de Jones estaba mezclado con el vello púbico de Marianne, pero no había semen dentro. Jones les dijo a los investigadores, según me contó Elliot, que solían usar condón cuando mantenían relaciones sexuales.

Los análisis demostraron que había fibras de la ropa de Marianne que coincidían con las que encontraron en los vaqueros y en el jersey de Atys, así como fibras acrílicas del coche de Atys adheridas a la blusa y a la falda de ella, junto con fibras de algodón de las ropas de él. De acuerdo con los análisis, las posibilidades de que las fibras tuviesen un origen diferente eran remotas.

En cada caso se habían encontrado más de veinte coincidencias y normalmente cinco o seis son suficientes para tener una certeza relativa.

Las pruebas aún no me convencían de que a Marianne la hubiesen violado antes de morir, aunque no era a mí a quien el fiscal tenía que convencer. El nivel de alcohol en sangre estaba por encima de lo normal, circunstancia que un buen fiscal aprovecharía para argumentar que ella no estaba en condiciones de repeler a un joven tan fuerte como Atys Jones. Además, Jones había utilizado un condón y lubricante, y el lubricante habría reducido el daño físico ocasionado a la víctima.

Lo que no se podía negar era que, cuando Jones entró en el bar para buscar ayuda, tenía la cara y las manos manchadas con la sangre de Marianne, y más tarde se encontraron fragmentos de polvo de la piedra que se utilizó para matarla mezclados con esas manchas. El análisis de las manchas de sangre desperdigadas en torno al cuerpo de Marianne Larousse reveló que el impacto se produjo a una velocidad media, porque las gotas de sangre se distribuían alejándose de forma radial del lugar de los impactos, que se produjeron tanto en la parte superior y posterior de la cabeza, como en el lateral, donde le fue asestado el último y fatal golpe. Su agresor debería tener salpicaduras de sangre en la parte inferior de las piernas, en las manos y, con toda probabilidad, en la cara y en la parte superior del cuerpo. No había salpicaduras claras de sangre en las piernas de Jones (aunque la sangre de Marianne Larousse le mojó los vaqueros cuando él se puso de rodillas; de ese modo, las salpicaduras podrían haber sido absorbidas o disimuladas), y se había limpiado la sangre de la cara y de las manos, lo que impedía apreciar el trayecto original de las salpicaduras.

Según la declaración de Jones, él y Marianne Larousse se habían visto aquella noche a las nueve. Ella había estado bebiendo con unos amigos en Columbia y después se dirigió en coche al

Swamp Rat para encontrarse allí con él. Algunos testigos los habían visto hablar y luego irse juntos. Uno de los testigos, un borrachín llamado J.D. Herrin, admitió ante la policía que le había dedicado algunos epítetos racistas a Jones poco antes de que los dos jóvenes salieran del bar. Calculó que lo insultó en torno a las once y diez.

Jones le dijo a la policía que luego había mantenido relaciones sexuales con Marianne Larousse en el asiento del copiloto de su coche, ella arriba y él abajo. Después del coito, tuvieron una discusión, causada en parte por la disputa que se originó a causa de los insultos de J.D. Herrin y centrada en si Marianne Larousse se avergonzaba de dejarse ver a su lado. Marianne salió furiosa del coche, pero, en vez de dirigirse al suyo, se adentró corriendo en el bosque. Jones declaró que ella empezó a reírse y a llamarlo para que la siguiese al riachuelo, pero que él estaba demasiado enfadado con ella para hacer tal cosa. Apenas diez minutos más tarde, al ver que no volvía, Jones salió en su busca. La encontró a unos treinta metros camino abajo. Ya estaba muerta. Declaró no haber oído nada en ese margen de tiempo: ni gritos ni ruido alguno de agresión. No recordaba haber tocado su cuerpo, pero daba por sentado que sin duda lo hizo, ya que tenía las manos ensangrentadas. También admitió que debió de coger la piedra, porque más tarde recordó que estaba al lado de la cabeza de Marianne. Luego regresó al bar y desde allí avisaron a la policía. Fue interrogado por agentes de la SLED, la División Estatal de Seguridad, en principio sin la asistencia de un abogado, ya que no se le arrestó ni imputó. Tras el interrogatorio, lo arrestaron como sospechoso del asesinato de Marianne Larousse. Se le asignó un abogado de oficio, que más tarde dimitió en favor de Elliot Norton.

Y ahí era donde yo salía a escena.

Pasé los dedos con suavidad por su cara, y los poros del papel fotográfico parecían los poros de su piel. Lo siento, pensé. No te conocí. No puedo saber si fuiste o no una buena chica. Si hubiese coincidido contigo en un bar o si me hubiese sentado a tu vera en una cafetería, ¿habríamos congeniado, aunque sólo de ese modo intrascendente y transitorio en que dos vidas pueden cruzarse antes de proseguir cada cual su camino, un poco alterados pero inalterables?, ¿habríamos compartido uno de esos fugaces contactos entre dos extraños que hacen la vida más llevadera? Me temo que no. Creo que éramos muy diferentes. Pero no merecías acabar de ese modo, y, de haber estado en mi mano, hubiese hecho lo posible para evitarlo, incluso a riesgo de mi vida, porque no hubiese podido quedarme cruzado de brazos ante el daño que se te hacía; a ti, para mí una extraña. Ahora procuraré seguir tus pasos, para comprender de ese modo qué te llevó a aquel lugar, a encontrar tu final entre lirios aplastados, con los insectos nocturnos ahogándose en tu sangre.

Lamento tener que hacerlo. Habrá gente que se sienta incómoda por mi investigación, y puede que salgan a la luz algunos aspectos de tu pasado que hubieses preferido que siguieran ocultos. Todo lo que puedo prometerte es que, en la medida de mis fuerzas, quienquiera que sea el que hizo aquello no quedará impune.

Por todo eso, siempre te recordaré.

Por todo eso, nunca serás olvidada.

11

A la mañana siguiente, llamé por teléfono al número del Upper West Side. Contestó Louis.

—¿Todavía pensáis bajaros por aquí?

—Ajá. Llegaremos dentro de un par de días.

—¿Cómo está Ángel?

—Tranquilo. ¿Y tú?

—Como siempre.

—¿Tan mal van las cosas?

Acababa de hablar con Rachel. El hecho de oír su voz hizo que me sintiese solo y que volviese a preocuparme por ella, ahora que se encontraba tan lejos.

—Tengo que pedirte un favor —le dije.

—Desembucha. Pedir sale gratis.

—¿Sabes de alguien que pudiera acompañar a Rachel durante un tiempo, hasta que yo vuelva?

—A ella no va a gustarle eso.

—Quizá podrías buscar a alguien que pase de lo que ella opine.

Se hizo un silencio mientras sopesaba el asunto. Cuando finalmente habló, casi pude ver cómo sonreía.

—¿Sabes? Tengo al tipo adecuado.

Me pasé la mañana haciendo llamadas y después subí en coche a Wateree para hablar con uno de los *sheriffs* del condado de

Richland que habían estado en la escena del crimen la noche en que mataron a Marianne Larousse. Tuvimos una conversación muy breve. Confirmó los detalles de su informe, pero estaba claro que creía que Atys Jones era culpable y que yo estaba intentando torcer el curso de la justicia por el mero hecho de hablarle del caso.

Más tarde me dirigí a Columbia y estuve charlando durante un rato con un agente especial llamado Richard Brewer en el cuartel general de la División Estatal de Seguridad. Fueron los agentes de ese departamento quienes investigaron el asesinato, como todos los homicidios que se cometen en el estado de Carolina del Sur, con la excepción de aquellos que ocurren dentro de la jurisdicción del Departamento de Policía de Charleston.

—A ellos les gusta pensar que allí abajo son independientes —dijo Brewer—. La llamamos la República de Charleston.

Brewer tenía más o menos mi edad, el pelo pajizo y fisonomía de deportista. Llevaba el uniforme estándar de la División Estatal de Seguridad: pantalones verdes de faena, una camiseta con las siglas de la agencia serigrafiadas en verde en la espalda y una Glock 40 al cinto. Era uno de los agentes que habían trabajado en el caso. Se mostró un poco más comunicativo que el *sheriff,* aunque no añadió mucho a lo que yo ya sabía. Atys Jones estaba prácticamente solo en este mundo, me dijo, y apenas le quedaban vivos algunos parientes lejanos. Trabajaba en Piggly Wiggly rellenando estanterías y vivía en un piso pequeño de una sola habitación en un edificio alto sin ascensor que ahora ocupaba una familia de inmigrantes ucranianos.

—Ese chico... —dijo cabeceando—. Antes de lo ocurrido había poca gente en el mundo que se interesase por él. A partir de ahora hay mucha menos.

—¿Cree que lo hizo?

—Eso lo decidirá el jurado. Extraoficialmente, le diré que no creo que haya otros candidatos posibles.

—¿Fue usted quien habló con los Larousse? Sus declaraciones estaban entre los documentos que me pasó Elliot.

—Con el padre y con el hijo, y también con el personal de la casa. Todos tenían una coartada. Señor Parker, somos bastante profesionales. Abarcamos todos los ángulos y no creo que encuentre muchos errores en nuestros informes.

Le di las gracias y él me dio su tarjeta, por si acaso tenía alguna pregunta más que hacerle.

—Señor Parker, lo va a tener difícil —me dijo cuando me levantaba de la silla para irme—. Me parece que está a punto de ser tan popular como una mierda en verano.

—Para mí será una experiencia nueva.

Enarcó las cejas con escepticismo.

—¿Sabe? Me cuesta creerlo

De vuelta al hotel, hablé por teléfono con los de la cooperativa de Pine Point acerca de Bear. Me confirmaron que había llegado con puntualidad el día anterior y que había trabajado a pleno rendimiento. Como parecían un poco nerviosos, les pedí que me pusieran con Bear.

—¿Cómo estás, Bear?

—Bien. Muy bien —recapacitó—, lo estoy haciendo bien. Me gusta estar aquí. Trabajo en barcos.

—Me alegra saberlo. Escucha, Bear, tengo que decirte algo: si la cagas, o si le causas algún problema a esa gente, yo en persona te buscaré y te llevaré a rastras hasta los polis, ¿queda claro?

—Desde luego. —No parecía ni ofendido ni dolido. Supuse que Bear estaba acostumbrado a que la gente le advirtiese de que no la cagara. Sólo era cuestión de saber si lo había comprendido o no.

—Entonces, vale —le dije.

—No la cagaré —me ratificó—. Me gusta esta gente.

Después de colgar el teléfono me pasé una hora en el gimnasio del hotel y luego hice en la piscina tantos largos como pude sin que me dieran calambres o me ahogara. Tras darme una ducha, me dediqué a releer aquellas partes del expediente del caso que Elliot y yo habíamos comentado la noche anterior. Volví sobre dos asuntos: la historia, fotocopiada de un texto de historia local, de la muerte de Henry, el encargado de la presa, y la desaparición de la madre y de la tía de Atys, ocurrida hacía dos décadas. Sus fotografías me miraban desde los recortes del periódico: las dos mujeres congeladas para siempre al final de su adolescencia, borradas de un mundo que, en buena medida, las había olvidado ya, al menos hasta ese momento.

Como empezaba a hacerse de noche, salí del hotel y me tomé un café con una magdalena en la cafetería Pinckney. Mientras esperaba a Elliot, le eché una ojeada a un ejemplar olvidado del *Post and Courier*. Una noticia en particular me llamó la atención: se había ordenado la detención de un antiguo guardia de prisiones llamado Landron Mobley, después de que hubiese faltado a una vista de la comisión de investigación constituida para aclarar las acusaciones de «relaciones deshonestas» mantenidas con algunas presas. La única razón por la que la noticia atrajo mi atención fue que Landron Mobley había contratado a Elliot para que le representara en la vista y en el consiguiente juicio por violación. Cuando Elliot llegó, quince minutos más tarde, le comenté el asunto.

—El viejo Landron es un pájaro de cuidado —dijo Elliot—. Al final aparecerá.

—No tiene pinta de ser un cliente de clase alta —le comenté.

Elliot le echó un vistazo a la noticia, después la apartó, aunque pareció darse cuenta de que aquel asunto requería algún tipo de explicación.

—Lo conocí cuando yo era joven, así que me imagino que por eso vino a verme. Además, oye, toda persona tiene derecho a que la representen, no importa si es culpable o no.

Levantó el dedo para llamar a la camarera y pedirle la cuenta. Hubo algo en aquel movimiento, algo demasiado apresurado, que me indicó que Landron Mobley había dejado de ser un tema de conversación entre nosotros.

—Vámonos —me dijo—. Al menos sé dónde está uno de mis clientes.

El Centro de Detención del Condado de Richland estaba al final de John Mark Dial Road, a unos ciento sesenta kilómetros al noroeste de Charleston, en cuyos alrededores abundaban las oficinas de prestamistas de fianzas y de abogados. Se trataba de un complejo de edificios bajos de ladrillo rojo rodeado por dos hileras de vallas rematadas por una alambrada. Las ventanas eran largas y estrechas y daban al aparcamiento y al bosque colindante. La valla interior estaba electrificada.

No había forma de impedir que los medios de comunicación se enterasen de que Atys fuera a salir de forma inminente, así que no me pilló por sorpresa encontrarme en el aparcamiento con un equipo de cámaras de televisión y con un puñado de fotógrafos y de periodistas bebiendo y fumando. Yo me había adelantado y los observé durante unos quince minutos, hasta que apareció el coche de Elliot. En el ínterin no había ocurrido nada emocionante, aparte de un numerito de teatro familiar protagonizado por una esposa infeliz, una mujer pequeña y delicada, que llevaba tacones altos y un traje azul. Había ido allí para recoger a su marido, que había pasado una buena temporada a la sombra. Él tenía sangre en la camisa y manchas de cerveza en los pantalones cuando apareció parpadeando bajo la luz desvaída de la tarde. De repente, su mujer le dio una bofetada y le obsequió con su amplio y obsceno vocabulario. El hombre daba la impresión de querer volver a la cárcel y encerrarse él mismo en la celda, sobre todo cuando vio todas las cámaras y pensó, por un instante, que estaban allí por él.

Los medios de comunicación se abalanzaron sobre Elliot en cuanto salió del coche y le bloquearon el paso, y volvieron a hacer lo mismo, veinte minutos más tarde, cuando salió y atravesó el túnel de alambre que conducía a la zona de recepción de la cárcel, con el brazo echado por encima de los hombros de un joven de piel mulata que mantenía la cabeza gacha y que llevaba una gorra de béisbol con la visera bajada hasta el puente de la nariz. Elliot ni siquiera les honró con un «Sin comentarios». Empujó al joven dentro del coche y salió a toda mecha. Los miembros más sensacionalistas del cuarto poder salieron corriendo hacia sus vehículos para seguirles.

Yo ya estaba preparado. Esperé hasta que Elliot me adelantara y me mantuve detrás de él hasta la carretera de salida, donde di un volantazo y me las ingenié para bloquear los dos carriles. Luego me bajé del coche. La furgoneta de la televisión frenó a un palmo de mi coche y un cámara, vestido con uniforme de camuflaje, se apeó y empezó a gritarme para que me apartase.

Me miré las uñas. Las tenía cortas y cuidadas. Intentaba mantenerlas pulcras. La pulcritud no es algo que se valore en su justa medida.

—¿No me oyes? Quita el jodido coche del camino —chilló el Combatiente, con el rostro cada vez más rojo.

Detrás de la furgoneta se congregaron los demás periodistas para averiguar el motivo de todo aquel escándalo. Unos jóvenes negros que llevaban unos vaqueros fondones y camisetas Wu Wear salieron de la oficina de un prestamista de fianzas y se pusieron a deambular por allí para disfrutar del espectáculo.

El Combatiente, cansado de gritar en vano, se abalanzó hacia mí como un huracán. Estaba gordo y a punto de entrar en la cincuentena. Su vestimenta le daba un aire totalmente ridículo. Los chicos negros no tardaron en empezar a burlarse de él.

—Oye, GI Joe, ¿dónde está la guerra?

—Vietnam ya se acabó, capullo. Tienes que pasar de eso. No puedes seguir viviendo en el pasado.

El Combatiente les lanzó una mirada de odio puro y duro. Se detuvo a unos treinta centímetros de mí y se inclinó hasta que nuestras narices estuvieron a punto de tocarse.

—¿Qué coño estás haciendo? —me preguntó.

—Bloquear la carretera.

—Ya lo veo, ¿y se puede saber por qué?

—Para que no puedas pasar.

—No te hagas el listillo conmigo. O mueves el coche o te embisto con la furgoneta.

Por encima de sus hombros vi que algunos guardias salían de la cárcel, quizá con la intención de comprobar a qué venía todo aquel escándalo. Era el momento de irse. Cuando los periodistas enfilasen la carretera principal ya sería demasiado tarde para que diesen con Elliot y Atys. Aunque localizaran el coche, la presa no estaría dentro.

—De acuerdo —le dije al Combatiente—. Tú ganas.

Se quedó un poco desconcertado.

—¿Eso es todo?

—Claro.

Movió la cabeza con un gesto de frustración.

—Por cierto... Esos chavales están robando los cacharros que llevas en la furgoneta.

Dejé que el convoy de los medios de comunicación me adelantase y después circulé por Bluff Road, pasé ante la iglesia baptista de Zion Mill Creek y ante la de los United Methodist, hasta que llegué a Campbell's Country Corner, en la intersección de Bluff y Pineview. El bar tenía el tejado de chapa ondulada y rejas en las ventanas. En principio, no parecía muy distinto de la cárcel del condado, salvo por el detalle de que podías tomarte algo y marcharte cuando te diera la gana. Había un cartel que anunciaba CERVEZA FRÍA BARATA, los viernes y los sábados organizaban cacerías de pavos salvajes y era un establecimiento muy popular entre quienes disfrutaban de su primer encuentro en libertad con el alcohol. Un letrero escrito a mano advertía a los clientes de que estaba prohibido entrar con cervezas de la calle.

Giré hacia Pineview, bordeé el bar y una nave, que era un guardamuebles pintado de amarillo, y vi una choza que se levantaba en medio de un jardín cubierto de hierbajos. Detrás de la choza esperaba un GMC 4x4 blanco. Elliot y Atys se montaron en él. El coche de Elliot siguió su camino conducido por otro hombre. Cuando llegué, Elliot salió de donde estaba aparcado y yo lo seguí unos coches por detrás del suyo, mientras conducía por Bluff en dirección a la Interestatal 26. El plan consistía en ir directamente a Charleston para llevar a Jones al piso franco. Así que me llevé una sorpresa cuando vi que Elliot hacía una parada, incluso antes de llegar a la autopista, en el aparcamiento de Betty's Diner, abría la puerta del pasajero y dejaba que Jones se le adelantara y entrase en el restaurante. Aparqué detrás de su coche y entré, intentando parecer indiferente y relajado.

Betty's Diner era un local pequeño, con una barra a la izquierda de la entrada, donde dos negras tomaban nota de los pedidos y dos hombres trabajaban en las parrillas. Las sillas y las mesas eran de plástico. Por las ventanas apenas entraba luz debido a las persianas y a las rejas. Había dos televisores funcionando a la vez y el olor a fritura y aceite espesaba el aire. Elliot y Jones estaban sentados a una mesa al fondo del local.

—¿Queréis hacer el favor de decirme qué estáis haciendo? —les pregunté.

Elliot parecía incómodo.

—Dijo que tenía que comer —tartamudeó—. Estaba desfallecido y me dijo que iba a darle un colapso si no comía. Incluso amenazó con saltar del coche.

—Elliot, sal afuera y aún podrás oír el eco de la puerta de su celda al cerrarse. Si hubieras parado un poquito más cerca, podría estar comiendo el rancho de la prisión.

Atys Jones habló por primera vez. Tenía un registro de voz más agudo de lo que yo esperaba, como si le hubiese cambiado la voz hacía poco, en lugar de más de media década antes.

—Que te den por el culo. Tengo que comer —replicó.

Tenía la cara delgada, de un moreno tan leve que casi parecía hispano, y unos ojos inquietos y sagaces. Cuando hablaba mantenía la cabeza gacha y me miraba por debajo de la gorra. A pesar de sus fanfarronadas, tenía el alma rota. Atys Jones era casi tan duro como una piñata. Si se le golpeaba con la fuerza suficiente, los caramelos saldrían de su culo. Con todo, sus modales resultaban más bien insoportables.

—Tenías razón —le dije a Elliot—. Es todo un encanto. ¿No podías haber elegido salvar a alguien un poco menos irritante?

—Lo intenté, pero el caso de la Huerfanita Annie ya estaba en manos de otro abogado.

—Me cago en la puta...

Jones estaba a punto de iniciar una diatriba previsible, pero alcé un dedo admonitorio.

—Cállate ahora mismo. Como vuelvas a insultarme, ese salero es lo único que vas a comerte.

Se achicó.

—En la cárcel no he comido nada. Tenía miedo.

Sentí una punzada de culpabilidad y de vergüenza. Se trataba de un chico asustado por la muerte de su novia y por el recuerdo de sus manos manchadas de sangre. Su destino dependía de dos blancos y de un jurado que lo más probable era que redefiniese la palabra «hostil». Bien mirado, tenía mérito que se mantuviera erguido y con los ojos secos.

—Tío, por favor —me dijo—. Solamente te pido que me dejes comer.

Suspiré. Desde la ventana ante la que estábamos sentados podía ver la carretera, el 4x4 y a cualquiera que se aproximase andando. Aunque alguien tuviera en mente atacar a Jones, no lo haría en Betty's Diner. Elliot y yo éramos los únicos blancos en el local y el puñado de gente que había en las otras mesas nos ignoraba deliberadamente. Si veíamos llegar a periodistas, podría sacarle por la puerta trasera, suponiendo que en Betty's hubiese una puerta trasera. Quizás estaba exagerando.

—Vale —admití—. Pero date prisa.

Resultaba evidente que Jones no había comido mucho durante el tiempo que pasó en la cárcel. Tenía los ojos y las mejillas hundidos, y la cara y el cuello llenos de granos y de furúnculos. Devoró un plato combinado de chuletas de cerdo con arroz, judías verdes y macarrones con queso. Después se comió un trozo de tarta de fresas con nata. Elliot picó unas patatas fritas y yo me serví un café de la cafetera eléctrica que estaba encima de la barra. Cuando terminamos, Elliot fue a pagar la cuenta y yo me quedé con Jones.

Jones extendió la mano izquierda sobre la mesa y pude ver que llevaba un Timex barato. Con la derecha agarraba una cruz de acero inoxidable que le colgaba del cuello. Tenía forma de T y parecía hueca. Alargué la mano para tocarla, pero se echó hacia atrás y me miró de una manera que no me gustó nada.

—¿Qué haces?

—Sólo quería echarle un vistazo a la cruz.

—Es mía. No quiero que nadie la toque.

—Atys —le dije en voz baja—, déjame ver la cruz.

Siguió aferrado a la cruz y profirió un largo «Mierrrrda». Se la quitó y la dejó caer con delicadeza en la cuenca de mi mano. La colgué de mis dedos y probé a girar la pieza vertical, hasta que cayó sobre la palma de mi mano. La deslicé sobre la mesa. Una afilada hoja de acero de cinco centímetros de largo había quedado al descubierto. Apoyé la T en la palma de mi mano y cerré el puño. La punta de la hoja de acero sobresalía entre mis dedos corazón y anular.

—¿De dónde has sacado esto?

La luz del sol bailaba sobre la hoja y se reflejaba en los ojos y en la cara de Jones. Se mostró reacio a contestar.

—Atys —le dije—, no te conozco, pero estás empezando a fastidiarme. Contesta la pregunta.

Antes de responder movió teatralmente la cabeza.

—Me la dio el predicador.

—¿El capellán?

Jones negó con la cabeza.

—No, un pastor que vino a la cárcel. Me dijo que también había estado preso, pero que el Señor lo liberó.

—¿Te dijo por qué te daba esto?

—Me dijo que sabía que tenía problemas. Sabía que había gente que quería matarme. Dijo que me protegería.

—¿Te dijo su nombre?

—Tereus.

—¿Qué aspecto tenía?

Jones me miró a los ojos por primera vez desde que cogí la cruz.

—Tenía el mismo aspecto que yo —se limitó a decir—. Tenía el aspecto de un hombre metido en líos.

Volví a enroscar la pieza vertical y, después de un momento de duda, se la devolví. Parecía sorprendido, pero me lo agradeció con un cabeceo.

—Si lo hacemos bien, no la necesitarás —le dije—. Y si la jodemos, quizá te alegrarás de tenerla.

En ese instante volvió Elliot y nos fuimos. No le dijimos nada de la pequeña navaja. No hicimos más paradas ni nadie nos siguió mientras nos dirigíamos al East Side de Charleston.

El barrio de East Side era una de las primeras urbanizaciones construidas a las afueras de la vieja ciudad amurallada y allí nunca se había producido un fenómeno de segregación. Los negros y los blancos compartían los laberintos de calles que lindaban con Meeting y con East Bay al este y al oeste, y con Crosstown Expressway y con Mary Street al norte y al sur, incluso cuando a mediados del siglo XIX la población negra había sido más numerosa que la blanca. Los blancos, los negros y los inmigrantes de clase obrera convivieron en el East Side hasta después de la segunda guerra mundial, cuando los blancos se mudaron a las zonas residenciales situadas al oeste de Ashley. A partir de entonces, el East Side se convirtió en un lugar donde a ningún blanco le gustaría extraviarse. La pobreza echó raíces allí y trajo consigo las semillas de la violencia y de la drogadicción.

Pero el East Side estaba cambiando una vez más. En algunas zonas al sur de Calhoun Street y de Judith Street, que durante un tiempo habían sido exclusivas de los negros, ahora casi todos los habitantes eran blancos. Y con ellos llegó también la riqueza, y la ola de renovación urbanística y de aburguesamiento se extendió también a los márgenes del sur del East Side. Seis años antes, el precio medio de una casa en esa zona era de unos dieciocho mil dólares. Ahora había casas en Mary Street que costaban doscientos cincuenta mil dólares, e incluso casas en Columbus y Amherst, cercanas a un parquecito donde se reunían los traficantes de droga, y con vistas a viviendas protegidas de ladrillo marrón y a viviendas públicas pintadas de amarillo y naranja, que se vendían por el doble o el triple de lo que costaban apenas cinco años antes. Pero éste era aún, al menos de momento, un vecindario negro, con las casas pintadas en tonos pastel. Una reliquia de la época anterior al aire acondicionado. La tienda de comestibles de Piggly Wiggly, entre Columbia y Meeting; la tienda de empeños Money Man, pintada de amarillo y enfrente de ella, y la cercana tienda de licores baratos hablaban de una forma de vida que distaba mucho de la de los blancos adinerados que volvían a poblar las viejas calles.

Los jóvenes apostados en las esquinas y los viejos sentados en los porches nos miraban con recelo mientras conducíamos: un negro y un blanco dentro de un coche, seguidos por otro coche conducido por un blanco. Puede que no fuésemos los personajes de la serie televisiva *Five-O*, pero, en cualquier caso, éramos pájaros de mal agüero. En la esquina entre American y Reid, al lado de una casa de dos plantas que se alzaba como si fuese un objeto artístico en exposición, alguien había escrito lo siguiente:

LOS AFROAMERICANOS HAN HEREDADO ESE MITO DE QUE ES MEJOR SER POBRE QUE RICO, SER DE CLASE BAJA QUE DE CLASE MEDIA O ALTA, SER VAGOS EN LUGAR DE TRABAJADORES, SER DERROCHADORES EN LUGAR DE AHORRATIVOS Y SER ATLÉTICOS EN LUGAR DE INTELECTUALES.

Desconocía la fuente de la cita, y, cuando más tarde le pregunté a Elliot, tampoco supo decirme. Daba la impresión de que Atys se limitaba a mirar aquellas palabras escritas en la pared, aunque sin comprender su significado. Supongo que ya conocía todo aquello por experiencia. Las hortensias estaban en flor y una nandina doméstica crecía junto a los peldaños de la escalera de una lustrosa casa de dos plantas en Drake Street, a medio camino entre un edificio en ruinas en el cruce de Drake y Amherst y la Escuela Primaria Fraser, en la esquina de Columbus. La casa estaba pintada de blanco con ribetes amarillos y tanto en la planta de arriba como en la de abajo las contraventanas estaban cerradas. Las de la planta superior tenían las hojas abiertas para que entrase el aire. En el porche había un ventanal saledizo que daba a la calle. A la derecha estaba la puerta de entrada, rematada con un adorno de madera tallada hecho en serie, a la que se accedía después de subir cinco escalones de piedra.

Cuando se aseguró de que la calle estaba tranquila, Elliot,

dando marcha atrás, metió el GMC en el jardín a la derecha de la puerta de entrada. Oí el crujido de las puertas al abrirse y después las pisadas de Atys y de Elliot al entrar en la casa por la parte trasera. Drake estaba vacía, aparte de dos niños que jugaban a la pelota junto a la verja de la escuela. Se quedaron allí hasta que salieron corriendo para refugiarse de la lluvia que empezaba a caer. Las gotas de lluvia brillaban bajo el resplandor de las farolas que acababan de encenderse. Antes de entrar en la casa, esperé diez minutos, oyendo caer la lluvia con fuerza sobre el coche, para asegurarme de que nadie nos había seguido.

Atys —me esforzaba por pensar en él utilizando su nombre de pila, con la intención de establecer algún tipo de relación con él— estaba sentado, inquieto, ante una mesa de cocina de pino. Elliot se encontraba a su lado. Junto al fregadero, una anciana negra de pelo plateado llenaba cinco vasos de limonada. Su marido, que era muchísimo más alto que ella, sostenía los vasos mientras su mujer vertía el líquido, y después los pasaba, uno a uno, a sus invitados. Tenía los hombros un poco encorvados, pero la fortaleza de los músculos deltoides y trapecio aún se notaba por debajo de la camisa blanca que llevaba puesta. Había sobrepasado con creces los sesenta años, pero calculé que podría vencer a Atys con facilidad en una pelea. Probablemente, a mí también.

—El demonio y su mujer se están peleando —me dijo Atys, mientras yo me sacudía las gotas de lluvia de la chaqueta. Debí de aparentar perplejidad porque volvió a decirlo y señaló a la ventana, donde la lluvia y la luz del sol se fundían.

—*De wedduh* —dijo el anciano—. *Een yah cuh, seh-down.*

Elliot sonrió abiertamente cuando notó por la expresión de mi cara que no entendía nada.

—Es gullah —me aclaró.

Gullah es el término que se utiliza para designar tanto a los habitantes de las islas costeras como a su dialecto. Muchos de ellos eran descendientes de esclavos que abandonaron los arrozales para establecerse en los terrenos que les concedieron en las islas después de la Guerra Civil.

—Ginnie y Albert vivían en la isla Yonges hasta que Ginnie cayó enferma y uno de sus hijos, Samuel, el que se encarga ahora de mi coche, insistió en que regresasen a Charleston. Llevan viviendo aquí diez años, y aún no consigo entender algunas de las cosas que dicen, pero son buena gente. Saben lo que se hacen. Te ha pedido que entres y te sientes.

Acepté la limonada, le di las gracias, le eché a Atys el brazo por el hombro y me lo llevé a la salita de estar. Elliot hizo ademán de seguirme, pero le indiqué que quería estar uno o dos minutos a solas con su cliente. No le hizo ninguna gracia, pero no se movió de su sitio.

Atys se sentó en el borde del sofá, como si estuviese preparado para salir huyendo en cualquier instante. Evitaba mirarme a los ojos. Me senté enfrente de él en un sillón demasiado mullido.

—¿Sabes por qué estoy aquí? —le pregunté.

Se encogió de hombros.

—Porque te pagan por estar aquí.

Sonreí.

—Eso por un lado. Pero sobre todo estoy aquí porque Elliot no cree que matases a Marianne Larousse. Mucha gente cree lo contrario, así que mi trabajo consistirá en buscar las pruebas que demuestren que se equivocan. Y sólo puedo hacerlo si me ayudas.

Se lamió los labios. Unas gotas de sudor le resbalaban por la frente.

—Van a matarme —me dijo.

—¿Quién va a matarte?

—Los Larousse. No importa si lo hacen ellos mismos o si consiguen que lo haga el Estado. De todas formas van a matarme.

—No si demostramos que se equivocan.

—Sí, ¿y cómo vas a hacerlo?

Aún no lo sabía, pero hablar con aquel joven era un primer paso.

—¿Cómo conociste a Marianne Larousse? —le pregunté.

Se repantigó en el sofá, resignado a hablar del tema.

—Estudiaba en Columbia.

—No tienes pinta de estudiante, Atys.

—Mierda, no. Les vendía yerba a esos hijos de puta. Les gusta pillar droga.

—¿Sabía ella quién eras?

—No, ella no sabía nada de mí.

—Pero tú sabías quién era ella, ¿verdad?

—Exacto.

—Conoces tu pasado. Ya sabes, los problemas entre tu familia y la de los Larousse.

—Eso es mierda pasada.

—Pero lo conoces.

—Sí, lo conozco.

—¿Te tiró los tejos o fuiste tú el que se los tiró a ella?

Se ruborizó y sonrió como un gilipollas.

—Oh, tío, ya sabes, ella estaba fumada y yo estaba fumado, y eso, y las cosas se complicaron.

—¿Cuándo empezó la cosa?

—En enero o febrero.

—¿Y estuvisteis juntos todo ese tiempo?

—Estaba con ella a veces. Se fue de vacaciones en junio. No la vi desde finales de mayo hasta una semana o dos semanas antes de que... —Se le fue la voz.

—¿Sabía su familia que te veía?

—Puede. Ella no les dijo nada, pero la mierda vuela.

—¿Por qué estabas con ella? —No respondió—. ¿Porque era guapa? ¿Porque era blanca? ¿Porque era una Larousse? —Como respuesta sólo hubo un encogimiento de hombros—. ¿Las tres cosas juntas, quizá?

—Supongo.

—¿Te gustaba?

Le tembló un músculo de las mejillas.

—Sí, sí que me gustaba.

Dejé que se tomase un respiro.

—¿Qué pasó la noche en que murió?

El rostro de Atys pareció desmoronarse. Toda su confianza y todo su aplomo se vinieron abajo, como si le hubiesen arrancado a la fuerza una máscara para descubrir la verdadera expresión que había debajo. Entonces supe con seguridad que no la había asesinado, porque su dolor era demasiado real, y supuse que lo que había empezado siendo un modo de vengarse de un enemigo más o menos imaginario, acabó convirtiéndose, al menos por su parte, en afecto, y tal vez en algo más.

—Estábamos tonteando dentro de mi coche, fuera del Swamp Rat, junto al Congaree. Allí a la gente le trae al fresco lo que hagas, siempre y cuando tengas dinero y no seas un poli.

—¿Hubo sexo?

—Sí, hubo sexo.

—¿Con protección?

—Ella tomaba la píldora, y como me hicieron un análisis y... Pero sí, aún quería que me pusiera una goma.

—¿Te molestaba?

—Tío, ¿tú qué eres, tonto? ¿Has follado alguna vez con una goma? No es lo mismo, es como... —Y fingió un forcejeo con un condón.

—Como meterte en la bañera con los zapatos puestos.

Se rió por primera vez y rompió un poco el hielo.

—Sí, salvo que nunca me pegué un baño tan bueno.

—Sigue.

—Empezamos a discutir.

—¿Por qué?

—Porque yo creía que se avergonzaba de mí. No quería que la viesen conmigo. ¿Sabes? Siempre follábamos en coches o en mi catre si estaba lo suficientemente borracha como para no importarle. El resto del tiempo pasaba de mí, como si no existiera.

—¿Llegasteis a las manos?

—No, nunca le pegué. Nunca. Pero ella comenzó a gritar y a insultarme, y lo siguiente que sé es que salió corriendo. Iba a dejar que se fuera, y entonces me dije: «Deja que se relaje». Después la seguí, gritando su nombre... Y la encontré.

Tragó saliva y puso las manos detrás de la cabeza. Estaba a punto de llorar.

—¿Qué viste?

—Su cara, tío, estaba hecha pedazos. La nariz... Sólo había sangre. Intenté levantarla, intenté quitarle el pelo de la cara, pero estaba muerta. No pude hacer nada por ella. Estaba muerta.

Y entonces empezó a llorar, bombeando la rodilla derecha arriba y abajo como si fuese un pistón, con la pena y la furia que aún reprimía.

—Ya casi hemos acabado —le dije.

Asintió con la cabeza y se secó las lágrimas con un brusco y nervioso tirón del brazo.

—¿Viste a alguien, a alguien que pudiera habérselo hecho?

—No, tío, a nadie.

Y por primera vez mentía. Le miré a los ojos y, un instante antes de responderme, alzó y apartó la mirada.

—¿Estás seguro?

—Sí, estoy seguro.

—No te creo.

Iba a comenzar a insultarme, pero alargué la mano y levanté un dedo en señal de advertencia.

—¿Qué viste?

Abrió la boca dos veces y dos veces la cerró sin decir nada. Luego dijo:

—Creo que vi algo, pero no estoy seguro.

—Cuéntame.

Asintió con la cabeza, más para sí mismo que para mí.

—Creí ver a una mujer. Iba vestida toda de blanco y se alejaba entre los árboles. Pero cuando me acerqué y miré, allí no había nada. Pudo ser el río, supongo. El reflejo de la luna...

—¿Se lo contaste a la policía? En los informes no se menciona nada acerca de una mujer.

—Dijeron que mentía.

Y seguía mintiendo. Me ocultaba algo, pero sabía que no iba a sacarle nada más de momento. Me recosté en el sillón y le pasé los informes policiales. Estuvimos repasándolos durante un rato, pero no vio nada que objetar en ellos, aparte de la culpabilidad implícita que le atribuían.

Se levantó mientras yo volvía a meter los informes en las carpetas.

—¿Hemos terminado?

—Por ahora.

Antes de llegar a la puerta se detuvo.

—Me llevaron al corredor de la muerte —dijo en voz baja.

—¿Qué dices?

—Cuando me trasladaban a Richland, fuimos a Broad River y me enseñaron el corredor de la muerte.

El centro estatal en que se realizaban las ejecuciones estaba ubicado en la Institución Penitenciaria de Broad River, en Columbia, muy cerca del centro de recepción y de evaluación. Antes de 1995, en una jugada que combinaba la tortura psicológica con la democracia, a los presos condenados por crímenes capitales les permitían elegir entre la inyección letal o la electrocución. A partir de esa fecha, a todos los demás los ejecutaban con la inyección, como le ocurriría a Atys Jones si el Estado se salía con la suya y le declaraba culpable del asesinato de Marianne Larousse.

—Me dijeron que me amarrarían con correas, tío, y que después me inyectarían veneno y que eso me mataría, pero que no podría moverme ni chillar. Que sería como una asfixia lenta, tío.

Yo no sabía qué decir.

—No maté a Marianne.

—Sé que no lo hiciste.

—Pero, de todos modos, van a matarme.

Su resignación hizo que me estremeciera.

—Podemos evitar que eso ocurra si nos ayudas.

No contestó, sólo negó con la cabeza y regresó a la cocina dando zancadas. Unos segundos más tarde entró Elliot en la habitación.

—¿Qué opinas? —me preguntó en un susurro.

—Está ocultando algo —le contesté—. Nos lo dirá a su debido tiempo.

—No disponemos de ese tiempo —bramó Elliot.

Mientras le seguía a la cocina, aprecié a través de su camisa cómo contraía los músculos de la espalda y cómo abría y cerraba las manos. Se dirigió a Albert.

—¿Necesitáis algo?

—*Us hab' nuff bittle* —dijo Albert. [«Tenemos suficiente comida.»]

—No me refiero sólo a comida. ¿Necesitáis dinero? ¿Una pistola?

La mujer dejó de golpe su vaso en la mesa y señaló a Elliot agitando el dedo índice.

—*Don' pit mout on us* —le dijo con firmeza. [«Eso trae mal fario.»]

—Creen que tener un arma en casa puede traerles mala suerte —me dijo Elliot.

—Puede que tengan razón. ¿Qué van a hacer si se lía?

—Samuel vive con ellos, y sospecho que a él las armas no le

asustan tanto. Les he dado nuestros números de teléfono. Si algo sale mal, nos llamarán a uno de nosotros. Asegúrate de llevar siempre el móvil.

Les di las gracias por la limonada y seguí a Elliot hacia la puerta.

—¿Me vais a dejar aquí? —gritó Atys—. ¿Con estos dos?

—*Dat boy ent hab no mannus* —le regañó la vieja—. *Dat boy gwi' fuh'e wickitty.* —Y empujó a Atys con un dedo—. *Debblement weh dat chile lib.* [«Este chico no tiene modales. Este chico va a ser castigado. Y más de donde viene la niña.»]

—Déjame en paz —replicó, pero parecía bastante preocupado.

—Pórtate bien, Atys —le dijo Elliot—. Ve la tele y duerme un poco. El señor Parker vendrá a verte mañana.

Atys alzó los ojos para dirigirme una última y desesperada súplica.

—Mierda —dijo—, es posible que de aquí a mañana estos dos me hayan comido.

Cuando le dejamos, la vieja había comenzado a regañarle de nuevo. Fuera nos cruzamos con su hijo, Samuel, que iba de camino a la casa. Era un hombre alto y guapo, de mi edad o un poco más joven, con grandes ojos castaños. Elliot nos presentó y nos estrechamos la mano.

—¿Algún problema? —le preguntó Elliot.

—Ninguno —confirmó Samuel—. Aparqué fuera de tu oficina. Las llaves están encima de la rueda derecha trasera.

Elliot le dio las gracias y Samuel se dirigió a la casa.

—¿Seguro que estará a salvo con ellos? —le pregunté a Elliot.

—Son listos, como su hijo, y los vecinos velarán por ellos. Si algún extraño se atreviese a husmear en esta calle, se encontraría con la mitad de los chavales siguiéndole antes de que tuviese oportunidad de dar el primer paso. Mientras esté aquí y nadie lo sepa, se hallará a salvo.

Los mismos rostros nos observaban cuando dejábamos sus calles y pensé que a lo mejor Elliot tenía razón. Quizás estaban al tanto de los extraños que entraban en su barrio.

Sólo que no tenía muy claro que eso bastase para mantener a Atys Jones fuera de peligro.

12

Elliot y yo intercambiamos unas palabras fuera de la casa y después nos fuimos. Pero antes me pasó un periódico que tenía en el asiento trasero del coche.

—Ya que lees los periódicos con tanta minuciosidad, ¿has visto esto?

La noticia estaba camuflada en la sección de sociedad y tenía el siguiente titular: EN MEDIO DE LA TRAGEDIA, CARIDAD. Los Larousse serían los anfitriones de un almuerzo benéfico que iba a celebrarse al final de aquella semana en una de las dos mansiones que poseían, la que se levantaba en los terrenos de una antigua plantación ubicada en la orilla occidental del lago Marion. Con arreglo a la lista de invitados, la mitad de los peces gordos del Estado estarían allí.

«Aunque aún está de luto por la muerte de su querida hija Marianne», rezaba la noticia, «Earl Larousse, acompañado de su hijo Earl Jr., declaró a este periódico: "Tenemos un deber con aquellos que son menos afortunados que nosotros del que ni siquiera la pérdida de Marianne puede eximirnos". El almuerzo, a beneficio de la investigación contra el cáncer, será la primera aparición pública de la familia Larousse desde el asesinato de Marianne, ocurrido el pasado 19 de julio.»

Le devolví a Elliot el periódico.

—Puedes apostar a que acudirán jueces y fiscales. Seguramente estará también el gobernador —me dijo—. Llevarán a cabo el juicio en el césped del jardín y allí mismo lo resolverán.

Elliot me dijo que debía volver a la oficina para resolver unos asuntos pendientes y quedamos en vernos uno o dos días después para ponernos al tanto de nuestros avances en la investigación y para estudiar las posibles opciones de actuación. Conduje tras su coche hasta el Charleston Place, donde me separé de él y aparqué. Me di una ducha y llamé a Rachel. Cuando contestó, estaba a punto de salir para South Portland para asistir a una lectura en Nonesuch Books. Me lo había mencionado hacía dos días, pero yo lo había olvidado por completo.

—Hoy me ha pasado una cosa muy interesante —me dijo, sin darme tiempo a que saliera la palabra «hola» de mi boca—. Abrí la puerta y me encontré en el umbral de mi casa a un hombre. Un hombre grande. Muy grande y muy negro.

—Rachel...

—Me dijiste que sería discreto. Llevaba una camiseta con la leyenda KLAN KILLER en el pecho.

—Yo...

—Me dio una nota de Louis y me informó de que era alérgico a la lactosa. Eso fue todo. Una nota y alérgico a la lactosa. Nada más. Me va a acompañar a la lectura. Era lo único que podía hacer para que se quitase esa camiseta. En la que lleva ahora pone BLACK DEATH. Voy a decirle a la gente que es un grupo de *rap*. ¿Crees que Black Death puede ser un grupo de *rap*?

Supuse que era posible que aquel tipo perteneciera a un grupo de *rap*, pero me callé. Por el contrario le dije lo único que se me ocurrió en ese momento.

—Más vale que le compres leche de soja.

Me colgó el teléfono sin despedirse.

A pesar de la lluvia que había caído por la tarde, aún hacía un bochorno insoportable cuando salí del hotel para comer algo, y noté que la ropa se me empapaba antes de recorrer unas cuantas manzanas. Pasé por delante del Museo Confederado, que estaba rodeado de andamiajes, y me encaminé al barrio residencial que está entre East Bay y Meeting, admirando las viejas casonas iluminadas débilmente por el farol de la puerta principal. Eran poco más de las diez y los turistas habían empezado a atestar los garitos de East Bay en los que servían cócteles ya preparados en vasos cutres que después servirían de *souvenir*. Los jóvenes iban y venían por Broad en sus coches, de los que salían ritmos insistentes y machacones de *rap* y *nu-metal*. Fred Durst, el líder de Limp Bizkit y vicepresidente de una compañía discográfica, padre orgulloso y multimillonario, les decía a los chavales que sus padres no comprendían a los de su generación. No hay cosa más patética que un hombre treintañero en pantalones cortos rebelándose contra su papá y su mamá.

Estaba buscando un sitio donde comer cuando descubrí una cara familiar en la ventana del restaurante Magnolia. Elliot estaba sentado enfrente de una mujer de pelo azabache y de labios tensos. Comía, pero la mirada de pesadumbre de Elliot me dio a entender que no disfrutaba de la comida, quizá porque resultaba evidente que la mujer no se encontraba a gusto con él. Ella se inclinaba sobre la mesa con las palmas de las manos extendidas sobre el mantel. Los ojos le centelleaban. Elliot renunció a seguir comiendo y extendió la mano en un gesto de «Sé razonable», ese gesto que los hombres utilizan cuando se dan cuenta de que las mujeres están avasallándolos. No funciona, sobre todo porque la forma más rápida y efectiva de echar leña al fuego en una discusión entre un hombre y una mujer es que uno de los dos le diga al otro que no está siendo razonable. Como era de esperar, la mujer se levantó con brusquedad y salió del restaurante con aire decidido. Elliot no fue tras ella. Se quedó sentado, y durante un momento la miró alejarse. Después se encogió de hombros con resignación, tomó el tenedor y el cuchillo y reanudó la cena. La mujer, vestida toda de negro, se subió a un Explorer que había aparcado un par de locales más abajo del restaurante, arrancó y se perdió en la noche. No lloraba, pero su ira iluminó el interior del SUV como una llamarada. Sólo por costumbre, memoricé la matrícula del coche. Por un instante, se me pasó por la cabeza reunirme con Elliot, pero no quería que pensara que había presenciado la discusión, y, de todas formas, en ese momento me apetecía estar solo.

Subí hasta Queen Street y comí en Poogan's Porch, un restaurante de comida cajún y de platos típicos locales que se rumoreaba que era el favorito de Paul Newman y de Joanne Woodward, aunque aquella noche las celebridades brillaban por su ausencia. Poogan's tenía las paredes decoradas con papel pintado de flores y las mesas eran de cristal. Prácticamente tuve que atrapar a uno de los empleados como rehén antes de que se calentase el agua helada que sirven a los clientes recién llegados para que se refresquen, pero el pato al estilo cajún tenía buena pinta. Aunque estaba hambriento, apenas probé bocado. La comida me sabía mal, como si la hubieran rociado con vinagre. Me acordé de algo repentinamente: Faulkner escupiéndome en la boca, y su sabor en mi lengua. Aparté el plato.

—Señor, ¿tiene algún problema con la comida?

Era el camarero. Le miré, pero lo veía borroso, como si fuese una de esas fotografías de Batut en que las imágenes de diferentes individuos se superponen para crear una sola.

—No —contesté—. Todo está bien. Es que se me ha quitado el apetito.

Quería que se fuera. No podía mirarle a la cara. Me parecía que se le estaba desmoronando lentamente.

Cuando salí del restaurante, las cucarachas que habían sobrevivido se desperdigaban haciendo ruido por la acera, avanzaban entre las que no habían tenido tiempo de escaparse de las pisadas humanas y yacían en montoncitos negros que iban siendo devorados por tropas de hormigas voraces. Bajé por calles desiertas, observando las ventanas iluminadas de las casas, que reflejaban, como en un teatro de sombras, la vida que se desarrollaba detrás de las cortinas. Echaba de menos a Rachel y me hubiese gustado que estuviera conmigo. Me preguntaba cómo se las estaría apañando con el Klan Killer, luego alias Black Death. Debería haber previsto que Louis mandaría al único tipo que tenía un aspecto más llamativo que el suyo, pero al menos yo ya no estaba tan preocupado por Rachel. Incluso dudaba de qué clase de ayuda podría ofrecerle a Elliot. Es cierto que sentía curiosidad por conocer al predicador que fue a visitar a Atys Jones a la cárcel y que le dio la cuchilla oculta en la cruz en forma de T, pero me daba la impresión de que, en cierta manera, iba a la deriva de los acontecimientos, de que aún no había encontrado la forma de perforar la superficie para poder explorar las profundidades, y de que tampoco compartía la fe que Elliot tenía en la capacidad de la vieja pareja gullah y de su hijo para hacer frente a cualquier eventualidad. Encontré un teléfono público y llamé al piso franco. Contestó el viejo y me confirmó que todo estaba en orden.

—*Mek you duh worry so?* —me dijo—. *Dat po' creetuh, 'e rest.* [«¿Por qué te preocupa tanto? Esa pobre criatura está durmiendo.»]

Le di las gracias. Estaba a punto de colgar cuando volvió a hablar.

—*Do boy suh 'e yent kill de gel, 'e meet de gel so.* [«Estoy seguro de que el chico no mató a la chica, que se la encontró así.»]

Tuve que pedirle que lo repitiera dos veces antes de lograr entenderlo.

—¿Le dijo que no la mató? ¿Ha hablado con él del asunto?

—*Uh-huh ax, 'en 'e mek ansuh suh 'e yent do'um.* [«Sí, sí, yo le pregunté, seguro que no lo hizo.»]

—¿Le dijo algo más?

—*'E skay'd. 'E ska-to-det.* [«Tiene miedo. Está muerto de miedo.»]

—¿Miedo de qué?

—*De po-lice. De 'ooman.* [«De la policía y de la mujer.»]

—¿Qué mujer?

—*De ole people b'leebe sperit walk de nighttime up de Congaree. Dat 'ooman alltime duh fludduh-fedduh.* [«La gente mayor cree que hay un espíritu que por las noches recorre el Congaree. Esa mujer a la que todas las noches se la ve a lo lejos vestida de plumas.»]

De nuevo tuve que pedirle que lo repitiera. Al final comprendí que me hablaba de espíritus.

—¿Está diciéndome que hay una mujer fantasma en el Congaree?

—Ajá —dijo el anciano.

—¿Y ésa es la mujer que vio Atys?

—*Uh yent know puhzac'ly, but uh t'ink so.* [«No lo sé exactamente, pero creo que sí.»]

—¿Sabe quién es?

—*No, suh, I cahn spessify, bud'e duh sleep tuh Gawd-acre.* [«No podría especificarlo, pero duerme en el acre de Dios.»]

El acre de Dios: el cementerio.

Le pedí que intentase sacarle más información a Atys, porque aún me daba la impresión de que sabía más de lo que contaba. El viejo me prometió intentarlo, pero me dijo que él no era ningún *tarrygater*.

En ese momento me encontraba en el Barrio Francés, entre East Bay y Meeting. Oía el tráfico a lo lejos, y a veces las voces exaltadas de los juerguistas que se adentraban en la noche, pero en torno a mí no había signo alguno de vida.

Y entonces, cuando pasaba por Unity Alley, oí que alguien cantaba. Era la voz de una niña, y era una voz muy bonita. Cantaba una versión de una vieja canción infantil de la cantante de *country* Roba Stanley, *Devilish Mary,* pero parecía como si la niña no supiese la letra entera o como si sólo hubiese decidido cantar su parte favorita, que era el estribillo que se repetía al final de cada estrofa:

A ring-tuma-ding-tuma dairy.
A ring-tuma-ding-tuma dairy.
La niña más bonita que jamás he visto
y su nombre es la Traviesa Mary.

La niña dejó de cantar y salió de la oscuridad del callejón, iluminada en ese momento por los faroles de las casas colindantes.

—¡Eh! —me dijo—. ¿Tienes fuego?

Me detuve. No pasaría de los trece o catorce años. Llevaba una minifalda negra muy ceñida, sin medias, y una camiseta negra cortada que le dejaba al descubierto la barriga. Tenía las piernas muy blancas, y muy pálida era también su cara. Los ojos emborronados de sombra de ojos y los labios manchados de un carmín rojísimo. Llevaba tacones altos, pero aun así no medía más de metro y medio cuando se apoyó contra la pared. El pelo castaño y despeinado le ocultaba parte de la cara. Daba la impresión de que la oscuridad se movía a su alrededor, como si estuviese debajo de un árbol iluminado por la luna que balanceara con lentitud las ramas al ritmo de la brisa nocturna. Me resultaba extrañamente familiar, en la medida en que una fotografía de infancia puede encerrar los rasgos de la mujer en que acabará convirtiéndose una niña. Presentía que había visto antes a la mujer y que en ese momento veía a la niña que una vez fue.

—No fumo, lo siento —le dije.

Durante unos segundos la observé con detenimiento. Luego seguí mi camino.

—¿Adónde vas? —me preguntó—. ¿Te gustaría divertirte? Sé de un sitio al que podemos ir.

Dio un paso al frente y comprobé que era incluso más joven de lo que yo había supuesto. La niña apenas parecía tener más de diez años y además había algo en su voz que me desconcertaba. Una voz que sonaba como si fuese más vieja de lo que debiera ser, mucho más vieja.

Abrió la boca y se lamió los labios. Tenía verdosa la raíz de los dientes.

—¿Cuántos años tienes? —le pregunté.

—¿Cuántos años te gustaría que tuviese? —Movió los labios con una lascivia paródica, y el tono áspero de su voz se hizo más evidente. Señaló con la mano derecha hacia el callejón—. Vamos ahí abajo. Sé de un sitio al que podemos ir. —Y empezó a subirse lentamente la falda—. Voy a enseñarte...

Me acerqué a ella y exageró la sonrisa, pero se le heló en cuanto la agarré por el brazo.

—Lo mejor será que vayamos a la policía —le dije—. Allí encontrarán a alguien que te ayude.

Había algo raro en su brazo: no era sólido, sino líquido, como un cuerpo pudriéndose. Irradiaba calor, pero ese calor era extremo, y me trajo a la memoria el calor que desprendía el predicador allá en su celda.

La niña siseó, y, con una fuerza y agilidad sorprendentes, se liberó de mi mano.

—¡No me toques! —farfulló—. Yo no soy tu hija.

Durante unos segundos me quedé paralizado, incapaz de articular palabra. La niña echó a correr callejón abajo y la seguí. Pensé que la alcanzaría con facilidad, pero, de repente, se había alejado unos tres metros, después seis. Avanzaba en una especie de visto y no visto, como si a una película le cortasen fotogramas decisivos a intervalos regulares. Pasó por delante del restaurante McCrady's de manera borrosa, y, cuando estaba cerca de East Bay, se detuvo.

Entonces apareció el coche detrás de ella. Era un Cadillac Coupe de Ville negro, con el parachoques delantero abollado y una grieta en forma de estrella en una esquina del parabrisas oscuro. Una de las puertas de atrás se abrió y una especie de luz oscura se derramó a través de ella y se expandió por el asfalto como si fuera aceite.

—No —le grité—. Aléjate de ese coche.

Volvió la cabeza y miró dentro del Cadillac. Después me miró de nuevo. Sonrió, con los gestos ya borrosos. Las encías difuminándose, los dientes como piedras amarillentas.

—¡Ven! —me dijo—. Sé de un sitio al que podemos ir.

Se subió al coche, que se puso en marcha con las luces de freno encendidas y se perdió en la oscuridad de la noche.

Pero, antes de que volviese a cerrarse la puerta, vi cómo unas siluetas descendían del coche y caían a la acera como pequeños terrones. Mientras las observaba, se dirigieron a una cucaracha y empezaron a asediarla por todos los flancos, tratando de morderle la cabeza y el vientre, intentando detenerla para así poder empezar a devorarla. Me puse de rodillas y vi la marca característica en forma de violín en el lomo de una de las arañas.

Arañas reclusas marrones. La cucaracha estaba cubierta de arañas reclusas marrones.

Sentí que todo mi organismo se estremecía y que una fuerte punzada se me clavaba en el estómago. Caí de espaldas contra la pared y me abracé a mí mismo, envuelto en una sensación de náusea. El sabor del pato y del arroz me inundaba la boca con cada arcada. Respiré profundamente y mantuve la cabeza gacha. Cuando pude volver a caminar, paré un taxi en East Bay y regresé al hotel.

Ya en la habitación, bebí un poco de agua para refrescarme, pero la fiebre me había subido. Me notaba febril y enfermo. Intenté distraerme viendo la televisión, pero me dolían los ojos por la intensidad de los colores, así que la apagué antes de que las últimas noticias de la noche avanzaran los primeros detalles del asesinato de tres hombres en un bar cerca de Caina, allá en Georgia. Me acosté e intenté dormir, pero el calor me resultaba sofocante incluso con el aire acondicionado funcionando a toda potencia. Vagaba dentro y fuera de la conciencia, sin saber muy bien si estaba despierto o soñando, cuando oí que llamaban a la puerta y vi, a través de la mirilla, la figura de la niñita vestida de negro con los labios pintados.

«Oye, sé de un sitio al que podemos ir.»

Y, cuando intenté abrir la puerta, resultó que tenía en la mano el tirador cromado de un Coupe de Ville. Percibí un hedor de carne putrefacta, cuando oí abrirse la cerradura con un golpe seco.

Y dentro todo eran tinieblas.

13

Habían llegado al motel por separado. El negro alto fue hasta allí en un Lumina de tres años, el blanco bajito llegó más tarde en taxi. Cada uno reservó una habitación doble en plantas distintas. El negro en la planta baja, el blanco en la primera. No se comunicaron entre sí hasta que se marcharon a la mañana siguiente.

En su habitación, el blanco revisó con cuidado su ropa, buscando rastros de sangre, pero no encontró nada. Cuando se convenció de que las prendas estaban limpias, las arrojó encima de la cama y se quedó de pie, desnudo, delante del espejo del pequeño cuarto de baño. Se dio la vuelta despacio, con una leve mueca de dolor, para verse las cicatrices que tenía en la espalda y en los muslos, y escrutó durante un buen rato el recorrido que trazaban en su piel. Se observaba en el espejo sin comprender nada, como si no estuviese mirando su propio reflejo, sino una entidad distinta, algo que había sufrido de un modo terrible y que estaba marcado tanto psíquica como físicamente. Aquel hombre reflejado en el espejo no era él. Él estaba intacto, ileso, y tan pronto como apagó la luz y la habitación quedó a oscuras, pudo huir del espejo y dejar tras de sí al hombre de las cicatrices, de quien ya sólo recordaba su mirada. Se permitió el lujo de fantasear durante unos segundos más y después se envolvió rápidamente en una toalla limpia delante del resplandor del televisor.

El hombre llamado Ángel había sufrido durante toda su vida muchas desgracias. Algunas de ellas, y él lo sabía, podían atribuirse a su propensión natural al robo, a su firme convencimiento de que si un artículo era vendible, movible y susceptible de ser robado, lo normal era que se produjese un traspaso de propiedad en el que él jugaría un papel significativo, aunque efímero. Ángel había sido un buen ladrón, pero no uno de los grandes. Los grandes ladrones no terminan en la cárcel, y Ángel había pasado demasiado tiempo entre rejas como para darse cuenta de que los defectos de su carácter le impidieron convertirse en uno de los hitos legendarios de la profesión que había elegido. Por desgracia, en el fondo también era un optimista, y fue necesario el esfuerzo conjunto de las autoridades carcelarias de dos estados diferentes para ensombrecer su risueña predisposición natural al crimen. Con todo, aquél era el camino que había elegido y aceptó el castigo, dentro de lo que cabe, con bastante ecuanimidad.

Pero había otros aspectos de su vida sobre los que Ángel no tuvo control. No pudo elegir a su madre, que desapareció de su vida cuando él aún gateaba. Una mujer cuyo nombre no aparecía en ninguna licencia de matrimonio y cuyo pasado era tan vacío e impenetrable como los muros de una prisión. Se hacía llamar Marta. Eso era todo lo que sabía de ella.

Y algo aún peor: no había podido elegir a su padre, y su padre había sido un hombre malo, un borracho y un criminal mezquino, de carácter indolente y huraño, que había criado a su único hijo de mala manera, alimentándolo a fuerza de cereales y de comida rápida cuando se encontraba en condiciones de acordarse de hacerlo o bien cuando simplemente estaba de humor. El Hombre Malo. Nunca lo recordaba como padre o papá.

Sólo como el Hombre Malo.

Vivían en un edificio sin ascensor en Degraw Street, en el barrio portuario de Columbia Street, en Brooklyn. A finales del siglo XIX, aquel barrio estuvo habitado por los irlandeses que trabajaban en los muelles cercanos. En la segunda década del siglo XX se les unieron los puertorriqueños y, desde entonces hasta la segunda guerra mundial, Columbia Street se había mantenido más o menos inalterado, pero, cuando el niño nació, la zona había entrado ya en decadencia. La apertura de la autopista Brooklyn-Queens, en 1957, aisló a la clase trabajadora de Columbia de los barrios más ricos de Cobble Hill y Carroll Gardens, y el proyecto de construir en el barrio un puerto comercial para el transporte de contenedores tuvo como consecuencia que muchos residentes lo vendieran todo y se mudasen a otro sitio. Pero el puerto para contenedores no se hizo realidad, ya que la industria naviera se trasladó a Port Elizabeth, en Nueva Jersey, lo que provocó una oleada de desempleo en Columbia Street. Las panaderías y las tiendas de comestibles italianas empezaron a cerrar al mismo tiempo que surgían *casitas* puertorriqueñas por los solares. El niño solitario deambulaba por esa zona, reivindicando los edificios entablados y las casas sin tejado como si fuesen suyas e intentando permanecer fuera del alcance del Hombre Malo y de sus cambios de humor, cada vez más acusados. Tenía muy pocos amigos y atrajo la atención de los chicos más violentos de su edad, de la misma manera que algunos perros peleones se ven atraídos por los de su misma condición, hasta que se quedan para siempre con el rabo entre las patas y las orejas caídas y resulta imposible discernir si su comportamiento es una consecuencia de todos los sufrimientos que han padecido o la razón misma de tales sufrimientos.

El Hombre Malo perdió su trabajo de repartidor en 1964, después de agredir a un activista sindical durante una pelea de borrachos, y se vio de pronto en la lista negra. Unos días más tarde, unos hombres aparecieron por el piso y le golpearon con palos y cadenas. Tuvo suerte de salir sólo con algunos huesos rotos, porque el hombre al que había agredido resultó ser un dirigente sindical sólo nominalmente, y apenas acudía a la oficina que estaba a su cargo. Una mujer, una de las pocas que pasaron por la vida del niño como temporales inesperados, una mujer que dejaba una estela de perfume barato y de humo de cigarrillos, lo cuidó de la peor manera posible y lo alimentó a fuerza de beicon y de huevos fritos en grasa de vaca. Se largó después de una bronca que tuvo una noche con el Hombre Malo, una bronca que congregó a los vecinos en las ventanas y que requirió la presencia de la policía. No hubo ninguna otra mujer después de aquélla, y el Hombre Malo fue hundiéndose en la desesperación y el sufrimiento, arrastrando consigo a su hijo.

El Hombre Malo vendió por primera vez a Ángel cuando éste tenía ocho años. A cambio de su hijo, recibió una caja de whisky Wild Turkey. Cinco horas más tarde, el comprador devolvió a casa al niño envuelto en una manta. Cuando Ángel regresó, el Hombre Malo le dio de comer un plato de cereales Froot Loops y una chocolatina Baby Ruth, como un obsequio muy especial.

Aquel niño, que con el tiempo se convertiría en Ángel, estuvo despierto toda la noche, con la mirada fija en la pared, temeroso de parpadear por si acaso en ese instante de ceguera volvía el hombre. Temeroso de moverse por el dolor que sentía en aquella zona baja de su cuerpo.

Incluso en ese instante, mirando hacia atrás en el tiempo, Ángel no podía recordar con exactitud cuántas veces tuvo que soportar aquello, salvo que las transacciones tenían lugar cada vez con mayor frecuencia, que el número de botellas era progresivamente menor y que el montoncito de billetes también iba disminuyendo. Cuando tenía catorce años, después de que el Hombre Malo le hubiese infligido diversos castigos severos por varios intentos de fuga, se coló en una confitería que había en Union Street, sólo a un par de manzanas del distrito policial Setenta y Seis, y robó dos cajas de chocolatinas Baby Ruth. Las fue devorando en un solar de Hicks Street, hasta que vomitó. Cuando la policía lo encontró, tenía tantos retortijones que apenas podía andar. Lo condenaron a dos meses en un correccional de menores por los desperfectos causados al colarse en la tienda y también porque el juez quería dar un castigo ejemplar a alguien en vista del incremento de la delincuencia juvenil que se estaba produciendo en aquel barrio deprimido. Al salir, el Hombre Malo lo esperaba en la puerta. Cuando llegó al sucio apartamento de piedra caliza roja que compartía con su padre, había dos hombres que fumaban sentados.

Esa vez no hubo chocolatina.

A los dieciséis, se escapó y tomó un autobús que lo llevó a Manhattan, y durante casi cuatro años llevó una vida al margen de la sociedad. Dormía a la intemperie o en viviendas sucias y ruinosas, subsistía gracias a trabajos temporales y cada vez robaba más. Recordaba el destello de los cuchillos y el sonido de los disparos; el grito de una mujer que poco a poco se apagaba en un sollozo, antes de ingresar en el sueño o en el silencio eterno. La adopción del nombre de Ángel se convirtió en un factor más de su huida, como para despojarse de su vieja identidad, de la misma manera que una serpiente se despoja de su piel.

Pero por la noche aún se imaginaba que el Hombre Malo llegaba con las manos llenas de chocolatinas, andando sin hacer ruido por los pasillos vacíos y por las habitaciones sin ventanas, buscando oír la respiración de su hijo. Cuando por fin el Hombre Malo murió mientras dormía, abrasado en un incendio provocado por un cigarrillo, que consumió tanto su apartamento como el de arriba y los dos contiguos, el chico-hombre, que se enteró por el periódico, lloró sin saber por qué.

En una vida en la que no escaseaban las desgracias, el dolor ni la humillación, Ángel rememoraría el 8 de septiembre de 1971 como el día en que los acontecimientos empezaron a ir de mal en peor. Porque aquel preciso día un juez condenó a Ángel y a dos cómplices suyos a una pena de cinco años en Attica por robar en un almacén de Queens. En parte les impuso aquella pena porque dos de los acusados habían agredido a un alguacil en el pasillo, después de que éste sugiriera que al final del día los tumbarían boca abajo en las literas con una toalla dentro de la boca. Ángel, que entonces tenía diecinueve años, era el preso más joven de los tres.

Que te enviaran al Centro Penitenciario de Attica, a unos cincuenta kilómetros al este de Buffalo, era muy mal asunto. Attica era un infierno: violento, masificado y un polvorín a punto de explotar. El 9 de septiembre de 1971, un día después de que Ángel llegase al módulo D de la cárcel, Attica explotó, y la suerte de Ángel se torció del todo. El cerco que se llevó a cabo en Attica, como consecuencia de la toma por parte de los presos de ciertas zonas del centro penitenciario, dejó un balance de cuarenta y tres muertos y ochenta heridos. La mayoría de las muertes y de las lesiones se produjeron por la orden del gobernador Nelson A. Rockefeller de recobrar el control del módulo D empleando todos los medios que fuesen precisos. Primero lanzaron botes de gas lacrimógeno al patio en que se hallaban los presos, después empezó el tiroteo, con disparos indiscriminados sobre una multitud de más de mil doscientos hombres, a lo que siguió una avalancha de policías estatales armados con rifles y porras. Cuando se disiparon el humo y el gas, habían muerto once guardias y treinta y dos presos, y las represalias fueron inmediatas y despiadadas. Desnudaron y golpearon a los presos, los obligaron a comer barro, los acribillaron con casquillos calientes de bala y los amenazaron con castrarlos. Al hombre llamado Ángel, que se había pasado la mayor parte del cerco dentro de su celda, encogido de miedo, casi tan temeroso de sus propios compañeros como del castigo inevitable que impondrían a todos los involucrados una vez que en la prisión se restableciera el orden, lo obligaron a arrastrarse desnudo por un patio sembrado de cristales rotos, bajo la vigilancia de los guardias. Cuando se paró, incapaz de soportar durante más tiempo el dolor que sentía en el estómago, en las manos y en las piernas, un guardia llamado Hyde se le acercó, haciendo crujir los cristales bajo sus botas, y se subió a la espalda de Ángel.

Casi tres décadas después, el 28 de agosto de 2000, el juez federal Michael A. Telesca, del Tribunal Federal del Distrito, en Rochester, repartió ocho millones de dólares entre quinientos ex presidiarios de Attica y sus familiares por los sucesos que se produjeron durante el motín y el posterior cerco policial. El caso se había ido postergando durante dieciocho años, pero al final unos doscientos demandantes acudieron a un juicio público para contar su historia, incluido un tal Charles B. Williams, a quien, a causa de la brutal paliza que recibió, tuvieron que amputarle una pierna. El nombre de Ángel no se contaba entre los firmantes de la demanda conjunta, porque él no creía que la reparación pudiese venir de los tribunales. A la condena que padeció en Attica siguieron otras, entre las que se incluían cuatro años en Rikers. Cuando salió, después de haber cumplido su última condena, estaba sin blanca, deprimido y al borde del suicidio.

Y entonces, una calurosa noche de agosto, vio una ventana abierta en un apartamento del Upper West Side y utilizó la escalera de incendios para entrar en el edificio. Era un apartamento lujoso que medía unos ciento cincuenta metros cuadrados, con alfombras persas que recubrían el entarimado y con pequeños objetos de arte africano dispuestos con exquisito gusto en estanterías y mesas. Había una colección de discos compactos y de vinilo en la que predominaba la música *country*, lo que llevó a Ángel a sospechar que se había colado en la guarida neoyorquina del cantante Charley Pride.

Entró en todas las habitaciones y no vio a nadie. Más tarde llegaría a preguntarse cómo no se había topado con aquel tipo. Es cierto que el apartamento era enorme, pero lo había registrado. Abrió los armarios, incluso miró debajo de la cama, y sólo encontró polvo. Pero, justo en el momento en que estaba a punto de sacar el televisor por la escalera de incendios, oyó una voz a sus espaldas:

—Tío, no he visto a un ladrón tan condenadamente tonto desde el caso Watergate.

Ángel se dio la vuelta. De pie, en la puerta, con una toalla de baño azul alrededor de la cintura, se hallaba el negro más alto que Ángel había visto fuera de una cancha de baloncesto. Como poco medía dos metros y estaba completamente calvo. No tenía vello en el pecho ni en las piernas. Su cuerpo era una masa de curvas duras y de nudos de músculos, sin apenas grasa. En la mano derecha sostenía una pistola con silenciador, pero no era el arma lo que asustaba a Ángel, sino los ojos de aquel tipo. No tenía ojos de psicópata. Ángel había visto suficientes ojos de psicópata en la cárcel como para saber distinguirlos. No, esos ojos traslucían inteligencia y se mostraban atentos, divertidos y sin embargo extrañamente fríos.

Aquel tipo era un asesino.

Un asesino de verdad.

—No quiero líos —le dijo Ángel.

—¿No te da vergüenza?

Ángel tragó saliva.

—Supón que te dijese que esto no es lo que parece.

—Parece que estás intentando robarme la tele.

—Sé que eso es lo que parece, pero... —Ángel se calló y decidió, por primera vez en su vida, que la sinceridad podría ser la mejor táctica en aquel momento—. No. Es lo que parece —admitió—. Estoy intentando robarte la tele.

—No lo vas a hacer.

Ángel asintió.

—Supongo que debo ponerla en su sitio —la verdad era que el televisor empezaba a pesarle demasiado.

El tipo negro se quedó pensativo.

—No. ¿Sabes qué?, no lo dejes ahí —dijo al fin.

La cara de Ángel se alegró.

—¿Quieres decir que puedo llevármelo?

El pistolero casi sonrió. Al menos a Ángel le pareció una sonrisa. Un sonrisa o algún tipo de espasmo.

—No, sólo he dicho que no lo dejes ahí. No te muevas y continúa sujetando la tele. Porque como la tires —se le ensanchó la sonrisa—, te mato.

Ángel tragó saliva. De repente, le dio la impresión de que el televisor pesaba el doble.

—¿Te gusta la música *country?* —le preguntó el tipo mientras alcanzaba el mando a distancia para encender el reproductor de discos compactos.

—Ni pizca —le contestó Ángel.

De los altavoces salió la voz de Gram Parsons, cantando *We'll Sweep Out the Ashes in the Morning.*

—Entonces vas de culo.

—Dímelo a mí —susurró Ángel.

El hombre medio desnudo se acomodó en un sillón de piel, se ajustó cuidadosamente la toalla y apuntó al desventurado ladrón con la pistola.

—No —le dijo—. Dímelo tú...

El hombre llamado Ángel, sentado en la penumbra, pensaba en todas esas cosas, en los acontecimientos aparentemente azarosos que le habían llevado a aquel lugar.

En su memoria resonaron las últimas palabras de Clyde Benson, las que pronunció poco antes de que Ángel lo matara.

«He encontrado a Jesús.»

«Entonces no tienes que preocuparte por nada.»

Había pedido clemencia, pero no la obtuvo.

Porque, durante la mayor parte de su vida, Ángel había estado a merced de los demás: su padre, los hombres que lo llevaban a escondites y a apartamentos que apestaban a sudor, el guardia Hyde en Attica y el preso Vance en Rikers, que había decidido que la existencia de Ángel era un insulto intolerable, hasta que alguien intervino y se aseguró de que Vance dejara de ser un peligro para Ángel y para cualquiera.

Y entonces se encontró con ese hombre, el hombre que en aquel momento estaba sentado en una habitación debajo de la suya, y podría decirse que para él comenzó una vida nueva, una vida en la que nunca más sería una víctima, una vida en la que nunca más estaría a merced de nadie, y casi empezó a olvidar los acontecimientos que le habían hecho ser lo que era.

Hasta el momento en que Faulkner lo encadenó a la barra de la ducha y empezó a cortarle la piel de la espalda, con la ayuda de su hijo y de su hija, que mantenían inmovilizada a la víctima, ella lamiéndole a Ángel el sudor de la frente y él ordenándole silencio en voz baja cuando Ángel gritaba bajo la mordaza. Recordaba el roce de la cuchilla, su frialdad, la presión que hacía sobre la piel antes de penetrar en la carne y desgarrarla. Todos los viejos fantasmas regresaron aullando, todos los recuerdos, todo el sufrimiento, y sintió en su paladar el sabor de una chocolatina.

Sangre y chocolatinas.

En cierto modo, era un superviviente.

Pero Faulkner también estaba vivo todavía, y aquello le resultaba insoportable.

Para que Ángel pudiese vivir, Faulkner tenía que morir.

¿Y qué hay de ese otro hombre, el tranquilo y pausado varón negro que tiene ojos de asesino?

Cada vez que miraba a su compañero, ya fuese vestido o desnudo, la cara de Louis permanecía estudiadamente impasible, pero se le revolvían las tripas cuando las enmarañadas cicatrices de la espalda y de los muslos quedaban al descubierto y cuando el otro hombre se detenía durante un instante para dosificar el dolor que le causaba el simple hecho de ponerse una camisa o unos pantalones, con la frente cubierta de sudor. Al principio, durante las primeras semanas después de que saliera del hospital, Ángel simplemente se negaba a quitarse la ropa y se quedaba tumbado boca abajo, vestido del todo, hasta que había que cambiarle el vendaje. Casi nunca hablaba de lo que le sucedió en el refugio del predicador, aunque aquello le amargaba las horas diurnas y le eternizaba las nocturnas.

Louis sabía mucho más del pasado de Ángel que lo que su compañero había logrado averiguar del suyo, ya que Louis mostraba una reticencia a revelar aspectos de su vida que iba más allá de la mera preservación de la intimidad. Pero Louis entendía hasta cierto punto el sentimiento de violación que en aquel momento invadía a Ángel. La violación, el dolor infligido por alguien más viejo y más fuerte que él, era algo que Ángel había dejado atrás hacía tiempo, sellado en un cofre lleno de manos poderosas y de chocolatinas. Pero parecía como si el precinto se hubiese roto y el pasado se estuviese escapando como un gas tóxico que envenenaba el presente y el futuro.

Ángel tenía razón: Parker debió haber quemado al predicador cuando tuvo la oportunidad. En vez de eso, había elegido un camino alternativo y menos seguro al manifestar su fe en la fuerza de la ley, mientras que una pequeña parte de él, la parte que había matado en el pasado y —Louis estaba seguro de eso— que volvería a matar en el futuro, reconocía que la ley nunca condenaría a un hombre como Faulkner, porque sus actos iban mucho más allá de la lógica de la ley, ya que afectaban a mundos pretéritos y a mundos por venir.

Louis creía saber por qué Parker había actuado de la manera en que actuó, sabía que le había perdonado la vida al predicador inerme porque de lo contrario se hubiera rebajado al nivel del viejo. Había optado por dar unos primeros pasos vacilantes hacia una forma inconcreta de salvación, más allá de los deseos y quizás incluso de las necesidades de su amigo Ángel, y Louis no se sentía con derecho a culparle por ello. Ni siquiera Ángel le culpaba: sólo deseaba que las cosas hubiesen sido de otra manera.

Pero Louis no creía en la salvación, o, si creía en ella, vivía con la certeza de que su luz no resplandecería para él. Si Parker era un hombre atormentado por su pasado, Louis era un hombre resignado con respecto al suyo, un hombre que aceptaba la realidad, si no la necesidad, de todo lo que había hecho, y que aceptaba el requisito de que inevitablemente tendría que rendir cuentas por ello. De vez en cuando recordaba su vida pasada e intentaba delimitar el momento en que el camino se bifurcó, el momento preciso en que eligió abrazar la belleza incandescente de la crueldad. Se veía a sí mismo como un muchacho delgado en una casa llena de mujeres, con sus risas, con sus bromas en torno a cuestiones sexuales, con sus rezos, con sus momentos de recogimiento y de paz. Y después caía la sombra, y aparecía Deber, y sobre nosotros descendía el silencio.

No sabía cómo su madre había dado con un hombre como Deber, y, menos aún, cómo había soportado durante tanto tiempo su presencia, aunque se tratase de una presencia intermitente. Deber era un hombre bajo y pobre, con la piel oscura picada alrededor de las mejillas, un vestigio de los perdigones que le habían disparado cerca de la cara cuando era niño. Al cuello llevaba colgado de una cadena un silbato de metal que utilizaba para avisar a la cuadrilla de trabajadores negros de la que era capataz de que había acabado el descanso. También lo utilizaba para imponer disciplina en la casa, para convocar a la familia a la hora de la cena, para exigir que el niño hiciese trabajos domésticos o para castigarle y para reclamar que la madre del niño se fuese a la cama con él. Y ella dejaba lo que estaba haciendo y atendía, sumisa, el toque del silbato, y el muchacho se tapaba los oídos para no oír los sonidos que atravesaban las paredes.

Un día, después de que Deber hubiese estado ausente durante muchas semanas y de que una placentera paz se instalara en la casa, llegó, se llevó a la madre del muchacho y nunca más volvieron a verla con vida. La última vez que el hijo vio la cara de su madre fue cuando cerraron el ataúd. El maquillaje mortuorio era espeso en torno a los ojos y detrás de las orejas, allí donde se apreciaban las señales de violencia. Se dijo que un extraño la había asesinado. Los amigos de Deber le proporcionaron a éste una coartada irrefutable. Deber estuvo todo el tiempo junto al ataúd y aceptó el pésame de aquellos que tenían demasiado miedo de no dar la cara en aquel trance.

Pero el muchacho lo sabía y las mujeres también. Con todo, Deber regresó un mes más tarde y, aquella misma noche, se llevó consigo a la tía del niño al dormitorio. El muchacho se mantuvo despierto, oyendo los gemidos y las palabrotas, el lloriqueo de la mujer y aquel grito de dolor que Deber sofocó tapándole la boca con la almohada. Y cuando la luna llena todavía brillaba débilmente sobre las aguas del lago que había detrás de la casa, oyó abrirse una puerta, se asomó a la ventana y vio cómo su tía se dirigía al lago para borrar de su piel el rastro del hombre que en aquel momento dormía en la habitación. Luego se hundió en el lago manso y empezó a llorar.

A la mañana siguiente, cuando Deber se marchó y las mujeres estaban ocupadas en sus quehaceres domésticos, el muchacho vio la sangre en las sábanas revueltas y tomó una decisión. Tenía quince años, pero sabía que la ley no estaba hecha para proteger a las negras pobres. Había en él una inteligencia que estaba por encima de su experiencia y de su edad, pero también había algo más, algo que Deber había comenzado a presentir, porque él tenía dentro de sí algo similar, aunque menos intenso y sofisticado. Se trataba de un potencial para la violencia, de unas aptitudes letales que, muchos años después, harían que un viejo temiese por su vida en una gasolinera. El muchacho, a pesar de su delicada belleza, representaba para Deber una amenaza creciente que con el tiempo tendría que resolver. A veces, cuando Deber regresaba del trabajo y se sentaba en la escalera del porche a repujar con su navaja un trozo de madera, el muchacho se daba cuenta de cómo lo miraba y, con la insensatez propia de la juventud, le mantenía la mirada, hasta que Deber sonreía y miraba para otro lado, con la navaja en la mano y los nudillos blancos de ejercer presión sobre el arma.

Un día, el muchacho observaba a Deber, que se encontraba en el límite de la arboleda, cuando le ordenó por señas que se acercase. Tenía un cuchillo curvo en la mano y los dedos manchados de sangre. Le dijo que había pescado unos peces para él y que necesitaba que el muchacho le echase una mano para destriparlos. Pero el muchacho no se acercó y notó cómo se endurecía el gesto de Deber al comprobar que se alejaba. Agarró el silbato que le colgaba del cuello, se lo llevó a la boca y sopló. Era la llamada. Todos la oyeron y acudieron de inmediato, pero en aquella ocasión el muchacho adivinó la intención de aquella llamada y no acudió. En vez de eso, echó a correr.

Aquella noche el muchacho no regresó a casa, sino que se quedó a dormir entre los árboles y dejó que los mosquitos le picasen, aunque Deber se mantuvo de pie en el porche y sopló el silbato inútilmente, una vez y otra vez y otra, rompiendo la tranquilidad de la noche con aquel anuncio de castigo inexorable.

Al día siguiente, el muchacho no acudió a la escuela porque estaba convencido de que Deber iría a buscarlo y se lo llevaría, de la misma manera que se había llevado a su madre, aunque esa vez no habría que enterrar ningún cuerpo, ni himnos al lado de la tumba, sólo un manto de hierba y lodo, y un revoloteo de pájaros, y bestias removiendo el terreno en busca de alimento. De modo que se quedó escondido en el bosque y esperó.

Deber había estado bebiendo. El muchacho lo olió en cuanto entró en la casa. La puerta del dormitorio estaba abierta y oyó cómo roncaba. Pensó que en ese momento podría matarlo, cortándole la garganta mientras dormía. Pero lo detendrían y lo declararían culpable, y era posible que también acusaran a las mujeres. No, pensó el muchacho, era mejor continuar con el plan que había trazado.

Unos ojos blancos surgieron de la oscuridad y su tía, con sus pequeños pechos al aire, se quedó mirándolo fijamente y en silencio. Él se llevó el dedo a los labios y le señaló el silbato que estaba sobre la mesilla de noche. Con mucho sigilo, para no despertar al durmiente, ella pasó el brazo por encima de Deber y alcanzó la cadena del silbato, que hizo un leve ruido al resbalar por la madera, pero Deber, hundido en su sueño alcohólico, no se inmutó. El muchacho alargó la mano y la mujer dejó caer en ella el silbato. Luego el muchacho se fue.

Aquella noche se coló de manera furtiva en la escuela. Era una buena escuela para lo que había en la zona, una escuela excepcionalmente bien equipada, ya que contaba con un gimnasio, con un campo de fútbol y con un pequeño laboratorio científico. Estaba subvencionada por un vecino que se dedicaba a realizar obras benéficas en la ciudad. El muchacho se dirigió con cautela al laboratorio y, una vez allí, se dispuso a tomar los ingredientes que necesitaba: cristales de yodo sólido, hidróxido de amoniaco concentrado, alcohol y éter, todos ellos ingredientes básicos que se hallan en cualquier laboratorio escolar. Había aprendido a usarlos a fuerza de aciertos y a veces de errores lamentables, gracias a pequeños hurtos y al apoyo de la voraz lectura de ciertos textos. Con mucho cuidado, mezcló los cristales de yodo y el hidróxido de amoniaco para conseguir un pardusco bióxido de mercurio, luego lo filtró a través de un papel y lo aclaró, primero con alcohol y luego con éter. Por último, envolvió escrupulosamente la sustancia y la vertió en un vaso de precipitación. Era nitruro de yodo, un sencillo compuesto que había encontrado en uno de los viejos libros de química que se hallaban en la biblioteca pública.

Empleó una olla de vapor para desgajar en dos el silbato de metal. Luego, con las manos húmedas, rellenó de nitruro de yodo aproximadamente la cuarta parte de cada una de las dos piezas del silbato. Sustituyó la bolita del silbato por una bolita compacta de papel de lija. Luego, con mucho esmero, pegó las dos mitades del silbato antes de regresar a casa. Su tía aún estaba despierta. Intentó quitarle el silbato, pero él negó con la cabeza, y al ponerlo sobre la mesilla le llegó el aliento de Deber. Cuando el muchacho salió, iba riéndose para sus adentros. «Esto es sólo el principio», pensó.

A la mañana siguiente, Deber se levantó temprano, según era su costumbre, y salió de la casa con la bolsa de papel de estraza en la que llevaba la comida que las mujeres le dejaban preparada. Aquel día tuvo que recorrer unos ciento treinta kilómetros para emprender un nuevo trabajo y el nitruro de yodo estaba seco como el polvo cuando se llevó el silbato a la boca por última vez y sopló. La bolita de papel de lija produjo la fricción necesaria para activar la rudimentaria carga explosiva.

Interrogaron al muchacho, por supuesto, pero él había limpiado el laboratorio y se había lavado las manos con lejía y agua para borrar el rastro de todas las sustancias que había manipulado. El muchacho tenía una coartada: aquellas mujeres temerosas de Dios juraron que el chico había estado con ellas el día antes, que no había salido de casa durante toda la noche, porque, de ser así, lo hubieran oído; que, de hecho, Deber había perdido el silbato unos días atrás y que estaba desesperado por encontrarlo, ya que para él era una especie de tótem, su amuleto de la suerte. La policía lo tuvo retenido durante todo un día. Le pegaron, aunque sin emplearse demasiado a fondo, para ver si se venía abajo, y al final lo dejaron libre, ya que había trabajadores descontentos, maridos celosos y enemigos humillados que esperaban su turno.

Después de todo, se trataba de una bomba en miniatura que le había destrozado la cara a Deber. Una bomba diseñada para que Deber, y sólo Deber, fuese víctima de la explosión. Aquello no podía ser obra de un muchacho.

Deber murió dos días más tarde.

Y, según la gente, fue una bendición que muriera.

En su habitación, Louis veía impasible en el programa de televisión por cable las últimas noticias en torno al descubrimiento de los cuerpos y a un perplejo Virgil Gossard disfrutando de sus quince minutos de fama, con la cabeza vendada y con los dedos aún manchados de orina. Una portavoz de la policía comunicó que estaban siguiendo unas pistas inequívocas y ofreció una descripción del viejo Ford. Louis frunció levemente el ceño. Le pegaron fuego al coche en un campo que se encontraba al oeste de Allendale y luego se dirigieron al norte en un Lumina del que nadie sospecharía antes de separarse en las afueras de la ciudad. Si descubrían el Ford y lo relacionaban con los asesinatos, eso no proporcionaría ninguna pista, puesto que estaba montado con las piezas desguazadas de media docena de vehículos, hecho para usar y tirar. Lo que le preocupaba era que alguien los hubiera visto abandonar el coche, y que diera una descripción de ellos. Aquellos temores se disiparon en parte, aunque no se libró del todo de ellos, cuando la portavoz policial informó de que seguían el rastro de un negro y de al menos otra persona más en relación con los hechos.

Virgil Gossard, pensó Louis. Debieron haberlo matado cuando tuvieron la oportunidad, pero si aquél era el único testigo y lo único que sabía era que uno de los hombres era negro, no había de qué preocuparse, aunque la posibilidad de que la policía supiese más de lo que decía le inquietaba vagamente. Era mejor que Ángel y él se separaran durante un tiempo, y aquella decisión retrotrajo sus pensamientos al hombre de la habitación de arriba. Tumbado en la cama, pensó en él hasta que las calles adyacentes se quedaron en silencio. Salió del motel y se fue a dar un paseo.

La cabina telefónica estaba a cinco manzanas en dirección norte, en el aparcamiento que había al lado de una lavandería china. Insertó dos dólares en monedas de cuarto y marcó un número. Oyó tres veces el tono de llamada antes de que descolgasen.

—Soy yo. Tengo un trabajo para ti. Hay una gasolinera al lado del río Ogeechee, en la 16 en dirección a Sparta. No tiene pérdida. Aquello parece decorado por los teletubbies. El viejo que la lleva necesita olvidarse de que ayer pasaron por allí dos hombres. Él sabrá de lo que le hablas. —Se calló y oyó la voz al otro lado de la línea telefónica antes de continuar— ... No, si las cosas se ponen así, lo haré yo mismo. Por ahora, asegúrate de que es consciente de las consecuencias que puede tener el hecho de que decida ser un ciudadano modélico. Dile que los gusanos no distinguen la buena comida de la mala. Luego busca a un hombre llamado Virgil Gossard, la celebridad local de turno. Invítalo a un trago y averigua qué es lo que sabe y qué es lo que vio. Cuando termines y vuelvas, llámame. Y revisa los mensajes telefónicos a lo largo de la semana próxima. Puede que tenga que pedirte alguna cosa más.

Louis colgó el teléfono y con el paño con que había envuelto el auricular limpió las teclas. Luego volvió cabizbajo al motel y permaneció despierto, echado en la cama, hasta que fue disminuyendo el ruido de los coches que pasaban y la calma descendió sobre el mundo.

Y los dos siguieron en habitaciones separadas, distantes pero de alguna manera próximos, sin pensar apenas en los hombres a los que habían dado muerte aquella noche. Por el contrario, uno de ellos le alargó la mano al otro y le deseó paz, y aquella paz le fue otorgada, de forma temporal, gracias al sueño.

Pero la auténtica paz exigía un sacrificio.

Y Louis ya tenía una idea de cómo se llevaría a cabo aquel sacrificio.

Mucho más al norte, Cyrus Nairn disfrutaba de su primera noche de libertad.

Lo habían excarcelado de Thomaston aquella misma mañana y le habían devuelto sus efectos personales dentro de una bolsa negra de basura. La ropa no le quedaba ni más grande ni más pequeña que antes, ya que el encarcelamiento no había hecho mella en su cuerpo encorvado. Ya fuera de los muros, se volvió para mirar la prisión. No oía las voces, y supo por ello que Leonard seguía a su lado, y no sentía miedo ante la visión de aquellas cosas que poblaban los muros, con sus alas enormes recogidas en la espalda, con sus oscuros ojos avizores. Se llevó la mano a la espalda e imaginó que sentía, a ambos lados de su curvada espina dorsal, los bultos incipientes de los que brotarían aquellas grandes alas.

Cyrus se encaminó a la calle principal de Thomaston y, señalando con el dedo los productos, pidió una Coca-Cola y un donut en una cafetería. Una pareja sentada a una mesa cercana lo observaba, y ambos volvieron la vista cuando él los miró. Su comportamiento le delataba tanto como la bolsa negra que yacía a sus pies. Comió y bebió deprisa, porque una simple Coca-Cola sabía mejor fuera de aquellos muros. Le hizo un gesto a la camarera para que volviera a servirle lo mismo y esperó a que la cafetería se vaciara de clientes. Al poco se vio allí solo, únicamente con la mujer que se hallaba detrás de la barra y que de vez en cuando le lanzaba una mirada nerviosa.

Poco después del mediodía, entró un hombre y ocupó la mesa vecina a la de Cyrus. Pidió un café, hojeó el periódico y se fue, dejando allí el periódico. Cyrus echó mano de él, simuló que leía la portada y lo dejó sobre la mesa. El sobre que había oculto entre las páginas del periódico se deslizó en su mano con la suavidad de un tintineo, y de allí fue a parar al bolsillo de su chaqueta. Cyrus dejó cuatro dólares en la mesa y se apresuró a salir de la cafetería.

El coche era un Nissan Sentra de dos años sin placa de identificación. En la guantera había un mapa, un papel con dos direcciones y un número de teléfono, así como un segundo sobre que contenía mil dólares en billetes usados y el juego de llaves de una caravana que se encontraba en un parque cercano a Westbrook. Cyrus memorizó las direcciones y el número de teléfono, luego se deshizo del papel masticándolo hasta convertirlo en una bola húmeda y arrojándolo a un sumidero, conforme a las instrucciones que había recibido.

Por último se inclinó y rebuscó con la mano debajo del asiento del pasajero. Pasó por alto la pistola que estaba sujeta con cinta adhesiva y, en cambio, dejó que sus dedos palparan la cuchilla una y otra vez antes de llevárselos a la nariz y olisquearlos.

Limpia, pensó. Muy limpia.

Giró el coche y se dirigió al sur justo en el instante en que la voz volvía a hablarle.

¿Eres feliz, Cyrus?

Soy feliz, Leonard.

Muy feliz.

14

Me miré al espejo.

Tenía los ojos inyectados en sangre y un sarpullido rojo me atravesaba el cuello. Me sentía como si la noche anterior hubiese estado bebiendo. Andaba a trompicones y tropezaba con los muebles de la habitación. Aún tenía fiebre y cuando me tocaba el cuerpo lo notaba pegajoso. Deseaba volver a meterme en la cama y taparme hasta la cabeza, pero no podía permitirme ese lujo. En la habitación misma me preparé un café y me puse a ver las noticias. Cuando informaron de los acontecimientos de Caina, me llevé las manos a la cabeza y hasta me olvidé del café. Pasó un buen rato antes de que me sintiese lo bastante seguro como para empezar la ronda de llamadas telefónicas que debía hacer.

Según un tal Randy Burris que trabajaba en la Secretaría de Instituciones Penitenciarias de Carolina del Sur, el Centro de Detención del Condado de Richland era uno de los centros acogidos a un programa social que desarrollaban algunos ex presidiarios y cuyo propósito consistía en predicar el Evangelio entre la población reclusa. Dicho programa social, llamado PYR (Perdón y Renovación) y surgido en Charleston, era similar al llamado CVD (Curación Verdadera a Través de Dios), que intentaba ayudar a los presos del norte del Estado a no reincidir en el delito, para lo que se valía de la colaboración de ex delincuentes. En Carolina del Sur, casi el treinta por ciento de los diez mil presidiarios que anualmente se ponían en libertad volvían a acabar entre rejas en un plazo de tres años. Por ese motivo, al Estado le interesaba apoyar al máximo aquel programa social. El hombre que se hacía llamar Tereus —el único nombre por el que se identificó— era nuevo en PYR y, según me informó uno de los administradores —una mujer llamada Irene Jakaitis—, era el único de los miembros de esa asociación que había optado por integrarse en un programa que se desarrollaba en un sitio tan al norte como Richland. El alcaide de Richland me dijo que Tereus se había pasado la mayor parte del tiempo que estuvo en la cárcel hablando con Atys Jones. En ese momento, Tereus se alojaba en una pensión por King Street, muy cerca de la tienda de artículos religiosos llamada Wha Cha Like. Mientras buscaba trabajo, estuvo viviendo en un centro de acogida de la ciudad. La pensión se encontraba a unos cinco minutos en coche de mi hotel.

Mientras conducía por King Street, los autobuses turísticos circulaban por mi lado y las explicaciones de los guías se alzaban sobre el ruido del tráfico. King Street siempre ha sido el centro comercial de Charleston y, calle abajo del Charleston Place, hay varias tiendas bastante buenas destinadas casi exclusivamente a turistas. Pero cuando uno se dirige hacia el norte, las tiendas ofrecen artículos más útiles y los restaurantes son un poco más caseros. Se ven más caras negras y más hierbajos en las aceras. Pasé Wha Cha Like y Honest John's, una tienda de discos que es a la vez taller de reparación de televisores. Tres jóvenes blancos con uniforme gris, cadetes de la Academia Militar de Citadel, marchaban en silencio por la acera. Su existencia misma era un vestigio del pasado de la ciudad, porque Citadel debía su origen a la revuelta fallida de esclavos alentada por un joven liberto llamado Denmark Vesey para abolir la esclavitud en Charleston, así como al convencimiento de la ciudad de que era necesario proveerse de un buen arsenal para protegerse de futuras sublevaciones. Me detuve para dejarles cruzar, después giré a la izquierda en Morris Street y aparqué enfrente de una iglesia baptista. Un negro, sentado en los escalones que conducían al portal de la pensión de Tereus, me miraba mientras comía algo que parecían cacahuetes y que sacaba de una bolsa de papel de estraza. Me ofreció la bolsa mientras me acercaba a la escalera.

—¿Quieres un *goober*?

—No, gracias.

El *goober* resultó ser una especie de cacahuete hervido con la cáscara. Lo chupas durante un tiempo y después lo cascas para abrirlo y te comes lo de dentro, que está blando y picante a causa de la cocción.

—¿Eres alérgico?

—No.

—¿Cuidas la línea?

—No.

—Entonces toma un maldito *goober*.

Hice lo que me dijo, aunque no me gustan mucho los cacahuetes. Estaba tan picante que se me saltaron las lágrimas y tuve que aspirar aire para enfriarme la boca.

—Pica —comenté.

—¿Qué creías? Te dije que era un *goober*.

Me escudriñó como si yo fuera bobo. Puede que estuviera en lo cierto.

—Busco a un hombre llamado Tereus.

—No está.

—¿Sabes dónde podría encontrarlo?

—¿Por qué lo buscas?

Le enseñé mi identificación.

—Vienes de muy lejos —me dijo—. Muy lejos.

Aún no me había dicho dónde podría encontrar a Tereus.

—No tengo intención de perjudicarle, ni tampoco quiero causarle problemas. Él ayudó a un joven que es cliente mío. Cualquier cosa que Tereus pueda decirme significaría la vida o la muerte para ese chico.

El viejo me estudió detenidamente. No tenía dientes y se tragaba los *goobers* haciendo un chasquido salivoso con los labios.

—Bueno, la vida o la muerte. Eso es algo muy serio —comentó con un ligero deje burlesco. Quizá tenía motivos para reírse de mí. Pues todo lo que yo decía parecía sacado de una telenovela de sobremesa.

—¿Crees que exagero?

—Más o menos —dijo y asintió con la cabeza.

—Bueno, aun así, se trata de un asunto bastante grave. Es importante que hable con Tereus.

El *goober* se ablandó lo suficiente como para morder el fruto y escupió escrupulosamente la cáscara en su mano.

—Tereus trabaja cerca de Meeting, en uno de esos bares en que las tías enseñan las tetas —me dijo con una sonrisa burlona en los labios—. Pero no se quita la ropa.

—Eso me tranquiliza.

—Limpia el local —continuó—. Es el que limpia la leche que echan los tíos.

Soltó una carcajada y se dio una palmada en el muslo, después me dijo el nombre del club: LapLand. Le di las gracias.

—No es asunto mío, pero veo que aún sigues chupando el *goober* —me dijo cuando estaba a punto de irme.

—Si te soy sincero, no me gustan los cacahuetes —confesé.

—Ya lo sabía. Sólo quería comprobar si eres educado y aceptas lo que te ofrecen.

Con discreción, escupí el cacahuete en mi mano y lo tiré en la papelera más cercana. Lo dejé riéndose para sus adentros.

La peña deportiva de la ciudad de Charleston había estado de celebraciones desde el día en que llegué a la ciudad. Aquel fin de semana, los Gamecocks de Carolina del Sur pusieron fin a una racha de mala suerte, que duraba ya veintiún partidos consecutivos, tras ganar al New Mexico State por 31 a 0 ante ochenta y un mil aficionados hambrientos de victoria, ya que habían pasado más de dos años desde la última vez que los Gamecocks ganaran a Ball State por 38 a 20. Incluso el *quarterback* del equipo, Phil Petty, que durante toda la temporada anterior no parecía capaz de capitanear ni siquiera a un grupo de ancianos en el baile de la conga, lanzó dos tiros que acabaron en ensayo, completó diez pases de un total de dieciocho intentos y avanzó ochenta y siete yardas. Los tristes garitos de *striptease* y los clubes para hombres de Pittsburg Avenue seguro que habían hecho su agosto durante los últimos días. Uno de los clubes ofrecía que te lavaran el coche chicas desnudas (Oye, práctico y divertido), mientras que otro intentaba captar a clientes distinguidos por el método de denegar el acceso a todo aquel que llevase vaqueros o zapatillas de deporte. No daba la impresión de que LapLand tuviese tantos escrúpulos. El aparcamiento estaba lleno de socavones cubiertos de agua. Bastantes coches se las habrían tenido que apañar para salir de allí sin dejarse una rueda en el fango. El club mismo era una mole de hormigón de una sola planta pintada con diversos tonos de azul: azul pornográfico, azul de *stripper* triste y azul violáceo, y en el centro tenía una puerta de acero pintada de negro. Del interior salía el sonido amortiguado de *You Aint't Seen Nothin' Yet*, de Bachman-Turner Overdrive. El hecho de que un grupo como ése sonara en un local de *striptease* había que entenderlo como un síntoma de que el negocio no iba bien.

El interior era tan oscuro como las intenciones de un donante del Partido Republicano, excepción hecha de una franja de luz rosa que alumbraba la barra y de unos focos parpadeantes que iluminaban el pequeño escenario central, donde una chica con piernas de gallina y muslos de piel de naranja agitaba sus pequeños pechos delante de un puñado de borrachos embelesados.

Uno de ellos metió un dólar en una media de la bailarina y aprovechó la oportunidad para echarle mano a la entrepierna. La chica se apartó, pero nadie hizo por echarlo del local ni por darle una patada en la cabeza. Estaba claro que el LapLand alentaba más de lo debido a los clientes a mantener relaciones con las bailarinas.

Sentadas a la barra, bebiéndose un refresco con pajita, había dos mujeres que sólo llevaban un sujetador y un tanga de encaje. Mientras yo intentaba no tropezar con las mesas en la oscuridad, la mayor de ellas, una negra de pechos grandes y de piernas largas, se me acercó.

—Soy Lorelei. ¿Quieres algo, encanto?

—Un refresco y lo que tú tomes.

Le di un billete de diez dólares y se fue moviendo las caderas en atención a mí.

—Ahora mismo vuelvo —me aseguró.

Fiel a su promesa, se materializó un minuto más tarde con un refresco caliente, su copa y nada de cambio.

—Sí que es caro esto —comenté—. Quién lo hubiera imaginado.

Lorelei alargó la mano y me la puso en la cara interior del muslo. Luego deslizó los dedos a través de él, hasta que el dorso de su mano me rozó la entrepierna.

—Tienes lo que pagas —me dijo—. Después habrá más.

—Busco a una persona —le dije.

—Encanto, la has encontrado.

Lo dijo con un susurro que podría pasar por sensual tratándose de un erotismo de pago, sobre todo si te sale barato. Me dio la impresión de que el LapLand jugueteaba peligrosamente con la prostitución. Se inclinó sobre mí para que apreciara sus pechos a capricho. Pero yo, como buen *boy scout,* aparté la mirada y me puse a contar las botellas de licor barato y aguado que había alineadas por encima de la barra.

—No estás mirando el espectáculo —me dijo.

—Tengo la tensión alta y el médico me ha aconsejado que procure no excitarme demasiado.

Sonrió y me pasó la uña por la mano. Me dejó una marca blanca. Levanté la vista al escenario y vi a una chica desde un ángulo que incluso a su ginecólogo era probable que le resultara inédito. La dejé con lo suyo.

—¿Te gusta? —me preguntó Lorelei, y señaló a la bailarina.

—Parece una chica divertida.

—Yo también puedo ser una chica divertida. ¿Buscas diversión, encanto?

Apretó con más fuerza el dorso de su mano contra mi entrepierna. Tosí y le aparté discretamente la mano.

—No, yo soy un chico bueno.

—Vale, pero yo soy *malaaaaa*.

La situación me resultaba ya un poco monótona. Lorelei parecía empeñada en darle la vuelta a todo cuanto yo decía.

—La verdad es que no soy lo que se dice un tipo divertido. No sé si me entiendes.

Fue como si sus ojos la delataran de repente. Había inteligencia en ellos: revelaban no sólo esa astucia mezquina propia de una mujer que procura ligarse a los clientes en un garito de *striptease* de mala muerte, sino también ingenio y vivacidad. Me preguntaba cómo era capaz de mantener aislados los dos polos de su personalidad sin que uno invadiera al otro y lo envenenara para siempre.

—Te entiendo. ¿Qué eres? No eres un poli. ¿Un agente judicial quizás, o un cobrador de morosos? Tienes toda la pinta. Debería haberlo sabido, los he visto a patadas.

—¿Qué pinta tengo?

—La pinta de ser un pájaro de mal agüero para los pobres. —Se calló y volvió a evaluarme durante un momento—. No, pensándolo bien, me parece que eres un pájaro de mal agüero para casi todo el mundo.

—Como te decía, busco a una persona.

—Vete a tomar por culo.

—Soy detective privado.

—¡Oh! Mira al hombre malo. No puedo ayudarte, encanto.

Hizo ademán de levantarse, pero le rodeé con suavidad la cintura y puse dos billetes de diez dólares sobre la mesa. Se detuvo e hizo señas al camarero, que había empezado a olerse algún tipo de conflicto y que ya se disponía a avisar al gorila de la puerta. Continuó sacándole brillo a los vasos, pero no apartaba los ojos de nuestra mesa.

—Vaya, dos de diez —dijo Lorelei—. Con eso podré comprarme un conjunto nuevo.

—Dos, si se trata de la clase de modelito que llevas.

No lo dije con sarcasmo, y una pequeña sonrisa suya rompió el hielo. Le enseñé mi licencia. La cogió y la examinó con atención antes de dejarla sobre la mesa.

—De Maine. Parece auténtica. Felicidades. —Iba a hacerse con los billetes, pero mi mano fue más rápida que la suya.

—No, no. Primero habla, después el dinero.

Volvió a echar un vistazo a la barra y se retrepó con desgana en la silla. Sus ojos parecían taladrarme el dorso de la mano para ver los billetes que tenía debajo de ella.

—No he venido para causar problemas, sólo quiero hacer algunas preguntas. Estoy buscando a un tipo llamado Tereus. ¿Sabes si está ahora aquí?

—¿Para qué lo buscas?

—Ayudó a un cliente mío y quiero darle las gracias.

Se rió sin ganas.

—Sí, claro. Si tienes una recompensa, puedes dármela a mí. Yo se la daré. Mira, tío, no me jodas. Puede que esté aquí sentada enseñando las tetas, pero no me tomes por tonta.

Me recliné en la silla.

—No creo que seas tonta, y te estoy diciendo la verdad:

Tereus ayudó a mi cliente. Habló con él en la cárcel y sólo quiero saber por qué lo hizo.

—Porque ha encontrado al Señor, ésa es la razón. Incluso intentó convertir a algunos de los puteros que vienen por aquí, hasta que Handy Andy lo amenazó con abrirle la cabeza.

—¿Handy Andy?

—El encargado de este sitio. —Hizo un gesto con la mano que simulaba una colleja—. ¿Me entiendes?

—Te entiendo.

—¿Vas a causarle más problemas a ese hombre? Ha sufrido lo suyo. No necesita más.

—No habrá más problemas. Sólo quiero charlar.

—Entonces dame los veinte dólares. Sal afuera y espera detrás. Enseguida se reunirá contigo.

Por un momento, le mantuve la mirada e intenté averiguar si mentía, y, aunque no estaba del todo seguro, solté los billetes. Los agarró, se los metió dentro del sujetador y se fue. Vi que intercambiaba unas palabras con el camarero. Después salió por una puerta que tenía un rótulo que rezaba SÓLO BAILARINAS E INVITADOS. Sabía lo que había detrás: un camerino sucio, un cuarto de baño con la cerradura rota y un par de habitaciones equipadas sólo con sillas, con algunos condones y con una caja de pañuelos de papel. Después de todo, quizá no fuese tan inteligente.

La bailarina que estaba en el escenario terminó su número, recogió la ropa interior y se dirigió a la barra. El camarero anunció a la siguiente bailarina y apareció una niña bajita que tenía el pelo moreno y la piel cetrina. Aparentaba dieciséis años. Uno de los borrachos dio alaridos de placer en el mismo momento en que Britney Spears cantaba que la golpearan una vez más.

Había empezado a llover. La lluvia distorsionaba la silueta de los coches y la gama de colores del cielo se reflejaba en los charcos. Di la vuelta al local hasta llegar a un contenedor de escombros que estaba medio lleno de basura y rodeado de barriles de cerveza vacíos y montones de cajas de botellas también vacías. Oí pasos a mi espalda y, cuando me volví, me topé con un hombre que desde luego no era Tereus. El tipo medía más de metro noventa y era fornido como un jugador de rugby. Tenía la cabeza rapada y en forma de huevo, y los ojos pequeños. Estaría a punto de cumplir los treinta. Un pendiente de oro brillaba en su oreja izquierda y lucía una alianza en uno de sus grandes dedos. El resto quedaba oculto bajo una ancha sudadera azul y un pantalón de chándal gris.

—Quienquiera que seas, te doy diez segundos para sacar el culo de mi propiedad —me amenazó.

Suspiré. Estaba lloviendo y no llevaba paraguas. Ni siquiera llevaba chaqueta. Me encontraba en el aparcamiento de un garito de *striptease* de tercera categoría, amenazado por un maltratador de mujeres. Dadas las circunstancias, sólo podía hacer una cosa.

—Andy —le dije—. ¿No te acuerdas de mí?

Frunció el ceño. Di un paso adelante con las manos abiertas y le propiné una patada, todo lo fuerte que pude, en la entrepierna. No emitió ningún sonido, aparte de la ráfaga de aire y saliva que salió de su boca mientras se desplomaba. Acabó apoyando la cabeza en la grava y le vinieron arcadas.

—Ahora sí que no volverás a olvidarme.

Se le notaba el bulto de una pistola en la espalda y se la quité. Era una Beretta de acero inoxidable. Daba la impresión de que nunca la había usado. La arrojé al contenedor de escombros, ayudé a Handy Andy a ponerse de pie y lo dejé apoyado contra la pared, con la cabeza calva moteada de gotas de lluvia y los pantalones del chándal empapados de agua sucia desde la rodilla hasta el tobillo. Cuando se hubo recuperado un poco, apoyó las manos en las rodillas y me miró.

—¿Quieres intentarlo de nuevo? —me susurró.

—Ni loco —le respondí—. Sólo funciona la primera vez.

—¿Qué haces cuando te piden un bis?

Saqué la gran Smith 10 de la funda y dejé que le echase un buen vistazo.

—Un bis. Cae el telón. El teatro se cierra.

—Un gran hombre con una pistola.

—Lo sé. Mírame.

Intentó erguirse, pero se lo pensó mejor y continuó con la cabeza gacha.

—Mira —le dije—, esto no tiene por qué resultar difícil. Hablo y me voy. Fin de la historia.

Meditó por un instante.

—¿Tereus?

Parecía tener dificultades al hablar. Me pregunté si no le habría pateado demasiado fuerte.

—Tereus —le confirmé.

—¿Eso es todo?

—Ajá.

—¿Y luego te irás y no volverás nunca más?

—Es probable.

Se dirigió tambaleándose a la puerta trasera. La abrió. El volumen de la música subió de inmediato, para bajar al instante de nuevo. Di un silbido para que se detuviera y le mostré la Smith.

—Sólo tienes que llamarlo —le dije—. Luego vete a dar una vuelta —y le señalé por donde Pittsburg se perdía entre almacenes y extensiones de hierba—. Por allí.

—Está lloviendo.

—Escampará.

Handy Andy movió la cabeza con fastidio y gritó en la oscuridad:

—¡Tereus, mueve el culo y ven aquí!

Sostuvo la puerta hasta que en el escalón apareció un hombre delgado. Tenía el pelo negroide y la piel de un verde oliva oscuro. Resultaba casi imposible adivinar su raza, pero la llamativa combinación de rasgos indicaba que pertenecía a uno de esos extraños grupos étnicos que parecían proliferar en el sur: tal vez un *brass ankle*, o quizás un *melungeon* de los Apalaches, gente sin un color definido, con mezcla de sangre negra, india, británica e incluso portuguesa, con un toque turco, según dicen, para complicar aún más las cosas. Una estrecha camiseta blanca marcaba los largos y delgados músculos de sus brazos y la curva de sus pectorales. Debía de tener al menos cincuenta años y era más alto que yo, pero no andaba encorvado ni mostraba señales de debilidad ni decrepitud, aparte de las gafas de cristales ahumados que llevaba. Tenía los vaqueros arremangados hasta casi la mitad de las pantorrillas y llevaba sandalias de plástico. En la mano traía una fregona que desprendía un hedor que llegó a donde yo estaba. Incluso Handy Andy dio un paso atrás.

—¿Otra vez esa maldita fregona?

Tereus asintió con la cabeza. Miró a Andy, luego a mí y de nuevo a Andy.

—Este tipo quiere hablar contigo. No tardes mucho.

Me eché a un lado cuando Andy se dirigió hacia mí con lentitud para enfilar la carretera. Sacó del bolsillo un paquete de tabaco y encendió un cigarrillo mientras se alejaba pesaroso, con el pitillo dentro de la mano ahuecada para protegerlo de la lluvia.

Tereus bajó el escalón y pisó el asfalto, que parecía picado de viruelas de tantos agujeros como había en él. Daba la impresión de estar tranquilo, casi ausente.

—Me llamo Charlie Parker. Soy detective privado.

Le tendí la mano pero no me la estrechó. A modo de disculpa, señaló la fregona.

—No querrá que le dé ahora la mano, ¿verdad, señor?

Señalé sus pies con un ademán.

—¿Dónde cumpliste condena?

Tenía marcas alrededor de los tobillos, escoriaciones circulares, como si la piel se le hubiese decapado hasta tal punto que jamás volvería a recobrar su antigua lisura. Yo sabía qué significaban aquellas marcas. Sólo unos grilletes podían dejar unas marcas de ese tipo.

—En Limestone —contestó con voz apagada.

—Alabama. Mal sitio para cumplir condena.

Ron Jones, delegado de prisiones en Alabama, reinstauró el encadenamiento en 1996. Los presos pasaban diez horas diarias, cinco días a la semana, picando piedras a temperaturas superiores a los cuarenta grados centígrados y de noche los hacinaban en el pabellón 16, un establo superpoblado, construido originariamente para albergar a doscientos, aunque en realidad albergaba a cuatrocientos. Lo primero que hacía un preso encadenado era quitarse los cordones de las botas y atarlos alrededor del grillete para evitar que el metal le rozase los tobillos. Pero alguien le había quitado los cordones a Tereus y durante mucho tiempo estuvo sin ellos, el tiempo suficiente para que le quedaran en la piel aquellas cicatrices indelebles.

—¿Por qué te quitaron los cordones?

Se miró los pies.

—Me negué a trabajar encadenado —me dijo—. Yo podía ser un preso y hacer faenas de preso, pero no era un esclavo. Me amarraban a un poste, a pleno sol, desde las cinco de la mañana hasta el atardecer. Tenían que llevarme a rastras al 16. Lo soporté durante cinco días. No podía más. Para recordarme lo que había hecho, el carcelero me quitó los cordones. Eso fue en 1996. Me dejaron en libertad provisional hace unas semanas, así que he estado mucho tiempo sin cordones.

Hablaba de un modo inexpresivo, aunque sin dejar de toquetearse una cruz que llevaba alrededor del cuello. Era una réplica de la que le había dado a Atys Jones. Me preguntaba si la suya también ocultaba una cuchilla.

—Trabajo para un abogado. Se llama Elliot Norton y representa a un joven que conociste en Richland: Atys Jones.

Cuando mencioné a Atys, Tereus cambió de actitud. Una actitud que me recordó a la de la mujer del club cuando tuvo claro que no estaba dispuesto a pagar por sus servicios. Aunque acabé pagando de todas formas.

—¿Conoces a Elliot Norton? —le pregunté.

—He oído hablar de él. Usted no es de por aquí, ¿verdad?

—No, soy de Maine.

—Eso queda muy lejos. ¿Cómo es que ha acabado trabajando en el sur?

—Elliot Norton es amigo mío y nadie más parecía interesado en involucrarse en este caso.

—¿Sabe usted dónde está el chico?

—Está a salvo.

—No, no lo está.

—Le diste una cruz como la que llevas.

—Hay que tener fe en el Señor. El Señor nos protege.

—He visto la cruz. Parece que has decidido echarle una mano al Señor.

—La cárcel es un lugar peligroso para un joven.

—Por ese motivo lo hemos sacado.

—Deberían haberlo dejado allí.

—Allí no podíamos protegerlo.

—No pueden protegerlo en ningún sitio.

—Entonces, ¿qué sugieres?

—Entréguemelo.

Le di una patada a un guijarro y observé cómo rebotaba en un charco. Vi cómo mi reflejo, deformado ya por la lluvia, se ondulaba aún más, y durante un momento desaparecí en las oscuras aguas: mis propios fragmentos se perdían en sus confines más remotos.

—Creo que sabes que eso es imposible, pero me gustaría saber por qué fuiste a Richland. ¿Fuiste allí para hablar con Atys?

—Conocí a su madre y a su tía. Vivía cerca de ellas en la ribera del Congaree.

—Desaparecieron.

—Exacto.

—¿Tienes idea de qué les ocurrió?

No me contestó. Soltó la cruz y se acercó a mí. No retrocedí. No me sentía amenazado por aquel hombre.

—Usted preguntaba por una persona viva, ¿no es así, señor?

—Supongo que sí.

—¿Qué le ha preguntado al señor Norton?

Esperé. Había algo en todo aquello que yo no alcanzaba a comprender, algo que desconocía y que Tereus estaba intentando decirme.

—¿Qué debería preguntarle?

—Debería preguntarle qué les pasó a la madre y a la tía del chico.

—Desaparecieron. Me enseñó los recortes de los periódicos.

—Es posible.

—¿Crees que están muertas?

—Va por el camino equivocado, señor. Quizás estén muertas, pero no han desaparecido.

—No comprendo.

—Quizás estén muertas —repitió—, pero no han salido del Congaree.

Negué con la cabeza. Era la segunda vez en menos de veinticuatro horas que me hablaban de los fantasmas de la ciénaga del Congaree. Pero los fantasmas no destrozan con piedras la cabeza de las jóvenes. En torno a nosotros, la lluvia había cesado y el aire parecía más fresco. A mi izquierda, vi que Handy Andy se aproximaba por la carretera. Me echó un vistazo, se encogió resignadamente de hombros, encendió otro cigarrillo y volvió sobre sus pasos.

—¿Ha oído hablar del Camino Blanco, señor?

Distraído por un momento a causa de Andy, casi me di de narices con Tereus. Su respiración olía a canela. De forma instintiva, me separé de él.

—No. ¿Qué es eso?

Volvió a mirarse una vez más los pies y las marcas de los tobillos.

—El quinto día que me ataron al poste vi el Camino Blanco. El asfalto relucía y después era como si alguien hubiese vuelto el mundo del revés. La oscuridad se hizo luz, lo negro se volvió blanco. Y yo veía el camino ante mí, y a los hombres que seguían picando piedras, y a los carceleros armados que escupían el tabaco mascado.

Hablaba como un predicador del Antiguo Testamento, con la mente repleta de visiones y casi enloquecido por las horas pasadas bajo el sol abrasador, con el cuerpo desvanecido en el poste de madera y la piel desgarrada por las ataduras.

—... Y también vi a los otros —prosiguió—. Vi figuras que se movían entre ellos, figuras de mujeres y de niñas, de jóvenes y de ancianos, y figuras de hombres con sogas alrededor del cuello y con balazos en el cuerpo. Vi a soldados y a los jinetes de la noche, y a mujeres vestidas con trajes muy hermosos. Los vi a todos, señor, a los vivos y a los muertos, todos juntos por el Camino Blanco. Creemos que se han ido, pero aún esperan. Todo el tiempo están a nuestro lado, y no descansan hasta que se hace justicia. Señor, ése es el Camino Blanco. Es el lugar donde se hace justicia, donde los vivos y los muertos caminan juntos.

A continuación se quitó las gafas de cristales ahumados y me di cuenta de que algo se había transformado en sus ojos, debido tal vez a la exposición al sol. El azul brillante de las pupilas había perdido intensidad y el iris estaba recubierto de blanco, como si le hubieran tejido en ellos una tela de araña.

—Aún no lo conoce —susurró—, pero usted camina ahora por

el Camino Blanco, y será mejor que no se salga de él, porque las cosas que le esperan a uno en el bosque son mucho peores de lo que pueda imaginar.

Todo aquello no me servía de nada. Quería saber más cosas acerca de las hermanas Jones, y también las razones que tenía Tereus para acercarse a Atys. Pero, por lo menos, Tereus estaba hablando.

—¿También has visto esas cosas que hay en el bosque?

Por un momento pareció estudiarme. Supuse que estaría calibrando si intentaba mofarme de él, pero me equivoqué.

—Las he visto —me dijo—. Eran como ángeles negros.

No me diría nada más, al menos nada que pudiera resultarme útil. Había conocido a la familia Jones, había visto crecer a las niñas, cómo Addy se quedaba embarazada a los dieciséis años de un vagabundo que se tiraba también a su madre y cómo daba a luz a los nueve meses a Atys. El nombre del vagabundo era Davis Smoot. Sus amigos lo llamaban el Botas, por las botas vaqueras de piel que le gustaba llevar. Pero eso yo ya lo sabía, porque Randy Burris me había puesto al tanto cuando me dijo que Tereus había pasado casi veinte años en Limestone por asesinar a Davis Smoot en un bar de Gadsden.

Handy Andy venía ya de vuelta y esa vez no parecía que tuviese la intención de darse otro largo paseo. Tereus recogió la fregona y el cubo para volver al trabajo.

—Tereus, ¿por qué mataste a Davis Smoot?

Me preguntaba si mostraría una expresión de remordimiento, o si me diría que ya no era el mismo hombre que le quitó la vida a otro, pero no hizo el menor intento de justificar su crimen como un error del pasado.

—Le pedí ayuda y me la negó. Empezamos a discutir y me amenazó con un cuchillo. Entonces lo maté.

—¿Qué tipo de ayuda le pediste?

Tereus levantó la mano y la movió en señal de negación.

—Eso queda entre él, yo y Dios. Pregúntele al señor Norton. Quizá le diga por qué andaba yo buscando al viejo Botas.

—¿Le dijiste a Atys que tú mataste a su padre?

Negó con la cabeza.

—¿Por qué iba a hacer semejante tontería?

Volvió a ponerse las gafas, que ocultaban aquellos ojos dañados, y me dejó solo bajo la lluvia.

15

Aquella tarde llamé a Elliot desde la habitación del hotel. Me dio la impresión de que estaba cansado, pero no me compadecía de él.

—¿Has tenido un mal día en el bufete?

—Estoy deprimido. ¿Y tú qué tal?

—Sólo un mal día.

No le comenté a Elliot nada acerca de Tereus, sobre todo porque no le había sonsacado nada de utilidad. Pero había comprobado las declaraciones de dos testigos más después de irme del LapLand. Una era la de un primo segundo de Atys, un hombre temeroso de Dios que no aprobaba el estilo de vida de Atys, como tampoco el de su madre ni el de su tía desaparecidas, pero al que le gustaba rondar por los garitos para regalarse algo con lo que poder sentirse ofendido. Un vecino me dijo que lo más probable era que hubiese vuelto al Swamp Rat, y allí lo encontré. Recordaba que Atys y Marianne salieron del bar y que él se encontraba todavía allí, rezando por todos los pecadores, sentado frente a una bebida doble, cuando Atys volvió a aparecer con las manos y la cara manchadas de sangre y de polvo.

El Swamp Rat estaba al final de Cedar Creek Road, cerca del límite del Congaree. Era un bar horroroso tanto por dentro como por fuera. Una monstruosidad de ladrillo de cenizas y de hierro ondulado, aunque tenía una buena gramola y era el tipo de local donde a los niños ricos les gustaba parar cuando querían flirtear con el peligro. Me dirigí a la arboleda y encontré el pequeño claro del bosque donde Marianne había muerto. Aún colgaban de los árboles las cintas con que se precintó la escena del crimen, pero no había ninguna otra señal que indicase que había muerto allí. Oía cómo fluían las cercanas aguas del Cedar Creek. Durante un rato, seguí el curso de aquellas aguas hacia el oeste. Luego volví hacia el norte con la intención de retomar el camino de vuelta al bar. Pero, en lugar de eso, me encontré ante una alambrada oxidada que, de tramo en tramo, tenía colgado el letrero de PROPIEDAD PRIVADA y anunciaba que la finca pertenecía a «Minas Larousse Sociedad Anónima». A través de la alambrada vi árboles caídos, socavones y vetas que parecían ser de piedra caliza. Ese tramo de la llanura costera estaba plagado de yacimientos de piedra caliza. En algunas zonas, las aguas ácidas del subsuelo se habían filtrado a través de la piedra caliza, habían provocado una reacción química, y la habían disuelto. El resultado era el característico paisaje kárstico, con hundimientos, pequeñas cuevas y ríos subterráneos.

Seguí el trazado de la alambrada durante un trecho, pero no encontré ningún hueco por el que colarme. Empezó a llover de nuevo, y cuando regresé al bar estaba empapado. El camarero no sabía mucho sobre aquella finca de los Larousse, excepto que creía recordar que iban a convertirla en una cantera y que, como ese proyecto nunca se llevó a cabo, el Gobierno había hecho varias ofertas a los Larousse para que la vendiesen, pues tenía intención de ampliar el parque estatal, aunque la familia Larousse nunca las había tenido en cuenta.

El otro testigo era una mujer llamada Euna Schillega, que estaba jugando al billar en el Swamp Rat cuando entraron Atys y Marianne. Recordaba el insulto racista dirigido a Atys y confirmó la hora a la que llegaron y la hora a la que se fueron. Lo sabía porque, bueno, con el hombre con el que jugaba al billar era con el que se veía a espaldas de su marido, ya sabes a lo que me refiero, cariño, y no paraba de mirar el reloj para estar segura de la hora que era, ya que quería llegar a casa antes de que su marido terminase su turno de trabajo. Euna tenía el cabello largo y teñido del color de la mermelada de fresa, y sobre la cintura del vaquero desteñido le colgaba un michelín. Estaba despidiéndose de la cuarentena, pero se veía a sí misma con la mitad de años y el doble de guapa de lo que era.

Euna trabajaba a tiempo parcial de camarera en un bar cerca de Horrel Hill. En una esquina había un par de militares de Fort Jackson, bebiendo cerveza y sudando un poco a causa del calor. Estaban sentados lo más cerca posible del aire acondicionado, pero éste era casi tan viejo como Euna. A los chicos del ejército les hubiera traído más cuenta soplar la boca de las botellas frías para refrescarse entre sí.

Euna era la más servicial de todos los testigos con los que había hablado hasta aquel momento. Quizá se debió a que estaba aburrida y que le procuré un poco de distracción. No la conocía de nada, y no imaginaba siquiera que llegase a conocerla, pero supuse que para ella el jugador de billar también fue una distracción, la más reciente de una larga serie de distracciones. A Euna se le notaba cierta ansiedad, una especie de avidez errática alimentada por la frustración y la decepción. Esa avidez se manifestaba en su forma de hablar, en la lentitud con que paseaba la mirada por mi cara y mi cuerpo, como si estuviese calculando qué partes usar y cuáles desechar.

—¿Habías visto alguna vez a Marianne en el bar antes de aquella noche? —le pregunté.

—Un par de veces. También la vi en éste. Era una niña rica, pero le gustaba visitar los barrios bajos de vez en cuando.

—¿Con quién venía?

—Con otras chicas ricas, y a veces con chicos ricos.

Le dio un ligero escalofrío. Tal vez de repugnancia, o tal vez de algo más agradable.

—Hay que vigilarles las manos. Esos chicos se creen que con

285

el dinero compran la cerveza y que con la propina compran los derechos sobre la mina, ya me entiendes.

—Y supongo que no es así.

Al recordar viejos apetitos le brillaron los ojos, pero el brillo se difuminó cuando rememoró el deseo saciado. Dio una larga calada al cigarrillo.

—No siempre.

—¿La viste alguna vez con Atys Jones antes de aquella noche?

—Una vez, pero no aquí. Éste no es un sitio de ésos. Fue en el Swamp Rat. Ya te he dicho que voy allí muy a menudo.

—¿Qué impresión te dieron?

—No se estaban tocando ni nada por el estilo, pero te puedo asegurar que estaban juntos. Supongo que otra gente podría decirte lo mismo...

Esas últimas palabras quedaron suspendidas en el aire.

—¿Hubo algún problema?

—Aquella noche no. Fue otra que volvió por aquí y su hermano vino a buscarla. —De nuevo le entró un escalofrío, pero esa vez no cabía duda de qué lo había provocado.

—¿No te cae bien su hermano?

—No lo conozco.

—¿Pero?

Con aire despreocupado echó una mirada alrededor y se acercó a mí inclinándose sobre la barra. La blusa se le abrió un poco y dejó al descubierto el movimiento de sus pechos, que presentaban una piel completamente lisa, sin ningún tipo de mancha.

—Los Larousse dan trabajo a mucha gente de aquí, pero eso no significa que nos caigan bien, y Earl Jr., menos todavía. Tiene un no sé qué, como..., como de marica, pero no de marica. No me malinterpretes, me gustan todos los hombres, incluso aquellos a los que no les gusto yo, ya sabes, físicamente y todo eso, pero no me gusta Earl Jr. Tiene algo que no me gusta.

Le dio otra calada al cigarrillo. Después de tres chupadas casi lo había terminado.

—¿Así que Earl Jr. entró en el bar buscando a Marianne?

—Exacto. La agarró por el brazo e intentó llevársela. Ella le dio una bofetada y entonces apareció otro tipo y se las arreglaron para sacarla de aquí entre los dos.

—¿Recuerdas cuándo pasó?

—Sería una semana antes de que la matasen.

—¿Crees que sabían algo de su relación con Atys Jones?

—Ya te he dicho que lo sabía más gente. Y si lo sabía más gente, al final llegaría a oídos de la familia.

La puerta se abrió y entró un grupo de hombres dando gritos y carcajadas. Comenzaba el ajetreo vespertino.

—Tengo que irme, encanto —me dijo Euna. Ya antes se había negado a firmar una declaración escrita.

—Una última pregunta: ¿reconociste al hombre que estaba con Earl Jr. aquella noche?

Lo pensó durante un momento.

—Seguro. Ha venido por aquí una o dos veces. Es un mierda. Se llama Landron Mobley.

Le di las gracias y dejé un billete de veinte sobre la barra para pagar mi zumo de naranja y su tiempo. Me brindó la mejor de sus sonrisas.

—No te lo tomes a mal, encanto —me dijo Euna cuando me levanté para marcharme—, pero el chico ese al que intentas ayudar se merece lo que le va a caer encima.

—Parece que mucha gente opina lo mismo.

Exhaló una larga bocanada de humo, echando hacia delante el labio inferior. Lo tenía un poco hinchado, como si se lo hubieran golpeado hacía poco. Me quedé mirando cómo se volatizaba el humo.

—Violó y asesinó a esa muchacha —continuó Euna—. Sé que tienes que hacer lo que estás haciendo, preguntar y todo lo demás, pero espero que no descubras nada que pueda dejar libre al chico.

—¿Incluso si descubro que es inocente?

Levantó el pecho de la barra y desmenuzó el cigarrillo en un cenicero.

—Encanto, no hay nadie inocente en este mundo, excepto los bebés, y algunas veces dudo incluso de eso.

Por teléfono, le conté a Elliot la conversación que había mantenido con Euna.

—Quizá deberías hablar con Mobley cuando lo encuentres, para ver qué sabe.

—Si puedo dar con él.

—¿Crees que ha volado?

Hubo un silencio.

—Espero que haya volado —me dijo Elliot, pero cuando le pedí que me explicara lo que quería decir, empezó a reírse—. Quiero decir que si su caso va a juicio, Landron se expondría a pasar una larga temporada en la cárcel. En términos legales, Landron está jodido.

Pero no era eso lo que quería decir.

Eso no era en absoluto lo que quería decir.

Me duché y cené en la habitación. Llamé a Rachel y hablé con ella durante un rato. MacArthur había cumplido su promesa de pasarse por allí con regularidad y el Klan Killer se quitaba de en medio cuando los polis la visitaban. Si bien Rachel no me había perdonado del todo por haberle endosado a aquel tipo, me daba la impresión de que la compañía la tranquilizaba. Además era un tipo limpio y no dejaba la tapa del váter levantada, dos factores que tendían a influir mucho en las opiniones que Rachel se formaba de la gente. MacArthur había planeado salir con Mary Mason aquella noche y le había prometido a Rachel tenerla al tanto. Le dije que la quería, y ella me dijo que si la quería que le llevase bombones a mi regreso. A veces Rachel tenía cosas de niña.

Después de hablar con Rachel, llamé para saber cómo se encontraba Atys. Contestó la mujer y me dijo, hasta donde pude entenderla, que era un «*spile chile. Uh yent ha no mo'pashun wid'um*». [«Un niño mimado. Ya no tengo paciencia para bregar con él.»] Estaba claro que mostraba menos compasión ante la grave situación de Atys que su marido. Le pedí que me pasara con Atys. Unos segundos más tarde, oí pasos y se puso al teléfono.

—¿Cómo estás? —le pregunté.

—Bien, supongo. —Bajó la voz—. La vieja me está matando. Es brutal.

—Sólo tienes que ser amable con ella. ¿Hay algo más que quieras contarme?

—No. Te conté lo que puedo contarte.

—¿Y todo lo que sabes?

Tardó tanto en contestar, que creí que había colgado el teléfono y se había marchado. Por fin habló.

—¿Has sentido alguna vez como si te hubiesen vigilado durante toda tu vida, como si siempre hubiese alguien a tu lado, alguien a quien no ves la mayor parte del tiempo, aunque sabes que está ahí?

Me acordé de mi mujer y de mi hija, de la presencia de ambas en mi vida después de que muriesen, de las figuras y de las sombras vislumbradas en la oscuridad.

—Creo que sí —le contesté.

—La mujer. Con ella me pasa eso. La he visto durante toda mi vida, así que no sé si es un sueño o no, pero está ahí. Sé que está ahí, aunque nadie más la vea. Eso es todo lo que sé. No me preguntes más.

Cambié de tema.

—¿Has tenido alguna vez un encontronazo con Earl Larousse Jr.?

—No, nunca.

—¿Y con Landron Mobley?

—Me dijeron que andaba buscándome, pero no dio conmigo.

—¿Sabes por qué te buscaba?

—Para darme una paliza de muerte. ¿Para qué crees que va a buscarme el perro de Earl Jr.?

—¿Trabaja Mobley para Larousse?

—No trabaja para él, pero cuando necesita que alguien le haga un trabajo sucio recurre a Mobley. Mobley también tiene amigos, gente peor que él.

—¿Como quiénes?

Le oí tragar saliva.

—Como ese tipo de la tele —me dijo—. El tipo del Klan. Bowen.

Aquella noche, muy al norte, el predicador Faulkner estaba tumbado despierto en la cama de su celda, con las manos cruzadas detrás de la cabeza, oyendo los ruidos nocturnos de la prisión: los ronquidos, los gritos de los durmientes que tienen problemas para conciliar el sueño, los pasos de los guardias, los sollozos. Ya no le impedían dormir, como le ocurría antes. Aprendió muy pronto a ignorarlos o a relegarlos, en el peor de los casos, a la categoría de ruido ambiental. En aquellos momentos podía dormir a voluntad, pero esa noche sus pensamientos estaban en otra parte, como lo habían estado desde que pusieron en libertad al hombre llamado Cyrus Nairn. Así que yacía inmóvil en la litera. Esperando.

—¡Quitádmelas! ¡Quitádmelas!

Dwight Anson, el guardia de prisiones, se despertó en su cama dando patadas y tirones a las sábanas. La almohada estaba empapada de sudor. Saltó de la cama y se frotó el cuerpo desnudo, intentando quitarse las criaturas que notaba que le recorrían el pecho. A su lado, Aileen, su mujer, alargó la mano y encendió la lámpara de la mesilla de noche.

—¡Por Dios! Otra vez estás soñando —le dijo—. Es sólo un sueño.

Anson tragó saliva e intentó aplacar los latidos de su corazón, pero se estremeció de nuevo y, sin motivo alguno, empezó a frotarse las manos y el pelo.

Era el mismo sueño de la noche anterior, en el que arañas corrían por su piel y le picaban mientras él estaba encerrado dentro de una bañera mugrienta en mitad de un bosque. A medida que las arañas le picaban, la piel se le pudría y la carne se le desprendía en pedacitos, dejándole agujeros grises en el cuerpo. Y, mientras tanto, un extraño le observaba desde la oscuridad, un hombre pelirrojo y demacrado que tenía unos dedos largos y pálidos. Pero el hombre estaba muerto: a la luz de la luna, Anson podía verle el cráneo destrozado y la cara ensangrentada. Por lo demás, los ojos se le colmaban de placer al presenciar cómo sus mascotas devoraban al hombre atrapado.

Anson se llevó las manos a las caderas y sacudió la cabeza.

—Dwight, vuelve a la cama —le dijo su mujer, pero él no se movió, y, después de unos segundos, Aileen, con la desilusión reflejada en los ojos, se dio la vuelta e intentó conciliar de nuevo el sueño. Anson casi llegó a tocarla, aunque al final se contuvo. No quería tocarla. La niña que él quería tocar había desaparecido.

Marie Blair se había esfumado la noche anterior, cuando volvía a casa después de terminar su trabajo en la heladería Dairy Queen, y desde entonces nadie la había visto ni sabía nada de ella. A veces, Anson esperaba que la policía fuese a buscarlo. Nadie estaba al tanto de lo suyo con Marie, o al menos eso pensaba, pero siempre quedaba la posibilidad de que ella se hubiese ido de la lengua con alguna de las burras de sus amigas y que, cuando la policía fuera a interrogarla, mencionara su nombre. Pero hasta el momento no había ocurrido nada. La mujer de Anson lo había notado inquieto y sabía que algo le preocupaba, pero no le había dicho nada al respecto, y eso a él le convenía. Estaba preocupado por la niña. Quería que regresara, tanto por razones egoístas como por la seguridad de ella.

Anson dejó a su mujer en la cama y bajó las escaleras para ir a la cocina. Cuando abrió la puerta del frigorífico para coger el tetrabrik de leche, notó una ráfaga de aire frío en la espalda y, casi al mismo tiempo, oyó batir la mosquitera contra el marco de la puerta.

La puerta de la cocina estaba abierta de par en par. Supuso que el viento la había abierto, aunque pensó que era poco probable. Aileen se había ido a la cama después que él y siempre se aseguraba de que todas las puertas estuviesen cerradas con llave. Jamás se olvidaba de hacerlo. También se preguntaba cómo es que no había oído el batir de la mosquitera, ya que el ruido más insignificante lo despertaba. Con cautela, dejó el tetrabrik de leche y aguzó el oído, pero no oyó nada. Le llegaba de fuera el susurro del viento soplando en los árboles y el ruido distante de los coches.

Anson tenía una Smith & Wesson 60 en el cajón de la mesilla de noche. Por un momento barajó la opción de subir por ella, pero al final decidió que no. En vez de eso, se hizo con un cuchillo de trinchar carne y se dirigió a la puerta sin hacer ruido. Echó un vistazo primero a la derecha y después a la izquierda para asegurarse de que no había nadie fuera, y de un empujón abrió la puerta. Salió al porche y comprobó que en el jardín no había nadie, sólo la extensión de césped y, al fondo, la hilera de árboles que había plantado para aislar la casa de la carretera. La luna brillaba detrás de él, reflejando la silueta de la casa.

Anson bajó al jardín y echó a andar por el césped.

Una figura, oculta bajo la escalera del porche, salió de su escondite. Debido al viento, no se oían sus pasos y la sombra negra de la casa hacía imperceptible su presencia. Anson no se percató de nada hasta que le agarró el brazo y notó una presión en torno al cuello. Luego sintió un raudal de dolor y vio cómo la sangre estallaba en la noche. El cuchillo se le cayó. Se dio la vuelta presionando inútilmente la herida del cuello con la mano izquierda. Las piernas se le debilitaron y cayó de rodillas. La sangre era menos abundante a medida que se acercaba el momento de su muerte.

Anson levantó los ojos hacia los de Cyrus Nairn, y luego vio el anillo que tenía en la palma de la mano. Era el anillo de granates que le había regalado a Marie cuando cumplió quince años. Lo habría reconocido en cualquier sitio, pensó, incluso si no hubiese estado, como era el caso, en el mutilado dedo índice de Marie. A continuación, las piernas de Anson empezaron a sacudirse de forma descontrolada y Cyrus Nairn se dio la vuelta. La luz de la luna brillaba en el cuchillo del asesino mientras se encaminaba a la casa. Anson se convulsionó y, por fin, murió en el mismo instante en que Nairn concentraba sus pensamientos en la entonces dormida Aileen Anson y en el lugar que le tenía reservado.

Y, en su celda de la prisión de Thomaston, Faulkner cerraba los ojos y caía en un sueño profundo en el que no había sueños.

16

El cementerio Magnolia está al final de Cunnington Street, al oeste de Meeting. Cunnington Street es en realidad una sucesión de cementerios: allí están los cementerios de la Old Methodist, la Friendly Union Society, la Brown Fellowship, la Humane and Friendly y la Unity and Friendship. Unos están mejor conservados que otros, pero todos sirven para lo mismo: para preservar a los muertos. Allí acaban tanto los ricos como los pobres, y todos engordando a los gusanos.

Los muertos están esparcidos por todo Charleston y sus restos descansan bajo los pies de los turistas y de los juerguistas. Los cuerpos de los esclavos los recubren ahora los aparcamientos y las tiendas de alimentación, y el cruce de Meeting con Water señala la ubicación del viejo cementerio, donde sepultaban a los piratas de Carolina después de ser ejecutados. Antes era la zona que marcaba la línea de la bajamar de los pantanos, pero la ciudad se ha expandido tanto que ya nadie se acuerda de los ahorcados, cuyos huesos están triturados por los cimientos de las mansiones y por las calles colindantes.

Pero en los cementerios que hay en Cunnigton Street a los muertos se les recuerda, aunque sea de manera ocasional, y, entre ellos, el cementerio más grande es el Magnolia. Los peces saltan en las aguas del lago, observados desde los juncos por las perezosas garzas reales y los tántalos americanos de plumaje blanco y gris, y un cartel advierte de que se multará con doscientos dólares a quien dé de comer a los caimanes. Manadas de gansos curiosos atestan la estrecha calzada que conduce a las oficinas de la Magnolia Cemetery Trust. Árboles de hoja perenne y arrayanes sombrean las lápidas, y entre los encinos laurel, invadidos de líquenes sanguinolentos, los chillidos de los pájaros.

Un hombre llamado Hubert ha estado viniendo aquí durante dos años. A veces, decide dormir entre los monumentos funerarios, provisto de un pan de centeno y de una botella para solazarse. Conoce las veredas del cementerio, así como los movimientos de los plañideros y del personal de mantenimiento. No sabe si toleran su presencia o si, por el contrario, la ignoran, pero eso a él le trae sin cuidado. Hubert guarda las distancias y procura molestar lo menos posible, con la esperanza de que nada altere su tranquila existencia. Los caimanes le han dado uno o dos sustos, pero nada más que eso, aunque se trata de animales lo suficientemente peligrosos como para andarse con mucho ojo con ellos, y si no que se lo pregunten a Hubert.

Hubert tuvo una vez un trabajo, una casa y una mujer, hasta que perdió el trabajo y luego, en un abrir y cerrar de ojos, perdió también la casa y la mujer. Durante un tiempo, incluso él mismo llegó a perderse, hasta que recobró el conocimiento en la cama de un hospital con las piernas escayoladas después de que un camión le diese de refilón y lo lanzara despedido de la Ruta 1, en algún lugar al norte de Killian. Desde entonces ha procurado tener más cuidado, aunque jamás volverá a su anterior forma de vida, a pesar de los intentos de los trabajadores sociales para que se establezca de manera permanente en algún sitio. Pero Hubert no quiere un domicilio estable, porque es lo bastante inteligente como para comprender que la permanencia no existe. Al fin y al cabo, Hubert se dedica sólo a esperar, y no importa dónde espere un hombre mientras sepa qué está esperando. Lo que venga a buscar a Hubert lo encontrará, esté donde esté. Lo atraerá y lo envolverá en su manto frío y oscuro, y añadirá su nombre a la lista de pobres y de indigentes enterrados en algún terrenucho cercado por una tela metálica. Hubert lo sabe muy bien y es lo único de lo que está seguro.

Cuando arrecian el frío o la lluvia, Hubert va al refugio para hombres de Charleston Interfaith Crisis Ministry, en el número 573 de la calle Meeting, y si hay una cama disponible, rebusca en el monedero que tiene colgado del cuello y entrega tres arrugados billetes de un dólar para pasar allí la noche. A todo el mundo se le da algo cuando llega al refugio. Como poco se le da de cenar, algunos artículos de aseo, si lo necesitan, e incluso ropa. El refugio también se encarga de distribuir los recados que le llegan y de entregar el correo a los indigentes, aunque hace mucho que Hubert no recibe nada de eso.

Han pasado ya muchas semanas desde la última vez que Hubert durmió en el refugio. Desde entonces no ha parado de llover por las noches y la lluvia lo ha empapado y lo ha tenido estornudando durante días, pero no ha regresado a las camas del número 573 de la calle Meeting, no desde aquella noche en que vio al hombre de la piel aceitunada y de los ojos dañados, la extraña luz que bailaba ante él y la forma que esa luz adoptó.

La primera vez que se fijó en él fue en las duchas. Por regla general, Hubert no mira a nadie en las duchas, porque sería una manera de llamar la atención y también, quizá, de buscarse problemas, y eso es lo último que querría Hubert. No es muy alto ni muy fuerte, y en el pasado le han derrotado hombres más violentos que él. Ha aprendido a no cruzarse en su camino y a rehuirles la mirada, y ésa es la razón por la que siempre mira al suelo en las duchas y también la razón por la que se fijó por primera vez en aquel hombre.

Fueron sus tobillos y las cicatrices que los circundaban. Hubert jamás había visto algo parecido. Era como si le hubieran cortado los pies y después se los hubiesen vuelto a unir de manera tosca, dejando las marcas de la sutura como recuerdo. Entonces Hubert quebrantó su propia regla y alzó la vista para observar al hombre que estaba a su lado. Vio su musculatura fibrosa, el pelo crespo y los angustiosos y extraños ojos, casi decolorados y velados por una especie de nube. Estaba canturreando, y Hubert pensó que podría tratarse de un himno o de alguna vieja canción espiritual negra. Era difícil captar la letra, pero entendió algo:

> Camina conmigo, hermano,
> ven a pasear conmigo, hermana,
> y caminaremos, y seguiremos caminando
> por el Camino Blanco...

El hombre sorprendió a Hubert mirándole y le clavó a su vez la mirada.

—¿Estás preparado para caminar, hermano? —le preguntó.

Hubert se sorprendió a sí mismo contestándole. El eco de su propia voz, que le devolvían los azulejos, le sonó extraño:

—¿Caminar por dónde?

—Por el Camino Blanco. ¿Estás preparado para caminar por el Camino Blanco? Ella te espera, hermano. Te está observando.

—No sé de qué me hablas —replicó Hubert.

—Seguro que sí, Hubert. Seguro que sí.

Hubert cerró el grifo, se apartó y agarró la toalla. No dijo nada más, ni siquiera cuando el hombre comenzó a llamarlo y a reírse.

—Oye, hermano, mira por dónde pisas, ¿te enteras? No vayas a tropezar. No vayas a caerte. No quieres ir a parar al Camino Blanco porque hay gente que te espera, gente que espera que aparezcas por allí. Y cuando lo hagas, van a echarte el guante. ¡Van a echarte el guante y te van a descuartizar!

Y en el momento en que Hubert salía a toda prisa de las duchas, aquel hombre empezó a cantar de nuevo:

> Camina conmigo, hermano,
> ven a pasear conmigo, hermana,
> y caminaremos, y seguiremos caminando
> por el Camino Blanco que...

Aquella noche, a Hubert le habían dado un catre cerca de los servicios. No le importó. Con frecuencia, su vejiga le daba la lata y tenía que levantarse dos o tres veces durante la noche para echar una meada. Pero aquella noche no fue la vejiga lo que le despertó.

Fue el sonido de una voz femenina que gritaba.

Hubert sabía que no podía ser. El refugio de acogida familiar se encontraba en el número 49 de la calle Walnut, y era allí donde dormían las mujeres y los niños. No había razón alguna para que hubiese una mujer en el refugio de los hombres, pero ya se sabe que entre los mendigos hay sujetos cuyas costumbres nadie conoce, y Hubert no quería ni imaginar siquiera que alguien estuviese haciéndole daño a una mujer o, peor aún, a un niño.

Se levantó del catre y siguió el rastro de los gritos. Le pareció que provenían de las duchas. Reconoció cómo resonaba la voz, y recordó el sonido de su propia voz y la canción que cantaba el hombre en las primeras horas de la noche. Hubert se dirigió a la entrada sin hacer ruido y se quedó allí paralizado. El hombre de la piel aceitunada estaba delante de las silenciosas duchas, de espaldas a la puerta, vestido con unos calzoncillos de algodón y una vieja camiseta negra. Delante de él brillaba una luz que bañaba su cara y su cuerpo, aunque las duchas estaban a oscuras y los fluorescentes apagados. Hubert, sin darse cuenta siquiera, empezó a acercarse para apreciar mejor la fuente de la luz, y se deslizó, con los pies desnudos, hacia la derecha, forzando la vista.

Delante del hombre había una columna de luz que medía casi metro y medio. Parpadeaba como la llama de una vela, y a

Hubert le dio la impresión de que había una figura dentro o detrás de ella, envuelta en su resplandor.

Era la figura de una niñita rubia. Tenía el rostro retorcido de dolor y agitaba la cabeza de lado a lado muy rápido, más rápido de lo humanamente posible, y oía sus gritos, el firme «ay, ay, ay, ay», lleno de temor, de agonía y de ira. Tenía la ropa hecha jirones y estaba desnuda de cintura para abajo. Un cuerpo desgarrado y lleno de marcas allí donde las ruedas de un coche lo habían aplastado.

Hubert sabía quién era. Oh, sí. Hubert la conocía. Ruby Blanton, ése era su nombre. La pequeña y bonita Ruby Blanton, que fue asesinada cuando un conductor distraído con el busca la atropelló mientras ella cruzaba la calle para dirigirse a su casa, y la arrastró casi veinte metros. Hubert recordaba cómo en el último momento la niña giró la cabeza hacia el coche. Recordaba el impacto del cuerpo contra el capó y su mirada última, antes de desaparecer bajo las ruedas.

Oh, Hubert sabía quién era. Lo sabía con toda seguridad.

El hombre que estaba delante de ella no hacía ningún intento por tocarla ni por consolarla. Al contrario, empezó a canturrear la canción que Hubert había oído por primera vez aquel día.

> Camina conmigo, hermano,
> ven a pasear conmigo, hermana,
> y caminaremos, y seguiremos caminando...

Se volvió, y, cuando aquellos ojos marchitos miraron a Hubert, algo brilló detrás de ellos.

—Hermano, ahora estás en el Camino Blanco —susurró—. Ven a ver lo que te espera en el Camino Blanco.

Se apartó, y la luz avanzó hacia Hubert. La niña sacudía la cabeza con los ojos cerrados y de sus labios manaban exclamaciones como un goteo constante de agua:

«Ay, ay, ay, ay».

Abrió los ojos y Hubert se quedó mirándolos con fijeza, con su sentimiento de culpa reflejado en ellos, y notó que caía, que caía sobre las baldosas limpias, que caía sobre su propio reflejo. Descendía y descendía hacia el Camino Blanco.

Lo encontraron allí más tarde, rodeado de un charco de sangre que brotaba de la herida que se hizo en la cabeza al chocar con las baldosas. Llamaron a un médico, que le preguntó a Hubert si había tenido mareos o si había consumido alcohol, y le sugirió que debería aceptar la oferta de un hogar estable. Hubert le dio las gracias, recogió sus pertenencias y abandonó el refugio. El hombre de piel aceitunada ya se había ido y Hubert no volvió a verlo, aunque no paraba de mirar por encima de su hombro, y durante un tiempo no durmió en el Magnolia, sino que prefirió dormir en las calles y en los callejones, entre los vivos.

Pero ahora ha vuelto al cementerio. Es su lugar, y el recuerdo de lo que vio en las duchas casi se ha disipado: la sombra de su reminiscencia la achaca al alcohol, al agotamiento y a la fiebre que arrastraba antes de acudir aquella precisa noche al refugio.

A veces, Hubert duerme cerca de la tumba de Stolle, que se distingue por la escultura de una mujer que llora a los pies de una cruz. Está resguardada entre unos árboles, y desde allí puede divisar la vereda y el lago. Cerca hay una lápida lisa de granito que cubre la última morada de un hombre llamado Bennet Spree, una incorporación relativamente reciente al viejo cementerio. La parcela había sido propiedad de la familia Spree durante muchísimo tiempo, pero Bennet Spree fue el último de su linaje y el último en reivindicar la propiedad de la parcela cuando murió en julio de 1981.

A medida que Hubert se aproxima, ve un bulto en la lápida de Bennet Spree. Durante unos segundos, está a punto de desviarse, porque no quiere discutir con otro vagabundo sobre asuntos territoriales y porque no cree que ningún extraño quiera dormir a su lado en un cementerio, pero hay algo en aquel bulto que le obliga a aproximarse a él. A medida que se acerca, una brisa luminosa agita los árboles, moteando el bulto con la luz de la luna, y Hubert advierte que está desnudo y que las sombras que se reflejan en su cuerpo no se alteran por el movimiento de los árboles.

El hombre tiene una herida irregular en la garganta. Es un agujero extraño, como si le hubiesen metido algo en la boca por debajo de la barbilla. El torso y las piernas están casi negros de sangre.

Pero hay otras dos cosas que Hubert advierte antes de volverse y de echar a correr.

La primera cosa es que el hombre ha sido castrado.

La segunda es la herramienta en forma de T que tiene clavada en el pecho. Está oxidada y la traspasa una nota. La sangre que ha brotado del pecho ha manchado un poco el papel, sobre el que alguien ha escrito algo con una caligrafía muy esmerada.

Dice: CAVAD AQUÍ.

Y cavarán. Un juez solicitará y firmará una orden de exhumación, porque Bennet Spree no tiene parientes vivos que puedan autorizar la profanación de su última morada. Eso ocurrirá un día o dos antes de que suban el ataúd podrido, rodeado cuidadosamente con cuerdas y envuelto en plásticos para que no se deshagan y se esparzan los restos mortales de Bennet Spree sobre la tierra negra y removida.

Y allí donde el ataúd había descansado durante tanto tiempo encontrarán una pequeña y fina capa de tierra. Cuando la remuevan cuidadosamente, dejarán al descubierto los huesos: primero las costillas, después la cabeza, con la mandíbula hecha pedazos y el cráneo roto, resquebrajado por los golpes que le ocasionaron la muerte.

Es todo lo que queda de una chica que estaba a punto de convertirse en mujer.

Es todo lo que queda de Addy, la madre de Atys Jones.

Y su hijo morirá sin saber cuál fue la última morada de la mujer que lo trajo al mundo.

Cuarta parte

Cuando los ángeles descienden, visten los ropajes
propios de este mundo.
Si no se pusiesen los ropajes propios de este mundo,
no podrían soportar vivir en este mundo
y el mundo no podría soportarlos a ellos.

El Zohar

17

Casi había amanecido.

Cyrus Nairn se agazapaba, desnudo, en la matriz oscura del agujero. Pronto tendría que abandonar aquel lugar. No tardarían en ir a buscarlo, porque lo primero que sospecharían es que alguien se había vengado del guardia Anson, y la línea de investigación se centraría en todos aquellos que habían salido de Thomaston recientemente. Cyrus lamentaba mucho irse. Había pasado tanto tiempo soñando con volver allí, rodeado por el olor de la tierra húmeda y el roce de las raíces acariciando su espalda y sus hombros desnudos... De todas formas, tendría otras compensaciones. Le habían prometido mucho. A cambio, se vería obligado a ofrecer algunos sacrificios.

De fuera llegaban el canto de los primeros pájaros, el suave chapoteo del agua al chocar contra la orilla, el zumbido de los insectos nocturnos al huir de la luz inminente, pero Cyrus hacía oídos sordos a los sonidos de la vida que discurría fuera del agujero. Cyrus se mantenía inmóvil, atento sólo a los ruidos provenientes de la tierra que se agitaba bajo sus pies, observando y gozando de aquella leve agitación, mientras Aileen Anson forcejeaba por debajo del lodo, hasta que dejó de moverse.

Me despertó el teléfono de la habitación. Eran las ocho y cuarto de la mañana.

—¿Charlie Parker? —preguntó una voz masculina que no reconocí.

—Sí. ¿Quién es?

—Tiene un desayuno de trabajo dentro de diez minutos. Supongo que no querrá hacer esperar al señor Wyman —y colgó.

El señor Wyman.

Willie Wyman.

El jefe de la mafia sureña de la fracción de Charleston quería desayunar conmigo.

No era una buena manera de empezar el día.

La mafia sureña había existido, de una u otra forma, desde los tiempos de la Ley Seca. Se trataba de una extensa asociación de criminales que tenía su base de operaciones en la mayoría de las grandes ciudades del sur, pero en particular en Atlanta, en el estado de Georgia, y en Biloxi, en el estado de Mississippi. Reclutaban a criminales de un estado para que cometieran crímenes en otro. De ese modo, un incendio intencionado en Mississippi podía ser obra de un pirómano de Georgia o un golpe en Carolina del Sur podía ser llevado a cabo por un asesino a sueldo de Maryland. La mafia sureña era bastante burda y estaba metida en asuntos relacionados con la droga, con el juego, con el asesinato, con la extorsión, con el robo y con los incendios intencionados. El único golpe de cuantos habían dado que podría considerarse como de guante blanco fue el robo en una lavandería, pero eso no significaba que fuese una organización que no hubiera que tener en cuenta. En septiembre de 1987, la mafia sureña asesinó a un juez, Vincent Sherry, y a su mujer, Margaret, en su casa de Biloxi. Nunca se llegó a esclarecer el motivo por el que Sherry y su mujer murieron a tiros. Se llegó a decir que Vincent Sherry había estado implicado en asuntos criminales a través de la firma de abogados Halat y Sherry, y al socio de Sherry, Peter Halat, se le condenó más tarde por los cargos de chantaje y asesinato en relación con la muerte de los Sherry. Pero los motivos que se escondían detrás de aquellos asesinatos no tenían mucho sentido. Los hombres que osan asesinar a jueces son peligrosos porque actúan antes de pensar. No son conscientes de las consecuencias hasta después de los hechos.

En 1983 condenaron a Paul Mazzell, el entonces jefe de la fracción de Charleston, junto a Eddie Merriman, por el asesinato de Ricky Lee Seagreaves, que había robado a uno de los narcotraficantes de Mazzell. A partir de entonces, Willie Wyman se convirtió en el rey de Charleston. Medía un metro sesenta y cinco y pesaba unos cuarenta y cinco kilos con la ropa mojada, pero era malvado y astuto, capaz de cualquier cosa por mantener su posición. A las ocho y media de la mañana, me esperaba sentado a una mesa pegada a la pared en el comedor principal del Charleston Place, comiendo huevos con beicon. Junto a la mesa había una silla vacía, y, muy cerca de allí, cuatro hombres sentados a dos mesas separadas, que estaban pendientes de Willie, de la puerta y de mí.

Willie tenía el pelo corto y muy negro y la piel intensamente bronceada. Llevaba una camisa azul ultramar, moteada de nubecillas blancas, y chinos azules. Cuando me acercaba, alzó la vista y me señaló con el tenedor que me sentara con él. Uno de sus hombres hizo ademán de cachearme, pero Willie, consciente de estar en un lugar público, lo detuvo con un gesto.

—No hay necesidad de cachearle, ¿verdad?

—No voy armado.

—Bien. No creo que a la gente que se aloja en el Charleston Place le entusiasme desayunar en medio de un tiroteo. ¿Quiere tomar algo? Usted invita. —Y sonrió abierta y desganadamente.

Pedí al camarero café, zumo y tostadas. Willie terminó de devorar su desayuno y se limpió la boca con la servilleta.

—Ahora —me dijo— hablemos de negocios. Me han dicho que le dio una patada tan fuerte a Andy Dalitz en los cojones que ahora los tiene en la boca.

Esperó una respuesta. Dadas las circunstancias, parecía conveniente complacerle.

—¿El LapLand es suyo? —le pregunté.

—Uno de tantos. Mire, sé que Andy es un retrasado mental, y desde que lo conocí he estado tentado de darle una patada en los cojones, pero el tipo tiene ahora por su culpa tres jodidas manzanas de Adán en la garganta. Puede que se lo tuviese bien merecido, no digo que no. Pero si quiere visitar uno de nuestros clubes y preguntar algo, le recomiendo que lo pregunte con educación. Porque patear al encargado tan fuerte que llegue a notar el sabor de sus pelotas en la boca, no es preguntar con educación.

»Y voy a decirle algo más: si lo hubiese hecho en público, delante de los clientes o de las chicas, entonces ahora estaríamos manteniendo una conversación muy diferente. Porque si le falta al respeto a Andy, me falta al respeto a mí, y lo siguiente que debe saber es que hay tipos que piensan que ha llegado mi hora y que debo dejarle el camino libre a otro. Tengo dos opciones: convencerles de que están equivocados, y en ese caso malgastar un día conduciendo por ahí con ellos apestando en el maletero hasta encontrar un lugar adecuado donde enterrarlos, o bien ser yo el que vaya apestando en el maletero, cosa que, dicho sea entre usted y yo, no va a ocurrir. ¿Está claro?

Me trajeron el café, el zumo de naranja y las tostadas. Me serví el café y le ofrecí a Willie rellenarle su taza. Aceptó y me dio las gracias. Otra cosa no, pero era de lo más educado.

—Queda claro —le aseguré.

—Lo sé todo sobre usted —me dijo—. Sería capaz de joder incluso el paraíso. La única razón por la que sigue vivo es que ni siquiera Dios quiere tenerle cerca. Me han dicho que trabaja usted con Elliot Norton en el caso Jones. ¿Hay algo que yo deba saber? Porque ese caso huele como los pañales de mi hijo. Andy me dijo que usted quería hablar con el mestizo, con Tereus.

—¿Así que es eso, un mestizo?

—¿Quién coño se cree que soy, su primo? —Se calmó un poco—. Todo lo que sé es que su familia vino de Kentucky hace mucho tiempo. Vaya usted a saber a quién se follaban allí. En aquellas montañas hay gente que puede que sea medio cabra porque a sus papis les entró un calentón en un mal momento. Ni siquiera los negros quieren nada con Tereus o con los de su clase. Se acabó la lección. Desembuche.

No tenía más remedio que decirle algo de lo que sabía.

—Tereus fue a visitar a Atys Jones a la cárcel y quería saber por qué.

—¿Lo averiguó?

—Creo que Tereus conocía a la familia Jones. Además, encontró a Jesús.

A Willie parecieron incomodarle un poco mis palabras.

—Eso fue lo que Tereus le contó a Andy. Creo que Jesús debería tener más cuidado con los que se le acercan. Sé que usted no está largando todo lo que sabe, pero no voy a armar un escándalo por eso, al menos por ahora. Preferiría que no volviese usted por el club, pero si tuviese que ir, hágalo con discreción y no vuelva a patearle las pelotas a Andy Dalitz. A cambio, espero que me tenga al tanto si surge cualquier cosa por la que deba preocuparme, ¿me comprende?

—Le comprendo.

Asintió con la cabeza, aparentemente satisfecho, y se tomó el café a sorbitos.

—Usted fue quien dio con el paradero de aquel predicador, ¿verdad? ¿Cómo se llamaba? ¿Faulkner?

—Exacto.

Me miró con cautela. Parecía divertirse.

—Me he enterado de que Roger Bowen está intentando sacarlo de la cárcel.

No había llamado a Elliot desde que Atys Jones me habló

de la relación que existía entre Mobley y Bowen, y no estaba seguro de cómo encajaría aquello con la información de la que ya disponía. Cuando Willie mencionó el nombre de Bowen, intenté abstraerme del ruido de las mesas contiguas y centrarme sólo en lo que me decía.

—¿Siente curiosidad por saber de qué puede tratarse? —continuó Willie.

—Mucha.

Se reclinó en la silla y se desperezó, dejando al descubierto unas marcas de sudor bajo los brazos.

—La relación entre Roger y yo viene de antiguo, y no es una relación fácil. Es un fanático y no respeta nada. He pensado en mandarlo a un crucero, ya sabe, a un crucero largo, sólo de ida, y que el barco se vaya a pique, pero después llegarían los otros locos haciendo preguntas y tendría que organizar un crucero para cada uno de ellos. No sé qué quiere Bowen del predicador. Quizá tenerlo como una especie de mascarón de proa, o puede que el viejo esté en poder de algo que Bowen quiere. Ya le digo que no lo sé, pero si desea preguntárselo, puedo decirle dónde estará dentro de un rato. —Esperé—. Va a haber un mitin en Antioch, y se rumorea que Bowen va a intervenir en él. Acudirá la prensa, tal vez la televisión. Bowen no tenía por costumbre hacer apariciones públicas, pero ese asunto de Faulkner le ha sacado de debajo de las piedras. Lléguese por allí, quizá pueda saludarlo.

—¿Por qué me lo cuenta?

Se levantó de la silla y los otros cuatro se pusieron de pie al mismo tiempo.

—Me pregunto por qué razón voy a ser yo el único que tenga un jodido mal día por culpa de usted, ¿me entiende? Si lleva mierda en los zapatos, espárzala. Bowen ya tiene un mal día y me gusta la idea de que usted se lo empeore.

—¿Por qué tiene Bowen un mal día?

—Debería ver usted las noticias de la tele. Anoche encontraron a Mobley, el pitbull de Bowen, en el cementerio Magnolia. Lo han castrado. Voy a contárselo a Andy Dalitz, quizá le haga ver lo afortunado que ha sido porque sólo le hayan magullado las pelotas en vez de cortárselas. Gracias por el desayuno.

Me dejó y se marchó, con su camisa azul ondulante, con sus cuatro matones a remolque, como niños grandes que siguen un pedacito de cielo.

Aquella mañana había quedado en reunirme con Elliot, pero no apareció. Tanto en su oficina como en su casa saltaba el contestador automático y tenía apagados los dos teléfonos móviles. Mientras tanto, los periódicos llenaban páginas con la noticia del descubrimiento del cuerpo de Landron Mobley en el cementerio Magnolia, aunque sin entrar en demasiados detalles. Según se informaba, había sido imposible contactar con Elliot Norton para que hiciera unas declaraciones en torno a la muerte de su cliente.

Me pasé la mañana comprobando las declaraciones de otros testigos, llamando a la puerta de caravanas y repeliendo el ataque de los perros en jardines cubiertos de hierbajos. Hacia mediodía, como estaba preocupado, llamé a Atys, y el viejo me dijo que se portaba bien, aunque empezaba a volverse un poco majara por el encierro. Hablé con Atys durante un par de minutos y comprobé que sus respuestas podían describirse, en el mejor de los casos, como desabridas.

—¿Cuándo voy a salir de aquí, tío? —me preguntó.

—Muy pronto —le contesté.

Era sólo una verdad a medias. Si los temores de Elliot acerca de la seguridad de Atys tenían algún fundamento, calculé que deberíamos trasladarlo lo antes posible a otro piso franco. Hasta la celebración del juicio, tendría que ir acostumbrándose a ver la tele en habitaciones extrañas. Pero muy pronto dejaría de ser asunto mío. No estaba consiguiendo nada con los testigos.

—¿Sabes que Mobley ha muerto?

—Sí. Lo he oído. Estoy hecho polvo.

—No tanto como él. ¿Tienes idea de quién puede haberle hecho una cosa así?

—No, no lo sé, pero si lo encuentras, dímelo. Me gustaría estrecharle la mano, ¿me entiendes?

Colgó. Miré el reloj. Acababan de dar las doce. Tardaría más de una hora en llegar a Antioch. Lo eché mentalmente a cara o cruz y decidí ir.

Los miembros del Klan de Carolina, al igual que las demás ramas del Klan de todo el país, habían ido disminuyendo durante la mayor parte de los últimos veinte años. En el caso de las dos Carolinas, el declive puede remontarse a noviembre de 1979, cuando cinco trabajadores comunistas murieron en un tiroteo con neonazis y con miembros del Klan en Greensboro, en Carolina del Norte. Como consecuencia de aquello, los movimientos sociales contrarios al Klan cobraron un nuevo auge y el Klan empezó a perder partidarios, hasta el punto de que, cuando los del Klan se echaban a la calle, el número de gente que protestaba en contra de ellos era mucho mayor que el de sus simpatizantes. La mayoría de los mítines recientes del Klan en Carolina del Sur habían sido organizados por los Caballeros Americanos del Ku Klux Klan que tenían sede en Indiana, ya que los Caballeros de Carolina se habían mostrado reticentes a implicarse en ellos.

Pero, a pesar de su declive, habría que señalar que, desde 1991, habían ardido en Carolina del Sur más de treinta iglesias de negros. A los miembros del Klan se los había relacionado con al menos dos de aquellos incendios, uno en el condado de Williamsburg y otro en el de Clarendon. Dicho de otro modo: el Klan podía tener los pies de barro, pero el odio que lo alentaba seguía vivo y coleando. Bowen estaba intentando dar a aquel odio un nuevo auge y un nuevo impulso. Y si había que dar crédito a las noticias de los periódicos, lo estaba consiguiendo.

Antioch no parecía un pueblo que ofreciera demasiados atractivos. Parecía el suburbio de un pueblo inexistente: había casas y calles a las que alguien se había tomado la molestia de poner incluso nombre, pero no había expectativas de que en torno a ellas se crease ningún gran centro comercial ni se formase un núcleo urbano propiamente dicho. Por el contrario, en el tramo de la 119 que cruzaba Antioch habían brotado pequeños negocios como si fueran champiñones, destacando entre ellos un par de gasolineras, una tienda de alquiler de vídeos, dos tiendas de alimentación, un bar y una lavandería.

Me había perdido el desfile, pero a mitad de camino vi una zona verde rodeada por una alambrada y por árboles descuidados. Cerca de allí había unos sesenta coches aparcados y un escenario montado sobre el remolque plano de un camión, desde el que un hombre se dirigía a la multitud. Un grupo de entre ochenta y noventa personas, sobre todo hombres, aunque también algunas mujeres aquí y allá, escuchaban de pie delante del estrado al orador. Un puñado de ellos llevaba la característica túnica blanca (sudando visiblemente bajo el poliéster barato), pero la mayoría vestía vaqueros y camiseta. Separadas del público de Bowen por un cordón policial había unas cincuenta o sesenta personas que protestaban. Algunos cantaban y silbaban, pero el hombre que hablaba desde el escenario no perdió la calma en ningún momento.

Roger Bowen tenía un espeso bigote y el pelo castaño ondulado, y daba la impresión de que se mantenía en forma. Llevaba una camisa roja y vaqueros, y, a pesar del calor, la camisa no estaba manchada de sudor. Le flanqueaban dos hombres, que orquestaban las esporádicas salvas de aplausos cuando decía algo particularmente importante, cosa que parecía ocurrir cada tres minutos, según el criterio de sus ayudantes. Cada vez que le aplaudían, Bowen se miraba los pies y cabeceaba, como si lo avergonzasen aquellas muestras de entusiasmo, aunque en absoluto dispuesto a reprimirlas. El cámara de televisión con el que tuve el encontronazo a las afueras de la cárcel de Richland County estaba junto al escenario, acompañado por una guapa periodista rubia. Aún llevaba el uniforme de camuflaje, pero allí nadie se metía con él por ir vestido así.

Tenía puesto un CD de los Ramones a todo volumen cuando me dirigía al descampado. Lo había elegido para la ocasión. Llegué en el momento exacto. Justo cuando viraba y entraba en el aparcamiento, Joey Ramone cantaba aquello de que su chica se había ido a Los Ángeles y, como nunca regresó, Joey culpaba a los del KKK de habérsela llevado. Bowen dejó de hablar y clavó la mirada donde yo estaba. Una parte considerable de los espectadores volvió los ojos en la misma dirección. Un tipo con la cabeza rapada y con una camiseta negra Blitzkrieg se acercó al coche y me pidió con educación, pero con firmeza, que bajase el volumen. Paré el motor y se desconectó el reproductor del CD. Me bajé del coche. Bowen continuó mirando hacia donde yo me encontraba durante otros diez segundos y después prosiguió su discurso.

Tal vez porque era consciente de la presencia de los medios de comunicación, daba la impresión de que Bowen reducía al máximo los improperios. Cierto que se despachó con los judíos y con los de color, y que habló de cómo los ateos se habían hecho con el control del Gobierno a expensas de los blancos, aparte de afirmar que el sida era un castigo de Dios, pero evitaba las peores calumnias raciales. Sólo tocó el tema principal al final de su discurso.

—Hay un hombre, amigos, un buen hombre, un hombre cristiano, un hombre de Dios, al que se le está persiguiendo por atreverse a decir que los homosexuales, el aborto y la mezcla de razas están en contra de la voluntad del Señor. Un proceso organizado con fines propagandísticos se está llevando a cabo en el estado de Maine para derrocar a ese hombre, y tenemos pruebas, amigos, pruebas *fidedignas*, de que los judíos financiaron su captura. —Bowen agitó unos documentos que parecían vagamente legales—. Su nombre, y espero que ya lo conozcáis, es Aaron Faulkner. Ahora dicen algunas cosas sobre él. Dicen que es un asesino y un sádico. Han intentado calumniarlo, desmoralizarlo, antes incluso de que empiece el juicio. Lo hacen porque no tienen pruebas contra él y están intentando envenenar las mentes de los débiles para que se le declare culpable incluso antes de que tenga la oportunidad de defenderse. El mensaje del reverendo Faulkner nos lo debemos tomar a pecho, porque sabemos que es justo y verdadero. La homosexualidad está en contra de la ley de Dios. El asesinato de bebés está en contra de la ley de Dios. La mezcla de sangres, la destrucción de la institución del matrimonio y de la familia, el ascenso del ateísmo sobre la única religión verdadera de Jesucristo, Nuestro Señor y Salvador, están en contra de la ley de Dios, y este hombre, el reverendo Faulkner, ha adoptado una postura contra ellos. Ahora, su única esperanza para tener un juicio justo es que le procuremos la mejor defensa posible, y para conseguirlo necesita fondos para salir de la cárcel y pagar a los mejores abogados que el dinero pueda comprar. Y aquí es donde entráis vosotros: dad lo que podáis. Calculo que sois unos cien. Si cada uno da veinte dólares..., sé que para algunos de vosotros es mucho, pero si lo hacéis, reuniremos dos mil dólares. Si quienes se lo pueden permitir dan un poco más, pues entonces mejor que mejor.

»Porque recordad bien lo que os digo: no se trata sólo de un hombre que se enfrenta a la pantomima de un juicio. Se trata de una forma de vida. Se trata de *nuestra* forma de vida, de *nuestras* creencias, de *nuestra* fe, de *nuestro* futuro. Todo eso se juzgará en aquel tribunal. El reverendo Faulkner nos representa a todos, y si él cae, caeremos con él. Dios está con nosotros. Dios nos dará la fuerza. ¡Victoria! ¡Victoria!

La multitud coreaba la consigna mientras unos hombres iban y venían con cubos para recolectar los donativos. Echaban algún que otro billete de diez o de cinco, pero la mayoría daba billetes de veinte e incluso de cincuenta y de cien dólares. Haciendo un cálculo prudente, di por hecho que Bowen había recaudado aquella tarde unos tres mil dólares. Según el periódico que anunció la celebración del mitin, la gente de Bowen había estado trabajando a toda máquina desde poco después del arresto de Faulkner, vendiendo tartas y cualquier tipo de objeto en los jardines de sus casas, así como organizando el sorteo de una furgoneta Dodge nueva, donada por un vendedor de automóviles solidarizado con la causa, para el que ya llevaban vendidos miles de boletos, a veinte dólares cada uno. Bowen incluso había conseguido movilizar a quienes no se sentían especialmente atraídos por su causa; esto es, el enorme espectro de fieles que veían en Faulkner a un hombre de Dios que sufría persecución por unas creencias que eran semejantes, si no idénticas, a las de ellos. Bowen se había apropiado del arresto de Faulkner y del proceso que se avecinaba para convertirlo en un asunto de fe y de bondad, en una batalla entre aquellos que temían y amaban al Señor y aquellos que le habían dado la espalda. Cuando surgía el tema de la violencia, Bowen por lo general esquivaba el asunto y sostenía que el mensaje de Faulkner era puro y que él no podía hacerse responsable de las acciones ajenas incluso si tales acciones estaban justificadas en muchos de los casos. Los insultos racistas los reservaba para la vieja guardia y para las ocasiones en que no había —o en que prohibían— cámaras de televisión ni micrófonos. Aquel día predicaba para los conversos recientes y para quienes había que convertir.

Bowen bajó del estrado y la gente se le acercó para estrecharle la mano. Habían desplegado dos mesas de caballete para que las mujeres expusieran en ellas los artículos que habían llevado para vender: banderas confederadas, banderas nazis con águilas y esvásticas, así como pegatinas para los parachoques de los coches que proclamaban que el conductor era BLANCO POR NACIMIENTO Y SUREÑO POR LA GRACIA DE DIOS. También estaban a la venta casetes y discos compactos de música *country* y vaquera, aunque me imaginé que no era el tipo de música que a Louis le gustaría tener en su colección. Las dos mujeres no tardaron en no dar abasto.

Un hombre se puso a mi lado. Llevaba un traje oscuro, una camisa blanca y una incongruente gorra de béisbol. Tenía la piel de color morado rojizo y despellejada. Unas matas de pelo rubio se aferraban a la desesperada a su cráneo igual que una rala vegetación en un terreno hostil. Tenía unas profundas ojeras. Vi que llevaba un auricular en la oreja, conectado a un aparato que le colgaba del cinturón. Enseguida me sentí incómodo. Puede que fuese a causa del aspecto tan extraño que tenía, pero la verdad es que a aquel tipo parecía rodearle un halo de irrealidad. Desprendía también un olor a gasolina quemada.

Olía a furia concentrada.

—Al señor Bowen le gustaría hablar con usted.

—El CD era de los Ramones —le dije—. Si le gusta, dígale que puedo hacerle una copia.

Ni siquiera pestañeó.

—Le he dicho que el señor Bowen quiere hablar con usted.

Me encogí de hombros y lo seguí a través de la multitud. Bowen casi había terminado de dar alegremente la mano a los de su tropa, y, mientras lo observaba, se dirigió a la parte trasera del camión, a una pequeña zona acotada con una lona blanca que se desplegaba desde el remolque del vehículo. Debajo de aquella lona había unas sillas, un aparato portátil de aire acondicionado y una pequeña nevera encima de una mesa. Me condujo hasta Bowen, que estaba sentado en una de las sillas bebiéndose una lata de Pepsi. El hombre de la gorra se quedó con nosotros, pero el resto de la gente que había por allí se marchó para que tuviésemos un poco de intimidad. Bowen me ofreció una bebida. Se la rechacé.

—No esperábamos verle hoy por aquí, señor Parker. ¿Está considerando la posibilidad de unirse a nuestra causa?

—No creo que se trate de una causa —repliqué—, a menos que usted llame causa al hecho de timar unos cuantos centavos a unos campesinos.

Bowen, que tenía los ojos sanguinolentos, intercambió una mirada burlona de desaprobación con el otro tipo. A pesar de que estaba claro que él era el jefe de todo aquello, daba la impresión de conceder mucha importancia al tipo trajeado. Incluso su forma de estar, cabizbajo y un poco apartado del otro, parecía indicar que le tenía miedo. Parecía un perro encogido de miedo.

—Voy a presentarles. Señor Parker, éste es el señor Kittim. Tarde o temprano, el señor Kittim va a darle una tremenda lección.

Kittim se quitó las gafas de sol. Sus ojos eran inexpresivos y verdes, como esmeraldas defectuosas y sin tallar.

—Discúlpeme si no le estrecho la mano —le dije—. Me da la impresión de que está usted cayéndose a pedazos.

Kittim no se inmutó, pero el olor a gasolina se hizo más intenso. Incluso Bowen arrugó un poco la nariz.

Bowen acabó de beberse su refresco y tiró la lata a una bolsa de basura.

—¿Por qué ha venido, señor Parker? Si cuando yo estaba en el escenario le hubiese dicho a la multitud quién es usted, me temo que habría tenido pocas posibilidades de regresar ileso a Charleston.

Quizá debería haberme sorprendido el hecho de que Bowen supiera que yo me alojaba en Charleston, pero no fue así.

—¿Me está vigilando, Bowen? Me siento halagado. Y, por cierto, no es un escenario. Es un camión. No se dé aires de grandeza. Si quiere decirles a esos retrasados mentales quién soy, adelante. Las cámaras de televisión lo recogerán todo. ¿Que por qué estoy aquí? Pues porque quería verle de cerca y comprobar si es tan tonto como parece.

—¿Por qué le parezco tonto?

—Porque está dando la cara por Faulkner, y si fuese listo se daría cuenta de que está loco, incluso más loco que este amigo suyo.

Bowen desvió la mirada hacia el otro tipo.

—No creo que el señor Kittim esté loco —me dijo. Las palabras le dejaron un sabor amargo en la boca. Lo noté por la mueca que hizo con los labios.

Observé a Kittim. Tenía escamas de piel seca enredadas en el poco pelo que le quedaba y la cara parecía palpitarle por el dolor de la afección. Daba la sensación de que estaba desintegrándose poco a poco. Se trataba de un círculo vicioso: con ese aspecto y sintiéndose como se sentía, por fuerza tenía que estar loco para no volverse loco.

—El reverendo Faulkner es un hombre perseguido injustamente —recapituló Bowen—. Lo único que pretendo es que se haga justicia, y la justicia lo declarará inocente y lo excarcelará.

—Bowen, la justicia es ciega, no estúpida.

—A veces ambas cosas. —Se puso de pie. Medíamos casi lo mismo, pero era más ancho que yo—. El reverendo Faulkner está a punto de convertirse en el mascarón de proa de un nuevo movimiento, de una fuerza unificadora. Día a día, atraemos a más gente a nuestro redil. Con la gente llega el dinero, el poder y la influencia. Esto no es complicado, señor Parker. Es muy simple. Faulkner es el medio. Yo soy el fin. Mientras tanto, le aconsejo que se vaya y visite las atracciones turísticas de Carolina del Sur, ahora que puede, porque me da la impresión de que será la última vez que lo haga. El señor Kittim le escoltará hasta su coche.

Con Kittim a mi lado, volví a pasar por entre la multitud.

Los equipos de la televisión habían recogido sus trastos y se habían marchado. Los niños se habían unido a la celebración y correteaban entre las piernas de sus padres. La música sonaba desde las mesas de caballete, música *country* que hablaba de guerra y de venganza. Las barbacoas estaban encendidas y el olor a carne a la brasa inundaba el aire. Cerca de una de ellas, un hombre con el pelo engominado y peinado hacia atrás devoraba un perrito caliente. Aparté la mirada antes de que se percatase de que lo observaba. Lo reconocí, era el tipo que me siguió desde el aeropuerto hasta el Charleston Place y que le hizo una señal con la cabeza a Earl Larousse Jr. para que se fijase en mí. Tanto Atys Jones como Willie Wyman me ratificaron que el difunto Landron Mobley, además de ser cliente de Elliot, había sido uno de los perros de presa de Bowen. Al parecer, Mobley también había estado ayudando a los Larousse a dar caza a Atys antes de la muerte de Marianne. Todo aquello establecía otra conexión entre los Larousse y Bowen.

Kittim había vuelto a ponerse las gafas y ya no se le veían los ojos. Cuando llegamos al coche, me volví hacia él y me señaló con el dedo un objeto caído en el suelo.

—Se le ha caído algo —me dijo.

Se trataba de un solideo negro con una cinta roja y dorada. Estaba empapado de sangre. Cuando aparqué, no estaba allí.

—Creo que no —repliqué.

—Le sugiero que lo recoja. Estoy seguro de que sabe que algunos vejestorios judíos se alegrarán de recuperarlo. Puede que conteste algunas preguntas que sin duda se estarán haciendo.

Retrocedió. Con el dedo índice y el pulgar formó una pistola y me disparó a modo de despedida.

—Ya nos veremos —me dijo.

Recogí el solideo del suelo y le sacudí el polvo. No tenía ningún nombre escrito, pero supe de quién era. Conduje hasta el centro comercial más cercano e hice una llamada a Nueva York.

Como al final de aquella jornada seguía sin haber recibido ninguna llamada de Elliot, decidí salir en su busca. Puse rumbo a su casa y, cuando llegué, los albañiles me dijeron que no lo habían visto desde el día anterior y que, según ellos, no había dormido en casa aquella noche. Volví a Charleston y decidí recabar datos de la matrícula del coche de la mujer a la que vi cenando con Elliot a principios de aquella semana. Saqué mi ordenador portátil y, sin prestar atención a los mensajes recibidos, me fui derecho a la Web. Introduje la matrícula en tres bases de datos distintas: la NCI, la CDB y la SubTrace, que flirtean con la ilegalidad y que son más caras que los buscadores habituales, pero también más rápidas. Colgué la pregunta en el buscador de SubTrace y en menos de una hora obtuve respuesta. Elliot había estado discutiendo con una tal Adele Foster, que vivía en el número 1200 de Bees Tree Drive, en Charleston. Localicé la dirección en el plano de la ciudad y me dirigí hacia allí.

El número 1200 era una impresionante mansión de estilo neoclásico que debía de tener más de un siglo. La fachada estaba construida con una mezcla de concha de ostra y argamasa de cal, realzada por un porche frontal que se alzaba hasta el primer piso, apoyado en delgadas columnas blancas. El SUV estaba aparcado a la derecha de la casa. Subí con lentitud la escalera central, me paré a la sombra del porche y toqué el timbre. El timbrazo reverberó en el vestíbulo hasta que su eco fue reemplazado por unas pisadas contundentes en el entarimado. Se abrió la puerta. La verdad es que alimentaba la vaga esperanza de que me recibiera Hattie McDaniel, la actriz aquella que hizo el papel de criada en *Lo que el viento se llevó*, con su delantal puesto, pero en su lugar estaba la mujer que había visto discutir con Elliot Norton durante la primera noche que pasé en la ciudad. Detrás de ella, la madera oscura se extendía a través de un vestíbulo vacío pintado de color aguanieve sucia.

—¿Sí?

Y de repente no supe qué decir. Ni siquiera estaba seguro de por qué había ido, salvo el hecho de no localizar a Elliot, y algo me decía que la discusión que había presenciado iba más allá de lo profesional y que entre ellos había algo más que una relación de cliente y abogado. También, al verla de cerca por primera vez, me confirmó otra sospecha: iba de luto. Lo único que le faltaba era un sombrero y un velo para parecer una viuda canónica.

—Siento molestarla —le dije—. Me llamo Charlie Parker. Soy detective privado.

Estaba a punto de meter la mano en el bolsillo para enseñarle la licencia cuando un gesto de su cara hizo que me detuviese. Su expresión no se ablandó, aunque algo destelló en ella, como un árbol que, cuando se agita con el viento, deja por un momento que la luz de la luna atraviese sus ramas e ilumine el terreno baldío que hay bajo su copa.

—Es usted, ¿verdad? —me dijo con dulzura—. Usted es el detective al que contrató.

—Si se refiere a Elliot Norton, sí. Soy yo.

—¿Le ha enviado él?

Su tono no era hostil, sino más bien quejumbroso.

—No. La vi hablando con él en un restaurante hace un par de noches.

Se rió fugazmente.

—No estoy segura de que «hablar» fuese, propiamente, lo que estábamos haciendo. ¿Le ha dicho quién soy?

—Voy a serle sincero: no le dije que los vi juntos, pero anoté el número de la matrícula de su coche.

Frunció los labios.

—Qué previsor es usted. ¿Es así como suele actuar, anotando la matrícula de los coches de desconocidas?

Si su intención era que me avergonzase, la defraudé.

—A veces —le dije—. Estoy intentando dejarlo, pero la carne es débil.

—¿Entonces por qué ha venido?

—Para preguntarle si por casualidad ha visto usted a Elliot —contesté.

Puso cara de preocupación.

—Desde aquella noche no. ¿Pasa algo?

—No lo sé. ¿Me permite entrar, señora Foster?

Parpadeó.

—¿Cómo sabe mi nombre? No, déjeme adivinarlo. De la misma manera que averiguó dónde vivo, ¿no es así? Dios mío, ya no hay nada privado.

Esperé, con el temor de que me diera con la puerta en las narices, pero se hizo a un lado y con un gesto de la cabeza me invitó a pasar. Entré en el vestíbulo y cerró la puerta.

En el vestíbulo no había muebles, ni siquiera un perchero. Delante de mí, una escalera conducía majestuosamente hasta el primer piso y a los dormitorios. A mi derecha había un comedor, y en el centro del comedor una mesa desnuda con diez sillas. A mi izquierda, un salón. La seguí y entramos en él. Se sentó en uno de los extremos de un sofá de color oro pálido y yo me acomodé en un sillón, cerca de ella. Se oía el tictac de un reloj, pero, aparte de eso, la casa estaba en silencio.

—¿Ha desaparecido Elliot?

—No he dicho tal cosa. Le he dejado varios mensajes y todavía no me ha contestado.

Procesó la información y me dio la impresión de que no le gustaba.

—Y usted supuso que yo sabría dónde está.

—La vi cenando con él el otro día, así que di por sentado que serían amigos.

—¿Qué clase de amigos?

—La clase de amigos que van a cenar juntos. ¿Qué quiere que le diga, señora Foster?

—No lo sé, y llámeme señorita Foster.

Iba a pedirle disculpas, pero hizo un gesto para que lo dejara correr.

—No tiene importancia. Supongo que quiere saber qué hay entre Elliot y yo, ¿verdad?

No contesté. No era mi intención inmiscuirme en sus asuntos, siempre y cuando no fuese indispensable, pero si ella necesitaba hablar, la escucharía con la esperanza de que me proporcionase algún dato interesante.

—Vaya, si nos vio discutiendo, es posible que pueda imaginarse el resto. Elliot era amigo de mi marido. De mi difunto marido.

Se alisó la falda. Fue el único indicio de nerviosismo que mostró.

—Lo siento.

Inclinó la cabeza.

—Todos lo sentimos.

—¿Puedo preguntarle qué le pasó?

Levantó la vista de la falda y me miró directamente a los ojos.

—Se suicidó.

Tosió y noté que le resultaba difícil seguir hablando. La tos se intensificó. Me levanté y atravesé el salón en dirección a una luminosa cocina moderna que había sido añadida a la parte trasera de la casa. Cogí un vaso, lo llené de agua del grifo y se lo llevé. Bebió y dejó el vaso encima de la mesa.

—Gracias. No sé qué me ha pasado. Supongo que todavía me cuesta trabajo hablar del asunto. James, mi marido, se suicidó hace un mes. Metió por la ventanilla del coche una goma que había encajado en el tubo de escape y se asfixió con los gases. Es un método habitual, según me han dicho.

Lo decía como si estuviese hablando de una enfermedad de

poca importancia, de un resfriado o de una erupción cutánea. Su voz sonaba artificiosamente inexpresiva. Tomó otro sorbo de agua.

—Elliot era el abogado de mi marido, y también su amigo. —Esperé—. No debería decirle esto. Pero si Elliot ha desaparecido...

El modo en que pronunció la palabra «desaparecido» me hizo sentir una punzada en el estómago, pero no la interrumpí.

—Elliot era mi amante —dijo por fin.

—¿Era?

—Lo dejamos poco antes de la muerte de mi marido.

—¿Cuándo empezó la relación?

—¿Por qué empiezan estas cosas? —se preguntó, porque había oído mal la pregunta. Quería decirlo y lo diría a su manera y a su ritmo—. Aburrimiento, malestar, un marido demasiado ocupado con su trabajo como para darse cuenta de que su mujer está volviéndose loca. Elija lo que quiera.

—¿Lo sabía su marido?

Hizo una pausa antes de contestar, como si pensara en ello por primera vez.

—Si lo sabía, nunca me dijo nada. Por lo menos a mí.

—¿Se lo dijo a Elliot?

—Me comentó algo, aunque podía interpretarse de muchas maneras.

—¿Cómo lo interpretó Elliot?

—Que James lo sabía. Fue Elliot quien decidió terminar con aquello, y yo no estaba tan enamorada de él como para llevarle la contraria.

—¿Entonces por qué discutía con él durante la cena?

Volvió a toquetearse la falda, jugando con unos hilos sueltos demasiado insignificantes como para prestarles la más mínima atención.

—Está pasando algo. Elliot lo sabe, pero finge no saberlo. Todo el mundo finge no saberlo.

De repente, el silencio de la casa me resultó opresivo. En aquella casa debería haber niños. Era demasiado grande para dos personas, e inmensa para una. Se trataba del tipo de casa que compran los ricos con la esperanza de poblarla con una familia, aunque no aprecié rastro alguno de vida familiar. Sólo la ocupaba aquella mujer enlutada que en ese instante acariciaba metódicamente los diminutos desperfectos de su falda, como si con aquello pudiera transformar sus grandes errores en aciertos.

—¿Qué quiere decir con «todo el mundo»?

—Elliot. Landron Mobley. Grady Truett. Phil Poveda. Mi marido. Y Earl Larousse. Earl Jr.

—¿Larousse? —No pude ocultar mi sorpresa.

Una vez más, Adele Foster simuló una sonrisa.

—Los seis crecieron juntos. Han empezado a ocurrir cosas muy extrañas, señor Parker. Primero fue la muerte de mi marido y luego la de Grady Truett.

—¿Qué le pasó a Grady Truett?

—Una semana después de que James muriera, alguien entró en su casa. Lo encontraron en su estudio atado a una silla. Degollado.

—¿Y cree que las dos muertes están relacionadas?

—Le diré lo que creo: asesinaron a Marianne Larousse hace diez semanas. James murió seis semanas más tarde. A Grady Truett lo asesinaron una semana después de lo de mi marido. Han encontrado muerto a Landron Mobley y, para colmo, Elliot ha desaparecido.

—¿Tuvo alguno de ellos relación con Marianne?

—No, si por relación quiere decir sexo. Pero, como ya le he dicho, todos ellos eran amigos de infancia de su hermano. La conocían y tenían trato con ella. Bueno, puede que Landron Mobley no, pero los otros sin duda alguna.

—Señorita Foster, ¿qué cree que está pasando?

Respiró hondo y, al hacerlo, se le ensanchó la nariz, levantó la cabeza y exhaló el aire muy despacio. En aquel ademán se adivinaba el vestigio del fuerte carácter que estaba sepultado bajo el luto, y resultaba fácil apreciar lo que a Elliot le había atraído de ella.

—Señor Parker, mi marido se suicidó porque estaba asustado. Algo que hizo en el pasado volvió para perseguirle. Se lo dijo a Elliot, pero Elliot no le creyó. No quiso decirme de qué se trataba. Fingía que todo era normal, que todo iba bien. Siempre así, hasta que llegó el día en que entró en el garaje con una manguera amarilla y se suicidó. Elliot también finge que las cosas son normales, pero sé que sabe más de lo que dice.

—¿De qué cree que estaba asustado su marido?

—No de qué, sino de quién.

—¿Tiene idea de quién era esa persona?

Adele Foster se levantó y, con un gesto de la mano, me indicó que la siguiera. Subimos las escaleras y entramos en una habitación que, en otros tiempos, seguramente se utilizaba como recibidor, pero que había sido transformada en un dormitorio amplio y lujoso. Nos detuvimos delante de una puerta cerrada que tenía la llave en la cerradura. La giró. Luego, de espaldas aún al dormitorio, empujó la puerta.

La habitación debió de haber sido alguna vez un pequeño dormitorio o un vestidor, pero James Foster la había transformado en un estudio. Había una mesa de ordenador, una silla y una mesa de dibujo. Una de las paredes estaba cubierta con una estantería atestada de libros y de archivadores. La ventana daba al jardín delantero y dejaba ver la copa de un exuberante cornejo florido, con las últimas flores blancas ya marchitas. En la rama más alta había posado un arrendajo, pero debió de asustarse al ver cómo nos movíamos al otro lado de los cristales, porque de repente echó a volar tomando impulso con su redondeada cola azul.

En realidad, el pájaro sólo me distrajo un instante, pues las paredes copaban toda mi atención. No podría decir de qué color estaban pintadas, porque el aluvión de papeles que las cubría no dejaba al descubierto ni el más mínimo tramo de pared, como si la habitación girara constantemente y aquellos papeles estuvieran estampados contra la pared a causa de una fuerza centrífuga. Las hojas de papel que cubrían las paredes eran de distinto tamaño. Algunas eran apenas algo más grandes que pequeñas notas de recordatorio de papel adhesivo, otras eran mayores que la superficie de la mesa de dibujo de Foster. Las había amarillas, otras oscuras, algunas blancas y otras rayadas. La técnica variaba de un dibujo a otro: desde rápidos y compulsivos bocetos a lápiz, hasta minuciosas y elaboradas figuraciones. James Foster era todo un artista, pero daba la impresión de estar obsesionado con un único tema.

Casi todos los dibujos representaban a una mujer con la cara oculta y envuelta en un velo blanco desde la cabeza a los pies. La cola del velo le arrastraba como si fuese el reguero de agua dejado por una escultura de hielo al derretirse. No se trataba de una falsa impresión, porque Foster la había pintado como si la tela que la cubría estuviese mojada. Se adhería a los músculos de sus nalgas y de sus piernas, a las curvas de sus pechos y a las delgadas puntas de sus dedos, y se apreciaba con claridad la forma de los huesos de los nudillos por donde agarraba fuertemente el velo.

Pero había algo extraño en su piel, algo anormal y repulsivo. Era como si tuviese las venas por encima de la epidermis, en vez de por debajo de ella, y como si esas venas trazasen una serie de surcos en relieve por todo su cuerpo, igual que los riberos sobre un campo de arroz inundado. La mujer oculta bajo el velo parecía tener la piel cuarteada y dura como la de un caimán. Inconscientemente, en lugar de acercarme para ver los dibujos, retrocedí un paso, y noté que la mano de Adele Foster se posaba con delicadeza sobre mi brazo.

—A ella —me dijo—. Le tenía miedo a ella.

Nos sentamos a tomar un café, con algunos de los dibujos esparcidos sobre la mesa.

—¿Le ha enseñado los dibujos a la policía?

Negó con la cabeza.

—Elliot me pidió que no lo hiciera.

—¿Le dijo por qué?

—No. Sólo me dijo que sería mejor que no se los enseñara.

Volví a ordenar los dibujos y, al apartar los que representaban a la mujer, me encontré ante cinco paisajes. Todos reproducían el mismo escenario: una inmensa fosa en un campo rodeado de árboles esqueléticos. En uno de los dibujos, una columna de fuego emergía de la fosa, pero podía distinguirse la figura de la mujer del velo entre las llamas.

—¿Existe este lugar?

Alcanzó el dibujo y lo observó. Me lo devolvió encogiéndose de hombros.

—No lo sé. Tendrá que preguntárselo a Elliot. A lo mejor él lo sabe.

—No podré hacerlo hasta que lo localice.

—Creo que le ha pasado algo, quizá lo mismo que a Landron Mobley.

Esa vez noté que pronunciaba el nombre de Mobley con repugnancia.

—¿No le cae bien?

Frunció el ceño.

—Era un cerdo. No sé por qué seguían manteniendo aquella amistad. No —se corrigió—. Sí sé por qué. Mobley les conseguía cosas cuando eran jóvenes: drogas y alcohol, puede que incluso mujeres. Sabía dónde conseguir todo aquello. No era como Elliot ni como los demás. No tenía dinero, ni atractivo alguno, ni educación, pero estaba dispuesto a ir a lugares a los que a ellos les daba miedo ir, al menos al principio.

Y, aun así, Elliot Norton había creído conveniente, después

de tantos años, representar a Mobley en el juicio que se le avecinaba, a pesar de que aquello no le reportaría ningún prestigio. Elliot Norton, que había crecido con Earl Jr., representaba ahora al muchacho acusado de matar a la hermana de Earl. Lo que estaba averiguando no me gustaba nada.

—Me acaba de contar que hicieron algo cuando eran jóvenes, algo que ha regresado y les persigue. ¿Sabe qué puede ser?

—No. James nunca me habló de eso. Además, antes de su muerte no estábamos muy unidos. Cambió mucho. No era el hombre con el que me casé. Volvió a juntarse con Mobley. Iban a cazar juntos al Congaree. Después empezó a frecuentar clubes de *striptease*. Incluso creo que andaba con prostitutas.

Dejé cuidadosamente los dibujos sobre la mesa.

—¿Sabe adónde iba?

—En dos o tres ocasiones lo seguí. Siempre iba al mismo sitio, porque era adonde le gustaba ir a Mobley cuando estaba en la ciudad. Iba a un sitio que se llama LapLand.

Y, mientras yo hablaba con Adele Foster sentado en su casa y rodeado por las imágenes de una mujer espectral, un hombre desaliñado, que llevaba una chillona camisa roja, unos vaqueros azules y unas zapatillas de deporte destrozadas, se acercaba tranquilamente a Norfolk Street, en el Lower East Side de Nueva York, y se quedaba de pie bajo la sombra que proyectaba el Centro Orensanz, la sinagoga más antigua de la ciudad. La tarde era calurosa y, como no se sintió con ánimo para soportar el calor y la incomodidad del metro, había ido en taxi. Cuando llegó al Centro, había por allí un grupo de niños custodiados por dos mujeres que llevaban unas camisetas que las identificaban como miembros de una comunidad judía. Una niñita con rizos negros le sonrió al pasar. Él le devolvió la sonrisa y la siguió con la mirada hasta que se perdió tras una esquina.

Subió la escalera, abrió la puerta y accedió a la sala principal, de estilo neogótico. Oyó pasos a su espalda. Se volvió y vio
a un viejo que llevaba una escoba.

—¿Puedo ayudarle en algo? —le preguntó el viejo que estaba
barriendo.

El visitante habló:

—Busco a Ben Epstein.

—No está aquí.

—Pero viene por aquí, ¿verdad?

—A veces —reconoció el viejo.

—¿Sabes si vendrá esta tarde?

—Quizás. Entra y sale.

El visitante entrevió una silla en la penumbra, la giró para
dejar el respaldo de cara a la puerta y se sentó a horcajadas, es-
tremeciéndose de dolor al hacerlo. Apoyó la barbilla en los an-
tebrazos y se puso a observar al viejo.

—Esperaré. Soy muy paciente.

El viejo se encogió de hombros y empezó a barrer.

Pasaron cinco minutos.

—Oye —dijo el visitante—. He dicho que soy paciente, no que
sea una puta piedra. Ve a llamar a Epstein.

El viejo se asustó pero siguió barriendo.

—No puedo ayudarle.

—Creo que sí puedes —le dijo el visitante, y el tono de su
voz le provocó al viejo un escalofrío. El visitante parecía impasible, pero el sentimiento de afabilidad y de sosiego que le había proporcionado la sonrisa de la pequeña que vio delante del
Centro ya se había disipado—. Dile que se trata de Faulkner. Ya
verás como viene.

Cerró los ojos. Cuando volvió a abrirlos sólo había una pol-
vareda que formaba espirales donde antes estaba el viejo.

Ángel volvió a cerrar los ojos y esperó.

Eran casi las siete de la tarde cuando llegó Epstein, acompañado de dos hombres, cuyas holgadas camisas no bastaban para ocultar del todo las armas que llevaban. Cuando Epstein vio al hombre que estaba sentado en la silla, se tranquilizó e indicó a sus acompañantes que podían irse. Después acercó una silla y se sentó enfrente de Ángel.

—¿Sabe quién soy?

—Lo sé. Te llamas Ángel. Un nombre curioso, porque no veo nada angélico en ti.

—No hay nada angélico que ver. ¿Por qué las armas?

—Estamos en peligro —contestó Epstein—. Creemos que ya hemos perdido a un joven a manos de nuestros enemigos. Pero es posible que hayamos encontrado al responsable de su muerte. ¿Te manda Parker?

—No, he venido por mi cuenta. ¿Por qué creía que me enviaba Parker?

Epstein pareció sorprendido.

—Porque antes de que llegaras he estado hablando con Parker, y he dado por supuesto que tu presencia tenía relación con esa llamada.

—Todos los sabios pensamos igual, supongo.

Epstein suspiró.

—Parker me citó una vez una frase de la Torá. Me impresionó mucho. Creo que tú, a pesar de tu gran sabiduría, no me citarás ninguna frase de la Torá ni de la Cábala.

—No —le confesó Ángel.

—Antes de venir estaba leyendo *Sefer ha-Bahir,* el Libro de las Iluminaciones. Durante mucho tiempo le he estado buscando el sentido a ese libro, y en especial desde la muerte de mi hijo. Tenía la esperanza de encontrar algún significado a los sufrimientos que padeció, pero no soy lo suficientemente sabio como para comprender lo que expresa.

—¿Cree que el sufrimiento debe tener algún significado?

—Todo tiene su significado. Todas las cosas son obra de Dios.

—En ese caso, habré de decirle unas palabritas a Dios cuando lo vea.

Epstein extendió las manos.

—Dilas. Siempre está escuchando, siempre está observando.

—Creo que no. ¿Cree usted que escuchaba y observaba cuando murió su hijo? O peor aún: tal vez estaba allí y decidió cruzarse de brazos.

El anciano hizo una mueca involuntaria por el dolor que le ocasionaron aquellas palabras, pero el joven no pareció darse cuenta. Epstein se percató de la ira y del sufrimiento que se reflejaban en su cara.

—¿Hablas de ti o de mi hijo? —le preguntó con dulzura.

—No ha contestado a mi pregunta.

—Es el Creador: todas las cosas proceden de Él. No pretendo descifrar los designios de Dios. Por esa razón leo la Cábala. Aún no entiendo todo lo que dice, pero poco a poco la voy desentrañando.

—¿Y qué dice para explicar la tortura y la muerte de su hijo?

Esa vez, incluso Ángel notó el dolor que aquella pregunta le había causado al anciano.

—Lo siento —se disculpó ruborizándose—. A veces me irrito mucho.

Epstein inclinó la cabeza para darle a entender que se hacía cargo.

—Yo también me irrito —le dijo, y retomó el tema—. Creo que la Cábala habla de la armonía existente entre el mundo de arriba y el mundo de abajo, entre lo visible y lo invisible, entre el bien y el mal. Habla de ángeles que se mueven entre el mundo superior y el mundo inferior. Ángeles de verdad, no personas que se llamen así —y sonrió—. Mis lecturas me llevan a preguntarme a veces por la naturaleza de tu amigo Parker. En el Zohar está escrito que los ángeles tienen que vestirse con las ropas de este mundo cuando están en él. Me pregunto si ocurre lo mismo con los ángeles buenos y con los malos; es decir, si ambos huéspedes tienen que andar disfrazados por este mundo. Se dice que los ángeles de las tinieblas serán arrasados por otra aparición: la de los ángeles exterminadores, unos ángeles que traerán plagas, alentados por la cólera vengadora de Dios, dos huestes de sirvientes suyos que lucharán entre sí, porque el Todopoderoso creó el mal para servir a sus propósitos, al mismo tiempo que creó el bien. Si no creyese lo que dice el Zohar, la muerte de mi hijo no tendría ningún sentido. Estoy obligado a creer que su sufrimiento forma parte de un designio superior que no puedo comprender, que se trata de un sacrificio llevado a cabo en nombre del bien supremo y último. —Se inclinó hacia delante para acercarse a Ángel—. Tal vez tu amigo sea un ángel. Un agente de Dios, un ángel exterminador que ha sido mandado para que restaure la armonía entre los dos mundos. Pero, al igual que nosotros desconocemos su naturaleza, puede que él también la desconozca.

—No creo que Parker sea un ángel —dijo Ángel—. Ni siquiera creo que él lo crea. Y si le da por creerlo, su novia lo internará en un psiquiátrico.

—¿Crees que lo que te digo son fantasías de viejo? Tal vez lo sean. Pues sí, son las fantasías de un viejo. —E hizo como si apartara aquellas fantasías con un digno gesto de la mano—. ¿Y qué te trae por aquí, Ángel?

—Vengo a pedirle algo.

—Te daré cuanto esté en mi mano. Castigaste al que me arrebató a mi hijo.

Porque fue Ángel quien mató a Pudd, que a su vez había matado a Yossi, el hijo de Epstein. Pudd, también llamado Leonard, el hijo de Aaron Faulkner.

—Así es —le dijo Ángel—. Y ahora voy a matar al que ordenó su muerte.

Epstein parpadeó.

—Está en la cárcel.

—Van a soltarlo.

—Si lo ponen en libertad, habrá hombres que lo protegerán y lo mantendrán fuera de tu alcance. Para ellos, Faulkner es muy importante.

Aquellas palabras dejaron preocupado a Ángel.

—No lo entiendo. ¿Por qué es tan importante?

—Por lo que representa —le contestó Epstein—. ¿Sabes lo que significa el mal? Es la ausencia de empatía. De ahí brota todo el mal. Faulkner es como un ente vacío, un ser sin empatía alguna, y ése es el mayor grado de maldad que puede darse en este mundo. Pero Faulkner es peor aún, porque tiene la capacidad de drenar la empatía de los demás. Es una especie de vampiro espiritual que propaga su infección. Y tanta maldad genera aún más maldad, tanto en los hombres como en los ángeles, y ésa es la razón por la que se empeñan en protegerle.

»Pero tu amigo Parker está atormentado por la empatía, por la capacidad de sentir. Es todo lo contrario que Faulkner. Parker es destructivo e irascible, pero la suya es una ira justa. No se trata simplemente de cólera, que es pecaminosa y va contra Dios. Miro a tu amigo y aprecio en él un propósito más noble. Si el bien y el mal son creaciones del Todopoderoso, entonces el mal que recayó sobre Parker, es decir, la pérdida de su mujer y de su hija, fue el instrumento de un bien superior, como lo fue la muerte de Yossi. Fíjate en los hombres a los que ha dado caza. Con ello ha traído la paz a otros, tanto a vivos como a muertos; ha restablecido el equilibrio, y todo eso surge del dolor que tuvo que soportar y que continúa soportando. Yo, al menos, veo la mano de Dios en la manera en que Parker ha reaccionado ante su desgracia.

Ángel movió la cabeza con gesto incrédulo.

—Así que para él y para todos nosotros se trata de una especie de prueba, ¿no?

—No, no se trata de una prueba, sino de una oportunidad para demostrarnos que somos dignos de alcanzar la salvación, para crear esa salvación para nosotros mismos, quizás incluso para volvernos la salvación misma.

—A mí me preocupa más este mundo que el otro.

—No se diferencia uno del otro. No están separados sino unidos. El cielo y el infierno empiezan aquí.

—Bueno, uno de ellos seguro que sí.

—Estás lleno de ira, ¿verdad?

—Casi. Si tengo que escuchar otro sermón me desbordaré.

Epstein levantó las manos en señal de rendición.

—Así que has venido porque quieres que te ayudemos. Pero que te ayudemos en qué.

—Roger Bowen.

A Epstein se le ensanchó la sonrisa.

—Será un verdadero placer.

18

Tras mi entrevista con Adele Foster regresé a Charleston. Su marido comenzó a visitar el LapLand poco antes de suicidarse, y en el LapLand era donde trabajaba Tereus. Tereus me había insinuado que Elliot sabía más de lo que me contaba acerca de la desaparición de la madre y de la tía de Atys, y, según Adele Foster, Elliot y el grupo de amigos de la adolescencia estaban amenazados por alguna fuerza externa. Aquel grupo incluía a Earl Jr. y a los tres hombres que habían muerto: Landron Mobley, Grady Truett y James Foster. Volví a telefonear a Elliot pero en vano. Entonces decidí pasarme por su oficina, que se encuentra junto al cruce de Broad y Meeting; un cruce al que los lugareños llaman las Esquinas de las Cuatro Leyes, ya que en cada una de las esquinas se alzan la iglesia de San Miguel, la corte federal, el Palacio de Justicia estatal y el Ayuntamiento. Elliot ocupaba un edificio en el que había otros dos bufetes de abogados, y los tres compartían una única entrada en la planta baja. Me fui derecho al tercer piso, pero no había señal alguna de actividad detrás de la puerta de cristal esmerilado. Me quité la cazadora, la apoyé contra la puerta y rompí el cristal con la culata de la pistola. Metí la mano por el agujero y abrí.

Una pequeña habitación en la que había una mesa y unas estanterías repletas de expedientes servía de antesala al despacho de Elliot. La puerta no estaba cerrada con llave. Dentro, alguien había abierto los cajones de los archivadores y desperdigado los expedientes por la mesa y las sillas. Quienquiera que hubiese registrado el despacho, sabía qué estaba buscando. No encontré ningún fichero ni libro de direcciones, y, cuando intenté acceder al ordenador, me resultó imposible pues tenía una contraseña de acceso. Me pasé cinco minutos revisando los expedientes por orden alfabético, pero no encontré ninguno relacionado con Landron Mobley ni con Atys Jones que ya no tuviese. Apagué las luces, pasé por encima de los cristales rotos y cerré la puerta.

Adele me había dado una dirección de Hampton en la que podría localizar a Phil Poveda, uno de los integrantes del entonces ya menguado grupo de amigos. Llegué justo a tiempo de encontrarme con un hombre alto, de largo pelo entrecano y con barba, que cerraba la puerta del garaje desde dentro. Cuando me acerqué, se detuvo. Me miró nervioso y asustado.

—¿Señor Poveda?

No contestó.

Alargué la mano para mostrarle mi licencia.

—Me llamo Charlie Parker. Soy detective privado y me preguntaba si podría dedicarme un momento.

Tampoco contestó, pero al menos la puerta del garaje aún estaba abierta. Lo interpreté como una buena señal. Pero me equivoqué. Phil Poveda, que tenía pinta de ser un hippy cretino colgado de la informática, me apuntó con una pistola. Era de calibre 38 y temblaba como la gelatina, pero aun así era una pistola.

—Váyase de aquí —me increpó.

La mano seguía temblándole, pero, comparada con su voz, era firme como una roca. Poveda estaba desmoronándose. Lo adiviné en sus ojos, en las arrugas que le circundaban la boca y en las ulceraciones que tenía en la cara y en el cuello. De camino a su casa, me había preguntado si podría ser él, de alguna manera, el responsable de lo que estaba sucediendo. En ese momento, frente a la evidencia de su desintegración y al miedo que rezumaba, supe que era una víctima en potencia, no un presunto asesino.

—Señor Poveda, puedo ayudarle. Sé que está sucediendo algo. Hay gente que ha muerto, gente a la que usted estuvo una vez muy unido: Grady Truett, James Foster y Landron Mobley. Creo que incluso la muerte de Marianne Larousse tiene algún tipo de relación con esto. Y Elliot Norton ha desaparecido.

Parpadeó.

—¿Elliot?

Otro pequeño fragmento de esperanza se le cayó al suelo y se hizo añicos.

—Tiene que hablar con alguien. Creo que en algún momento del pasado usted y sus amigos hicieron algo y que las consecuencias de aquello han regresado para perseguirles. Una treinta y ocho en una mano temblorosa no va a librarle de lo que se le viene encima.

Di un paso adelante y la puerta del garaje se cerró de golpe antes de que pudiese llegar a ella. La golpeé con fuerza.

—¡Señor Poveda! Hable conmigo.

No hubo respuesta, pero sospeché que estaba allí, esperando, al otro lado de la puerta metálica, preso en una oscuridad que él mismo se había creado. Saqué una tarjeta de visita de mi cartera, introduje la mitad por debajo de la puerta y lo dejé allí con sus pecados.

Cuando volví a mirar, la tarjeta había desaparecido.

Me pasé por el LapLand, pero Tereus no se encontraba allí, y Handy Andy, envalentonado por la presencia de un camarero y de un par de porteros con chaqueta negra, no parecía dispuesto a ayudarme. Tampoco conseguí nada cuando fui a la pensión de Tereus. Según el vejete que al parecer había establecido su residencia permanente en la escalera delantera, aquella mañana había salido para ir a trabajar y no había vuelto. Me daba la impresión de que estaba tropezando con demasiadas dificultades para encontrar a la gente con la que necesitaba hablar.

Crucé la calle King y entré en Janet's Southern Kitchen. Janet's es una reliquia del pasado, un lugar donde la gente toma una bandeja y hace cola para llenarse el plato de pollo frito con arroz y costillas de cerdo. Yo era el único cliente blanco, pero nadie reparaba en mí. Me serví un trozo de pollo y un poco de arroz, aunque seguía sin apetito. Me bebí un vaso tras otro de limonada para refrescarme, pero no me sentaron bien. Aún estaba muerto de sed y tenía fiebre. Louis llegará pronto, me dije, y entonces las cosas empezarán a verse más claras. Aparté el plato y volví al hotel.

Cuando cayó la noche, tenía el escritorio cubierto de nuevo con los dibujos de la mujer. La carpeta que contenía las fotografías de la escena del crimen de Larousse y los informes policiales estaban a mi izquierda. El espacio restante lo ocupaban los dibujos de James Foster. En uno de ellos se veía a la mujer mirando por encima del hombro, con la cara ensombrecida por tonos grises y negros. Los huesos de los dedos podían apreciarse bajo el velo que envolvía su cuerpo, y algo parecido a una tracería de venas en relieve —o quizás unas escamas— recubría su piel. Pensé que también había algo casi sexual en la manera en que la había dibujado, una mezcla de odio y deseo expresada a través del arte. Las nalgas y las piernas estaban cuidadosamente trazadas, como si la luz del sol brillase a contraluz entre las piernas, y tenía los pezones erectos. Era como la lamia de la mitología: una mujer hermosa de cintura para arriba, pero una serpiente de cintura para abajo, un híbrido que seducía a los viajeros con su voz para devorarlos cuando estuviesen a su alcance. Salvo que, en este caso, las escamas de serpiente parecían haberse extendido por la totalidad del cuerpo. Los orígenes del mito, inspirado por el temor masculino a la agresiva sexualidad femenina, había encontrado un campo fértil en la imaginación de Foster.

Y luego estaba el segundo tema de sus tentativas artísticas: la fosa rodeada de piedras y de un terreno árido y estéril, con las siluetas de unos árboles ralos en un segundo plano como si fuesen plañideras alrededor de una tumba. En el primero de los dibujos, la fosa era simplemente un agujero negro que recordaba de forma deliberada los rasgos faciales de la mujer velada, y los bordes daban la impresión de ser los pliegues del velo que le cubrían la cabeza. Pero, en el segundo dibujo, una columna de fuego ascendía, crepitante, desde las profundidades, como si se hubiese horadado un túnel hasta el centro de la tierra o hasta el mismísimo infierno. En el centro de la columna de fuego, la mujer era consumida por las llamas. Lenguas anaranjadas y rojas de fuego le envolvían el cuerpo, con las piernas separadas y la cabeza echada hacia atrás en un gesto de dolor o de éxtasis. Podía tratarse de un ejercicio para un examen psicológico de tres al cuarto, pero llegué a la conclusión de que Foster había estado muy trastornado. Son cien dólares. Puede pagarle a la secretaria a la salida.

Aparte de los dibujos, la viuda me autorizó a que me llevara una fotografía. En ella se veía a seis jóvenes delante de un bar. Por detrás de la figura que estaba en el extremo izquierdo del grupo se apreciaba un neón publicitario de cerveza Miller. Elliot Norton sonreía, levantando una botella de Bud con la mano derecha; con la izquierda rodeaba la cintura de Earl Larousse Jr. A su lado estaba Phil Poveda, más alto que los demás, repantigado sobre un coche con las piernas y los brazos cruzados, la camisa desabrochada y una botella de cerveza asomándole por el costado izquierdo. El siguiente era el miembro más bajo de la pandilla: un joven aniñado que tenía el pelo rizado y la cara carnosa, una barba incipiente y unas piernas que daban la impresión de ser demasiado cortas para su cuerpo. Ensayaba una pose de bailarín, con la pierna y el brazo izquierdos extendidos hacia delante y el brazo derecho alzado por detrás; la cámara había captado el último chorro brillante de tequila que se derramaba de la botella que tenía en la mano: era el difunto Grady Truett. A su lado, un rostro juvenil escudriñaba con timidez la cámara, con la barbilla clavada en el pecho. Se trataba de James Foster.

El último de los jóvenes no sonreía tan abiertamente como los demás. Su sonrisa parecía más forzada. Llevaba ropa barata: un pantalón vaquero y una camisa a cuadros. Posaba incómodo y erguido sobre la gravilla y el barro del aparcamiento, con la actitud propia de alguien que no está acostumbrado a que lo fotografíen. Landron Mobley, el más pobre de los seis, el único que no había ido a la universidad, el único que no prosperó, el único que nunca salió del estado de Carolina del Sur para labrarse un porvenir. Pero Landron Mobley resultaba útil: Landron podía conseguir drogas. Landron podía encontrar mujerzuelas que se vendían a cambio de una cerveza. Los grandes puños de Landron podían aporrear a quien molestase a aquella pandilla de jóvenes ricos que se aventuraban en territorio ajeno, que se liaban con mujeres con las que no debían liarse, que bebían en bares donde no eran bien recibidos. Landron representaba la puerta de entrada a un mundo del que aquellos cinco hombres querían hacer uso y abuso, pero del cual no querían formar parte. Landron era el portero. Landron sabía cosas.

Y ahora Landron Mobley estaba muerto.

Según Adele Foster, a ella no le sorprendió el hecho de que hubiesen acusado a Mobley de mantener relaciones deshonestas con las reclusas. Sabía de lo que era capaz Landron Mobley, sabía lo que le gustaba hacer a las chicas incluso en aquellos tiempos en que sistemáticamente no aprobaba ni una asignatura en el instituto. Y, aunque su marido afirmaba que había roto todo vínculo con él, le había visto hablar con Landron un par de semanas antes de su muerte, había visto a Landron darle una palmadita en el brazo cuando entraba en el coche y había visto también que su marido sacaba la cartera y le daba un pequeño fajo de billetes. Aquella noche se encaró con él, pero sólo consiguió que le dijera que Landron estaba pasando una mala racha desde que se quedó sin trabajo y que sólo le había dado el dinero para que se marchara y lo dejase en paz. Por descontado, ella no le creyó, y las visitas de James al LapLand confirmaron sus sospechas. Por aquel entonces, el distanciamiento entre marido y mujer era cada vez mayor, y me dijo que le confesó a Elliot, aunque no a James, el miedo que le inspiraba Landron Mobley. Se lo confesó un día que estaba en la cama con Elliot, en la pequeña habitación que tenía encima de su oficina, aquella habitación en la que algunas veces dormía Elliot cuando estaba trabajando en algún caso particularmente difícil, pero que en aquellos momentos utilizaba para satisfacer otras demandas más urgentes.

—¿Te ha pedido dinero a ti? —le preguntó Adele a Elliot.

Elliot miró hacia otro lado.

—Landron siempre necesita dinero.

—Eso no es una respuesta.

—Conozco a Landron desde hace mucho tiempo y, sí, le echo una mano de vez en cuando.

—¿Por qué?

—¿Qué quieres decir con «por qué»?

—Que no lo comprendo, eso es todo. No era como vosotros. Puedo imaginarme lo útil que os resultaría cuando erais jóvenes y salvajes...

En aquel momento la estrechó entre sus brazos.

—Aún soy salvaje.

Pero ella lo apartó con delicadeza.

—Pero ahora mismo —continuó Adele—, ¿qué tiene que ver Landron Mobley con vuestras vidas? Deberíais olvidaros de él. Él pertenece al pasado.

Elliot retiró las sábanas, se levantó de la cama y se quedó de pie, desnudo, a la luz de la luna, de espaldas a ella. Por un momento, a Adele le dio la impresión de que los hombros de su amante se hundían, de ese modo en que los hombros de una persona se abaten cuando el agotamiento amenaza con vencerla y se deja vencer.

Y entonces dijo algo extraño.

—Hay cosas del pasado que no puedes dejar atrás. Hay cosas que te persiguen durante toda la vida.

Eso fue todo lo que dijo. Unos segundos más tarde, ella oyó el ruido de la ducha y comprendió que era hora de irse.

Fue la última vez que Elliot y ella hicieron el amor.

Pero la lealtad de Elliot a Landron Mobley había ido más allá de una simple ayuda monetaria. Elliot había asumido la representación legal de su viejo amigo en lo que podía resultar un caso muy grave de violación, aunque el caso ya era nulo a causa de la muerte de Mobley. Además, daba la impresión de querer destruir de manera voluntaria su antigua amistad con Earl Larousse Jr. al asumir la defensa de un joven negro con el que Elliot aparentemente no tenía ningún tipo de relación. Saqué las notas que había tomado hasta aquel momento y las examiné una vez más con la esperanza de encontrar algo que hubiera podido pasar por alto. Al colocar las hojas una junto a otra, fue cuando me di cuenta de una curiosa conexión: a Davis Smoot lo habían asesinado en Alabama sólo unos días antes de la desaparición de las hermanas Jones en Carolina del Sur. Repasé las anotaciones que había hecho mientras hablaba con Randy Burris sobre los acontecimientos que rodearon la muerte de Smoot y la búsqueda, y posterior arresto por asesinato, de Tereus. De acuerdo con lo que el propio Tereus me había dicho, bajó a Alabama para pedir ayuda a Smoot, que huyó de Carolina del Sur en febrero de 1980, unos días después de la presunta violación de Addy Jones, y que estuvo escondido al menos hasta julio de 1981, cuando Tereus se enfrentó a él y lo mató. Negó a los abogados de la acusación que su enfrentamiento con Smoot tuviese relación alguna con los rumores de que Smoot había violado a Addy.

Posteriormente, a principios de agosto de 1980, Addy Jones dio a luz a su hijo Atys.

Tenía que haber algún error.

Una llamada en el móvil me sacó de aquellas cavilaciones. De inmediato reconocí el número que aparecía en la pantalla. La llamada venía del piso franco. Contesté al segundo toque. Nadie hablaba, sólo se oían unos golpecitos, como si alguien estuviese aporreando suavemente el teléfono contra el suelo. Tac-tac-tac.

—¿Hola?

Tac-tac-tac.

Agarré la cazadora y corrí al garaje. Los silencios entre los golpes se iban alargando y supe con certeza que la persona que estaba al otro lado de la línea se encontraba en un apuro, que sus fuerzas fallaban y que ésa era la única manera que tenía de comunicarse.

—Voy de camino —le dije—. No cuelgues. No cuelgues.

Cuando llegué al piso franco, había fuera tres jóvenes negros que movían los pies con nerviosismo. Uno de ellos tenía un cuchillo y me lo enseñó cuando salí corriendo del coche. Vio la pistola que yo llevaba en la mano y levantó las suyas en señal de aquiescencia.

—¿Qué ha pasado?

El chico no contestó, aunque sí otro un poco mayor, que estaba detrás de él.

—Oímos cristales rotos. Nosotros no hemos hecho nada.

—No os mováis de ahí. Quedaos atrás.

—Que te den por culo, tío —fue la respuesta, pero no se acercaron a la casa.

La puerta principal estaba cerrada con llave, así que me dirigí a la parte trasera. La puerta estaba abierta de par en par aunque intacta. No había nadie en la cocina. Vi la omnipresente jarra de limonada hecha añicos en el suelo. Unas moscas zumbaban alrededor del líquido derramado por el suelo de linóleo barato.

Encontré al anciano en el salón. Tenía un profundo agujero en el pecho y estaba tendido en el suelo como un ángel negro anegado en su propia sangre, con las alas rojas extendidas. En la mano derecha sostenía el teléfono, mientras que con los dedos de la izquierda arañaba el suelo de madera. Lo había arañado con tanta fuerza que tenía las uñas rotas y los dedos le sangraban. Intentaba alargar la mano para tocar a su mujer. Vi uno de los pies de la anciana en el vestíbulo, con la zapatilla desencajada por la presión que había ejercido al arrastrarse. Tenía la parte trasera de la pierna manchada de sangre.

Me agaché ante el anciano y le sujeté la cabeza, buscando algo con lo que detener la hemorragia. Me estaba quitando la cazadora cuando me asió por la camisa y la agarró con fuerza.

—*Uh ent gap me mout'!* —susurró. Tenía los dientes ensangrentados—. *Uh ent gap me mout'!* [«¡No he abierto la boca!»]

—Lo sé —le dije, y noté que la voz se me quebraba—. Sé que no ha dicho nada. ¿Quién ha hecho esto, Albert?

—Plateye —musitó—. *Plateye.*

Me soltó la camisa y de nuevo intentó alcanzar con la mano a su mujer muerta.

—Ginnie —la llamaba. Su voz se debilitó—. Ginnie —volvió a llamarla, y murió.

Le apoyé la cabeza en el suelo, me levanté y fui hacia la mujer. Estaba boca abajo, con dos agujeros de bala en la espalda: uno en el lado izquierdo de la parte baja de la columna y el otro cerca del corazón. No tenía pulso.

Oí un ruido detrás de mí y, cuando me di la vuelta, vi en la puerta de la cocina a uno de los chicos que había fuera.

—¡No entres! —le dije—. Llama a urgencias.

Me miró, miró luego al anciano y desapareció.

Del piso de arriba no llegaba ningún ruido. El hijo de la

pareja, Samuel, estaba desnudo y muerto dentro de la bañera, con la cortina entre las manos y el agua de la ducha cayéndole con fuerza en la cara y el cuerpo. Había recibido dos disparos en el pecho. Cuando registré las cuatro habitaciones de arriba, no encontré rastro alguno de Atys, pero la ventana de su dormitorio estaba rota y algunas tejas se habían desprendido del tejado de la cocina. Daba la impresión de que había saltado por allí, lo que significaba que aún podía estar vivo.

Bajé las escaleras. Me encontraba en el jardín cuando llegó la policía. Había enfundado mi pistola y les enseñé mi licencia y mi permiso. Naturalmente, los polis me quitaron la pistola y el teléfono y me obligaron a permanecer sentado dentro de un coche hasta que llegaron los detectives. A esas alturas, se había congregado una multitud y los de uniforme hacían cuanto podían para mantenerla a raya. Las luces giratorias de los Ford Crown Victoria proyectaban destellos de fuegos artificiales sobre las caras y las casas. Había muchos coches, porque el Departamento de Policía de Charleston asignaba un vehículo a cada agente, con la excepción de las patrullas de vigilancia urbana, compuestas por dos efectivos; fue una de esas patrullas la primera en llegar a la escena del crimen, a los pocos minutos de recibir la llamada. La unidad móvil encargada de analizar el escenario de los crímenes llegó en una biblioteca ambulante adaptada para ese nuevo uso, al mismo tiempo que dos detectives de la unidad de delitos violentos decidían que querían mantener una charla conmigo.

Les dije que tenían que encontrar a Atys Jones y me contestaron que ya estaban en ello, aunque no como una víctima en potencia, sino como sospechoso de nuevos crímenes. Desde luego se equivocaban. Yo sabía que se equivocaban.

En una gasolinera de South Portland, un jorobado echaba veinte dólares de gasolina en un Nissan. Sólo había otro vehículo en el surtidor: un Chevy C-10 del 86, con el alero derecho destrozado, que le había costado a su nuevo propietario un total de mil cien dólares, de los cuales había pagado la mitad; la otra mitad habría de pagarla a final de año. Era el primer coche que Bear tenía después de más de cinco años y estaba muy orgulloso de él. Ahora, en vez de gorronear el transporte a la cooperativa, esperaba cada mañana a que abriesen, escuchando la música que salía a todo volumen del equipo estereofónico de pacotilla de su Chevy.

Bear apenas si miró al tipo que estaba junto a él. Había visto a demasiados tipos extraños en la cárcel como para saber que lo mejor era no prestarles atención. Echó gasolina, la pagó con el dinero que le había prestado su hermana, comprobó la presión de los neumáticos y se marchó.

Cyrus había pagado por adelantado al aburrido empleado de la gasolinera y era consciente de que el joven aún lo miraba, fascinado por su cuerpo deforme. Aunque estaba acostumbrado a despertar repugnancia en la gente, aún consideraba una falta de educación el que se la manifestaran de forma tan abierta. El chico tuvo suerte de estar protegido por el cristal y de que a Cyrus le reclamasen otros asuntos. De todas formas, si le quedaba tiempo, regresaría para enseñarle que era de mala educación mirar a una persona de aquella manera. Volvió a colocar la manguera en su sitio, subió al coche y alcanzó el cuaderno que tenía debajo del asiento. Había ido anotando meticulosamente todo lo que había visto y hecho, porque era importante no olvidar nada que pudiera serle de utilidad.

Anotó lo del chico en las páginas del cuaderno, junto con otras observaciones que Cyrus había introducido aquella misma tarde: los movimientos de la mujer pelirroja en su casa y el fugaz e inquietante avistamiento del negro corpulento que ahora se hospedaba allí. Aquello entristeció a Cyrus.

A Cyrus no le gustaba mancharse las manos de sangre masculina.

19

Un edificio de ladrillo rojo albergaba la sede del Departamento de Policía de Charleston en el bulevar Lockwood, frente al estadio Joe Riley, con vistas al parque Brittlebank y al río Ashley. Pero la sala de interrogatorios era una habitación sin vistas, a menos que uno considerara vistas la cara de los dos agentes iracundos que la compartían conmigo en aquel momento.

Para hacerse una idea de lo que era el Departamento de Policía de Charleston, habría que conocer al jefe Reuben Greenberg, que ostentaba la jefatura desde 1982 y que era un jefe de policía muy popular, por paradójica que resulte tal condición. Durante los dieciocho años que llevaba al frente del departamento había introducido una serie de innovaciones que habían contribuido a estabilizar, y en algunos casos a reducir, la tasa de criminalidad en Charleston: desde poner en marcha programas de asistencia social y represión de la delincuencia (los llamados Weed y Seed) en los barrios más pobres hasta dotar de zapatillas de deporte a los policías para que de ese modo pudiesen perseguir a los delincuentes con más comodidad. La tasa de criminalidad había descendido durante ese periodo, hasta el punto de que Charleston se había situado por debajo de cualquier otra ciudad sureña de dimensiones similares.

Por desgracia, las muertes de Albert, Ginnie y Samuel Singleton significaban que la esperanza de igualar las estadísticas del año anterior se había disipado del todo, y quienquiera que acabase implicado, siquiera remotamente, en cualquier cosa que amenazase el nivel de flotación del buen barco *Estadística Criminal* sin duda se hacía bastante impopular en el número 180 del bulevar Lockwood.

Yo no era nada popular en el número 180 del bulevar Lockwood.

Después de esperar una hora encerrado en un coche policial fuera de la casa del East Side, me condujeron a una habitación pintada sin ningún gusto y con unos muebles funcionales. Delante de mí había una taza de café frío. Los dos agentes que me interrogaban tampoco resultaban nada cálidos.

—Elliot Norton —repitió el primero—. Dice que está trabajando para Elliot Norton.

Se llamaba Adams y llevaba una camisa azul con manchas de sudor en las axilas. Su piel era de color azabache y tenía los ojos enrojecidos. Ya le había dicho dos veces que trabajaba para Norton y habíamos repasado media docena de veces las últimas palabras que dijo Albert, pero Adams no veía razón alguna por la que yo no debiera repetir todo aquello.

—Me contrató para que llevase a cabo una investigación paralela —les dije—. Recogimos a Atys en la cárcel de Richland County y lo trasladamos a casa de los Singleton. Iba a tratarse de un piso franco temporal.

—Segundo error —me dijo el compañero de Adams. Se apellidaba Addams, y era tan blanco como negro era su compañero. Alguien del Departamento de Policía de Charleston tenía un sentido del humor muy retorcido. Era la tercera vez que abría la boca desde que comenzó el interrogatorio.

—¿Cuál fue el primer error? —le pregunté.

—En principio, involucrarse en el caso Jones —me contestó—. O quizá bajarse del avión en el aeropuerto internacional de Charleston. Fíjese, ya son tres los errores.

Sonrió y le devolví la sonrisa por mera educación.

—¿No resulta un poco lioso que usted se llame Addams y él Adams?

Addams frunció el ceño.

—No, mire, yo soy Addams, con dos des. Él es Adams, con una de. Es fácil.

Daba la impresión de que lo decía en serio. El Departamento de Policía de Charleston ofrecía un baremo de incentivos económicos con arreglo al nivel educativo de los agentes, que iba desde un siete por ciento por una licenciatura hasta un veintidós por ciento por un doctorado. Lo sabía porque había leído y releído el boletín de noticias que estaba clavado en el tablón de anuncios que había detrás de Addams. Y me imaginé que el sobre de los incentivos en la nómina de Addams estaría vacío, a menos que le diesen una moneda de cinco centavos al mes por haber terminado el bachillerato.

—¿Así que —resumió su compañero— lo recogió, lo dejó en el piso franco, volvió a su hotel...?

—Me cepillé los dientes, me fui a la cama, me levanté, llamé a Atys para ver cómo estaba, hice otras llamadas...

—¿A quiénes llamó?

—A Elliot y a un familiar que está en Maine.

—¿Qué le contó a Norton?

—No mucho. Todavía estábamos en pañales. Me preguntó si había hecho algún progreso y le contesté que acababa de empezar.

—Después, ¿qué hizo?

Una vez más llegamos a ese punto en el que el camino de la verdad y el de la mentira se bifurcan. Opté por un camino intermedio, con la esperanza de retomar más tarde el camino de la verdad.

—Fui a un club de *striptease*.

La ceja derecha de Adams formó un arco eclesiástico de desaprobación.

—¿Por qué?

—Porque estaba aburrido.

—¿Norton le pagaba para que fuese a clubes de *striptease*?

—Fui a la hora de la comida. Era mi hora libre.

—¿Y después?

—Volví al hotel y cené. Me acosté. Cuando me levanté esta mañana intenté llamar a Elliot, pero no tuve suerte. Visité a algunos testigos para comprobar sus declaraciones y regresé al hotel. Al cabo de una hora me llamó Albert.

Adams se puso de pie entre gestos de abatimiento e intercambió una mirada con su compañero.

—Me huele que Norton no le sacaba partido a su dinero.

Por primera vez, me fijé en que conjugaba el verbo en pasado.

—¿Qué quiere decir con «sacaba»?

Volvieron a intercambiar una mirada, pero ninguno dijo palabra.

—¿Tiene algún documento relacionado con el caso Jones que pueda sernos de utilidad para la investigación? —me preguntó Addams.

—Le he hecho una pregunta —le dije.

Addams alzó la voz.

—Yo también le he hecho una pregunta: ¿tiene o no algo que pueda ser de utilidad para la investigación?

—No —mentí—. Elliot lo tenía todo. —Me di cuenta de que había metido la pata—. Elliot lo «tiene» todo —me corregí—. Ahora, díganme qué ha pasado.

Fue Adams quien tomó la palabra.

—Una patrulla de carretera encontró su coche a la salida de la 176, en dirección a Sandy Road Creek. Estaba en el agua. Parece ser que viró bruscamente para evitar algún obstáculo y acabó en el río. El cuerpo no aparece, pero hay sangre dentro del coche. Mucha sangre. El grupo sanguíneo, B Rh positivo, coincide con el de Norton. Lo sabemos porque donaba sangre, así que contrastamos las muestras del coche con las de la donación.

Escondí la cara entre las manos y respiré hondo. Primero Foster, después Truett y Mobley y ahora Elliot. Sólo quedaban dos más: Earl Larousse Jr. y Phil Poveda.

—¿Puedo irme ya?

Quería regresar al hotel y poner a salvo el material que tenía allí. Sólo esperaba que Adams y Addams no hubiesen solicitado una orden de registro mientras yo permanecía retenido.

Antes de que uno de los dos agentes pudiera darme una respuesta, se abrió la puerta de la sala de interrogatorios. El hombre que entró era por lo menos veinte años mayor que yo y me sacaba entre cinco y siete centímetros de altura. Tenía el pelo canoso y cortado a la moda, los ojos de color azul grisáceo, y se comportaba como si acabase de llegar de la Academia Militar de Parris Island, después de haber dado caza a unos marines que se hubiesen ausentado sin permiso. El aire militar se veía reforzado por el impecable uniforme que llevaba y por la chapa identificativa: «S. Stilwell». Stilwell era el teniente coronel que estaba al mando del grupo de operaciones del Departamento de Policía de Charleston y sólo tenía que rendir cuentas ante el jefe Greenburg.

—¿Es éste el sujeto, agente? —vociferó.

—Sí, señor —confirmó Addams, y me lanzó una mirada con la que pretendía darme a entender que mis problemas acababan de empezar y que sin duda iba a divertirse mucho con lo que me esperaba.

—¿Por qué sigue aquí? ¿Por qué no está compartiendo ya celda con la peor basura, con los réprobos más repugnantes que esta gran ciudad puede brindarle?

—Señor, estábamos interrogándole.

—¿Y ha respondido a las preguntas de manera satisfactoria, agente?

—No, señor. No lo ha hecho.

—¿Ah, no?

Stilwell se volvió hacia Adams.

—Usted, agente, usted es un buen hombre, ¿no es así?

—Intento serlo, señor.

—No lo dudo, agente. Y usted, por encima de todo, tiene una opinión favorable de su prójimo.

—Sí, señor.

—No esperaba menos de usted. ¿Lee la Biblia?

—No tanto como debiera, señor.

—Ya lo creo, agente. Nadie lee la Biblia tanto como debiera. El hombre debería vivir la palabra de Dios, no estudiarla. ¿Estoy en lo cierto?

—Sí, señor.

—¿Y no nos dice la Biblia que debemos tener una buena opinión del prójimo, que se merece que le demos todas las oportunidades posibles?

—No lo sé con certeza, señor.

—Yo tampoco, pero estoy seguro de que existe tal mandamiento. Y si no existe ese mandamiento en la Biblia, es porque se debió a un descuido, y si el hombre responsable de omitir tal mandamiento pudiese volver y corregir ese error, con toda seguridad volvería e incluiría dicho mandamiento, ¿verdad que lo haría?

—Con toda seguridad, señor.

—Amén. Así que estamos de acuerdo, agente, en que le ha dado al señor Parker la oportunidad de contestar a las preguntas que le ha hecho. De que usted, como un hombre temeroso de Dios, ha cumplido ese probable mandamiento de la Biblia y ha dado por hecho que la declaración del señor Parker es la palabra de un hombre honrado. ¿Y, aun así, duda de que haya sido sincero?

—Me temo que sí, señor.

—Bien, entonces estamos ante una desafortunadísima vuelta de tuerca.

Por primera vez centró toda su atención en mí.

—Estadísticas, señor Parker. Hablemos de estadísticas. ¿Sabe cuánta gente murió asesinada en esta magnífica ciudad de Charleston en el año de Nuestro Señor de mil novecientos noventa y nueve?

Negué con la cabeza.

—Yo se lo diré: tres. Fue la tasa de asesinatos más baja que hemos tenido en más de cuarenta años. Bien, ¿eso qué le dice acerca del Cuerpo de Policía de la magnífica ciudad de Charleston?

No contesté. Stilwell ahuecó la mano izquierda tras la oreja izquierda y se inclinó hacia mí.

—No le oigo, hijo.

Abrí la boca, pero eso le dio pie a continuar hablando antes siquiera de que yo pudiese decir algo.

—Le explicaré qué indica eso acerca de este Cuerpo de Policía. Significa que este magnífico cuerpo policial integrado por hombres y mujeres no tolera el asesinato, que rechaza enérgicamente lo que se entiende como la actividad antisocial y que castigará a aquellos que cometan asesinatos como si fuesen dos toneladas de mierda sacadas de un tren cargado de elefantes. Pero su llegada a nuestra ciudad parece que ha coincidido con un escandaloso incremento de homicidios. Eso afectará a nuestras estadísticas. Causará una mancha en el recuento estadístico y el jefe Greenberg, un hombre excelente, tendrá que presentarse ante el alcalde y explicarle esa desafortunada vuelta de tuerca. Y el alcalde le preguntará por qué ha ocurrido eso, y entonces el jefe Greenberg me preguntará a mí, y yo le diré que ha sido por su culpa, señor Parker. Y el jefe me preguntará que dónde está usted, y yo le llevaré hasta el agujero más oscuro y más profundo que reserva la ciudad de Charleston para quienes amenazan su seguridad. Y bajo aquel agujero habrá otro agujero, y en ese agujero estará usted, señor Parker, porque lo encerraré allí. Estará tan bajo tierra que oficialmente no se hallará en la jurisdicción de la ciudad de Charleston. Más aún, ni siquiera se encontrará oficialmente en la jurisdicción de los Estados Unidos de América. Estará en la jurisdicción de la República Popular China, y los chinos le aconsejarán que contrate a un abogado chino para ahorrarse los gastos de desplazamiento de su representante legal. ¿Cree que todo esto que le cuento es una mentira de mierda, señor Parker? Porque no le estoy diciendo una mentira de mierda. Yo no les cuento mentiras de mierda a gente como usted, señor Parker. Yo me cago en la gente como usted, y me guardo algunas de las más desagradables de mis cagadas para ocasiones como ésta. Bien, ¿tiene algo más que quiera compartir con nosotros?

Negué con la cabeza.

—No puedo decirle nada más.

Se puso de pie.

—Entonces hemos acabado. Agente, ¿disponemos de alguna chirona para el señor Parker?

—Seguro que sí, señor.

—¿Y compartirá esa chirona con la escoria de esta gran ciudad, con los borrachos, las putas y los tipos de reputación moral más baja?

—Eso puede arreglarse, señor.

—Pues arréglelo, agente.

Intenté en vano hacer valer mis derechos.

—¿No se me permite llamar a un abogado?

—Señor Parker, usted no necesita un abogado. Necesita un agente de viajes para salir echando chispas de esta ciudad. Necesita un sacerdote que rece para que no me fastidie más de lo que ya me ha fastidiado. Y, por último, necesita viajar hacia atrás en el tiempo para buscar a su madre, encontrarla antes de que su padre la fecunde con su lamentable semilla y rogarle que no se quede embarazada de usted, porque si continúa obstruyendo esta investigación, va a lamentar el día en que ella lo arrojó lloriqueando y gritando a este mundo. Agente, quite a este individuo de mi vista.

Me metieron en una celda llena de borrachos y me tuvieron allí hasta las seis de la mañana. Cuando creyeron que había dormido la mona lo suficiente, Addams bajó y me soltó. Mientras los dos nos dirigíamos a la puerta principal, su compañero, que estaba en el vestíbulo, se quedó mirándonos mientras lo cruzábamos.

—Si descubro algo de Norton, se lo comunicaré —me dijo.

Le di las gracias y él inclinó la cabeza.

—Por cierto, he descubierto lo que significa *«plateye»*. Tuve que preguntárselo al mismísimo Alphonso Brown, un tipo que trabaja de guía para los turistas que visitan el antiguo emplazamiento del pueblo gullah. Me dijo que era una especie de fantasma: un mutante, algo que puede cambiar de forma. Tal vez el viejo intentaba decir que su cliente se volvió contra ellos.

—Puede ser, salvo que Atys no tenía pistola.

No contestó. Su compañero me empujaba para que saliese de allí lo antes posible.

Me devolvieron mis cosas, excepto la pistola. Me dijeron que por el momento la pistola quedaba confiscada y se zafaron de mí. Cuando salí, vi a los presos, vestidos de azul carcelario, que se disponían a cortar el césped y a limpiar los parterres. Me pregunté si sería difícil encontrar un taxi.

—¿Piensa irse de Charleston en un futuro próximo? —me preguntó Addams.

—Después de esto no.

—Bueno, si decide irse, háganoslo saber, ¿de acuerdo?

Me dirigía ya a la puerta cuando Addams me puso una mano en el pecho.

—Recuerde esto, señor Parker: tengo un mal presentimiento con respecto a usted. Mientras estaba ahí dentro encerrado, he hecho algunas llamadas y no me ha gustado una de las cosas que he oído. No quiero que empiece una de sus cruzadas en la ciudad del jefe Greenberg, ¿me comprende? Así que evítelo y asegúrese de que se pasará por aquí antes de irse. No nos vamos a desprender de la Smith 10 hasta que su avión no empiece a dirigirse a la pista de despegue. Entonces puede que le devolvamos la artillería.

Addams me quitó la mano del pecho y me abrió la puerta.

—Nos veremos —me dijo.

Me detuve, fruncí el ceño y chasqueé los dedos.

—Perdone, pero ¿quién es usted?

—Addams.

—Con una de.

—No. Con dos des.

Asentí con la cabeza.

—Intentaré recordarlo.

Cuando regresé al hotel, apenas tenía fuerzas para desvestirme, pero, cuando lo hice, caí en la cama y me quedé dormido tan profundamente que no me desperté hasta pasadas las diez. No soñé. Era como si las muertes de la noche anterior no hubiesen sucedido.

Pero Charleston aún no había descubierto el último de los cadáveres. Mientras las cucarachas volaban a ras de suelo por las agrietadas aceras para ocultarse de la luz del día y la última de las lechuzas nocturnas volvía a su nido, un hombre llamado Cecil Exley iba de camino a la pequeña pastelería que regentaba en East Bay. Tenía mucho trabajo por delante. Había que hornear el pan y los cruasanes y, aunque el reloj aún no había dado las seis de la mañana, Cecil iba con retraso.

En la esquina de Franklin y Magazine, Cecil aminoró el paso. La mole de la antigua cárcel de Charleston apareció por encima de él como una herencia de tristeza y de dolor. Un muro bajo, pintado de blanco, rodeaba un patio cubierto de maleza, y en el centro de dicho patio se levantaba la cárcel. Los ladrillos rojos que formaban su acerado habían desaparecido en algunos tramos, robados tal vez por quienes creían que sus necesidades eran más importantes que las exigencias de la historia. A ambos lados de la verja principal, que permanecía cerrada con llave, se alzaba una torre de tres pisos coronada de almenas y hierbajos. Las rejas de la verja y de las ventanas estaban oxidadas. El hormigón se había desprendido de la estructura y dejaba al descubierto el enladrillado a medida que el viejo edificio sucumbía a un lento desmoronamiento.

Denmark Vesey y los que conspiraron con él en el malhadado levantamiento de esclavos de 1822 habían sido encadenados en la zona reservada a los negros, en la parte trasera de la cárcel, antes de ser ejecutados. La mayoría de ellos fue camino de la horca proclamando su inocencia, y hubo uno, de nombre Bacchus Hammett, que incluso se reía mientras le colocaban la soga alrededor del cuello. Muchos otros habían cruzado esas puertas para ser ajusticiados, y otros muchos lo harían después. Cecil Exley creía que no había otro lugar en Charleston donde el pasado y el presente estuvieran tan unidos, donde fuese posible quedarse en silencio a primera hora de la mañana y percibir el eco de los actos violentos que tuvieron lugar allí y que seguían resonando en el presente. Cecil solía detenerse en la verja de la vieja cárcel y rezar una breve y silenciosa oración por quienes murieron allí, en aquel tiempo en que los hombres que tenían la piel del mismo color que la suya no podían llegar siquiera a Charleston como miembros de la tripulación de un barco sin ser enviados a una celda durante todo el tiempo que durase su visita.

Cuando Cecil llegó a la verja, a su derecha estaba el viejo furgón policial, conocido como Black Lucy. Habían pasado muchos años desde la última vez que Lucy había abierto sus brazos para recibir a nuevos invitados, pero, a medida que Cecil acercaba la mirada, distinguió un bulto que se apoyaba contra las rejas en la parte trasera del furgón. Durante unos segundos, el corazón de Cecil pareció dejar de latir, y apoyó una mano contra la puerta para no desplomarse. Ya había tenido dos infartos leves en los últimos cinco años y no le agradaba especialmente la idea de dejar este mundo a causa de un tercero. Pero la verja, en lugar de sostener su peso, se abrió hacia dentro con un crujido.

—Oiga —dijo Cecil. Tosió. Su voz parecía a punto de quebrarse—. Oiga —volvió a decir—. ¿Está bien?

El bulto no se movía. Cecil entró y se dirigió cautelosamente hacia Black Lucy. El amanecer empezaba a iluminar la ciudad y los muros que rodeaban la antigua cárcel brillaban con luz tenue bajo los primeros rayos del sol de aquella mañana de domingo, pero la silueta que se apoyaba contra el furgón aún estaba en sombras.

—Oiga —dijo Cecil, pero su voz fue apagándose, y las sílabas se transformaron en una cadencia descendente cuando se dio cuenta de lo que estaba viendo.

Atys Jones estaba atado a las rejas del furgón con los brazos extendidos. Tenía el cuerpo lleno de moratones y la cara ensangrentada y tan hinchada por los golpes que había recibido que apenas resultaba reconocible. La sangre del pecho se había secado y oscurecido. También había sangre —*demasiada* sangre— en los calzoncillos, la única prenda que llevaba. Tenía la barbilla clavada en el pecho, las rodillas dobladas y sus pies curvados hacia dentro. La cruz en forma de T había desaparecido de su cuello.

La vieja cárcel había añadido un nuevo fantasma a sus legiones.

20

Fue Adams quien me comunicó la noticia. Cuando me encontré con él en el vestíbulo del hotel, tenía los ojos más enrojecidos que antes por la falta de sueño y un principio de barba canosa que ya había empezado a picarle. Mientras hablábamos no dejaba de rascársela y hacía un ruido parecido al de una loncha de beicon cuando chisporrotea en una sartén. De su cuerpo emanaba un olor a sudor y a café, a hierba, a óxido y a sangre. En los pantalones y en los zapatos se le habían quedado pegadas briznas de hierba. Alrededor de las muñecas distinguí las marcas circulares que le habían dejado los guantes desechables que se había puesto para inspeccionar la escena del crimen y que había tenido que embutir en sus manazas.

—Lo siento —me dijo—. No puedo decirle nada nuevo de lo que le ha ocurrido a ese muchacho. Ha sido una muerte dura.

Sentí la muerte de Atys como un peso en el pecho, como si los dos hubiésemos caído al mismo tiempo y su cuerpo hubiera atravesado el mío para encontrar el descanso. No lo protegí. Nadie lo protegió y había muerto por un crimen que no había cometido.

—¿Se sabe ya la hora de la muerte? —le pregunté mientras untaba mantequilla en una tostada.

—El forense calcula que lo mataron dos o tres horas antes de que encontraran el cadáver. No parece que lo hayan matado allí mismo, en la antigua cárcel. No había muchas manchas de sangre en el furgón y no hemos encontrado rastro alguno de sangre ni en los muros ni en el entorno del edificio. Incluso hemos usado luz ultravioleta. Y nada. Los golpes han sido metódicos: empezaron por los dedos de los pies y de las manos y después continuaron con los órganos vitales. Lo castraron antes de morir, pero probablemente no mucho antes. Nadie ha visto nada. Creo que dieron con él antes de que pudiera alejarse de la casa y que se lo llevaron a algún sitio apartado.

Me acordé de Landron Mobley, de la manera en que lo torturaron, y estuve a punto de hablar, pero darle a Adams más información de la que ya tenía hubiera sido como darle todo, y yo no estaba dispuesto a eso. Aún había muchas cosas que ni siquiera yo comprendía.

—¿Va a hablar con los Larousse?

Adams terminó de comerse la tostada.

—Creo que se enteraron tan pronto como yo.

—Puede que incluso antes.

Adams agitó un dedo en señal de advertencia.

—Una insinuación como ésa puede acarrearle problemas. —Indicó al camarero que le sirviera más café—. Pero ya que ha sacado el asunto a colación, ¿por qué iban a querer los Larousse que torturaran a Jones de esa manera?... —Me quedé callado—. Quiero decir —continuó— que el modo en que lo torturaron parece indicar que los asesinos pretendían sonsacarle algo antes de que muriera. ¿Cree que lo que esa gente quería de Atys era una confesión?

Estuve a punto de escupir de desprecio.

—¿Por qué? ¿Por el bien de su alma? Creo que no. Si esa gente se tomó la molestia de asesinar a quienes lo ocultaban en su casa y de perseguirle hasta que lo cazaron, me parece que no tenían ninguna duda de lo que estaban haciendo.

Pero cabía la posibilidad de que Adams tuviese razón, al menos en parte, al sugerir que el motivo fue arrancarle una confesión. ¿Y si los hombres que encontraron a Atys estaban «casi» seguros de que mató a Marianne Larousse, pero el hecho de estar «casi» seguros no les bastaba? Querían que la confesión saliese de sus labios, porque si él no la había asesinado, las consecuencias serían incluso más graves, y no sólo por el hecho de que el verdadero culpable eludiese la detención. No, todo lo que había ocurrido durante las últimas veinticuatro horas indicaba que cierta gente estaba realmente muy preocupada ante la posibilidad de que alguien se hubiese fijado como objetivo a Marianne Larousse por alguna razón en concreto. Me parecía que ya era hora de hacerle a Earl Larousse Jr. algunas preguntas comprometidas, pero no tenía la intención de hacerlo yo solo. Los Larousse daban la fiesta al día siguiente, y esperaba que alguien se reuniese conmigo en Charleston. Los Larousse tendrían dos invitados inoportunos que perturbarían su gran acontecimiento social.

Aquella tarde me fui a la biblioteca pública de Charleston para realizar algunas consultas. Saqué los informes periodísticos sobre la muerte de Grady Truett, pero no averigüé nada que ya no me hubiese contado Adele Foster. Unos desconocidos habían entrado en su casa, lo habían atado a una silla y le habían cortado el cuello. No se encontraron huellas dactilares, pero el equipo que se encargó de investigar la escena del crimen tuvo por fuerza que haber encontrado algo. Ninguna escena de ningún crimen está enteramente limpia. Estuve tentado de llamar a Adams, pero, una vez más, pensé que corría el riesgo de que se esfumase toda la información con que yo contaba. Tampoco averigüé mucho más sobre «plateye». Según un libro titulado *Blue Roots,* plateye era un habitante del mundo de los espíritus, del infierno, aunque con poder suficiente para visitar el mundo de los mortales a fin de impartir un castigo justo. Poseía también la facultad de cambiar de apariencia. Como me había dicho Adams, el plateye era un mutante.

Salí de la biblioteca y me dirigí a Meeting. Tereus aún no había vuelto a su apartamento, y hacía dos días que no se había presentado por el trabajo. Nadie supo decirme nada de él, y la *stripper* que me había birlado los veinte dólares y que después me delató a Handy Andy no andaba por allí.

Finalmente llamé a la oficina del abogado de oficio que se encargó de la defensa de Atys antes de que la asumiera Elliot y me dijeron que Laird Rhine se hallaba defendiendo a un cliente en el Palacio de Justicia. Aparqué el coche en el hotel y bajé andando a Four Corners, donde encontré a Rhine en el juzgado número tres, en el momento en que se daba lectura al acta de acusación de una mujer llamada Johanna Bell, acusada de apuñalar a su marido en el transcurso de una pelea doméstica. Por lo visto, ella y su marido habían estado separados durante tres meses. Cuando el marido volvió al domicilio familiar, empezaron a discutir sobre quién era el propietario del vídeo. La discusión terminó bruscamente cuando ella le apuñaló con un cuchillo de trinchar. El marido estaba sentado dos filas detrás de ella y tenía aspecto de sentir mucha lástima de sí mismo.

Rhine se daba muy buenas mañas para solicitar al juez que dejase a su cliente en libertad condicional sin fianza. Tenía treinta y pocos años, pero esgrimió un buen argumento. Señaló que la señora Bell nunca había causado problemas con anterioridad; que se había visto forzada a llamar a la policía en varias ocasiones durante los últimos meses de su ya moribundo matrimonio cuando empezaron las amenazas y luego se produjo una agresión física por parte de su marido; que no podía hacer frente a la fianza impuesta y que no tenía sentido encerrarla en la cárcel y alejarla de su hijo pequeño. Consiguió que el marido pareciera un monstruo que podía considerarse afortunado por salir de aquello únicamente con un pulmón perforado. El juez acordó dejarla en libertad condicional sin fianza. Después del fallo, la mujer abrazó a Rhine y recogió a su hijo de los brazos de una anciana que esperaba al fondo de la sala.

Abordé a Rhine en la escalera del Palacio de Justicia.

—¿Señor Rhine?

Se detuvo, y me dio la impresión de que su cara reflejaba preocupación. Como todo abogado de oficio, había tenido que tratar con lo peor de la especie humana y a veces se había visto obligado a defender lo indefendible. No me cabía duda de que las víctimas de sus clientes se tomaban de vez en cuando las cosas como un asunto personal.

—¿Sí?

Yo estaba un escalón por encima de él. Visto desde allí, me pareció más joven. Aún no tenía canas. Unas largas y suaves pestañas protegían sus ojos azules. Le mostré mi licencia. La ojeó y asintió con la cabeza.

—¿En qué puedo ayudarle, señor Parker? ¿Le importa si hablamos mientras caminamos? Le prometí a mi mujer que la llevaría a cenar.

Bajé el escalón y me puse a su lado.

—Trabajo para Elliot Norton en el caso Atys Jones, señor Rhine.

Por un momento vaciló al andar, como si se hubiese desorientado, entonces reanudó la marcha con mayor rapidez. Aceleré para no quedarme atrás.

—Ya no tengo nada que ver con ese caso, señor Parker.

—Sencillamente no hay caso desde que Atys murió.

—Me he enterado. Lo siento.

—Seguro que sí. Tengo que hacerle algunas preguntas.

—No creo que pueda contestar a sus preguntas. Debería preguntar al señor Norton.

—¿Sabe qué?, lo haría, pero Elliot no está disponible, y mis preguntas son un poco delicadas.

Se detuvo en la esquina de Broad cuando el semáforo se puso en rojo. Le echó un vistazo a aquella luz roja como si se interpusiera deliberadamente en su vida.

—Ya le digo que no sé en qué puedo ayudarle.

—Me gustaría saber por qué renunció al caso.

—Porque ya tenía muchos a mi cargo.

—Ninguno como ése.

—Yo no elijo los casos, señor Parker. Me los asignan. Me pasaron el caso Jones. Iba a llevarme mucho tiempo. Hubiera podido liquidar diez casos en el tiempo que invertí en repasar el expediente. No lamenté dejarlo.

—No le creo.

—¿Por qué no?

—Usted es un joven abogado de oficio. Es probable que sea ambicioso y, por lo que he visto hoy en la sala, tiene motivos para serlo. Un caso importante como el asesinato de Marianne Larousse no se presenta todos los días. Si lo hubiese defendido bien, aunque al final hubiese perdido, le habría abierto muchas puertas. No me creo que quisiera dejarlo así como así.

La luz del semáforo cambió y la gente empezó a empujarnos para cruzar por delante de nosotros. Aun así, Rhine no se movió.

—Señor Parker, ¿de qué lado está?

—Aún no lo he decidido. Aunque, al final, me temo que estoy del lado de un hombre y de una mujer muertos. Y eso es todo.

—¿Y Elliot Norton?

—Un amigo. Me pidió que viniese. Y vine.

Rhine se volvió hacia mí.

—Me pidió que le pasara el caso —explicó.

—¿Quién, Elliot?

—No. Él nunca se dirigió a mí. Fue otro hombre.

—¿Lo conoce?

—Me dijo que se llamaba Kittim. Tenía algo raro en la cara. Vino a mi oficina y me dijo que debía dejar que Elliot Norton defendiese a Atys Jones.

—¿Qué le contestó?

—Que no podía. Que no había ninguna razón para ello. Me hizo una oferta... —Esperé—. Todos tenemos algún cadáver en el armario, señor Parker. Baste decir que él me dio una pista de cuál era el mío. Tengo esposa y una hija. Cometí errores al principio de mi matrimonio, y no he vuelto a cometerlos. No quería perder a mi familia por unos pecados que había procurado purgar. Le dije a Jones que Elliot Norton estaba más cualificado que yo para llevar su caso. No objetó nada. Así que me retiré. No he visto a Kittim desde entonces, y espero no volver a verlo jamás.

—¿Cuándo fue la última vez que lo vio?

—Hace tres semanas.

Tres semanas: más o menos el tiempo que hacía que asesinaron a Grady Truett. James Foster y Marianne Larousse ya estaban también muertos por entonces. Como me dijo Adele Foster, algo estaba pasando, y, fuese lo que fuese, se había agravado a raíz de la muerte de Marianne Larousse.

—¿Es todo, señor Parker? —me preguntó Rhine—. No estoy orgulloso de lo que hice. No quiero remover ese asunto.

—Eso es todo.

—Siento de veras lo que le ha ocurrido a Atys —me dijo.

—Estoy seguro de que a él le consolará mucho saberlo.

Volví al hotel. Tenía un mensaje de Louis en el que me confirmaba que llegaría a la mañana siguiente, un poco más tarde de lo previsto. Se me levantó un poco el ánimo.

Aquella noche me asomé a la ventana porque el claxon de un coche no paraba de sonar. Al otro lado de la calle, delante del cajero automático, estaba el Coupe de Ville negro con el parabrisas hecho añicos y con el freno echado. Vi que se abría la puerta trasera del lado del conductor y que del coche salía la niña. Se apoyó en la puerta abierta y me hizo señas para que me acercara, sin hablar, sólo moviendo los labios.

«Hay un sitio al que podemos ir.»

Movió las caderas al ritmo de una música que sólo ella podía oír. Se levantó la falda. No llevaba nada debajo. No tenía sexo: lisa como una muñeca. Se restregó la lengua por los labios.

«Baja.»

Se acarició su sexo liso.

«Tengo un sitio.»

Me dedicó otro gesto lascivo antes de subirse de nuevo al coche, que arrancó lentamente. Varias arañas cayeron al suelo por el resquicio de la puerta entreabierta. Me desperté apartándome telarañas de la cara y del pelo, y tuve que darme una ducha para sacudirme la sugestión de tener bichos por todo el cuerpo.

21

Un golpe en la puerta me despertó poco después de las nueve de la mañana. De manera instintiva, alargué la mano para coger la pistola que ya no estaba allí. Me lié una toalla alrededor de la cintura, me dirigí con sigilo a la puerta y acerqué el ojo a la mirilla.

Casi dos metros de puro carácter y de orgullo gay republicano, con un gran sentido de la elegancia en el vestir, me miraban directamente a los ojos.

—Podía verte desde fuera —me dijo Louis en cuanto abrí la puerta—. Mierda, Parker, ¿es que no vas al cine? Un tipo llama a la puerta, un actor tonto del culo mira por la mirilla, el tipo pone el cañón de la pistola en la mirilla y le dispara al tonto del culo en el ojo.

Llevaba un traje negro de lino y una camisa blanca sin cuello que le daba un toque informal. Una vaharada de colonia cara le siguió hasta dentro de la habitación.

—Hueles como una puta francesa —le dije.

—Si fuese una puta francesa, no podrías permitirte el lujo. Por cierto, no estaría mal que te pusieras un poco de maquillaje.

Me paré, me miré en el espejo que había cerca de la puerta y aparté los ojos. Tenía razón. Estaba pálido y ojeroso. Tenía los labios agrietados y secos y un sabor metálico en la boca.

—He pillado algo —le dije.

—No jodas. ¿Qué coño has pillado, la peste? Entierran a gente con mejor aspecto que tú.

—¿Qué tienes, el síndrome de Tourette? ¿Tienes que pasarte todo el tiempo diciendo tacos?

Levantó las manos con un gesto de «vale, vale».

—¡Oye! Qué alegría te ha dado verme. Cuánto te lo agradezco.

Le pedí disculpas.

—¿Te has registrado? —le pregunté.

—Sí, pero un cabrón, lo siento, pero, joder, es que era un cabrón. ¿Sabes qué ha hecho? Pues que ha intentado darme sus maletas en la puerta del hotel.

—¿Y tú qué has hecho?

—Me las he llevado. Las he puesto en el maletero de un taxi, le he dado al taxista cincuenta pavos y le he dicho que las llevara a una de esas tiendas de artículos de segunda mano para obras benéficas.

—Muy gentil por tu parte.

—Me gusta creer que sí.

Lo dejé viendo la televisión mientras me daba una ducha y me vestía. Cuando terminé, fuimos a Diana's, en la calle Meeting, a desayunar. Me tomé un café y medio bollo, el resto lo dejé.

—Tienes que comer.

Hice un gesto con la cabeza para darle a entender que no podía.

—Se me pasará.

—Se te pasará y te morirás. En fin, ¿cómo va la cosa?

—Lo mismo de siempre: gente muerta, un misterio y más gente muerta.

—¿A quién hemos perdido?

—Al chico, a la familia que lo escondía y quizás a Elliot Norton.

—Mierda, no ha quedado nadie vivo. Te aconsejo que le digas al próximo que te contrate que te deje tus honorarios en el testamento.

Le puse al día de todo cuanto había sucedido, omitiendo sólo el detalle del coche negro. No había necesidad de echarle encima esa carga.

—¿Y ahora qué vas a hacer?

—Voy a armar un follón de mil demonios. Los Larousse dan una fiesta hoy. Creo que deberíamos aprovecharnos de su hospitalidad.

—¿Tenemos invitación?

—¿Acaso no tenerla ha sido alguna vez un impedimento para nosotros?

—No, pero a veces simplemente me gusta que me inviten a sitios de manera normal, ya sabes a qué me refiero, en lugar de zurrar, amenazar, cabrear a los encantadores blancos y que se asusten del negro.

Se calló. Daba la impresión de meditar sobre lo que acababa de decir, y el rostro se le iluminó.

—Suena bien, ¿verdad? —pregunté.

—Muy bien.

La mayor parte del trayecto lo hicimos por separado. Louis aparcó su coche casi un kilómetro antes de llegar a la vieja plantación de los Larousse y se reunió conmigo para continuar el viaje. Le pregunté por Ángel.

—Está haciendo un trabajito.

—¿Algo que yo debería saber?

Me miró durante un rato.

—No sé. Puede que sí, pero no ahora.

—Vale. Por cierto, has sido noticia.

Me contestó al cabo de un par de segundos.

—¿Te dijo algo Ángel?

—Sólo el nombre del pueblo. Has esperado mucho tiempo para saldar esa deuda.

Se encogió de hombros.

—Valió la pena matarlos, aunque no valía la pena hacer un viaje tan largo para eso.

—Y como ibas a bajar al sur y te pillaba de camino...

Terminó la frase:

—... Pensé que podía hacer una parada. ¿Puedo irme ya, agente?

Ahí quedó la cosa. En la entrada de la hacienda de los Larousse, un tipo alto y con traje de lacayo nos hizo señales para que detuviésemos el coche.

—Caballeros, ¿pueden enseñarme la invitación?

—No tenemos invitación —le respondí—, pero estoy completamente seguro de que nos esperan.

—¿Sus nombres?

—Parker. Charlie Parker.

—Por dos —añadió Louis para echar una mano.

El guardia de seguridad habló por el walkie-talkie y se alejó un poco para que no pudiéramos oírle. Mientras esperábamos, se formó una cola de dos o tres coches, hasta que el guardia de seguridad terminó de hablar.

—Pueden seguir. El señor Kittim se reunirá con ustedes en el aparcamiento.

—Sorpresa, sorpresa —dijo Louis. Ya le había hablado del encuentro que tuve con Bowen y con Kittim en el mitin de Antioch.

—Te dije que esto funcionaría. Por algo soy detective.

Dejé a un lado mis preocupaciones por las consecuencias del incidente de Caina, y me dio la impresión de que empezaba a encontrarme mejor desde que había llegado Louis. No era de extrañar, teniendo en cuenta que ya disponía de una pistola, gracias a él, y que estaba del todo seguro de que Louis llevaba encima al menos otra más.

Avanzamos por un camino de robles de Virginia, de palmitos y palmeras de los que colgaba el llamado musgo español. Las cigarras cantaban en los árboles y, aunque había escampado, las gotas de lluvia de aquella mañana caían de las hojas de los árboles y mantenían una constante pauta rítmica sobre el techo del coche y sobre la carretera, hasta que dejamos atrás la arboleda y entramos en una gran extensión de césped. Otro tipo vestido de lacayo con guantes blancos nos indicó que aparcáramos el coche debajo de una de las muchas carpas que habían levantado para proteger los vehículos del sol. La lona se agitaba levemente por las corrientes de aire frío que salían de los aparatos portátiles de aire acondicionado que estaban repartidos por el jardín. En una especie de plaza había tres mesas largas con almidonados manteles de lino. Encima de ellas, una cantidad enorme de viandas esperaba a ser servida por los inquietos criados negros, vestidos con camisas de prístina blancura y con pantalones oscuros. Otros criados se movían entre los grupos de invitados que ya se habían congregado en el jardín y les ofrecían copas de champán y cócteles. Miré a Louis y él me miró a mí. Aparte de los criados, él era la única persona de color entre los invitados y el único que iba vestido de negro.

—Deberías haberte puesto una chaqueta blanca. Pareces un signo de admiración. Además, podrías haber sacado unos pavos de propina.

—Míralos, colega —se desesperó—. ¿No hay nadie aquí que haya oído hablar de Denmark Vesey?

Una libélula revoloteaba sobre el césped en torno a mis pies, a la caza de alguna presa. No había pájaros que a su vez pudieran cazarla a ella, o por lo menos no vi ni oí a ninguno. La única señal de vida provenía de una garza real que se hallaba en un tramo del pantanal, al nordeste de la casa, cuyas aguas parecían inmóviles a causa de la alfombra de algas que las cubría. Al lado de aquel pantanal, entre hileras de robles y pacanas, se divisaban aquí y allá las ruinas de unas pequeñas viviendas, sin las cubiertas de teja que antaño tuvieron y con sus irregulares ladrillos erosionados ya por los efectos de la intemperie durante más de siglo y medio. Incluso yo podía adivinar de qué se trataba: las ruinas de una calle en la que vivían los esclavos.

—Me imagino que estarás pensando que deberían haberlas derribado —comenté.

—Eso forma parte del patrimonio histórico —dijo Louis—. Y, ahí arriba, la bandera confederada ondeando al viento, y unas cuantas fundas de almohada guardadas para ocasiones especiales, ya sabes.

La casa de la vieja plantación de los Larousse era una construcción de ladrillo anterior a la revolución, una villa de estilo georgiano-paladino que se remontaba a mediados del siglo XVIII. Dos escaleras gemelas de piedra caliza conducían a un pórtico con solería de mármol. Cuatro columnas dóricas sostenían una galería que recorría la fachada de la casa, con una hilera doble de cuatro ventanas a cada lado. Elegantes parejas se apiñaban bajo la sombra del porche.

Un grupo de hombres que cruzaba el césped a toda prisa desvió nuestra atención. Todos eran blancos, todos llevaban auriculares y, a pesar del aire acondicionado, todos sudaban por debajo de sus trajes oscuros. En el centro del grupo había uno que sobresalía del resto. Era Kittim, que llevaba un blazer azul, pantalones beiges, mocasines baratos y una camisa blanca abotonada hasta el cuello. Llevaba una gorra de béisbol y gafas de sol, pero la herida de navaja que tenía en la mejilla derecha le quedaba al descubierto.

Atys. Por eso no tenía la cruz colgada del cuello cuando lo encontraron.

Kittim se paró a un metro de nosotros y levantó una mano. Los hombres que le acompañaban se pararon en el acto y empezaron a rodearnos en semicírculo. Durante unos segundos, nadie dijo ni una palabra. Kittim nos miraba alternativamente a Louis y a mí, hasta que su atención se centró en mi persona. Ni siquiera dejó de sonreír cuando Louis le habló por primera vez.

—¿Qué coño eres?

Kittim no le contestó.

—Éste es Kittim —le dije a Louis.

—¿No es éste el guapo?

—Señor Parker —me dijo Kittim ignorando a Louis—. No le esperábamos.

—Ha sido una decisión de última hora. Algunas muertes repentinas me han despejado la agenda.

—Bueno. No puedo evitar darme cuenta de que usted y su colega vienen armados.

—Armados —miré a Louis con desilusión—. Te advertí que no se trataba de esa clase de fiesta.

—No se pierde nada por venir preparado. De lo contrario, la gente no nos toma en serio —dijo Louis.

—Oh, yo les tomo muy en serio —dijo Kittim, que por primera vez le contestó—. Tan en serio, que les agradecería que nos acompañaran al sótano, donde nos desharemos de sus armas sin alarmar a los demás invitados.

Ya me había dado cuenta de que había gente que nos miraba con curiosidad. Y, justo en ese momento, un cuarteto de cuerda empezó a tocar un vals desde un lugar apartado del jardín. Era un vals de Strauss. Qué curioso.

—No te ofendas, tío, pero no vamos a ir a ningún sótano contigo —le dijo Louis.

—Entonces no nos quedará más remedio que tomar medidas.

Louis enarcó una ceja.

—Sí, ¿qué vas a hacer, matarnos aquí? Si lo haces, eso sí que va a ser una fiesta. La gente hablará de ella durante muchíííísimo tiempo. «Oye, ¿te acuerdas de la fiesta de Earl, cuando aquellos tipos sudorosos y el cabrón que tenía la lepra trataron de quitarles las armas a aquellos dos que llegaron tarde y se les echaron encima y salpicaron de sangre el vestido de Bessie Bluechip? Tío, cómo nos reímos...»

La tensión iba en aumento. Los hombres que acompañaban a Kittim esperaban instrucciones, pero él no se movía. Mantenía la sonrisa inalterable, como si se hubiese muerto sonriendo y el maquillador funerario lo hubiese dejado así y luego lo hubiera puesto de pie sobre el césped. Sentí que algo me bajaba por la espalda y que se me acumulaba en la base de la columna. Los guardias de seguridad no eran los únicos que sudaban.

La tensión se rompió por una voz que llegó del porche.

—Señor Kittim, no deje a nuestros invitados en el jardín. Acompáñelos hasta aquí arriba.

Era la voz de Earl Larousse Jr., elegantemente flaco, con una chaqueta azul cruzada y unos vaqueros planchados con la raya en medio. Llevaba el pelo rubio peinado hacia delante para ocultar su pico de viuda, y me dio la impresión de que sus labios eran más femeninos y más carnosos que la primera vez que lo vi. Kittim inclinó la cabeza para indicarnos que nos pusiéramos en marcha, y tanto él como sus hombres ocuparon posiciones para disponerse a escoltarnos. Cualquiera con un mínimo de inteligencia hubiese notado que en aquel bufé éramos tan bien recibidos como un virus, pero los invitados que se encontraban cerca de nosotros se esforzaron por ignorarnos. Incluso los criados se abstenían de mirar hacia donde estábamos. Nos condujeron a la puerta principal y entramos en un gran vestíbulo con entarimado de pino taeda. A cada lado del vestíbulo se abrían dos salones y una elegante escalera doble llevaba al piso de arriba. La puerta se cerró detrás de nosotros y en unos segundos nos desarmaron. A Louis le quitaron dos pistolas y un cuchillo. Parecían muy impresionados.

—Vaya —dije—. Dos pistolas.

—Y un cuchillo. Tuve que hacerle un corte especial a los pantalones.

Kittim, con una Taurus azul brillante en la mano, no dejaba de dar vueltas alrededor de nosotros, hasta que se paró al lado de Earl Jr.

—Señor Parker, ¿por qué han venido? —me preguntó Larousse—. Es una fiesta privada, la primera desde la muerte de mi hermana.

—¿Por qué descorchan champán? ¿Están celebrando algo?

—Aquí su presencia no resulta grata.

—Han matado a Atys Jones.

—Eso me han dicho. Me disculpará si no derramo una sola lágrima.

—Señor Larousse, él no asesinó a su hermana, pero sospecho que usted ya lo sabe.

—¿Qué le hace sospechar eso?

—Pues porque creo que el señor Kittim, aquí presente, torturó a Atys antes de matarlo para averiguar quién lo hizo. Porque usted sabe, como yo también lo sé, que la persona responsable de la muerte de su hermana es también responsable de las muertes de Landron Mobley y de Grady Truett, del suicidio de James Foster y puede que de la muerte de Elliot Norton.

—No sé de qué me habla. —No pareció sorprenderse cuando mencioné el nombre de Elliot.

—Creo también que Elliot Norton estaba intentando averiguar quién era el responsable de esas muertes, y que por ese motivo se hizo cargo del caso Jones. Incluso le diré que se hizo cargo de él con el beneplácito de usted, y tal vez incluso con su colaboración. Salvo que no progresaba lo suficiente y usted tomó cartas en el asunto después de que apareciera el cadáver de Mobley.

Me volví hacia Kittim.

—Kittim, ¿te divertiste matando a Atys Jones? ¿Te divirtió disparar a una anciana por la espalda?

Me vi venir el golpe demasiado tarde para poder reaccionar. Me golpeó con el puño en la sien izquierda y me hizo rodar por el suelo. Louis se puso tenso y estaba ya a punto de entrar en acción, cuando lo detuvo el sonido de los percutores.

—Señor Parker, necesita cultivar sus modales —me dijo Kittim–. No puede venir y hacer acusaciones de esa índole sin tener en cuenta las consecuencias.

Poco a poco conseguí ponerme a gatas. El puñetazo me había dejado desconcertado y noté que la bilis me subía por la garganta. Me vino una arcada y vomité.

–Oh, querido –dijo Larousse–. Mire lo que ha hecho. Toby, ve a buscar a alguien para que limpie esto.

Vi los pies de Kittim a mi lado.

–Señor Parker, es un desastre. –Se agachó y le vi la cara–. Al señor Bowen no le cae usted nada bien. Ahora sé por qué. No piense que hemos acabado con usted. Me sorprendería mucho que saliese con vida de Carolina del Sur. De hecho, si yo fuese jugador, apostaría por ello.

La puerta que tenía delante de mí se abrió y entró un criado, seguido por Earl padre. El criado no pareció prestar atención a las pistolas ni a la tensión que se mascaba en aquel vestíbulo. Simplemente se arrodilló mientras yo me incorporaba tambaleándome y comenzó a fregar el entarimado hasta que lo dejó reluciente.

–¿Qué está pasando aquí? –preguntó Earl padre.

–Señor Larousse, son unos intrusos que se han colado –respondió Kittim–. Ya se van.

El anciano hizo como que no le veía. No cabía la menor duda de que a Larousse no le gustaba Kittim y de que le incomodaba su presencia en la casa, pero, a pesar de eso, Kittim estaba allí. Larousse no le dirigió la palabra y, en vez de prestarle atención, se dirigió a su hijo, que perdió el aplomo ante la presencia de su padre.

–¿Quiénes son? –le preguntó a su hijo.

–Éste es el detective privado con el que hablé en el hotel, el que contrató Elliot Norton para que sacara del apuro al negrata que mató a Marianne –tartamudeó Earl Jr.

–¿Es eso cierto? –preguntó el viejo.

Me limpié la boca con el dorso de la mano.

—No —le dije—. No creo que Atys Jones matase a su hija, pero descubriré al culpable.

—Eso no es asunto suyo.

—Atys está muerto. También están muertos los que le dieron refugio en su casa. Tiene usted razón: averiguar lo que pasó no es asunto mío. Es más que eso. Para mí es una obligación moral.

—Señor, le recomendaría que dejase sus obligaciones morales para otras cuestiones. Ésta en particular va a ser su ruina. —Entonces se dirigió a su hijo—. Que los acompañen hasta la salida de mi propiedad.

Earl Jr. miró a Kittim. Estaba claro que aquello era cosa suya.

Después de una pausa para imponer su autoridad, Kittim hizo una señal con la cabeza a sus hombres, que se adelantaron con las armas pegadas discretamente al costado para no alarmar a los invitados cuando saliésemos de la casa.

—Y escuche, señor Kittim —añadió Earl padre.

Kittim se volvió.

—De ahora en adelante, guárdese sus golpes para otro sitio. Ésta es mi casa y usted no es un empleado mío.

Lanzó una mirada severa a su hijo y salió al jardín para reunirse con sus invitados.

Aquellos hombres nos rodearon y nos escoltaron hasta el coche. Metieron nuestras armas en el maletero, salvo la munición. Cuando me disponía a arrancar, Kittim se inclinó sobre la ventanilla. El olor a quemado era tan fuerte que estuve a punto de vomitar otra vez.

—La próxima vez que le vea será la última —me dijo—. Ahora coja a su payasete y lárguese de aquí. —Le guiñó el ojo a Louis, dio un golpe en el techo del coche y se quedó observando cómo nos íbamos.

Me toqué la sien en la que Kittim me había dado el puñetazo y me estremecí.

—¿Te encuentras bien para conducir? —me preguntó Louis.

—Creo que sí.

—Kittim parecía sentirse como en su propia casa.

—Está en esa casa porque Bowen quiere que esté allí.

—Si su nene campa a sus anchas por la casa de los Larousse, significa que Bowen ha conseguido algo de ellos.

—Te ha dicho una cosa muy fea.

—Lo he oído.

—Teniendo en cuenta las circunstancias, te lo has tomado con mucha tranquilidad.

—No merecía la pena jugársela. Al menos, no me la merecía a mí. Kittim es otro asunto. Como ha dicho el tipo, volveremos a vernos. Pero que tenga paciencia.

—¿Crees que puedes hacerte cargo de él?

—Por supuesto. ¿Adónde vas?

—A que me den una clase de historia. Estoy cansado de ser amable con la gente.

Louis pareció un poco sorprendido.

—¿Amable en el sentido exacto que hasta ahora has dado a la palabra amable?

22

Cuando volví al hotel, tenía un mensaje. Era de Phil Poveda. Quería que lo llamase. Me dio la impresión de que no estaba nervioso ni asustado. De hecho, percibí un deje de alivio en su voz. Pero antes llamé a Rachel. Cuando contestó, se encontraba en la cocina con Bruce Taylor, uno de los policías de Scarborough, que en aquel momento estaba tomándose un café con galletas. Sentí alivio al saber que la policía se dejaba caer por allí, según me había prometido MacArthur, y que el Klan Killer andaría por algún sitio, porque era alérgico a la lactosa y a otras cosas.

—Wallace también ha venido varias veces —me dijo Rachel.

—¿Cómo está el señor Corazón Solitario?

—Se fue de compras a Freeport. Se compró un par de chaquetas en Ralph Lauren, algunas camisas y unas corbatas. Es un diamante en bruto, y todo se andará. Además, creo que a Mary le gusta.

—¿Tan desesperada está?

—La palabra correcta es «acomodadiza». Ahora, esfúmate. Un atractivo chico con uniforme está cuidando de mí.

Me despedí de ella y marqué el número de Phil Poveda.

—Soy Parker —le dije cuando contestó.

—Hola. Gracias por llamar. —Noté que estaba optimista, casi alegre. Aquel Phil Poveda tenía poco que ver con el que me había amenazado con una pistola dos días atrás—. He estado poniendo en orden mis asuntos. Ya sabe, el testamento y todas esas gilipolleces. Soy un hombre muy rico, sólo que nunca lo supe.

Hay que reconocer que tendré que morirme para sacar provecho de ello, pero es cojonudo.

—Señor Poveda, ¿se encuentra bien?

Era una pregunta que estaba de más. Phil Poveda daba la impresión de sentirse mejor que bien. Por desgracia, me imaginé que se debía a que estaba perdiendo el juicio.

—Sí —me dijo, y por primera vez su voz era dubitativa—. Sí, creo que sí. Tenía razón, Elliot ha muerto. Encontraron su coche. Lo he leído en el periódico... —No contesté—. Como usted dijo, sólo quedamos Earl y yo, y, a diferencia de Earl, no tengo ni papi ni amigos nazis que me protejan.

—¿Se refiere a Bowen?

—Exacto, Bowen y su monstruo ario. Pero no podrán protegerlo siempre. Algún día, cuando esté solo... —Prefirió dejar correr los puntos suspensivos antes de reanudar la conversación—. Lo único que quiero es que todo termine.

—¿Qué es lo que quiere que termine?

—Todo: el asesinato, la culpa. Sobre todo la culpa. Si dispone de tiempo, podemos hablar de ello. Yo tengo tiempo, aunque no mucho. No mucho. El tiempo se me está agotando. El tiempo se está agotando para todos nosotros.

Le dije que me pasaría por su casa en cuanto colgara el teléfono. También quise advertirle que se alejase del botiquín y de cualquier objeto punzante, pero en ese momento el rayo fugaz de cordura que le había traspasado había sido absorbido ya por las nubes negras que vagaban por su cerebro.

—¡Cojonudo! —exclamó, y colgó.

Hice el equipaje y pagué la factura del hotel. Pasase lo que pasase, no regresaría a Charleston durante una temporada.

Phil Poveda me abrió la puerta en calzoncillos, con unos zapatos náuticos de marca y una camiseta blanca en la que estaba estampada la imagen de Jesucristo con la túnica abierta para mostrar su corazón coronado de espinas.

—Jesús es mi Salvador —me explicó Poveda—. Cada vez que me miro al espejo, me lo recuerda. Está dispuesto a perdonarme.

Las pupilas de Poveda se habían reducido al tamaño de la cabeza de un alfiler. Fuese lo que fuese lo que se había metido, se trataba de una mercancía muy fuerte. Algo que si se lo hubieran dado a los pasajeros del *Titanic*, los hubiésemos visto descender bajo las olas con una sonrisa beatífica. Me condujo a su ordenada cocina con muebles de roble y preparó un par de descafeinados. Durante la hora que estuvimos hablando, no tocó su taza de café. Al poco de empezar la conversación, hice lo mismo.

Después de oír el relato de Poveda, no creí que pudiese volver a comer o a beber nunca más.

El bar Obee's ya no existe. Era un garito de carretera que estaba apartado de Bluff Road, un lugar donde los universitarios pijos podían comprar por cinco dólares una mamada a las negras y a las blancas paupérrimas que los llevaban entre los árboles hacia la oscuridad de las orillas del río Congaree. Después de eso, regresaban junto a sus amigotes con una sonrisa burlona y se chocaban entre sí la palma de la mano, mientras ellas se lavaban la boca en el grifo que había fuera del bar. Pero, cerca de donde una vez estuvo ese bar, habían construido uno nuevo: el Swamp Rat, donde Atys Jones y Marianne Larousse pasaron sus últimas horas juntos, antes de que la asesinaran.

Las hermanas Jones solían ir a beber al Obee's aun cuando una de ellas, Addy, sólo tenía diecisiete años y la hermana mayor, Melia, por un capricho de la naturaleza, parecía aún menor. Por aquel entonces, Addy ya había dado a luz a su hijo Atys, que fue el fruto, o eso decían, de una desafortunada relación que tuvo con uno de los pasajeros novios de su madre, el difunto Davis Smoot, apodado el Botas; una relación que podría definirse más bien como una violación si ella hubiese creído apropiado denunciar el hecho. Como la madre de Addy no podía soportar ver a su hija, ésta crió al niño con su abuela. Muy pronto, la madre ya no tendría que ignorarla, porque una noche tanto Addy como su hermana fueron borradas de la faz de la tierra.

Estaban borrachas y, cuando salieron del bar tambaleándose un poco, un coro de pitadas y silbidos las siguió, como un viento beodo que las impulsara hacia delante. Addy tropezó y cayó de culo. Su hermana se partió de risa. Ayudó a su hermana menor a levantarse, pero, al hacerlo, dejó a la vista su desnudez debajo de la falda. Ya de pie, mientras ambas se tambaleaban, vieron a los jóvenes apiñados dentro del coche. Los que estaban en la parte trasera se subían unos encima de otros para intentar ver algo más. Avergonzadas y un poco temerosas, a pesar de la borrachera, las risas de las muchachas se disiparon y enfilaron con la cabeza gacha el camino que llevaba a la carretera.

Apenas habían caminado unos metros cuando oyeron el ruido del coche detrás de ellas. Los faros las iluminaban en el camino cubierto de guijarros y de pinocha. Volvieron la cabeza y los miraron. Los faros, como ojos de luz idénticos y enormes, se les echaban encima, y de repente el coche ya estaba junto a ellas. Una de las puertas traseras se abrió. Una mano agarró a Addy. Le desgarró el vestido y le arañó el brazo.

Las muchachas echaron a correr hacia los matorrales, adentrándose en un territorio en que se oía el rumor del agua y en el que se expandía el olor de la vegetación putrefacta. El coche se detuvo a un lado de la carretera, las luces se apagaron y, con alaridos y gritos de guerra, continuó la persecución.

—Las llamábamos putas —contaba Poveda, mirándome con los ojos extrañamente brillantes—. Y si no lo eran, como si lo fueran. Landron lo sabía todo acerca de ellas. Ése era el motivo por el que le dejábamos que se juntase con nosotros, porque conocía a todas las putas, a todas las muchachas que se dejaban follar por un paquete de seis cervezas, a todas las muchachas que mantendrían la boca cerrada si teníamos que forzarlas un poco. Fue Landron el que nos habló de las hermanas Jones. Una de ellas era madre de un niño, y apenas contaba dieciséis años cuando lo parió. Y la otra, según Landron, estaba pidiendo a gritos que le hicieran otro de cualquier forma o en cualquier postura. Joder, ni siquiera llevaban bragas. Landron nos dijo que era para que los hombres se la metieran y se la sacaran con más facilidad. ¿Qué clase de muchachas eran aquéllas, que bebían en bares como aquél y que se paseaban por ahí sin nada debajo de la falda? Iban pidiendo guerra, así que ¿por qué no iban a venderse? Incluso podrían haberse divertido si nos hubiesen dejado hablar con ellas. Pensábamos pagarles. Teníamos dinero. No pretendíamos que nos saliera gratis.

En aquel momento, Phil Poveda estaba en su ambiente. Ya no era el ingeniero de *software* de treinta y tantos años, con panza y una hipoteca. Volvía a ser un muchacho. Volvía a estar con sus amigos, corriendo por la hierba crecida, con la respiración entrecortada y una punzada en la entrepierna.

–¡Oye, deteneos! –les gritó–. ¡Deteneos, tenemos dinero!

Y los otros, alrededor de él, se tronchaban de risa, porque era Phil, y Phil sabía pasárselo bien. Phil siempre les hacía reír. Phil era un tipo gracioso.

Persiguieron a las muchachas por la ciénaga del Congaree y a lo largo del Cedar Creek, donde Truett tropezó y cayó al agua. James Foster lo ayudó a levantarse. Las alcanzaron donde el agua empezaba a ganar profundidad, junto al primero de los enormes y centenarios cipreses. Melia se cayó al tropezar con una raíz que sobresalía, y antes de que su hermana pudiese ayudarla a levantarse, ya estaban encima de ellas. Addy arremetió contra el hombre que tenía más cerca y le dio un golpe en el ojo con su pequeño puño. Como respuesta, Landron Mobley la golpeó con tanta fuerza que le rompió la mandíbula y cayó aturdida de espaldas.

—Jodida puta —le espetó Landron—. Jodida puta.

Su voz tenía tal tono de amenaza soterrada, que los demás se quedaron quietos. Incluso Phil, que pugnaba por sujetar a Melia. Y entonces comprendieron que habían tocado fondo, que ya no había vuelta atrás. Earl Larousse y Grady Truett sujetaban a Addy en el suelo para facilitarle las cosas a Landron, mientras los demás desnudaban a su hermana. Elliot Norton, Phil y James Foster se miraron entre sí. Phil tiró a Melia al suelo y la penetró, al tiempo que Landron hacía lo mismo con Addy. Los dos al mismo ritmo, uno al lado del otro, mientras los insectos nocturnos zumbaban a su alrededor, atraídos por el olor de los cuerpos, picoteando a los hombres y a las mujeres y revoloteando sobre la sangre que había empezado a derramarse por la tierra.

Al final, fue culpa de Phil. Estaba en pleno orgasmo, con la respiración agitada, sin mirar a Melia, sino la cara destrozada de su hermana, y, poco a poco, a medida que iba satisfaciendo su deseo, se dio cuenta de la trascendencia de lo que estaban haciendo. De repente, sintió un golpe en la ingle y cayó de lado, y la conmoción se transformó en un ardor en la boca del estómago. Entonces Melia se puso de pie y salió corriendo de la ciénaga en dirección este, hacia la propiedad de los Larousse y la carretera que había más allá.

Mobley fue el primero en salir tras ella. Foster lo siguió. Elliot, que dudaba entre aprovechar su turno con la muchacha tendida en el suelo e ir a detener a la hermana de ésta, se quedó inmóvil durante unos segundos, antes de salir corriendo detrás de sus amigos. Grady y Earl se empujaban entre sí, bromeando mientras forcejeaban para disputarse su turno con Addy.

La compra del terreno kárstico había sido un error que les había salido muy caro a los Larousse. Aquel terreno era un laberinto de acuíferos subterráneos y de cuevas, y casi llegaron a perder un camión cuando se desplomó en una fosa antes de descubrir que los yacimientos de piedra caliza no eran lo suficientemente grandes como para justificar su explotación. Mientras tanto, las excavaciones en algunas minas se habían realizado con éxito en Cayce, a poco más de treinta kilómetros río arriba, y en Wynnsboro, subiendo por la autopista 77 en dirección a Charlotte. Además, estaban las tres manifestaciones en contra de la incidencia que la explotación pudiera tener en los pantanos. Los Larousse abandonaron aquel negocio y conservaron el terreno como advertencia y ejemplo de lo que nunca más debían hacer.

Melia cruzó varias alambradas caídas y herrumbrosas y un cartel de PROHIBIDO EL PASO que estaba acribillado a balazos. Tenía heridas en los pies y le sangraban, pero seguía corriendo. Sabía que había casas al otro lado del terreno kárstico. Allí le prestarían ayuda y acudirían a socorrer a su hermana. Las pondrían a salvo y...

Oía acercarse a los hombres que corrían tras ella. Volvió la cara sin dejar de correr, y de repente los dedos de sus pies ya no pisaban terreno firme, sino que estaban suspensos sobre un lugar hondo y tenebroso. Se balanceó en el borde de una fosa, aspirando el olor del agua inmunda y contaminada que había en el fondo. Perdió el equilibrio y cayó dentro. Su cuerpo, allá en las profundidades, se estrelló contra el agua. Segundos después emergió, asfixiada y tosiendo. El agua le quemaba los ojos, la piel, el sexo. Miró hacia arriba con los ojos entornados y vio la silueta de los tres hombres recortada ante las estrellas. Con movimientos lentos, nadó en dirección a las paredes de la fosa. Buscó un asidero, pero sus dedos resbalaban en la piedra. Oyó que los hombres hablaban. Uno de ellos se fue. Se mantenía a flote en aquellas aguas viscosas y umbrías moviendo los brazos y las piernas con lentitud. La quemazón iba a más, y le costaba trabajo mantener los ojos abiertos. Arriba se veía una luz. Alzó los ojos justo a tiempo para ver unas hojas de periódico en llamas y después cómo la gasolina iba cayendo, cómo iba cayendo...

Aquellas fosas, con los años, se habían convertido en un vertedero de residuos tóxicos. Toda aquella inmundicia había contaminado el suministro de agua y el propio Congaree, ya que todos los acuíferos subterráneos iban a desembocar finalmente al gran río. Muchas de las sustancias vertidas en ellas eran peligrosas. Algunas eran corrosivas; otras, herbicidas. Pero la mayoría de ellas tenían una cosa en común: eran altamente inflamables.

Los tres hombres recularon a toda prisa cuando una columna de fuego emergió de las profundidades de la fosa, iluminando los árboles, el terreno excavado, la maquinaria abandonada y sus propias caras, sorprendidas y en el fondo entusiasmadas por el efecto que acababan de lograr.

Uno de ellos se frotó las manos con el sobrante del papel de periódico que habían usado como mecha, en un intento de quitarse el olor a gasolina.

—Que se joda —dijo Elliot Norton, que fue quien envolvió una piedra con el trozo de periódico y lo arrojó a la hoguera—. Vámonos.

Durante unos minutos no dije nada. Poveda trazaba dibujos absurdos encima de la mesa con el dedo índice. Elliot Norton, un hombre al que había considerado mi amigo, había tomado parte en la violación y en la quema de una joven. Me quedé mirando con fijeza a Poveda, pero él estaba absorto en trazar dibujos con el dedo. Algo se había roto en el interior de Phil Poveda, aquello que había logrado mantenerlo con vida después de lo que hicieron, y la marea de sus recuerdos lo arrastraba consigo.

Tenía ante mí a un hombre que estaba enloqueciendo.

—Siga —le dije—. Acabe la historia.

—¡Acaba con ella! —gritó Mobley. Miraba a Earl Larousse, que estaba de rodillas, abotonándose los pantalones, junto a la mujer postrada boca abajo. Earl frunció el ceño.

—¿Qué?

—Acaba con ella —repitió Mobley—. Mátala.

—No puedo —dijo Earl. Su voz se parecía a la de un niño.

—Te la has follado muy rápido —le dijo Mobley—. Si la dejas aquí y alguien la encuentra, hablará. Si no la matamos, hablará. Toma.

Mobley agarró una piedra y se la arrojó. Le dio en la rodilla. Earl hizo una mueca de dolor.

—¿Por qué yo? —gimoteó Earl.

—Porque alguien tiene que hacerlo —le respondió Mobley.

—No voy a hacerlo —le dijo Earl.

Entonces Mobley sacó un cuchillo que llevaba oculto debajo de la camisa.

—Hazlo. Como no lo hagas, te mato.

De repente, el poder dentro del grupo cambió de bando y entonces comprendieron todo. Desde el principio, el poder había estado en manos de Mobley. Era él quien estaba al mando. Era Mobley quien les buscaba la maría y el LSD. Era Mobley el que les llevaba a las mujeres. Y fue Mobley quien al final los condenó. Más tarde, Phil pensó que quizá su intención había sido aquélla desde el principio: condenar a un grupo de chavales ricos y blancos que lo habían minusvalorado e insultado, luego lo aceptaron en su pandilla cuando vieron lo que Mobley podía proporcionarles, pero que con toda seguridad lo abandonarían cuando dejase de serles útil. Y, de todos ellos, Larousse era el más consentido, el más mimado, el más débil y en el que menos se podía confiar. Por esa razón, le había tocado a él matar a la muchacha.

Larousse empezó a llorar.

—Por favor, por favor, no me obligues a hacerlo.

Mobley, sin decir palabra, levantó el cuchillo y observó cómo brillaba a la luz de la luna. Lentamente, Larousse, con las manos temblorosas, agarró la piedra.

—Por favor —rogó por última vez.

Phil, que se encontraba a la derecha de Earl, hizo intento de darse la vuelta, pero Mobley lo agarró y se lo impidió.

—No, tienes que mirar. Tú formas parte de esto. Mira hasta que todo acabe. Ahora —le dijo a Larousse—, acaba con ella, jodido gallina de mierda. Acaba con ella, cabronazo bonito, a menos que quieras volver junto a tu papi y contarle lo que has hecho, llorando en su hombro como el jodido mariposón que eres y suplicándole que haga desaparecer el problema. Acaba con ella. ¡Acaba con ella!

Todo el cuerpo de Larousse tembló cuando levantó la piedra y la estrelló sin fuerza contra la cara de la muchacha. Aun así, se oyó un crujido y ella gimió de dolor. Larousse se puso a dar alaridos. Tenía la cara retorcida de miedo y las lágrimas que rodaban por sus mejillas limpiaban el barro con que se había manchado la cara mientras violaba a la muchacha. Volvió a levantar la piedra y la estrelló con más fuerza. Esa vez, el crujido sonó más fuerte. La piedra subía y bajaba con mayor rapidez, y, cada vez que Larousse, enloquecido, golpeaba a la muchacha, emitía un agudo lloriqueo. Estaba fuera de sí y salpicado de sangre, hasta que unas manos lo detuvieron y lo apartaron del cuerpo de la muchacha, con la piedra aún sujeta entre los dedos y los ojos desorbitados y en blanco en su cara cubierta de sangre.

La muchacha que yacía en la tierra hacía tiempo que había muerto.

—Lo has hecho muy bien —le dijo Mobley. Ya no empuñaba el cuchillo—. Earl, ya puede decirse que eres un asesino de verdad. —Y le tocó el hombro al llorón—. Un auténtico asesino.

—Mobley se la llevó —siguió contando Poveda—. La gente se acercaba, atraída por el fuego, y nos tuvimos que ir. El padre de Landron era sepulturero en Charleston. El día anterior había cavado una fosa en el cementerio Magnolia, así que Landron y Elliot la arrojaron allí y la cubrieron de tierra. Al día siguiente enterraron a un tipo encima de ella. Era el último de su familia. Nadie iba a remover jamás la tierra de esa parcela. —Tragó saliva—. Al menos no lo habrían hecho si el cadáver de Landron no hubiese aparecido allí.

—¿Y qué pasó con Melia? —le pregunté.

—Se quemó viva. Era imposible sobrevivir a aquel fuego.

—¿Y nadie lo sabía? ¿No le contaron a nadie más lo que hicieron?

Negó con la cabeza.

—Sólo nosotros. Buscaron a las muchachas, pero nunca las encontraron. Llegó la estación de las lluvias y lo lavó todo. Para la gente, desaparecieron de la faz de la tierra.

»Pero alguien lo descubrió —continuó—. Alguien nos lo está haciendo pagar. A Marianne la mataron. James Foster se quitó la vida. A Grady le cortaron el cuello. A Mobley se lo cargaron, y ahora a Elliot. Alguien nos está dando caza, nos está castigando. Yo soy el próximo. Por esa razón, debo poner mis asuntos en orden. —Sonrió—. Voy a donar todo a una institución benéfica. ¿Cree que hago bien? Yo creo que sí. Creo que es una buena acción.

—Puede ir a la policía y confesar lo que hicieron.

—No, ésa no es la manera de proceder. Debo esperar.

—Yo podría ir a la policía.

Se encogió de hombros.

—Podría hacerlo, pero yo diría que se lo ha inventado todo. Mi abogado me sacaría en cuestión de horas, en el caso de que alguien se tomara la molestia de arrestarme. Luego volvería aquí y seguiría esperando.

Me puse de pie.

—Dios me perdonará —comentó Poveda—. Nos perdona a todos, ¿no es así?

Algo destelló en sus ojos: un último y agonizante esfuerzo de cordura, antes de que esa cordura naufragase.

—No lo sé —le dije—. No sé si habrá tanto perdón en el universo.

Y me fui.

El Congaree. La secuencia de las últimas muertes. El vínculo entre Elliot y Atys Jones. Aquel pincho en forma de T en el pecho de Landron Mobley y aquel otro pincho más pequeño que colgaba del cuello del hombre de los ojos dañados.

Tereus. Tenía que encontrar a Tereus.

El viejo aún seguía sentado en los desgastados escalones de la pensión, fumando en pipa y viendo pasar el tráfico. Le pregunté el número de la habitación de Tereus.

—La número ocho, pero no está.

—¿Sabes? Creo que me das mala suerte —le dije—. Siempre que vengo, Tereus se ha ido. Pero tú siempre estás bloqueando el porche.

—Creí que te alegraría ver una cara familiar.

—Por supuesto. La de Tereus.

Pasé por encima de él y subí la escalera bajo su atenta mirada.

Llamé a la puerta número ocho, pero no obtuve respuesta. De las habitaciones contiguas salía una confusión de programas de radio diferentes y un olor rancio a comida impregnaba las alfombras y las paredes. Giré el picaporte y la puerta se abrió. Había una cama individual deshecha, un sofá noqueado y, en una esquina, una cocina de gas. Apenas había espacio entre la cocina de gas y la cama para que pudiera pasar un hombre delgado y asomarse al ventanuco mugriento. A mi izquierda había un lavabo y una ducha, ambos razonablemente limpios. En realidad, la habitación estaba decrépita, pero no sucia. Tereus se había esforzado en adecentarla: de la barra de plástico del ventanuco colgaban unas cortinas nuevas y en la pared había una lámina enmarcada que representaba unas rosas en un jarrón. No había televisor, ni aparato de radio ni libros. El colchón estaba tirado en un rincón y la ropa esparcida por todas partes, pero supuse que, fuese quien fuese el responsable de aquel desbarajuste, no había encontrado nada. Cualquier cosa de valor que tuviese Tereus la guardaría en su verdadera casa y no allí.

Estaba a punto de irme cuando la puerta se abrió a mis espaldas. Me volví y me encontré frente a un negro grande y obeso que llevaba una camisa chillona y que bloqueaba la salida. En una mano tenía un cigarrillo y en la otra un bate de béisbol. Detrás de él vi al viejo chupando su pipa.

—¿Puedo ayudarte en algo? —me preguntó el tipo del bate.

—¿Eres el encargado de esto?

—Soy el dueño y te has colado.

—Buscaba a alguien.

—Bien, pero él no está y tú no tienes derecho a entrar aquí.

—Soy detective privado. Me llamo...

—Me importa un carajo cuál es tu nombre. Sal de aquí ahora mismo, antes de que tenga que actuar en defensa propia contra una agresión espontánea.

El viejo de la pipa se rió entre dientes.

—Una agresión espontánea —repitió el viejo—. Eso está bien. —Y sacudió la cabeza riéndose y soltando una bocanada de humo.

Me dirigí a la puerta y el grandullón se hizo a un lado para dejarme paso. Aun así, ocupaba casi todo el hueco de la puerta y tuve que encoger el pecho para poder salir. Olía a líquido desatascador y a colonia Old Spice. Me paré en la escalera.

—¿Puedo hacerte una pregunta?

—¿Cuál?

—¿Cómo es que su puerta no estaba cerrada con llave?

Su cara reveló perplejidad.

—¿No la has abierto tú?

—No, estaba abierta cuando llegué, y alguien ha estado revolviendo sus cosas.

El dueño se volvió al viejo de la pipa.

—¿Ha venido alguien más preguntando por Tereus?

—No, señor. Sólo este tipo.

—Mira, no quiero ocasionar problemas —le dije—. Lo único que quiero es hablar con Tereus. ¿Cuándo fue la última vez que lo viste?

—Hace unos cuantos días —respondió el dueño, ya más aplacado—. Ocho, más o menos. Cuando salió de trabajar del club. Llevaba una bolsa. Me dijo que estaría un par de días fuera.

—¿Y dejó la puerta cerrada con llave?

—Vi con mis propios ojos cómo la cerraba.

Aquello significaba que alguien se había colado en el edificio después de la muerte de Atys Jones, y seguro que había hecho lo que yo acababa de hacer: entrar en el apartamento, bien para encontrar allí al propio Tereus o bien algo relacionado con él.

—Gracias —le dije.

—Vale, no hay de qué.

—Agresión espontánea —repitió el fumador de pipa—. Qué divertido.

Los pervertidos vespertinos ya estaban reunidos en el LapLand cuando llegué. Entre ellos había un anciano que llevaba una camisa rota y que frotaba su botella de cerveza, mano arriba y mano abajo, de un modo que daba a entender que pasaba mucho tiempo solo pensando en mujeres. También había un tipo de mediana edad, sentado delante de un chupito, que llevaba un traje de chaqueta raído y el nudo de la corbata a media asta. Tenía un maletín a los pies. Se le había abierto, y parecía unas mandíbulas paralizadas. Estaba vacío. Me preguntaba yo cuándo reuniría el coraje suficiente para decirle a su mujer que le habían despedido del trabajo, que se había pasado los días mirando a bailarinas de barra o viendo películas en las sesiones más baratas, que no tendría que plancharle nunca más las camisas porque él ya no tendría que llevar camisa, qué diablos. En realidad, ni siquiera tendría que levantarse por la mañana si no le apetecía. Y, oye, si el panorama no te gusta, ya puedes ir saliendo por esa puerta.

Me encontré a Lorelei sentada a la barra del bar, esperando su turno de actuación. No parecía muy contenta de verme, pero yo ya estaba acostumbrado a eso. El camarero quiso detenerme, pero le levanté un dedo.

—Me llamo Parker. Si tienes algún problema, llama a Willie. De lo contrario, échate a un lado.

Se echó a un lado.

—Una tarde de poco movimiento —le dije a Lorelei.

—Siempre son así —comentó, y apartó la cara para darme a entender que no tenía el mínimo interés en entablar una conversación conmigo. Me imaginé que había recibido del jefe una bronca por haber hablado más de la cuenta la última vez que la vi y que no quería volver a caer en el mismo error—. Estos tipos sólo tienen calderilla.

—Bueno, pues entonces supongo que tendrás que bailar por amor al arte.

Negó con la cabeza y se echó hacia atrás para mirarme por encima del hombro. No se trataba de una mirada demasiado amistosa.

—¿Te crees muy divertido? A lo mejor hasta te crees que eres «encantador». Pues deja que te diga algo: no lo eres. Estoy harta de ver todas las noches a tipos como tú, todos esos tipos que me meten un dólar por la raja del culo. Vienen y se creen que son mejores que yo, quizás incluso llegan a tener la fantasía de que los miro y de que no busco su dinero, que lo único que quiero es llevármelos a casa y follármelos hasta que se queden fritos. Pero eso no va a pasar nunca. Y si no me acuesto gratis con ellos, te aseguro que tampoco voy a acostarme gratis contigo, así que si quieres algo de mí, saca unos billetes.

Tenía razón. Puse un billete de cincuenta encima de la barra, pero apreté un dedo en la nariz del presidente en cuestión.

—Llámame cauteloso, pero la última vez no cumpliste nuestro trato.

—Hablaste con Tereus, ¿no?

—Sí, pero antes tuve que aguantar a tu jefe. Al grano, ¿dónde está Tereus?

—No pararás hasta que fastidies a ese tipo, ¿verdad? —dijo con los labios apretados—. ¿Nunca te cansas de presionar a la gente?

—Escúchame —le dije—. Preferiría no estar aquí. Preferiría no hablarte de esta manera. No me creo mejor que tú, pero desde luego tampoco soy peor que tú. Así que ahórrate el discurso. ¿Acaso no quieres el dinero? Estupendo.

La música dejó de sonar y los clientes aplaudieron con muy poco entusiasmo a la bailarina que empezaba a recoger sus prendas y se encaminaba al vestuario.

—Tienes que subir a escena —le indiqué, y ya me disponía a tomar el billete de cincuenta cuando ella lo agarró por el borde.

—Esta mañana no ha venido. Hace dos días que no viene.

—Resumiendo. ¿Dónde está?

—Tiene un cuarto en la ciudad.

—No ha vuelto a su cuarto desde hace unos días. Necesito más que eso.

El camarero anunció que Lorelei iba a actuar y ella hizo una mueca. Se deslizó por la silla para bajarse, con el billete bien sujeto entre nosotros.

—Tiene una casa allá arriba, en el Congaree. En la reserva hay una propiedad privada. Está allí.

—¿Exactamente dónde?

—¿Qué quieres, que te dibuje un mapa? No sabría decirte, pero sólo queda un pedazo privado en todo el parque.

Liberé el billete.

—La próxima vez me va a dar lo mismo el dinero que traigas, porque no pienso hablar contigo. Antes preferiría sacarles dos dólares a estos desgraciados hijos de puta que ganarme mil teniendo que traicionar a buena gente. Esto te lo doy gratis: no eres el único que ha preguntado por Tereus. Ayer vinieron un par de tipos, pero Willie los echó a patadas llamándolos «jodidos nazis».

Incliné la cabeza en gesto de agradecimiento.

—Ellos me gustaron más que tú —añadió.

Se dirigió al escenario. El reproductor de discos compactos que había detrás de la barra hizo sonar los primeros compases de *Love Child*. Arrastró el billete con la palma de la mano y se fue.

Era evidente que había dejado para el día siguiente su propósito de enmienda.

Aquella misma noche, Phil Poveda estaba sentado a la mesa de la cocina, delante de dos tazas de café frío, cuando la puerta se abrió a sus espaldas y oyó unas pisadas sigilosas. Levantó la cabeza y las luces titilaron en sus ojos. Se dio la vuelta en la silla.

—Lo siento —dijo.

El gancho se balanceó por encima de su cabeza y él recordó las palabras que Cristo les dirigió a Pedro y a Andrés junto al mar de Galilea: «Os haré pescadores de hombres».

Los labios de Poveda temblaban al hablar.

—Esto no dolerá, ¿verdad?

Y el gancho descendió.

23

Conduje hasta Columbia sin poner música. Me daba la impresión de ir a la deriva por la Interestatal 26, en dirección noroeste, atravesando los condados de Dorchester, Orangeburg y Calhoun. Las luces de los coches que se cruzaban conmigo en la oscuridad parecían luciérnagas que se movían en paralelo y que se desvanecían o se perdían en la distancia por los recodos y curvas de la carretera.

Por todas partes había árboles y, en la negrura que se expandía tras ellos, la tierra se atormentaba con su propia memoria. ¿Podía ser de otra manera? Había sido mancillada por la historia y fertilizada con los cuerpos de los muertos que yacían debajo de las hojas y de las piedras: británicos y colonos, confederados y unionistas, esclavos y ciudadanos libres, poseedores y poseídos. Más al norte, en las comarcas de York y de Lancaster, perduraban las huellas que una vez dejaron allí los jinetes de la noche. Allá por donde pasaban, los jinetes espoleaban a sus caballos disfrazados de fantasma y moteados de lodo, y galopaban por el barro y el agua para atemorizar, para aniquilar y para sembrar la semilla de un nuevo futuro en la tierra que hendían los cascos de sus cabalgaduras.

Y la sangre de los muertos se fundía con la tierra y enturbiaba los ríos que bajaban de los montañosos bosques de álamos, de arces rojos, de cornejos florecidos, y los peces incorporaban aquella sangre a su organismo al filtrarse por sus branquias, y las nutrias que los pescaban de un zarpazo los devoraban, y de ese modo aquella sangre entraba también a formar parte de ellas. Aquella sangre estaba en las moscas de mayo y en las moscas de la piedra que oscurecían el aire de Piedmont Shoals, en las pequeñas percas que se quedaban inmóviles en el fondo del agua para no ser engullidas, en los peje-soles que rondaban en torno a la zona de protección que les brindaban los lirios araña, que disimulaban la fealdad arácnida de su parte inferior con la belleza de sus flores blancas.

Aquí, en estas aguas cargadas de sedimentos, la luz del sol destella y crea formas extrañas, independientes de la corriente del río o de los caprichos de la brisa, a causa de esos pequeños peces plateados que se funden con la luz reflejada en la superficie, deslumbrando a los predadores, que ven el banco de peces como una única entidad, como una forma de vida enorme y amenazadora. Estos pantanos son su refugio, a pesar de que la vieja sangre también ha entrado en ellos.

(¿Y por eso estabas allí, Tereus? ¿Era ésa la razón de que en tu pequeña habitación hubiese tan pocas huellas de tu existencia? Porque en la ciudad tú no existes, allí no eres en verdad tú mismo. En la ciudad sólo eres un ex presidiario, un desgraciado que tiene que limpiar la basura de los que son más ricos que tú, un testigo de sus caprichos, mientras le rezas a tu Dios por la salvación de sus almas. Pero eso es sólo una tapadera, ¿verdad? Tu verdadera personalidad es muy distinta. Tu personalidad se desarrolla aquí, en los pantanos, donde has vivido oculto durante todos estos años. Ése eres tú. Estás dándoles caza, ¿no es cierto? ¿Los castigas por lo que hicieron hace tanto tiempo? Éste es tu territorio. Descubriste lo que hicieron y decidiste hacerles pagar por ello. Pero la cárcel se interpuso en tu camino —aunque incluso desde allí hiciste que alguien pagara por sus pecados— y tuviste que esperar para proseguir tu tarea. No te culpo. No creo que nadie que supiera lo que hicieron aquellas criaturas se resistiese a castigarlos de una manera o de otra. Pero ésa no es la verdadera justicia, Tereus, porque, al hacer lo que haces, la verdad de lo que hicieron —Mobley y Poveda, Larousse y Truett, Elliot y Foster— nunca se sabrá, y sin saber la verdad, sin esa revelación, no puede hacerse justicia.)

(¿Y qué me dices de Marianne Larousse? Su desgracia fue nacer en el seno de aquella familia y estar estigmatizada por el crimen que cometió su hermano. Sin saberlo, fue la depositaria de los pecados de su hermano y castigada por pecados falsos. Ella no se lo merecía. Con su muerte, las cosas se llevaron a un terreno donde la justicia y la venganza no se diferencian entre sí.)

(Así que hay que pararte los pies, porque la historia de lo que sucedió en el Congaree debe contarse por fin. De lo contrario, la mujer de la piel llena de escamas continuará vagando entre los cipreses y los acebos: una figura entrevista en las tinieblas, pero jamás vista en realidad, a la espera de encontrar de una vez a su hermana perdida y abrazarla con fuerza, limpiarle la sangre y la mugre, la pena y la humillación, la deshonra y el dolor y el desconsuelo.)

Los pantanos: en aquel momento pasaba junto a ellos. Durante unos segundos me distraje y noté que el coche se salía de la carretera y cruzaba el arcén dando tumbos contra el firme irregular, hasta que lo enderecé. Los pantanos son una válvula de seguridad: absorben las riadas e impiden que las lluvias y los sedimentos afecten a las llanuras costeras. Pero los ríos siguen fluyendo por ellos y aún perviven los rastros de la sangre. Permanecen en ellos cuando las aguas invaden las llanuras costeras, cuando confluyen con las aguas negras, cuando la corriente de las marismas de agua salada comienza a disminuir y, finalmente, cuando desaparecen en el mar: toda una tierra y todo un océano contaminados de sangre. Un solo acto y sus ramificaciones repercuten en la totalidad de la naturaleza. Y, de ese modo, una sola muerte puede cambiar un mundo y alterarlo de manera indescriptible.

Las llamas: el brillo de los fuegos encendidos por los jinetes de la noche. Las casas y los cultivos ardiendo. El relincho de los caballos cuando empiezan a oler el humo y el pánico, y los jinetes tirando de las riendas para sujetarlos, procurando que los animales no vean las llamas. Pero, cuando se marchan, hay fosas en el terreno, oscuras fosas en cuyo fondo se empantana un agua negra, y emergen de ellas otras llamas, unas columnas de fuego que se elevan desde cavernas comunicadas entre sí, y los gritos de la mujer quedan ahogados por el rugido crepitante del fuego mismo.

El condado de Richland: el río Congaree fluía hacia el norte buscando una salida, y yo parecía fluir por la carretera, impulsado siempre hacia delante por el propio entorno. Me dirigía hacia Columbia, hacia el noroeste, para llevar a cabo lo que podría denominarse un ajuste de cuentas, pero no era capaz de pensar en nada, salvo en la muchacha tirada en el suelo, con las mandíbulas separadas y los ojos sin vida.

Acaba con ella.

Ella parpadea.

Acaba con ella.

Ya no soy yo.

Acaba con ella.

Sus ojos se quedan en blanco. Ve cómo cae la piedra.

Acaba con ella.

Ha muerto.

Reservé una habitación en Claussen's Inn, en Greene Street, una panadería convertida en hostal, en el barrio de Five Points, cerca de la Universidad de Carolina del Sur. Me di una ducha y me cambié de ropa. A continuación llamé a Rachel. Necesitaba oír su voz más que nada en el mundo. Cuando la oí, parecía un poco borracha. Se había tomado una jarra de Guinness, la amiga de las preñadas, en compañía de una colega de Audubon, en Portland, y se le había subido a la cabeza.

—Es por el hierro —me dijo—. Es bueno para el embarazo.

—Dicen lo mismo de un montón de cosas, pero por lo general es mentira.

—¿Cómo van las cosas allá en el sur?

—Lo mismo de lo mismo.

—Me tienes preocupada.

Su voz había cambiado. Ya no se trababa al hablar ni parecía borracha, y me di cuenta de que aquel deje de borrachera era sólo un disfraz, como un boceto realizado a toda prisa, pintado encima de una obra maestra de la pintura para ocultarla y hacerla irreconocible. Rachel quería estar borracha. Quería sentirse feliz, alegre y despreocupada, dejarse llevar por un vaso de cerveza, aunque sin conseguirlo. Estaba embarazada, el padre de su hijo se encontraba muy lejos de ella y la gente alrededor de él moría. Mientras tanto, un hombre que nos odiaba estaba intentando salir de la cárcel y las propuestas de tratos y de treguas que me había hecho resonaban con un ruido sordo dentro de mi cabeza.

—En serio, estoy bien —le mentí—. Me voy acercando a la verdad. Ahora lo entiendo todo. Creo que sé lo que pasó.

—Cuéntamelo —me dijo.

Cerré los ojos y tuve la sensación de que estábamos juntos tumbados en la cama en la oscuridad del dormitorio. Capté su olor y creí sentir su peso contra mi cuerpo.

—No puedo.

—Por favor, sea lo que sea, compártelo conmigo. Necesito que compartas algo importante conmigo, que te comuniques conmigo de algún modo.

Y se lo conté:

—Rachel, violaron a dos muchachas. Eran hermanas. Una de ellas era la madre de Atys Jones. La golpearon con una piedra hasta matarla y a la otra la quemaron viva.

No dijo nada, pero oí que respiraba hondo.

—Y Elliot fue uno de ellos.

—Pero fue él quien te pidió que le ayudaras.

—Exacto, eso fue lo que hizo.

—Todo fueron mentiras.

—No, no todo —le dije, porque la verdad siempre estuvo casi en la superficie.

—Tienes que salir de ahí. Tienes que dejarlo.

—No puedo.

—Por favor.

—Rachel, no puedo y tú lo sabes.

—¡Por favor!

Me comí una hamburguesa en Yesterday, en la calle Devine. La voz de Emmylou Harris ambientaba el local. Cantaba una versión de un tema de Neil Young, *Wrecking Ball,* y el propio Neil Young le hacía los coros con su voz cascada. Es posible que ambos ya no estuviesen en la cumbre de su carrera, sino que fuesen más bien cuesta abajo. Pero en la era de las Britneys y de las Christinas resultaba consolador y a la vez extrañamente conmovedor, que sus viejas voces lograran emocionar con una canción sobre el amor, el deseo y la posibilidad de un último baile. Rachel me había colgado el teléfono llorando. Sólo me sentía culpable por lo que estaba haciéndole pasar, pero no podía marcharme. Ya no podía.

Cuando terminé, salí del comedor y me senté a una mesa en la zona del bar. Debajo del plexiglás que recubría la mesa había fotografías y viejos anuncios que comenzaban a amarillear: un hombre gordo en pañales hacía el bobo ante la cámara fotográfica, una mujer sostenía un perrito, varias parejas se abrazaban y se besaban... Me pregunté si habría alguien que recordara sus nombres.

Sentado a la barra había un tipo con la cabeza afeitada y con pinta de estar a punto de entrar en la treintena. Por el espejo que había detrás de la barra vi que me echaba un vistazo y después clavaba los ojos en la cerveza que tenía delante. Apenas habíamos cruzado una mirada, pero no pudo disimular que me reconocía. Me fijé en su nuca y capté la fuerza de los músculos de su cuello y de sus hombros, la estrechez de su cintura y la envergadura de sus dorsales. A simple vista, parecía un tipo pequeño y casi afeminado, pero era enjuto y fuerte, uno de esos a los que cuesta trabajo tumbar y que si consigues tumbarlos vuelven a levantarse enseguida. Por debajo de la manga de la camiseta asomaban las terminaciones de unos tatuajes en los tríceps. El antebrazo no lo tenía tatuado, y los músculos y tendones se le contraían al abrir y cerrar los puños. Observé cómo echaba un segundo vistazo al espejo, y más tarde un tercero. Por último, metió la mano en el bolsillo del ceñido y desgastado vaquero y, antes de saltar del taburete, dejó unos cuantos billetes de un dólar encima de la barra. Bombeando aún los puños, avanzó hacia mí, justo en el momento en que el tipo que estaba sentado a su lado, y mayor que él, se percató de lo que pasaba e intentó detenerlo.

—¿Tienes algún problema conmigo? —me preguntó.

Las conversaciones de las mesas contiguas a la mía fueron amortiguándose, hasta que se desvanecieron. Tenía un *piercing* en la oreja izquierda y el orificio estaba circundado por un tatuaje que representaba un puño cerrado. Tenía la frente muy ancha y la cara muy blanca, en la que resaltaba el azul de sus ojos.

—Por cómo me mirabas en el espejo, pensé que ibas a tirarme los tejos —le dije.

A mi derecha, oí una voz masculina que se reía con disimulo. El cabeza rapada también debió de oírla, porque se volvió con brusquedad hacia allí. El de la risa se calló. El otro concentró de nuevo su atención en mí. En aquel momento, saltaba sobre la punta de los pies con la agresividad contenida de un púgil.

—¿Quieres joderme? —me preguntó.

—No —le contesté con candidez—. ¿Te gustaría que lo hiciera?

Le regalé mi sonrisa más simpática. Se puso muy colorado y, cuando parecía que estaba a punto de abalanzarse sobre mí, alguien detrás de él dio un silbido. El mayor de los dos, que tenía el pelo largo, oscuro y lustroso peinado hacia atrás, apareció y lo sujetó por el brazo.

—Déjalo —le aconsejó.

—Me ha llamado marica —protestó el cabeza rapada.

—Lo único que quiere es provocarte. Lárgate.

Durante unos segundos, el cabeza rapada intentó zafarse de la mano del otro tipo, pero, como no lo consiguió, lanzó un salivazo al suelo y se fue hacia la puerta echando pestes.

—Tengo que pedirle disculpas por mi joven amigo. Es muy susceptible en esos asuntos.

Asentí con la cabeza y simulé que no me acordaba de él. Pero yo sabía que era el tipo que me siguió hasta el Charleston Place, el mensajero de Earl Jr., y el mismo que vi comiéndose un perrito caliente en el mitin de Roger Bowen. Ese tipo sabía quién era yo y había estado siguiéndome. Eso significaba que sabía dónde me alojaba e incluso el motivo por el que estaba allí.

—Seguiremos nuestro camino —me dijo.

Bajó la barbilla como para despedirse y se dio la vuelta, dispuesto a irse.

—Nos veremos —le dije.

Contrajo la espalda.

—¿Por qué lo cree? —me preguntó, e inclinó un poco la cabeza, de modo que pude apreciar su perfil: la nariz plana y la barbilla alargada.

—Tengo intuición para esas cosas —le contesté.

Se rascó la sien con el dedo índice de la mano derecha.

—Es usted un tipo muy divertido —me dijo con franqueza—. Cuando se vaya lo sentiré mucho.

Acto seguido, tomó el mismo camino que el cabeza rapada.

Salí del local veinte minutos más tarde rodeado de un grupo de estudiantes y me mantuve a su lado hasta que llegué a la esquina entre Green y Devine. No había rastro de los dos tipos, pero no me cabía duda de que se hallaban muy cerca. En el vestíbulo del Claussen sonaba música de jazz a muy poco volumen. Le di las buenas noches con un gesto de la cabeza al joven que estaba detrás del mostrador y él me las devolvió por encima de un libro de texto de psicología.

Desde la habitación llamé a Louis. Contestó con cautela al no reconocer el número que aparecía en la pantalla del móvil.

—Soy yo, Louis.

—¿Cómo te va?

—No muy bien. Creo que me están siguiendo.

—¿Cuántos son?

—Dos. —Y le conté la escena que había tenido lugar en el bar.

—¿Siguen allí?

—Supongo que sí.

—¿Quieres que vaya?

—No. Sigue ocupándote de Kittim y de Larousse. ¿Tienes algo que contarme?

—Nuestro amigo Bowen llegó esta tarde y se reunió un rato con Earl Jr. Después se quedó un rato más largo con Kittim. Deben de imaginarse que te tienen donde ellos quieren que estés. Tío, desde el principio ha sido una trampa.

No, no era sólo una trampa. Era algo más que una trampa. Marianne Larousse y Atys, la madre y la tía de Atys: lo que les había pasado a ellos era real y terrible y aquello no tenía nada que ver con Faulkner ni con Bowen. Se trataba de la verdadera razón por la que yo estaba allí, la razón por la que me había quedado. Lo demás no importaba.

—Estaremos en contacto —le dije, y colgué el teléfono.

Mi habitación daba a la fachada del hostal, con vistas a

Greene Street. Saqué el colchón de la cama, lo tiré al suelo, cerca de la ventana, y lo cubrí con las sábanas revueltas. Me desvestí y me acosté. La puerta estaba cerrada con la cadena y atrancada con una silla. Tenía la pistola en el suelo, al lado de la almohada.

Ella se movía por allí fuera, en algún lugar: una silueta blanca entre los árboles, iluminada por la lúgubre luz de la luna. Detrás de ella, la luna engalanaba el río con estrellas relucientes cuando fluía por debajo de los árboles.

El Camino Blanco está en todas partes. Lo es todo. Nos hallamos dentro de él y formamos parte de él.

Duerme. Duerme y sueña con sombras que transitan por el Camino Blanco. Duerme para ver a esas niñas que aplastan los lirios al desplomarse cuando encuentran la muerte. Sueña con la mano desgarrada de Cassie Blythe, esa mano que surge de la oscuridad.

Duérmete sin saber si estás entre los perdidos o entre los encontrados, entre los vivos o entre los muertos.

24

Puse el despertador a las cuatro de la mañana. Aún tenía cara de sueño cuando crucé el vestíbulo en dirección a la puerta trasera del hostal. El portero de noche me miró con curiosidad al percatarse de que no llevaba equipaje, pero siguió leyendo.

Si los dos tipos me vigilaban, uno estaría apostado en la puerta principal y otro en la trasera. La puerta trasera daba al aparcamiento, que tenía dos salidas: una a la calle Greene y otra a Devine, pero dudé si podría sacar el coche fuera de allí sin que me vieran. Saqué un pañuelo del bolsillo del pantalón y desenrosqué la bombilla del pasillo. Cuando regresé al hostal la noche anterior, tomé la precaución de romper con el tacón del zapato la bombilla del exterior. Abrí un poco la puerta, esperé y salí a la oscuridad. Llegué hasta Devine ocultándome entre los coches aparcados y llamé a un taxi desde una cabina telefónica que había junto a una gasolinera. Cinco minutos más tarde, me dirigía al mostrador de Hertz, en el aeropuerto internacional de Columbia, para alquilar un coche. Desde allí pondría rumbo al Congaree dando un rodeo de trescientos sesenta grados.

Los pantanos del Congaree aún son relativamente inaccesibles por carretera. La ruta principal, a lo largo de Old Bluff y de Caroline Sims, lleva a quienes acuden para visitarlo al puesto del guardabosque, y desde allí se pueden recorrer a pie unos tramos del pantanal gracias a un sendero de madera. Pero para aventurarse en lo más profundo del Congaree hay que utilizar un bote, así que apalabré el alquiler de uno de tres metros de eslora con un pequeño motor fuera borda. El anciano que alquilaba los botes ya me estaba esperando en la autopista 601 cuando llegué. El ruido de los coches que cruzaban el puente elevado de Bates retumbaba en nuestros oídos. Le pagué en efectivo y se quedó con las llaves del coche como aval. Poco después, me encontraba en el río. Los primeros rayos de sol brillaban sobre las aguas doradas y sobre los enormes cipreses y robles que sombreaban las orillas.

Durante la estación de las lluvias, el Congaree crece e inunda los pantanos, descargando nutrientes sobre la llanura. El efecto se dejaba ver en los enormes árboles que bordean el río, con sus hinchados y gigantescos troncos y con sus ramas tan grandes que, en algunos tramos, tienden un manto ensombrecedor sobre las aguas. Cuando el huracán Hugo arrasó el pantanal, se cobró como víctimas algunos de los árboles más impresionantes, pero aún era un lugar que despertaba el asombro en cualquiera que presenciara la magnitud de aquel bosque grandioso.

El Congaree marca la frontera entre los condados de Richland y de Calhoun. Sus meandros determinan los límites del poder político local, las jurisdicciones de la policía, las ordenanzas y un centenar de factores insignificantes que influyen en la vida cotidiana de quienes viven dentro de aquellas fronteras. Habría recorrido unos veinte kilómetros cuando divisé un enorme ciprés caído, la mitad de cuyo tronco invadía el cauce del río. Aquél era el punto, según me había informado el viejo barquero, que señalaba el límite de la tierra estatal y el principio del terreno privado, un tramo del pantanal que recorría más de tres kilómetros. En algún lugar de ese tramo, quizá cerca del río, se hallaba la casa de Tereus. Tenía la esperanza de que no me resultase demasiado difícil dar con ella.

Até el bote a un ciprés y salté a la orilla. El coro de grillos se calló de repente, pero reanudó su canto en cuanto me alejé. Seguí el curso de la orilla buscando algún rastro que me condujese hasta Tereus, aunque sin éxito. Tereus se había cuidado de vivir allí con la mayor discreción posible. Aunque hubiese dejado algún indicio de su presencia antes de que lo encarcelaran, la vegetación lo habría cubierto y él no se habría tomado la molestia de desbrozarla. Avancé a través de la orilla intentando encontrar algún punto de referencia que me permitiese orientarme, hasta que volví sobre mis pasos y me adentré en la ciénaga.

Olfateaba el aire con la esperanza de que me llegara el olor de madera quemada o de comida, pero sólo percibía el olor a vegetación y a humedad. Atravesé un bosque de liquidámbares, de robles y de álamos cargados de bayas de un morado intenso. En las tierras que había entre los pantanos crecían papayos, alisos y grandes matorrales de acebo, y el terreno estaba tan cuajado de arbustos que todo lo que alcanzaba a ver era de color verde y marrón. Notaba el suelo mojado y resbaladizo a causa de la vegetación y de la hojarasca podrida. Estuve a punto de meterme en la espinosa esfera de una telaraña, de cuyo centro colgaba su artífice como si fuese una estrellita oscura en su galaxia propia. No era peligrosa, pero había otras arañas por allí que sí lo eran, y durante los últimos meses ya me había visto obligado a aguantar demasiadas arañas como para tener suficiente para el resto de mi vida. Agarré una rama que medía unos cuarenta centímetros para apartar los arbustos y ramajes que me entorpecían el paso.

Habría caminado durante unos veinte minutos cuando vi la casa. Era una vieja cabaña construida según un sencillo esquema de vestíbulo y salón, con dos habitaciones delanteras y una trasera. Había sido ampliada con un porche vallado en la parte frontal y con una zona alargada y estrecha en la parte trasera. En las gruesas maderas que cubrían la cabaña y también en la chimenea había señales de reparaciones recientes, pero, vista de frente, la casa ofrecía el mismo aspecto que sin duda tuvo cuando fue construida, probablemente en el siglo pasado, en la época en que los esclavos que levantaron los diques optaron por quedarse a vivir en el Congaree. No había señales de vida: el tendedero, que colgaba entre dos árboles, estaba vacío y no salía ningún ruido de dentro. En la parte trasera había un cobertizo, donde quizás estaba el generador.

Subí los toscos escalones de madera que llevaban al porche y llamé a la puerta. No contestó nadie. Me dirigí a la ventana y miré a través del cristal. Vi que dentro había una mesa y cuatro sillas, un viejo sofá, un butacón y una pequeña cocina. Una puerta abierta dejaba ver el dormitorio y una segunda, cerrada, llevaba al anexo trasero de la casa. Llamé una vez más y, al no obtener respuesta, rodeé la casa para dirigirme a la parte de atrás. Oí disparos de escopeta, aunque amortiguados por el aire húmedo, que llegaban de algún lugar de los pantanos. Supuse que serían cazadores.

Las ventanas del anexo estaban oscurecidas. Por un momento, pensé que habían colgado unas cortinas negras, pero, cuando me acerqué más, comprobé que estaban pintadas. Al fondo había una puerta. Llamé y grité por última vez antes de intentar abrir el picaporte. La puerta se abrió y entré.

Lo primero que me llamó la atención fue el olor. Un olor fuerte, a medicamentos, aunque aprecié que olía más a hierbas que a productos farmacéuticos. Daba la impresión de que aquel olor llenaba la habitación, amueblada con una cama plegable, un televisor y unas estanterías sin libros, aunque repletas de revistas televisivas atrasadas y de ejemplares de *People* y de *Celebrity*, arrugados ya por la cantidad de veces que habían sido leídos.

Las paredes estaban empapeladas con fotografías recortadas de las revistas. Había fotografías de modelos y de actrices y, en un rincón, lo que parecía ser un altar dedicado a Oprah, la famosa entrevistadora televisiva. La mayoría de las mujeres eran negras: reconocí a Halle Berry, a Angela Bassett, a las integrantes del grupo de rhythm-and-blues TLC, a Jada Pinkett Smith e incluso a Tina Turner. Encima del televisor colgaban tres o cuatro fotografías recortadas de las páginas de sociedad de periódicos locales. En todas aparecía fotografiada la misma persona: Marianne Larousse. Sobre las fotos había una fina capa de serrín, pero los cristales negros habían impedido que se decolorasen. En una de ellas, Marianne, en el día de su graduación, sonreía rodeada de un grupo de jovencitas muy guapas. Había otra que había sido tomada en una subasta benéfica, y una tercera en una fiesta celebrada por los Larousse para recaudar fondos para el Partido Republicano. En cada foto, la belleza de Marianne Larousse brillaba como un faro.

Me acerqué a la cama plegable. Allí el olor a medicina era más intenso. Las sábanas estaban manchadas, como si se hubiese derramado café en ellas. Había otras manchas más leves, algunas de sangre. Toqué las sábanas: estaban húmedas. Salí de allí y encontré el pequeño cuarto de baño y el origen del olor. Había un lavabo lleno de una sustancia marrón y espesa que tenía la consistencia del engrudo. Metí los dedos y, al sacarlos, la sustancia goteó viscosamente. Había un váter limpio y una bañera con patas que tenía un pasamanos sujeto a la pared y otro atornillado al suelo, que estaba muy bien enlosado, aunque la calidad del material era mala.

No había ningún espejo.

Regresé al dormitorio e inspeccioné el armario. Algo que parecían sábanas marrones y blancas se apilaba en las baldas, pero tampoco había espejo alguno.

Volví a oír disparos, pero esa vez más próximos. Curioseé un poco por el resto de la casa. Eché un vistazo a las prendas masculinas que había en el armario del dormitorio principal y a la ropa femenina, barata y anticuada, que se hallaba dentro de un viejo baúl. En la pequeña cocina había latas de comida, ollas y sartenes relucientes. En un rincón, detrás del sofá, vi una cama de campaña, pero estaba cubierta de polvo y se notaba que no la habían utilizado desde hacía muchos años. Todo lo demás estaba limpio, realmente limpio. No había teléfono y, cuando le di al interruptor de la luz, la habitación se iluminó de un color naranja pálido. Apagué la luz, abrí la puerta principal y salí al porche.

Vi a tres hombres moviéndose entre los árboles que rodeaban la cabaña. A dos de ellos los reconocí de inmediato: eran los dos tipos que estaban en el bar la noche anterior, el cabeza rapada y el otro. Aún llevaban la misma ropa. Probablemente habían dormido con ella puesta. El tercero era el gordo que había ido al aeropuerto con su compañero de caza el día en que llegué a Charleston. Vestía una camisa marrón y del hombro derecho le colgaba un rifle. Fue el primero en verme. Levantó la mano derecha y los tres se detuvieron en el límite de la arboleda. Nadie dijo palabra. Me dio la impresión de que debía ser yo quien rompiera el silencio.

—Vaya, me parece que estáis cazando fuera de temporada.

El mayor de los tres, el tipo que había refrenado al cabeza rapada en el bar, sonrió casi con tristeza.

—Lo que cazamos no tiene época de veda —contestó—. ¿Hay alguien ahí?

Negué con la cabeza.

—Aunque hubiese alguien dentro, me imagino que diría lo mismo. La próxima vez tenga más tiento a la hora de alquilar un bote, señor Parker. Eso o pagar un poco más a sus proveedores para que no se vayan de la lengua.

Llevaba el rifle apoyado en el hombro y vi cómo movía el dedo en torno a la guarda del gatillo, hasta que lo posó en él.

—Baje aquí —me dijo—. Tenemos que resolver algunos asuntos.

Estaba dándome la vuelta para entrar en la cabaña cuando el primer disparo alcanzó el marco de la puerta. Salí corriendo a toda prisa hacia la parte de atrás, sacando de un tirón la pistola de la funda, y llegué hasta el cobertizo del generador. En ese preciso instante, un segundo disparo hizo volar un trozo de la corteza del roble que tenía a mi derecha.

Me adentré en el bosque. El toldo de hojas se elevaba por encima de mí, hasta que llegó un punto en que tuve que avanzar con la cabeza agachada, restregándome contra los alisos y los acebos. Resbalé sobre la hojarasca húmeda y caí de costado. Me quedé quieto durante un momento. No oí nada que indicase que me siguieran. Pero, a unos dos metros, vi detrás de mí un bulto marrón que se movía con lentitud entre los árboles: el gordo. Pude verlo porque intentaba zafarse de las espinas de un acebo. Los otros estarían muy cerca, atentos al menor ruido que yo hiciera. Me imaginé que intentarían rodearme para cerrar el cerco. Respiré hondo, apunté a la camisa marrón y apreté el gatillo muy despacio.

Un chorro rojo salió a borbotones del pecho del gordo. Se retorció y se desplomó de espaldas contra los arbustos. Al caer, las ramas se doblaban y se rompían a causa del peso. Entonces oí dos estruendos, uno a mi derecha y otro a mi izquierda, seguidos de más disparos, y de repente el aire se llenó de astillas y de hojas.

Corrí.

Corrí hacia una loma en la que crecían arces rojos y carpes para evitar los claros del monte bajo y de ese modo poder resguardarme en la espesura de arbustos y enredaderas. Me subí la cremallera de la cazadora, a pesar del calor, para ocultar mi camiseta blanca. Me detenía de vez en cuando para percibir alguna señal de mis perseguidores, pero, estuviesen donde estuviesen, se movían con mucho sigilo. Olí a orina, quizá de ciervo o de lince, y descubrí las huellas de un animal. No sabía adónde me dirigía. Si al menos diese con uno de los senderos de madera, me llevaría hasta el puesto del guardabosque, pero también quedaría peligrosamente expuesto a los hombres que me perseguían. Eso suponiendo que, después de haberme adentrado tanto, pudiera dar con aquellos senderos. Cuando me dirigía hacia la cabaña de Tereus, el viento soplaba del nordeste y en aquel momento era apenas una brisa que me llegaba por la espalda. Seguí las huellas del animal, esperando encontrar el camino de vuelta al río. Si me perdía en el Congaree, sería una presa fácil para aquellos tipos.

Intenté ocultar las huellas que dejaba al pasar, pero el terreno era muy blando y mis pisadas se hundían en él. Aparte de eso, los arbustos quedaban aplastados. Pasados unos quince minutos, me hallé frente a un viejo ciprés caído que tenía el tronco partido en dos por un rayo. Un agujero inmenso se abría bajo sus raíces. Alrededor del ciprés y desde lo más hondo del agujero habían empezado a crecer los arbustos, que, al elevarse, se entrelazaban con las raíces, formando una especie de foso enrejado. Me apoyé en el tronco para tomar aliento, me quité la cazadora y también la camiseta. Me incliné ante el hoyo, espanté a los escarabajos y dejé la camiseta enganchada entre las raíces retorcidas a modo de reclamo. Después volví a ponerme la cazadora y me oculté bajo aquella maleza. Me tumbé y esperé.

El primero en aparecer fue el cabeza rapada. Vislumbré la palidez de huevo de su cara detrás de un pino taeda, pero enseguida desapareció. Había visto mi camiseta. Me pregunté hasta qué punto sería tonto.

Y era tonto, sí, pero no del todo. Silbó por lo bajo y vi que una hilera de alisos se inclinaba levemente, aunque no pude ver al hombre que provocaba aquel movimiento. Me sequé el sudor de la frente con la manga de la cazadora para que no me entrase en los ojos. De nuevo, algo se movió por detrás del pino. Apunté y parpadeé para quitarme algunas gotas de sudor cuando el cabeza rapada salió de su escondite y se detuvo en seco, al parecer porque por allí había algo que le llamó la atención.

En un instante, perdió el equilibrio y cayó de espaldas sobre los matorrales. Sucedió todo tan rápido que dudaba de lo que había visto. Por un momento, creí que había resbalado y supuse que se levantaría, pero no. Se oyó otro silbido desde los alisos, pero no obtuvo respuesta. El compañero del cabeza rapada volvió a silbar. Reinaba el silencio. Por entonces yo ya había empezado a retroceder, reptando, desesperado por salir de allí y por librarme del último de los cazadores y de lo que quiera que fuese aquello que en aquel momento nos perseguía a ambos a través del verdor moteado por la luz del sol de la ciénaga del Congaree.

No me atreví a levantarme hasta que hube recorrido a rastras unos quince metros. Delante de mí oía el sonido del agua. Por detrás me llegaba el sonido de los disparos, pero no apuntaban en mi dirección. No me paré siquiera cuando el saliente de una rama rota me desgarró la manga de la cazadora y me hizo un corte en el brazo que no tardó en sangrar. Me arrastré con la cabeza erguida. Cada vez me costaba más respirar y la punzada de dolor que sentía en el costado iba agudizándose. De repente vi un destello blanco a mi derecha. Algo en mi interior intentó tranquilizarme, haciéndome creer que se trataba de un animal: tal vez una garceta o una garza real joven. Pero había algo en la forma en que se movía, en aquella manera de avanzar titubeante y saltarina, que se debía en parte a que intentaba ocultarse y en parte a una discapacidad física. Cuando traté de avistar aquello de nuevo entre la maleza, no pude verlo, pero sabía que estaba allí. Podía percibir que me observaba.

Avancé.

Veía el resplandor del agua a través de los árboles, y oía su fluir. A unos diez metros a mi izquierda había un bote. No era el mío, pero al menos dos de los hombres que lo habían llevado hasta allí ya estaban muertos, y el tercero corría para salvar la vida, a escasa distancia de donde me encontraba yo. Entré en un claro del bosque repleto de neumatóforos, con sus formas extrañas y ligeramente cónicas, como si fuese el paisaje en miniatura de otro mundo. Me abrí paso a través de ellos, y, cuando estaba a punto de subir al bote, el hombre de pelo oscuro salió de entre los árboles que había a mi derecha. Ya no llevaba el rifle, aunque empuñaba un cuchillo. Se disponía a lanzarse sobre mí cuando levanté la pistola y le disparé. Comoquiera que había perdido el equilibrio al disparar, la bala le alcanzó en el costado, lo que provocó que avanzara más despacio, aunque sin detenerse. Antes de que pudiese realizar un segundo disparo, ya lo tenía encima de mí, forcejeando con su mano izquierda para desviarme el arma, mientras yo intentaba detener el avance de su cuchillo. Apunté con la rodilla a su costado herido, pero adivinó el movimiento y lo utilizó contra mí, volteándome. Intenté incorporarme pero me agarró por el pie izquierdo. Perdí el equilibrio y, mientras caía al suelo, me arrebató la pistola de una patada que me causó muchísimo dolor. Cuando se me echó de nuevo encima, le pateé el costado herido. Salivaba y tenía los ojos muy abiertos, con una expresión de sorpresa y de dolor. Tenía la rodilla apoyada sobre mi pecho y yo intentaba mantener de nuevo el cuchillo alejado de mí. De todas formas, vi que estaba aturdido y que la herida del costado le sangraba copiosamente. De repente, aflojé la presión que ejercía sobre sus brazos y, mientras caía hacia delante, le di un fuerte cabezazo en la nariz. Dio un grito y conseguí quitármelo de encima. Me incorporé, lo levanté a pulso y lo estrellé contra el suelo con todas las fuerzas que me quedaban.

Al caer, se oyó un crujido húmedo: algo estalló dentro de su pecho, como si se le hubiese roto una costilla y le hubiera atravesado la piel. Retrocedí y vi cómo la sangre corría por el neumatóforo, mientras el hombre empalado luchaba por incorporarse. Palpó la madera y sus dedos se tiñeron de rojo. Los levantó, como si quisiera mostrarme lo que le había hecho. Luego echó la cabeza hacia atrás y murió.

Me pasé la manga de la cazadora por la cara. Me la manché

de sudor y de fango. Volví para recoger la pistola y vi que una figura envuelta en un velo me observaba desde la arboleda.

Era una mujer. Distinguí la forma de sus pechos bajo la tela, aunque su rostro permanecía oculto. La llamé por su nombre.

—Melia. No tengas miedo.

Me dirigía hacia ella cuando noté que una sombra se cernía sobre mí. Me di la vuelta. Tereus llevaba un garfio en la mano izquierda. Sólo tuve tiempo de ver cómo la tosca pala que llevaba en la derecha volaba hacia mí, y entonces todo se me volvió negro.

25

Fue el olor lo que me despertó. El olor de las hierbas medicinales que se usaban en la preparación del ungüento para la piel de la mujer. Yo estaba tumbado en el suelo de la cocina de la cabaña, atado de pies y manos. Al levantar la cabeza, me di un golpe contra la pared. El dolor fue intenso. Me dolían los hombros y la espalda. Había desaparecido mi cazadora, y supuse que la había perdido mientras Tereus me arrastraba de vuelta a la cabaña. Tenía el vago recuerdo de haber pasado por un bosque, entre árboles muy altos, y de que la luz del sol traspasaba el toldo de hojas. La pistola y el teléfono móvil se habían esfumado. Me dio la impresión de que había permanecido tumbado en el suelo durante varias horas.

Oí algo en la puerta de entrada y vi la silueta de Tereus recortada contra la luz crepuscular. Sujetaba una pala en la mano, pero la dejó apoyada en el marco de la puerta antes de entrar en la cabaña. No había rastro alguno de la mujer, aunque notaba su cercanía, y supuse que habría regresado a su cuarto oscuro, rodeada por las imágenes de una belleza física que ella nunca volvería a disfrutar.

—Bienvenido, hermano —me dijo Tereus.

Se quitó las gafas oscuras. De cerca, la membrana que cubría sus ojos se veía más clara. Me recordó un *tapetum*, la superficie brillante que desarrollan algunos animales nocturnos para aumentar su visión en la oscuridad. Llenó una botella de agua en el grifo, se puso en cuclillas delante de mí e inclinó la botella para acercármela a la boca. Bebí hasta que el agua corrió por mi barbilla. Tosí y puse una mueca de dolor, porque al toser me crujió la cabeza.

—Yo no soy tu hermano.

—Si usted no fuera mi hermano, ahora estaría muerto.

—Tú los has matado, ¿verdad?

Se inclinó y se acercó a mí.

—Esa gente tenía que aprender la lección. Éste es un mundo de equilibrios. Ellos se llevaron una vida por delante y destruyeron otra. Debían aprender que el Camino Blanco está ahí, tenían que ver lo que les esperaba, atravesarlo y convertirse en parte de él.

Miré hacia la ventana y vi que la luz menguaba y que pronto anochecería.

—La rescataste, ¿verdad?

Asintió con la cabeza.

—No pude salvar a su hermana, pero a ella sí.

Advertí que había dolor en él, y algo más: advertí que había amor.

—Tenía quemaduras muy graves, pero aguantó bajo la superficie y las corrientes subterráneas la sacaron a flote. La encontré tendida en una piedra, la traje a casa y mi madre y yo la cuidamos. Cuando murió mi madre, tuvo que valerse por sí misma durante un año, hasta que salí de la cárcel. Ahora he vuelto.

—¿Por qué no fuiste a la policía para decirles lo que había pasado?

—Así no se resuelven estas cosas. De todas formas, el cuerpo de su hermana desapareció. Era una noche muy oscura y ella sufría. Ni siquiera podía hablar. Tuvo que escribirme los nombres de aquellos tipos, pero incluso si hubiese podido decírmelos, ¿quién iba a creer una cosa así de unos muchachos blancos y ricos? Ni siquiera estoy seguro de que ella se acuerde de lo que pasó. El dolor la volvió loca.

Pero aquello no era una respuesta. Aquello no bastaba para explicar lo que había sucedido, lo que había sufrido y lo que había obligado a sufrir a otros.

—Fue por Addy, ¿verdad?

No contestó.

—Tú la querías, quizás antes de que apareciese Davis Smoot. Era tu hijo, ¿verdad, Tereus? Atys Jones era hijo tuyo. ¿Le daba miedo decírselo a los demás porque se trataba de ti, porque incluso los negros te despreciaban, porque eras un paria de los pantanos? Por eso saliste en busca de Smoot. Por eso no le dijiste a Atys por qué fuiste a parar a la cárcel: no le dijiste que mataste a Smoot porque eso no tenía importancia. No creías que Smoot fuese su padre, y estabas en lo cierto. Las fechas no cuadraban. Mataste a Smoot por lo que le hizo a Addy y, cuando volviste, te encontraste con que a la mujer a la que querías la habían vuelto a violar. Pero antes de que pudieras vengarte en Larousse y en sus amigos, la policía vino por ti y te llevó de vuelta a Alabama para que te procesaran, y tuviste suerte de que te condenasen sólo a veinte años, ya que había testigos de sobra para respaldar que lo hiciste en legítima defensa. Creo que cuando el viejo Davis te vio, se fue derecho al arma que tenía más cerca y ésa fue tu excusa para matarlo. Ahora que has vuelto, estás recuperando el tiempo perdido.

Tereus no contestó. No estaba dispuesto a confirmarlo ni a negarlo. Me agarró por el hombro con una de sus grandes manos y me ayudó a incorporarme.

—Hermano, ha llegado el momento. Levántate, levántate.

Me desató los pies con un cuchillo. Cuando la sangre empezó a circular, sentí un gran dolor.

—¿Adónde vamos?

Mi pregunta pareció sorprenderle. Entonces me di cuenta de lo loco que estaba, de que ya estaba loco incluso antes de que lo atasen a aquel poste bajo el sol abrasador, lo suficientemente loco como para cuidar, con la ayuda de una anciana, durante tantísimos años, a una mujer herida, para de ese modo cumplir algún extraño precepto mesiánico de su propia invención.

—De vuelta al infierno —me dijo—. Volvemos al infierno. Es la hora.

—¿La hora de qué?

Me atrajo hacia sí con delicadeza.

—La hora de enseñarles el Camino Blanco.

Me desató las manos y, aunque el bote tenía motor, me obligó a remar. Él tenía miedo: miedo de que el ruido atrajese la atención de los hombres antes de que él estuviese listo, miedo de que me volviese contra él si no encontraba una manera de mantenerme ocupado. Una o dos veces estuve tentado de lanzarme contra él, pero empuñaba el revólver con firmeza. Si dejaba de remar, inclinaba la cabeza y sonreía en señal de advertencia, como si fuésemos dos viejos amigos que disfrutaran de un paseo en barca mientras la noche derrotaba al día y la oscuridad iba envolviéndonos.

No sabía dónde estaba la mujer. Sólo sabía que había salido de la cabaña antes que nosotros.

—Tú no mataste a Marianne Larousse —le dije cuando divisamos una casa apartada de la orilla. Un perro nos ladró y la cadena a la que estaba atado tintineó en el aire vespertino. Se encendió la luz del porche y vi la silueta de un hombre que salía de la casa. Oí cómo hacía callar al perro. Su voz no aparentaba enfado, y de repente sentí una ráfaga de afecto por él. Lo vi acariciar y revolver el pelaje del perro, que movía el rabo de un lado a otro. Me notaba cansado. Me daba la impresión de que me acercaba al final de todo, como si el río fuese la laguna Estigia y me hubiesen forzado a remar por ella en ausencia del barquero. Imaginaba que tan pronto como la barca tocase la orilla, descendería al infierno y me perdería en el laberinto.

—Tú no mataste a Marianne Larousse —repetí.

—¿Y eso qué importancia tiene?

—La tiene para mí. Probablemente también la tuvo para Marianne en el momento de morir. Pero no la mataste tú. Todavía estabas en la cárcel.

—Dijeron que la mató el chico, y ahora él ya no puede desmentirlo.

Dejé de remar y oí que amartillaba el percutor de la pistola.

—Señor Parker, no me obligue a dispararle.

Apoyé los remos y levanté las manos.

—Lo hizo ella, ¿verdad? Melia mató a Marianne Larousse, y su propio sobrino, tu hijo, murió a consecuencia de aquella muerte.

Me observó en silencio antes de decidirse a hablar.

—Ella conoce el río —me dijo—. Conoce muy bien los pantanos. Deambula por ellos. A veces le gusta mirar a la gente que bebe y que liga con putas. Me imagino que le recuerda lo que ha perdido, lo que le arrebataron. Que viese aquella noche correr a Marianne Larousse entre los árboles fue una pura y maldita casualidad, nada más. Le gusta ver fotografías de mujeres hermosas y la reconoció por las que aparecían de ella en las páginas de sociedad de los periódicos. Aprovechó la ocasión. Una maldita casualidad —repitió—. Eso fue todo.

Pero, por supuesto, no fue casualidad. La historia de aquellas dos familias, los Larousse y los Jones, la sangre derramada y las vidas destruidas, establecía que nunca se toparían por mera casualidad. Después de más de dos siglos, ambas familias habían hecho un pacto de mutua destrucción, sólo reconocido en parte por cada bando, un fuego avivado por un pasado en el que a un hombre le estaba permitido poseer y abusar de otro hombre, un fuego atizado por el recuerdo de las heridas y por la violencia de las reacciones que tales heridas provocaron. Sus caminos se entretejían, se entrelazaban en los momentos cruciales de la historia de este estado y de la vida de las dos familias.

—¿Sabía ella que el chico que se encontraba con Marianne era su propio sobrino?

—No lo vio hasta que la muchacha ya estaba muerta. Yo... —Se detuvo por un instante—. Como ya te he dicho, no sé lo que ella piensa, aunque sabe leer un poco. Vio los periódicos, y creo que de madrugada se acercaba a la cárcel donde estaba Atys.

—Pudiste haberlo salvado —le dije—. Si hubieses ido con ella a la policía, podrías haber salvado a Atys. Ningún tribunal la hubiese condenado por asesinato. Está loca.

—No, yo no podía hacer eso.

No podía hacerlo porque, si lo hacía, no podría seguir castigando a los hombres que violaron y asesinaron a la mujer que amaba. En última instancia, estaba dispuesto a sacrificar a su propio hijo por su afán de venganza.

—¿Mataste a los otros?

—Los matamos los dos.

La rescató, la puso a salvo y después mató por ella y por la memoria de su hermana. En cierto sentido, había sacrificado su vida por ellas.

—Sucedió como tenía que suceder —comentó, como si adivinase lo que yo pensaba—. Y eso es todo lo que tengo que decir.

Volví a remar, dibujando profundos arcos en las aguas. El agua que levantaban los remos volvía a caer al río de una forma increíblemente lenta, como si de alguna manera yo estuviese aminorando la velocidad del paso del tiempo, alargando y alargando cada instante, hasta que al final el mundo se detuviese: los remos paralizados en el preciso instante en que hendían las aguas, los pájaros inmóviles en pleno vuelo, los insectos como motas de polvo en el marco de un cuadro. Y de ese modo no tendríamos que seguir nuestro camino. Nunca nos hallaríamos al borde de aquella infernal fosa negra, que olía a aceite de motor y a aguas residuales, con el recuerdo de las llamas mantenido en forma de lenguas negras en los surcos de la piedra.

—Sólo quedan dos —dijo Tereus—. Sólo dos más y todo habrá acabado.

No sabría decir si hablaba para sus adentros, si me hablaba a mí o bien a un ser invisible. Miré hacia la orilla del río, esperando verla allí, pendiente de nuestro avance. Una figura consumida por el dolor. O ver a su hermana, con la mandíbula rota y la cara destrozada, pero con los ojos frenéticos y brillantes, ardiendo de una rabia tan intensa como las llamas que devoraron a Melia.

Pero sólo vi la sombra de los árboles, el cielo oscurecido y las aguas que brillaban con los fantasmas fragmentarios del claro de luna.

—Aquí es donde nos bajamos —me susurró.

Desvié el bote hacia el lado izquierdo de la orilla. Cuando tocó tierra, oí a mis espaldas un leve chapoteo y vi que Tereus ya se había bajado. Con un gesto me indicó que me dirigiera hacia los árboles. Eché a andar. Tenía los pantalones mojados y el agua chapoteaba dentro de mis zapatos. Estaba lleno de picaduras de mosquito. Me notaba la cara hinchada. Y la parte de la espalda y del pecho que tenía al descubierto me picaba de una manera horrible.

—¿Cómo sabes que estarán ahí? —le pregunté.

—Oh, seguro que están —me contestó—. Les prometí las dos cosas que más desean: decirles quién mató a Marianne Larousse.

—¿Y qué más?

—Y usted, señor Parker. Usted ya no les resulta útil. Me da la impresión de que ese tal señor Kittim va a enterrarle.

Sabía que lo que decía era verdad, que el papel que Kittim iba a interpretar era el último acto del drama que habían planeado. En teoría, Elliot me había llamado para averiguar las circunstancias del asesinato de Marianne, en un esfuerzo por probar la inocencia de Atys Jones, pero en realidad, y en connivencia con Larousse, lo había hecho para averiguar si su asesinato estaba relacionado con lo que les estaba pasando a los seis hombres que violaron a las hermanas Jones, que mataron a una de ellas y que dejaron a la otra consumirse en el fuego. Mobley había trabajado para Bowen y supuse que, en un momento dado, Bowen se enteró de lo que hicieron Mobley y los demás, lo que le valió para aprovecharse de Elliot y, también, con toda probabilidad, de Earl Jr. Elliot me había llevado allí para que le ayudase y Kittim me mataría. Si llegaba a descubrir quién estaba detrás de los asesinatos antes de morir, tanto mejor. Si no lo averiguaba, tampoco iba a vivir el tiempo suficiente como para poder cobrar mis honorarios.

—Pero tú no vas a entregarles a Melia —le dije.

—No, voy a matarlos.

—¿Tú solo?

Sus dientes blancos soltaron un destello de luz.

—No —me dijo—. Ya se lo he dicho. Nunca lo hago solo.

A pesar de todos los años transcurridos, el lugar era tal y como Poveda me lo había descrito. Estaba la alambrada rota que rodeé unos días antes y el letrero acribillado de PROHIBIDO EL PASO. Vi las excavaciones, algunas de ellas pequeñas y recubiertas de maleza, pero otras tan grandes que incluso habían crecido árboles en su interior. Habíamos andado durante unos cinco minutos cuando me vino el hedor punzante de algún producto químico que al principio resultaba simplemente desagradable pero que, a medida que nos acercábamos a la fosa, empezó a quemarme la nariz y a irritarme los ojos. Había chatarra esparcida por todas partes, y no parecía que nadie fuese a tomarse la molestia de retirarla. Los esqueletos de árboles podridos, con sus troncos grises y sin vida, extendían su raquítica sombra sobre la piedra caliza. La fosa en cuestión tenía un diámetro de unos seis metros y era tan profunda que el fondo se perdía en la oscuridad. Los bordes estaban cuajados de raíces y de hierbajos que descendían por la fosa hasta confundirse con la negrura.

Dos hombres miraban hacia el fondo de la fosa. Uno era Earl Jr.; el otro, Kittim, sin sus características gafas de sol. Él fue el primero en darse cuenta de que nos acercábamos. Ni siquiera se inmutó cuando nos detuvimos delante de la fosa, enfrente de ellos. Kittim se me quedó mirando durante un momento, antes de fijar su atención en Tereus.

—¿Sabes quién es? —le preguntó a Earl Jr.

Earl Jr. negó con la cabeza. Kittim no pareció satisfecho con aquella respuesta, con el hecho de no contar con la información necesaria para llevar a cabo una valoración adecuada de la situación.

—¿Quién eres? —le preguntó Kittim.

—Me llamo Tereus.

—¿Mataste a Marianne Larousse?

—No. Yo maté a los otros, y vi a Foster empalmar la manguera al tubo de escape y meterla por la ventanilla del coche. Pero no maté a la chica Larousse.

—Entonces, ¿quién lo hizo?

Ella estaba cerca. Lo sabía. Podía sentirla, y me dio la impresión de que Larousse también la sentía, porque me di cuenta de que volvió la cabeza con un movimiento repentino, como lo haría un ciervo asustado, y recorrió con la mirada la hilera de árboles buscando la fuente de su inquietud.

—Te he hecho una pregunta —insistió Kittim—. ¿Quién la mató?

En ese momento, tres hombres armados salieron de entre los árboles que nos rodeaban. Tereus dejó caer al instante su pistola al suelo y entonces supe que él nunca había planeado salir de allí con vida.

No reconocí a dos de los hombres que se pusieron a nuestro lado.

El tercero era Elliot Norton.

—Charlie, parece que no te sorprendes de verme —me dijo.

—Cuesta mucho trabajo sorprenderme, Elliot.

—¿Ni siquiera el regreso de entre los muertos de un viejo amigo?

—Presiento que en un futuro muy próximo regresarás al mundo de los muertos para pasar allí una temporada mucho más larga. —Estaba tan cansado que ni siquiera podía mostrar ira—. El golpe de efecto de las manchas de sangre en tu coche estuvo muy bien. ¿Cómo vas a explicar tu resurrección? ¿Diciendo que ha sido un milagro?

—Un negrata loco nos amenazaba, así que tuve que quitarme de en medio. ¿De qué van a acusarme? ¿De malgastar el tiempo de la policía? ¿De falso suicidio?

—Elliot, cometiste un crimen y has provocado la muerte de otros. Pagaste la fianza de Atys sólo para que tus amigos pudieran torturarlo y averiguar qué sabía.

Se encogió de hombros.

—Es culpa tuya, Charlie. Si hubieras hecho mejor tu trabajo y le hubieses obligado a que te contase todo, ahora podría estar vivo.

Hice una mueca. Me dio donde más me dolía, pero yo no estaba dispuesto a cargar solo con la responsabilidad de la muerte de Atys Jones.

—¿Y los Singleton? ¿Qué hiciste, Elliot? ¿Te sentaste con ellos en la cocina a beber limonada mientras esperabas a que llegasen tus amigos y los mataran, sabiendo que la única persona que podía protegerlos estaba en la ducha? El anciano dijo que quien los atacó fue un mutante y la policía creyó que lo decía por Atys, hasta que lo encontraron muerto por las torturas que le infligieron, pero se refería a ti. Tú eras el mutante. Mira a lo que te han reducido, a lo que te has reducido. Mira en lo que te has convertido.

Elliot volvió a encogerse de hombros.

—No tuve opción. Un día Mobley se emborrachó y le contó todo a Bowen. Landron nunca lo admitió, pero nosotros sabíamos que fue él. De esa manera, Bowen supo algo de nosotros que podía utilizar en nuestra contra y me pidió que te trajese aquí. Pero por entonces ya todo esto —con la mano que tenía libre hizo un gesto para abarcar la fosa, los pantanos, los muertos y el recuerdo de las chicas violadas— había empezado a suceder, así que te utilizamos. Eres bueno, Charlie, lo reconozco. En cierto sentido, eres el que nos ha traído aquí. Puedes irte a la tumba con la conciencia tranquila por haber cumplido con tu deber.

—De sobra —dijo Kittim—. Di al negrata que nos cuente lo que sabe y podremos dar todo este asunto por concluido.

Elliot levantó la pistola, apuntó primero a Tereus y después a mí.

—Charlie, no deberías haber venido solo a los pantanos.

Le sonreí.

—No lo he hecho.

La bala le dio en el puente de la nariz y le echó la cabeza hacia atrás con tanta fuerza que oí cómo le crujían las vértebras del cuello. Los dos hombres que estaban a su lado apenas si tuvieron tiempo de reaccionar antes de que cayesen también. Larousse se quedó donde estaba, totalmente confundido, y Kittim levantó su arma para disparar al mismo tiempo que Tereus me empujaba y yo caía al suelo. Hubo un tiroteo. Tenía los ojos salpicados de sangre caliente. Cuando levanté la vista, pude ver la sorpresa en los ojos de Tereus justo antes de que cayera en la fosa y se hundiera en las profundas aguas.

Alcancé su revólver y corrí hacia el bosque, esperando recibir un disparo de Kittim en cualquier momento pero él también había huido. Entreví a Larousse adentrándose en la arboleda, y enseguida lo perdí de vista.

Pero sólo durante un momento.

Reapareció unos segundos más tarde, retrocediendo poco a poco ante algo que salía de entre los árboles. La vi acercarse a él, cubierta con aquel tejido ligero, que era lo único que podía llevar sin que le doliese su destrozado cuerpo. Llevaba la cabeza al descubierto. Estaba calva y sus facciones eran una mezcla de desfiguración y de vestigios de belleza. Sólo tenía los ojos intactos, y le brillaban bajo los párpados hinchados. Le ofreció la mano a Larousse, y en aquel gesto hubo casi ternura, como si fuese una amante rechazada que le tiende por última vez la mano al hombre que se aleja. Larousse dio un grito y le golpeó el brazo, desgarrándole la piel. Instintivamente, se frotó la mano en la chaqueta. En un esfuerzo por deshacerse de ella, se giró con rapidez a la derecha, intentando buscar refugio en el bosque.

Louis surgió de la oscuridad y apuntó a la cara de Larousse.

—¿Adónde te crees que vas? —le preguntó.

Larousse se detuvo, atrapado entre la mujer y el arma.

Ella se abalanzó sobre él con tal ímpetu que ambos perdieron el equilibrio. Ella se agarró al cuerpo de Earl Jr. mientras caían —él gritando, ella en silencio— a las aguas negras. Durante un momento, creí ver algo blanco extendido sobre la superficie. Después desaparecieron.

26

Volvimos a pie al coche de Louis, pero no dimos con Kittim por el camino.

—¿Lo entiendes? —me preguntó Louis—. ¿Entiendes ahora por qué no podemos dejar que se escapen, por qué no podemos dejar con vida a ninguno?

Asentí.

—La vista para decidir si puede salir bajo fianza es dentro de tres días —me dijo—. El predicador va a salir por pies, y ninguno de nosotros volverá a estar a salvo.

—Yo sí —le dije.

—¿Estás seguro?

No me dio tiempo a dudarlo.

—Lo estoy. Y Kittim, ¿qué?

—Y él, ¿qué?

—Ha escapado.

Louis amagó una sonrisa.

—¿De veras?

Kittim condujo a gran velocidad por Blue Ridge, hasta que llegó de madrugada a su destino. Ya tendría otras ocasiones, otras oportunidades. De momento, le quedaba tiempo para descansar y para esperar a que el predicador saliese de la cárcel para ponerlo a salvo. Después vendría la nueva energía que los conduciría al triunfo.

Aparcó delante de la cabaña, se encaminó a la puerta y la abrió con una llave. La luz de la luna entraba a raudales por la ventana e iluminaba los muebles baratos y las paredes vacías. También brillaba en la cara de un hombre que estaba sentado enfrente de la puerta y en la pistola con silenciador que empuñaba. Llevaba zapatillas de deporte, unos pantalones vaqueros gastados y una chillona camisa de seda que se había comprado en las rebajas finales de Filene's Basement. Tenía la cara muy blanca e iba sin afeitar. Ni siquiera parpadeó cuando le disparó a Kittim en el abdomen. Kittim se desplomó e intentó sacar la pistola que llevaba en el cinturón, pero el otro fue hacia él y le apuntó a la sien derecha. Kittim apartó la mano del cinturón y el otro hombre lo desarmó.

—¿Quién eres? —gritó—. ¿Quién coño eres?

—Soy un ángel —le contestó el hombre—. ¿Quién coño eres tú?

En aquel momento se vio rodeado por otras figuras que le pusieron las manos a la espalda y se las esposaron, antes de darle la vuelta para que viera a sus captores: el hombre bajito de la camisa estridente, dos hombres más jóvenes, armados con pistolas, que habían entrado por el patio, y un anciano que había emergido de la oscuridad de la parte trasera de la cabaña de Kittim.

—Kittim —le dijo Epstein, mientras lo examinaba—. Un nombre poco común. Un nombre erudito. —Kittim no se movió. A pesar de la agonía, se mantenía alerta. Fijó los ojos en el anciano—. Recuerdo que Kittim era el nombre de la tribu destinada a encabezar el ataque final contra los hijos de la luz, el nombre de los representantes en la tierra de los poderes de la oscuridad —continuó diciendo Epstein. Se inclinó delante del hombre herido y se acercó tanto a él que podía olerle el aliento—. Deberías haber leído tus manuscritos con mayor atención, amigo: nos dicen que el dominio de los Kittim es efímero, y que no habrá escapatoria para los hijos de la oscuridad.

Epstein había mantenido las manos a la espalda, pero en ese

instante dejó que se vieran y la luz destelló en el estuche metálico que sostenía.

—Tenemos que hacerte algunas preguntas —dijo Epstein, que sacó una jeringuilla y lanzó al vacío un hilillo de líquido transparente. La aguja descendió hacia Kittim, mientras que la cosa que habitaba en su interior empezó a forcejear inútilmente para escapar de su anfitrión.

Dejé Charleston al día siguiente por la tarde. A los agentes de la División Estatal de Seguridad de Columbia, con Adams y Addams detrás de ellos en la sala de interrogatorios, les conté casi todo lo que sabía. Sólo mentí para omitir la participación de Louis y el papel que yo tuve en la muerte de los dos hombres en el Congaree. Tereus se había deshecho de los cuerpos mientras yo estaba atado en la cabaña, y los pantanos tienen una larga tradición de tragarse los restos de los muertos. Nunca los encontrarían.

En cuanto a los que murieron en la antigua cantera, les conté que los mataron Tereus y la mujer, que los rodearon por sorpresa, antes de que pudieran reaccionar. Encontraron el cadáver de Tereus flotando en la superficie, pero no había rastro de Earl Jr. ni de la mujer. Cuando estaba sentado en la sala, volví a verlos caer y hundirse en las oscuras aguas. La mujer arrastrando el cuerpo del hombre entre las corrientes que fluían por debajo de la roca, sujetándolo hasta que se ahogó. Los dos juntos, camino de la muerte, camino del más allá.

En la terminal del aeropuerto internacional de Charleston había aparcada una limusina con las ventanillas ahumadas para que nadie pudiese distinguir quién había dentro. Mientras me dirigía a la puerta principal con mi equipaje, una de las ventanillas se abrió y Earl Larousse me miró, a la espera de que me acercase.

—Mi hijo...

—Está muerto. Ya se lo dije a la policía.

Le temblaron los labios, y al parpadear se le despejaron los ojos de lágrimas. No me daba ninguna lástima.

—Usted lo sabía —le dije—. Durante todo este tiempo, usted supo lo que hizo su hijo. Cuando regresó a casa aquella noche manchado de sangre, ¿no le contó todo lo que había pasado? ¿No le pidió ayuda? Y usted se la dio, para salvarle y para salvar el buen nombre de la familia, y se afanó en conservar aquel pedazo de tierra baldía con la esperanza de que lo que había pasado allí quedara en secreto. Pero entonces apareció Bowen y le obligó a morder el anzuelo, así que la cosa se le fue de las manos. Los esbirros de Bowen se instalaron en su casa, y mi teoría es que Bowen estaba sacándole dinero. ¿Cuánto le ha dado, señor Larousse? ¿Lo suficiente como para poder pagar la fianza de Faulkner, y algo más de propina?

No me miró. Retrocedió al pasado, sumergiéndose en la tristeza y la locura que al final acabarían consumiéndole.

—En esta ciudad éramos como la realeza —me susurró—. Lo hemos sido desde su fundación. Formamos parte de su historia y nuestro apellido ha sobrevivido a lo largo de los siglos.

—Pues ahora su apellido y su historia van a morir con usted.

Me alejé. Cuando llegué a la puerta de entrada, el coche ya no se reflejaba en el cristal.

En una cabaña de las afueras de Caina, en Georgia, Virgil Gossard se despertó al sentir una presión en los labios. Abrió los ojos justo cuando el cañón de la pistola le entraba en la boca.

La figura que estaba ante él iba vestida de negro, con la cara oculta por un pasamontañas.

—Arriba —dijo, y Virgil reconoció aquella voz: la voz que una noche le habló fuera del Little Tom.

Lo agarró por el pelo y lo levantó de la cama. Cuando le sacó la pistola de la boca, había en el cañón un reguero de sangre y saliva. Virgil, que sólo llevaba puestos unos calzoncillos harapientos, fue empujado a la cocina de su casa miserable. Allí había una puerta trasera que daba al campo.

–Ábrela. –Virgil empezó a llorar–. ¡Ábrela!

Abrió la puerta y de un empujón fue lanzado a la oscuridad de la noche. Atravesó descalzo su parcela, notando la frialdad de la tierra en los pies. Las largas cuchillas de la maleza le sajaban la piel. Oía a su espalda la respiración de aquel hombre mientras se encaminaba hacia el bosque que se abría en el lindero de su parcela. Había un murete de tres ladrillos de altura, cubierto con una plancha de calamina. Era el viejo pozo.

–Quita la tapa.

Virgil negó con la cabeza.

–No, no. Por favor...

–¡Hazlo!

Virgil se agachó, arrastró la plancha y dejó al descubierto la boca del pozo.

–Arrodíllate.

La cara de Virgil se retorcía por el miedo y el llanto. Notó en la boca sabor a sal y a mocos. Se inclinó y miró la oscuridad del pozo.

–Lo siento –dijo–. Sea lo que sea lo que yo haya hecho, lo siento.

Notó la presión de la pistola en la nuca.

–¿Qué viste? –preguntó el hombre.

–Vi a un tipo –dijo Virgil, tumbado ya en el suelo–. Miré arriba y vi a un tipo, un negro. Había otro con él. Un blanco. No pude verlo bien. No debí mirar. *No debí mirar.*

–¿Qué viste?

–Te lo he dicho. Vi...

Oyó que el otro amartillaba la pistola.

—¿Qué viste?

Y Virgil por fin comprendió.

—Nada. No vi nada. No reconocería a aquellos tipos si volviera a verlos. Eso es todo. No vi nada.

La pistola se apartó de su cabeza.

—Virgil, no me obligues a tener que regresar por aquí.

Los sollozos sacudían el cuerpo de Virgil.

—No lo haré. Te lo juro.

—Ahora, Virgil, no te muevas. Quédate ahí de rodillas.

—Lo haré —dijo Virgil—. Gracias. Muchas gracias.

—No hay de qué —dijo el hombre.

Virgil no lo oyó alejarse. Se quedó arrodillado hasta que empezó a amanecer y, tiritando, se incorporó y regresó a su casucha.

Quinta parte

No hay esperanza de muerte para aquellas almas,
y su vida pasada es tan abyecta,
que envidia sienten de cualquier otra vida.

Dante Alighieri, *Inferno*, Canto III

27

Empezaron a entrar en el estado durante los dos días siguientes. Algunos venían en grupos, otros solos, pero siempre por carretera, nunca en avión. Estaba la pareja que se registró en el hotelito de las afueras de Sangerville. Aquella pareja que se besaba y se hacía arrumacos como los jóvenes amantes que aparentaban ser, unos amantes que sin embargo dormían en camas separadas en su habitación doble. Estaban los cuatro hombres que desayunaron a toda prisa en Miss Portland Diner, en Marginal Way, y sin quitarle ojo al monovolumen negro en que habían venido. Cada vez que alguien se aproximaba a él, se ponían tensos y sólo se relajaban cuando pasaba de largo.

Y estaba el hombre que venía de Boston y se dirigía hacia el norte en un camión, evitando, siempre que podía, las carreteras interestatales, hasta que al final se encontró entre bosques de pinos y un lago que brillaba en lontananza. Miró el reloj, pensó que aún era demasiado temprano y volvió a Dolby Pond y a La Casa Exotic Dancing Club. Se imaginó que había otras formas peores de pasar unas horas.

La peor de las previsiones se cumplió: el juez de la Corte Suprema, Wilton Cooper, revocó el fallo del Tribunal Superior de Primera Instancia Estatal por el cual se le denegaba la fianza a Aaron Faulkner. En las horas que precedieron al fallo, el fiscal Bobby Andrus y su equipo presentaron las conclusiones en contra de la fianza en el despacho de Wilton Cooper, argumentando que estaban convencidos de que Faulkner se daría a la fuga y de que los testigos potenciales estarían expuestos a la intimidación. Cuando el juez les preguntó si tenían alguna prueba nueva que presentar, Andrus y su equipo se vieron obligados a admitir que no.

En su alegato, Jim Grimes argumentó que la acusación no había presentado pruebas suficientes para demostrar que Faulkner había cometido crímenes capitales. También expuso las pruebas médicas que habían realizado tres autoridades en la materia. Las tres pruebas concluían que la salud de Faulkner se estaba agravando en la cárcel (pruebas que el mismo Estado era incapaz de rebatir, ya que sus propios médicos habían encontrado que Faulkner padecía una enfermedad, aunque no pudieron precisar de qué enfermedad se trataba, salvo que perdía peso por días, que tenía una fiebre más alta de lo normal y que tanto la tensión arterial como el ritmo cardiaco eran anormalmente altos), que el estrés que le provocaba el hecho de estar encarcelado estaba poniendo en peligro la vida de su cliente, contra el que la acusación aún no había sido capaz de hacer recaer ningún cargo fundamentado, y que resultaba injusto e inhumano que su cliente siguiese en la cárcel mientras la acusación intentaba acumular pruebas suficientes para sostener el caso. Puesto que su cliente requeriría una vigilancia médica intensiva, no había riesgo real de fuga, y por ese motivo solicitaban que se fijara una fianza acorde con las circunstancias.

Al emitir su fallo, Cooper desestimó la mayor parte de mi declaración basándose en la reputación tan poco fiable que yo tenía como testigo y determinó que el fallo de no conceder la fianza emitido por un tribunal inferior había sido erróneo, ya que la acusación no había aportado las pruebas suficientes para demostrar que Faulkner hubiera cometido un delito capital en el pasado. Además, admitió el alegato de Jim Grimes según el cual la debilitada salud de su cliente implicaba que no suponía ninguna amenaza para la integridad del proceso judicial y que la necesidad de un tratamiento médico continuado disipaba el riesgo de fuga. Fijó la fianza en un millón y medio de dólares. Grimes comunicó que el depósito se haría en efectivo. Faulkner, que estaba esposado en una sala contigua bajo la custodia de los oficiales de justicia, iba a ser liberado de inmediato.

Como el fiscal Andrus había previsto la posibilidad de que Cooper concediera la fianza, se dirigió a regañadientes al FBI para pedirle que entregasen a Faulkner, una vez que fuese liberado, una orden judicial de detención acusado de delitos federales. Pero Andrus no tuvo la culpa de que en la orden judicial hubiese un defecto de forma: algún funcionario escribió mal el nombre de Faulkner, lo que supuso la nulidad del documento. Cuando Faulkner abandonó los juzgados, nadie le hizo entrega de ninguna orden judicial.

Fuera del juzgado número uno había un tipo, sentado en un banco, que llevaba una cazadora Timberland. Hizo una llamada telefónica. A dieciséis kilómetros de distancia, sonó el móvil de Cyrus Nairn.

—Tienes vía libre.

Cyrus apagó el teléfono y lo arrojó a los arbustos que había junto a la carretera. Arrancó el coche y condujo hasta Scarborough.

Tan pronto como Grimes apareció delante de las escaleras del juzgado, los flashes de las cámaras fotográficas abrieron fuego, pero Faulkner no lo acompañaba. Un Nissan Terrano, en cuya parte trasera iba Faulkner cubierto con una manta, giró a la derecha y se dirigió hacia el aparcamiento de Public Market, en la calle Elm. Por encima del coche zumbaba un helicóptero. Lo seguían dos coches. La oficina del fiscal general no estaba dispuesta a que Faulkner desapareciese en las profundidades de la colmena.

Un Buick amarillo abollado se paró detrás del Terrano cuando llegó a la entrada del aparcamiento, y provocó que se cortara el tráfico. El Terrano no tuvo que detenerse a la entrada del aparcamiento para recoger el ticket porque todo estaba calculado al milímetro: mientras el guardia jurado estaba distraído intentando sofocar un fuego intencionado en un cubo de basura, alguien inutilizó la máquina expendedora de tickets con pegamento, de modo que las barreras de entrada y de salida estaban levantadas a la espera de que reparasen el desperfecto.

El Terrano pasó deprisa, pero el Buick que lo seguía se paró en seco delante de la entrada y la bloqueó. Transcurrieron unos segundos cruciales antes de que los policías se dieran cuenta de lo que estaba pasando. El primero de los coches policiales dio marcha atrás y se dirigió a toda velocidad a la rampa de salida. Dos agentes que salieron del segundo coche corrieron hacia el Buick, sacaron al conductor y despejaron la entrada.

Cuando los agentes encontraron el Terrano, hacía mucho que Faulkner se había largado.

A las siete de la tarde, Mary Mason salió de su casa, situada al final de Seavey Landing, para acudir a una cita con el sargento MacArthur. Desde su casa se divisaba la marisma y las aguas del río Scarborough, que fluían alrededor de la franja ojival de Nonesuch Point y desembocaban en el mar en Saco Bay. Para ella, MacArthur representaba su primera pareja seria desde que se divorció, hacía tres meses, y tenía esperanzas de que la relación se afianzara. Conocía al policía de vista y, a pesar de su aspecto desaliñado, le encontraba cierto atractivo a su aire general de abatimiento. En su primera cita no hubo nada que la obligara a reconsiderar su primera impresión. De hecho, él había estado de lo más encantador y, cuando la llamó la noche anterior para confirmar que la segunda cita seguía en pie, se pasaron casi una hora hablando por teléfono, cosa que, sospechó, a él debió de sorprenderle tanto como a ella.

Ya estaba a un paso del coche cuando un tipo se acercó a Mary Mason. Salió de entre los árboles que preservaban su casa de la curiosidad del vecindario. Era un tipo bajo y jorobado, con una melena negra que le llegaba hasta los hombros. Tenía los ojos casi negros, como los de ciertas criaturas nocturnas que viven bajo tierra. Se disponía a sacar del bolso el *spray* paralizador cuando el tipo le dio un revés en la cara y la tiró al suelo. Antes de que le diese tiempo a reaccionar, la inmovilizó hincándose de rodillas encima de sus piernas. Sintió un dolor en el costado, un dolor inmenso y ardiente, a medida que el cuchillo le entraba por debajo de las costillas y empezaba a deslizarse hacia el estómago. Quiso gritar, pero él le había tapado la boca con la mano y todo lo que podía hacer era revolverse en vano, mientras el cuchillo seguía su trayectoria.

Y justo en el momento en que creyó que ya no podría aguantar más, que iba a morir de dolor, oyó una voz y vio aproximarse, por encima del hombro de su agresor, una figura enorme y robusta, detrás de la cual había un Chevy, hecho un trasto, en punto muerto. Tenía barba y llevaba un chaleco de piel encima de una camiseta. Mary vio que tenía un tatuaje de una mujer en el antebrazo.

—¡Eh, tú! —dijo Bear—, ¿qué coño estás haciendo?

Cyrus no quería utilizar la pistola. Había decidido hacerlo lo más en silencio posible, pero el tipo grande y extrañamente familiar que corría por el sendero del garaje en dirección a él no le dejó elección. Se levantó y, antes de que pudiese terminar de rajarla, se sacó la pistola del cinturón y abrió fuego.

Dos monovolúmenes blancos tomaron el desvío de Medway por la Interestatal 95 y siguieron por la carretera 11, atravesando por East Millinocket, para dirigirse a Dolby Pond. En el primer monovolumen iban tres hombres y una mujer, todos ellos armados. El segundo lo ocupaban un hombre y una mujer, también armados, y el reverendo Aaron Faulkner, que leía en silencio, en la parte de atrás del vehículo, una Biblia apoyada en una bandeja abatible. En aquel momento, cualquier médico estatal podría comprobar que la temperatura del viejo predicador era normal y que todos los síntomas de su presunta enfermedad habían empezado a remitir.

La llamada de un móvil rompió el silencio en el interior del segundo monovolumen. Uno de los hombres contestó con brevedad. Después se volvió hacia Faulkner.

—En este instante va a aterrizar —le dijo al anciano—. Nos estará esperando cuando lleguemos. Todo va según lo previsto.

Faulkner asintió, pero no dijo nada. Seguía con los ojos fijos en la Biblia y en las diversas pruebas a que fue sometido Job.

Cyrus Nairn estaba sentado al volante de su coche en Black Point Market bebiéndose una Coca-Cola. La tarde era calurosa y necesitaba refrescarse. El aire acondicionado del coche estaba estropeado. De todas formas, a Cyrus eso no le importaba mucho: una vez que la mujer estuviese muerta, se desharía del coche y se dirigiría al sur. Sería el final de todo. Tendría que soportar aquella incomodidad, pero, a fin de cuentas, aquello no era nada comparado con lo que estaba a punto de soportar la mujer.

Terminó de beberse el refresco, condujo hacia el puente y arrojó la lata por la ventanilla al agua. En Pine Point, las cosas no le habían ido según lo previsto. En primer lugar, cuando él llegó, la mujer ya había salido de la casa y enseguida se dispuso a buscar el *spray* paralizador que llevaba en el bolso, lo que le obligó a tener que abordarla en la calle. En segundo lugar, se presentó aquel tipo enorme y no le quedó otra elección que utilizar la pistola. Durante un momento, temió que la gente hubiese escuchado el disparo, pero no sintió ningún tipo de alboroto ni tampoco gritos. Para colmo, Cyrus se vio forzado a salir a toda prisa y a él le gustaba tomarse su trabajo con calma.

Miró el reloj y, moviendo los labios en silencio, contó del diez al cero. Cuando llegó al uno, creyó oír una explosión amortiguada proveniente de Pine Point. Al mirar por la ventanilla del coche, vio que una columna de humo subía desde allí: el coche de Mary Mason estaba ardiendo. La policía o los bomberos no tardarían en acudir y encontrarían a la mujer y el cadáver del hombre. Había preferido dejar a la mujer agonizante en vez de muerta. Quería oír la sirena de la ambulancia y sentir el aturdimiento que padecería el policía MacArthur, incluso a pesar del riesgo que corría si ella lograba facilitarle una descripción de su agresor. Sospechaba que no la había rajado lo suficiente y que podría sobrevivir a las heridas. Se preguntaba si no la habría dejado demasiado cerca del coche, si no estaría quemándose. Porque no quería que hubiese ninguna duda en torno a la identidad de ella. Eran detalles insignificantes, pero a Cyrus le preocupaban. La perspectiva de que lo capturasen, en cambio, no le preocupaba lo más mínimo: Cyrus preferiría morir antes que volver a la cárcel. Le habían prometido la salvación, y los que gozan de la promesa de la salvación no le temen a nada.

A su derecha ascendía una carretera de muchas curvas que bordeaba un bosquecillo. Cyrus aparcó el coche en un lugar donde nadie pudiese verlo y, con el estómago tenso por la excitación, avanzó colina arriba. Echó a andar entre los árboles y pasó por delante de un cobertizo en ruinas que había a la izquierda. Una casa blanca resplandecía enfrente de él. Los cristales de las ventanas reflejaban los últimos rayos del sol. Muy pronto, la marisma estaría también envuelta en llamas y las aguas se volverían de color naranja y rojo.

Sobre todo de rojo.

Mary Mason estaba tumbada de espaldas en el césped, mirando con fijeza el cielo. Había visto al jorobado tirar el artefacto dentro de su coche, con la espoleta retardada echando humo, y se imaginó de qué se trataba, pero estaba paralizada, incapaz de mover las manos para restañar la hemorragia, y no tenía posibilidad alguna de apartarse del coche.

Empezaba a debilitarse.

Estaba muriéndose.

Notó que algo le rozaba la pierna y consiguió levantar un poco la cabeza. Al avanzar dolorosamente hacia ella, el hombretón había dejado un largo reguero de sangre. Ya se encontraba casi al lado de la mujer, reptando con dificultad con sus uñas rotas y manchadas de sangre. Cuando estuvo a su lado, le agarró la mano y se la apretó contra la herida del costado. Mary gritó ahogadamente a causa del dolor, pero él la obligó a mantener la presión.

Luego, la agarró por el cuello de la camisa y empezó a arrastrarla poco a poco para alejarla del coche. Mary Mason soltó un alarido, aunque procuraba mantener la mano presionada sobre la herida, hasta que Bear ya no pudo tirar más de ella. El hombretón se dejó caer en el tronco del viejo árbol que había en el jardín, con la cabeza de ella apoyada en sus piernas, y puso su mano encima de la de la mujer para mantener la presión. La anchura del tronco del árbol les sirvió de escudo cuando, unos segundos más tarde, la bomba explosionó dentro del coche, hizo añicos los cristales del automóvil y de las ventanas de la casa y propagó una oleada de calor que fue rodando sobre el césped hasta tocar la punta de los pies de ella.

—Aguanta —dijo Bear jadeante—. Aguanta un poco. Vendrán enseguida.

Roger Bowen estaba sentado bebiéndose tranquilamente una cerveza en una esquina del pub Tommy Condon's, en Church Street, allá en Charleston. Tenía el teléfono móvil encima de la mesa. Esperaba recibir una llamada que le confirmase que el predicador se encontraba a salvo y de camino hacia Canadá. Bowen estaba mirando su reloj de pulsera cuando dos jóvenes, que rondaban los treinta años, pasaron junto a él, bromeando y dándose empujones. El que estaba más cerca de Bowen tropezó con la mesa y el móvil se cayó al suelo. Bowen se levantó furioso. El joven le pidió disculpas y puso el teléfono en la mesa.

—Jodido gilipollas —le insultó Bowen.

—Oiga, tranquilo —le dijo el joven—. Le he dicho que lo siento.

Ambos jóvenes salieron del pub dedicándose un gesto de complicidad. Bowen los vio subirse a un coche y alejarse.

Dos minutos más tarde sonó el teléfono.

Durante los segundos que transcurrieron antes de presionar la tecla es probable que el teléfono le resultase un poco más pesado de lo normal y que le diese la impresión de que con la caída se le había arañado un poco.

Pulsó la tecla verde y se llevó el móvil a la oreja justo en el momento en que una explosión le arrancó de cuajo ese lado de la cabeza.

Cyrus Nairn se encontraba de pie delante de la casa con un mapa en la mano, fingiendo haberse perdido. No tenía madera de actor, ni falta que le hacía, ya que en la casa no se apreciaba ningún movimiento. Echó a andar hacia la puerta mosquitera y miró a través de ella. Como los goznes de la puerta estaban bien engrasados, la abrió sin hacer ruido. Entró lentamente e inspeccionó todas las habitaciones, asegurándose de que estaban vacías, pendiente por si aparecía el perro, hasta que llegó a la cocina.

El hombretón estaba delante de la mesa de la cocina, bebiendo leche de soja en un tetrabrik. Llevaba una camiseta con la leyenda KLAN KILLER. Miró a Cyrus con sorpresa. Se disponía a echar mano de la pistola que tenía encima de la mesa cuando Cyrus abrió fuego y el tetrabrik reventó en medio de un torbellino de leche y sangre. El hombretón cayó hacia atrás, y rompió una silla. Cyrus se quedó mirándolo hasta que vio que el vacío se había apoderado de sus ojos.

Oyó un ladrido proveniente de la parte trasera de la casa. Era un perro joven y tonto, y a Cyrus lo único que le preocupaba era que sus ladridos hubiesen puesto a la mujer sobre aviso. Con sigilo, miró por la ventana de la cocina y vio que la mujer paseaba por el jardín, cerca de la linde de la marisma, y que el perro estaba con ella. Se encaminó a la puerta trasera y salió en cuanto comprobó que la mujer no podía verlo. Rodeó la casa pegado a la pared. Vio a la mujer de nuevo. Estaba fuera de su parcela, en una zona en la que crecía la maleza. Cada vez se alejaba más de la casa, agachándose de vez en cuando para cortar flores silvestres. Apreció la hinchazón del vientre de la mujer y su deseo en cierto modo se entibió. A Cyrus le gustaba jugar con las mujeres antes de liquidarlas. Nunca había intentado jugar con una embarazada y algo le decía que no iba a disfrutar con aquello, aunque él siempre estaba abierto a experiencias nuevas. La mujer se desperezó, llevándose una mano a la espalda, y Cyrus se ocultó de nuevo entre las sombras. Pensó que era una mujer guapa, con aquella cara tan blanca realzada por su melena pelirroja. Aspiró y procuró tranquilizarse. Cuando volvió a mirar, ella se había adentrado en la maleza y se acercaba al brillo vespertino de las aguas. El perro corría delante de ella. Cyrus dudó si aguardar a que regresase a la casa, pero temía que alguien subiese por aquella carretera llena de curvas y viese su coche, en cuyo caso podrían atraparle. No, allí fuera le protegían los árboles y la maleza, y los arbustos le servirían de parapeto cuando la abordase.

Cyrus desenvainó el cuchillo y, sujetándolo cerca del muslo, se fue hacia la mujer.

La avioneta Cessna se ladeó y fue descendiendo despacio hacia el lago Ambajejus. Cuando amerizó, fue rebotando en el agua antes de pararse del todo, con las alas levemente inclinadas mientras se acercaba al viejo embarcadero. El hombre que pilotaba la Cessna se llamaba Gerry Szelog y lo único que le habían pagado por hacer aquel vuelo era el combustible. No importaba, porque Gerry era creyente, y los creyentes hacen siempre lo que les piden, sin recibir nada a cambio. En el pasado, la Cessna de Szelog había transportado armas, fugitivos y, en una ocasión, el cuerpo de una periodista que había metido la nariz donde no debía y que descansaba en el fondo de Carolina Shoals. Un par de días antes, Szelog había estado explorando el lago en un vuelo operado por Katahdin Air Service, una línea aérea que tenía su base en Spencer Cove. También había comprobado los horarios de vuelo para asegurarse de que los pilotos de la Katahdin no estuvieran por los alrededores haciendo preguntas cuando él amerizase.

La Cessna se detuvo y un hombre surgió de detrás de un árbol en la orilla. Szelog vio que llevaba un mono de faena azul que le ondeaba un poco mientras corría hacia la avioneta. Sería Farren, el responsable de ultimar los detalles de la operación. Szelog salió de la pequeña cabina y saltó al embarcadero para reunirse con aquel hombre que se acercaba.

—Según lo previsto —dijo Szelog, y se quitó las gafas de sol. Se detuvo.

El hombre que tenía ante sí no era Farren, porque Farren se suponía que era blanco y aquel hombre era negro. También tenía una pistola en la mano.

—Sí —le dijo el hombre—. Ten por seguro que vas a morir según lo previsto.

A Cyrus le llevó unos segundos darse cuenta de por qué la mujer parecía absorta en su propio mundo, ya que de otra manera habría oído el disparo. La mujer se detuvo en la orilla de un riachuelo, agarró un pequeño bolso que llevaba colgado a la cintura y presionó un botón del discman para buscar la canción que quería. Cuando la encontró, volvió a colocarse el aparato en la cintura y siguió paseando entre los árboles, con el perro delante de ella. El animal se había detenido una o dos veces a mirar hacia atrás, hacia el lugar en que se hallaba Cyrus, que avanzaba encorvado entre la maleza con mucha cautela, pero la vista del perro no era lo suficientemente buena como para distinguirlo entre la hierba que se mecía al viento. Tenía empapados los pies y el bajo de los pantalones vaqueros. Aquello le resultaba molesto, pero se acordó de la cárcel y del hedor viciado de su celda y decidió que, después de todo, estar mojado no era tan grave. La mujer rodeó la linde del bosquecillo y casi la perdió de vista, aunque Cyrus aún podía distinguir el traje celeste moviéndose entre los troncos y los arbustos. Los árboles le proporcionarían el escondite que necesitaba.

Acércate ahora, pensó Cyrus.

Ya queda poco.

Y la voz de Leonard repitió sus palabras.

Ya queda poco.

El único vehículo con el que el pequeño convoy de Faulkner se encontró cuando ascendía por Golden Road fue un enorme camión que transportaba contenedores y que tenía puesto el intermitente derecho para salir de Ambajejus Parkway. El hombre que estaba al volante levantó tres dedos a modo de saludo cuando se cruzaron. Después empezó a girar para meterse en la carretera. Miró por el espejo retrovisor y vio que los monovolúmenes giraban hacia la Fire Road 17 en dirección al lago.

Dejó de girar el camión y comenzó a dar marcha atrás.

Cyrus apretó el paso y sus cortas piernas pugnaron por acortar la distancia que le separaba de la mujer. En aquel momento la vio con mayor claridad. Había salido de la arboleda y estaba en campo abierto, con la cabeza agachada, apartando a su paso la maleza, que enseguida volvía a su sitio. Cyrus vio que llevaba atado al perro. No le importó mucho. Era poco probable que el animal reaccionara con rapidez ante la amenaza que representaba Cyrus, en el caso de que llegara a reaccionar. La hoja del cuchillo de Cyrus medía unos doce centímetros. Le cortaría el cuello al perro con la misma facilidad con que se lo cortaría a la mujer.

Cyrus dejó atrás la sombra de los árboles y se adentró en la marisma.

Fire Road estaba cubierta de hojas pardas y amarillas. Era una carretera flanqueada por enormes rocas, detrás de las cuales se alzaban macizos de árboles. Cuando la gente de Faulkner quedó a la vista desde la orilla del lago, la ventanilla del conductor del monovolumen que iba en cabeza se desintegró en un estallido de cristal y de plástico. Las balas abatieron al conductor y el vehículo se abalanzó hacia los árboles. La mujer que estaba a su lado intentó hacerse con el volante para girarlo a la derecha, pero entonces se produjo una nueva ráfaga de disparos que hizo añicos el parabrisas y que agujereó los laterales del vehículo. La puerta trasera se abrió y los que se encontraban dentro intentaron echar a correr para resguardarse, pero cayeron muertos antes de pisar la carretera.

El conductor del segundo monovolumen reaccionó con rapidez. Se mantuvo agachado y apretó el acelerador. Pasó derrapando alrededor del vehículo inutilizado, levantando una nube de hojarasca, y acabó estrellándose de frente contra una de las rocas que había al borde de la carretera. Aturdido, el conductor buscó debajo del salpicadero, sacó una escopeta de cañones recortados y se incorporó justo a tiempo para que una bala disparada por Louis le atravesara el pecho. Se desplomó hacia delante y la escopeta cayó de sus manos.

Mientras tanto, la mujer ya había saltado a la parte trasera del monovolumen, dispuesta a plantar cara. Agarró a Faulkner por el brazo y le dijo que corriera hacia el lago en cuanto ella abriese la puerta. Llevaba un rifle automático H & K G11, capaz de disparar ráfagas de tres descargas, que consistían en un cartucho especial sin funda que era simplemente un trozo de explosivo con una bala incrustada en el centro. Contó de tres a cero, abrió la puerta y empezó a disparar. Delante de ella, un tipo bajito y gordo fue lanzado hacia atrás por el impacto de las descargas y quedó tirado en la carretera, retorciéndose. Cubierto por los disparos de la mujer, Faulkner echó a correr hacia los árboles y las aguas que se encontraban al otro lado. Ella descargó varias ráfagas hacia el borde de la carretera y luego fue tras él. Casi lo había alcanzado cuando notó un impacto en el muslo izquierdo que la hizo caer de bruces. Se dio la vuelta, tiró del cierre para dejar el arma en posición automática y siguió disparando contra los hombres que se acercaban, mientras ellos intentaban ponerse a cubierto apresuradamente. Cuando el rifle se quedó sin munición, lo arrojó a un lado y se dispuso a sacar una pistola. Una mano le tocó el brazo en el preciso instante en que iba a desenfundarla. Volvió la cabeza, pero su brazo pareció moverse unas milésimas de segundo más tarde. Apenas si tuvo tiempo de percatarse del gran diámetro del cañón del arma que le apuntaba a la cara antes de que su vida terminase.

Mary Mason oyó las sirenas y las voces de sus vecinos. Alargó una mano para hacérselo saber al hombretón, pero advirtió que estaba totalmente quieto.

Se echó a llorar.

El camión bajó dando marcha atrás hasta el paraje donde se había producido la emboscada. Abrieron las puertas traseras, bajaron una rampa y metieron en el contenedor los dos monovolúmenes inutilizados, con los cadáveres de sus ocupantes dentro. Dos hombres, que llevaban unas aspiradoras colgadas a la espalda, limpiaron la carretera de sangre y de cristales rotos.

Pero el anciano seguía corriendo a toda velocidad, a pesar de los espinos que le rasgaban los pies y de los ramajos que se le enganchaban en la ropa. Resbaló con las hojas húmedas y, cuando intentó levantarse, empuñando una pistola en la mano derecha, se dio cuenta de que lo estaban rodeando. Se puso de pie justo en el momento en que uno de sus perseguidores salía de entre los árboles y corría para cortarle el paso. Intentó darse la vuelta para dirigirse a un claro del bosque que conducía hacia el norte, pero apareció una segunda figura delante de él y el anciano se detuvo.

Faulkner arrugó la cara, en un gesto que daba a entender que lo reconocía.

—¿Te acuerdas de mí? —le preguntó Ángel. Empuñaba displicentemente una pistola, con los brazos caídos.

A la derecha de Faulkner, Louis andaba con paso lento sobre la tierra y las piedras. Llevaba también una pistola. Faulkner intentó retroceder y, al darse la vuelta, se topó con mi cara. Levantó el arma. Me apuntó primero a mí, después a Ángel y, por último, a Louis.

—Adelante, reverendo —le dijo Louis, que, con un ojo cerrado, apuntaba ya a Faulkner—. Tú decides.

—Todo el mundo lo sabrá —dijo Faulkner—. Haréis de mí un mártir.

—Nunca te encontrarán, reverendo —le dijo Louis—. Lo único que sabrá la gente es que desapareciste de la faz de la tierra.

Levanté mi pistola. Ángel hizo lo mismo.

—Pero nosotros lo sabremos —le dijo Ángel—. Siempre lo sabremos.

Faulkner intentó volver su pistola contra él, pero antes de que pudiera moverse siquiera le alcanzaron tres disparos simultáneos. El anciano se convulsionó y cayó tumbado boca arriba, mirando al cielo. Por las comisuras de los labios le salían unos hilos de sangre. Los tres nos inclinamos para verlo y el cielo se borró de sus ojos. Abría y cerraba la boca, como si intentase decirnos algo, y se lamía la sangre con la lengua, para después tragársela. Cuando me vio, hizo un movimiento débil con los dedos de la mano derecha.

Lentamente y con precaución, me arrodillé.

—Tu puta está muerta —me susurró, y sus ojos se cerraron por última vez.

Cuando me incorporé y miré hacia arriba, los árboles estaban llenos de cuervos.

Cyrus tenía la boca seca. Y ya se encontraba tan cerca de ella... Nueve metros, quizá diez. Recorrió el filo del cuchillo con los dedos y vio que el perro tiraba con fuerza de la correa, obligando a su dueña a que lo siguiera, distraído por la presencia de los pájaros y de los pequeños roedores que correteaban entre la hierba. Lo que Cyrus no comprendía era por qué había atado al perro. Pensó: déjalo correr. ¿Qué daño puede hacer ese animal?

Seis metros. Sólo unos pasos más. La mujer entró en un bosquecillo que rodeaba una pequeña charca, una antesala del gran bosque que ensombrecía la marisma en dirección norte, y de repente desapareció de su vista. Delante de él, Cyrus oyó que sonaba un móvil. Corrió. Le dolían las piernas cuando llegó a los árboles. Lo primero que vio fue al perro, que estaba atado al tronco podrido de un árbol caído. El animal miró a Cyrus con perplejidad y después dio un ladrido de alegría cuando vio lo que había detrás de él.

Cyrus se volvió y el leño le dio de lleno en la cara, le rompió la nariz y lo empujó, tambaleándose, fuera de la arboleda. Intentó levantar el cuchillo y recibió un golpe en el mismo sitio. El dolor lo cegó. Sintió un vacío debajo de los talones y levantó los brazos para no caerse, aunque al final se desplomó y cayó al agua con gran estrépito. Emergió a la superficie y empezó a chapotear con la intención de alcanzar la orilla, pero Cyrus no estaba hecho para nadar. A la primera brazada le entró el pánico, al darse cuenta de la profundidad del agua. El nivel de las aguas en las marismas de Scarborough iba de metro y medio hasta casi dos metros, pero la gran marea mensual había elevado el nivel a cuatro metros, y en algunos tramos casi a cinco. Cyrus no tocaba fondo con los pies.

Recibió otro golpe en la cabeza y notó que algo se le rompía dentro de ella. Le pareció que le abandonaban las fuerzas, que sus manos y piernas se negaban a moverse. Lentamente, empezó a hundirse, hasta que la parte inferior de su cuerpo se vio rodeada de algas y de ramas caídas y los pies tocaron el lodo del fondo. De su boca salían burbujas de aire, y aquello le animó a hacer un último y desesperado intento por emerger. Tomó impulso y empezó a bracear. Veía la superficie cada vez más cerca a medida que ascendía.

Algo tiró de los pies de Cyrus. Miró hacia abajo, pero sólo vio algas y plantas. Intentó patear para deshacerse de aquello que lo sujetaba, pero sus pies estaban presos en la oscuridad y en la vegetación del fondo, como si las ramas fuesen unos dedos que le atenazaban los tobillos.

Manos. Estaba rodeado de manos. Las voces dentro de su cabeza le gritaban y le mandaban mensajes contradictorios mientras iba asfixiándose.

Manos.

Ramas.

Sólo son ramas.

Pero notaba las manos allí abajo. Notaba cómo los dedos tiraban de él, arrastrándolo cada vez más abajo y obligándolo a que se reuniese con ellas. Supo que lo esperaban en las profundidades de las aguas. Las mujeres que se hallaban en los agujeros lo estaban esperando.

Una sombra cayó sobre él. La sangre le manaba copiosamente de la herida que tenía en la cabeza y también de la nariz y de los oídos. Miró hacia arriba y vio que la mujer lo observaba desde la orilla, acompañada del perro, que a su vez escudriñaba las aguas con gesto de perplejidad. La mujer se había quitado los auriculares y los llevaba alrededor del cuello, y algo le dijo a Cyrus que aquellos auriculares estaban mudos desde el momento en que ella se percató de su presencia y empezó a atraerlo hacia el interior de la marisma. Desde el fondo, Cyrus miraba suplicante a la mujer, con la boca abierta, como si le rogase que lo salvara, pero su último aliento se lo llevó la corriente y las aguas se tragaron su cuerpo. Mientras se hundía, levantaba las manos hacia la mujer. El único movimiento que ella hizo fue llevarse la mano derecha al vientre para acariciárselo lenta y rítmicamente, como si quisiera tranquilizar a la criatura que llevaba dentro. Aquella criatura que era consciente de lo que había sucedido fuera de su mundo y que se había convulsionado por ello. El rostro de la mujer no mostraba emoción alguna. No mostraba piedad, ni vergüenza, ni culpabilidad, ni pena. Ni siquiera ira, sólo una impasibilidad que era peor que cualquier ataque de furia que Cyrus hubiese visto o tenido jamás.

Cyrus notó un último tirón en los pies cuando se ahogaba. El agua le inundaba los pulmones y el dolor de cabeza crecía a medida que se quedaba sin oxígeno. Las voces se alzaron en un último crescendo, y después, poco a poco, fueran apagándose. Lo último que vio en este mundo fue a una mujer de piel muy blanca, una mujer imperturbable que se acariciaba con suavidad el vientre para tranquilizar a su hijo aún no nacido.

Epílogo

Los ríos fluyen.

La marea está bajando y las aguas regresan al mar. Las aves migratorias están reunidas. La marisma es un lugar de paso hacia las tundras del ártico, donde anidarán, pero aquí la bajamar les proporciona alimento. Revolotean sobre las aguas y sus sombras parecen metales líquidos sobre los arroyuelos de plata fundida.

Ahora que vuelvo la vista atrás, me doy cuenta del papel que el agua ha representado en todo cuanto ha ocurrido. Los cuerpos que fueron arrojados en Louisiana, sepultados en barriles de petróleo, mudos y perdidos mientras las aguas fluían a su alrededor. Los restos de una familia asesinada aparecieron bajo la hojarasca en una piscina vacía. A los baptistas de Aroostook los enterraron junto a un lago y hubieron de esperar durante décadas a que los encontrasen y los exhumaran. Addy Jones fue asesinada oyendo el fluir de las aguas del río y a Melia Jones la mataron dos veces en una fosa de aguas contaminadas.

Y aún más: a Cassie Blythe la encontraron hecha un ovillo bajo tierra, dentro de un hoyo, junto a la ribera de un río, con los huesos de las manos surcados por la hoja del cuchillo de Cyrus y rodeada por los cuerpos de otras cinco mujeres.

El agua que eternamente fluye hacia el mar. A todos ellos, a cada cual de un modo distinto, les negaron la promesa que les hizo el agua, incapaces de poder atender su llamada, hasta que al final se les permitió seguir su curso hacia la paz eterna que nos sobreviene a todos.

Cyrus Nairn estaba de pie entre los tallos de un campo de espadañas. El camino se abría ante él. Al pasar junto a Cyrus, los que le rodeaban le rozaban como la seda roza la piel. A la vez que sentía y percibía su presencia, podía verlos. Formaban una gran masa de cuerpos, cuerpos que fluían hacia el mar, donde, por último, una ola los absorbió, y su palidez se disolvió en aquella ola, hasta que desaparecieron. Cyrus se quedó inmóvil, como si fuese un baluarte, porque su destino era el mar, pero el mar no lo llamó, como llamó a los otros, a aquellos que recorrieron los caminos blancos a través de la marisma y se adentraron en el océano. Cyrus, por el contrario, vio el viejo coche que marchaba en punto muerto sobre una serpenteante autopista negra que llevaba a la costa, un viejo coche con el parabrisas roto con grietas que formaban una estrella de cristal, un parabrisas en el que se reflejaba el cielo nocturno, hasta que la puerta se abrió y supo que había llegado el momento.

Trepó desde la marisma, irguiéndose entre rocas y metales, y echó a andar hacia el Coupe de Ville que le esperaba, con aquellos cristales ahumados que sólo dejaban ver las veladas siluetas de sus ocupantes. Mientras rodeaba el capó, la ventanilla del conductor se abrió lentamente y vio al hombre que estaba sentado con las manos al volante. Era un hombre calvo que tenía una boca demasiado ancha y que llevaba una gabardina sucia con un agujero rojo e irregular, como si la muerte le hubiese sobrevenido al ser traspasado por una estaca enorme. Una muerte que padecería durante toda la eternidad, porque, cuando Cyrus vio la herida, le pareció que se curaba y que después volvía a abrírsele, y los ojos del hombre se quedaban en blanco en aquella agonía renovada. Aun así, sonrió a Cyrus y lo llamó por señas. Detrás de él, apenas visible, había una niña vestida de negro. Estaba cantando, y Cyrus pensó que tenía una de las voces más bonitas que jamás había oído, un regalo de Dios. De repente, la niña se transformó en mujer, con una herida de bala en la garganta. Y dejó de cantar.

Muriel, pensó Cyrus. Su nombre es Muriel.

Cyrus se hallaba junto a la puerta abierta. Apoyó la mano en ella y miró adentro.

En el asiento de atrás había un hombre cubierto de telarañas. Unas arañas pequeñas y marrones trabajaban con ahínco a su alrededor, dando vueltas y vueltas en torno a él para tejer el capullo que lo inmovilizaba. Tenía la cabeza destrozada por el disparo que le mató, pero Cyrus pudo distinguir algunas guedejas pelirrojas. Los ojos y los párpados carnosos de aquel hombre apenas se distinguían bajo las telarañas, pero Cyrus vio el dolor dentro de ellos, un dolor que se reanudaba cuando las arañas le picaban.

Y Cyrus comprendió por fin que por nuestras acciones en esta vida nos construimos nuestro propio infierno en la venidera. Su lugar era aquél, y lo sería por siempre jamás.

«Lo siento, Leonard», dijo, y por primera vez desde que era muy joven oyó su propia voz, y advirtió que sonaba quejumbrosa e indecisa. Y se dio cuenta de que sólo había una voz, que todas las demás se habían silenciado. Y supo que esa voz había estado siempre entre aquellas que él había oído, pero que había elegido no escucharla. Era la voz que le había recomendado sentido común, piedad y remordimiento. La voz a la que había permanecido sordo durante toda su vida adulta.

«Lo siento», volvió a decir. «Te he fallado.»

Y Pudd abrió la boca, y mientras hablaba le salían arañas de ella.

«Venga», le dijo. «Tenemos un largo camino por delante.»

Cyrus se subió al coche y, en el acto, las reclusas se desplazaron hacia él y empezaron a construir una nueva telaraña.

Y el coche emprendió su viaje por la carretera, de espaldas al mar, y fue alejándose sobre el lodo y la hierba de la marisma, hasta que se perdió en la tiniebla, en dirección al norte.

Los rastrojos crecen en torno a la lápida. Hay hierbajos dispersos, apenas enraizados, que arranco con facilidad. No vengo por aquí desde antes del verano. El encargado del pequeño cementerio ha estado enfermo y sólo han cuidado los caminos, pero no las tumbas. Arranco las matas de hierba, con la tierra prendida a sus raíces, y las arrojo a un lado.

El nombre de la pequeña estaba casi tapado, pero ahora vuelve a verse con claridad. Paso mis dedos por la hendidura de las letras, absorto en visiones, y vuelvo a mirar la tumba.

Una sombra cae sobre mí, y la mujer se reclina a mi lado con las piernas abiertas para equilibrar su vientre de embarazada. No la miro. Estoy llorando y no sé por qué, ya que no siento esa desgarrada y terrible tristeza que me ha hecho llorar en otras ocasiones. Ahora siento alivio y gratitud por el hecho de que ella esté aquí conmigo por primera vez, porque era necesario y beneficioso que estuviese aquí, que por fin viera esto. Pero las lágrimas acuden y me siento incapaz incluso de distinguir con claridad los hierbajos y el césped, hasta que por fin me toma de la mano y nos marchamos juntos, rechazando todo lo feo y lo desagradable, conservando todo lo hermoso y lo enriquecedor, con nuestras manos unidas, acariciándonos, con el fantasma de mi mujer y de mi hija flotando en la brisa que nos roza la cara y en el agua que fluye tras nosotros: unos niños se van y otros llegan, el amor recordado y el amor presente, los perdidos y los hallados, los vivos y los muertos, todos juntos.

Por el Camino Blanco.

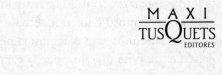

MAXI
TUSQUETS
EDITORES

Colección Maxi

SPUTNIK, MI AMOR
Haruki Murakami

EL PODER DE LAS TINIEBLAS
John Connolly

EL MUNDO SEGÚN GARP
John Irving

EL LIBRO DE LOS AMORES RIDÍCULOS
Milan Kundera

ASESINOS SIN ROSTRO
Henning Mankell

LOS PERROS DE RIGA
Henning Mankell

LA LEONA BLANCA
Henning Mankell

EL HOMBRE SONRIENTE
Henning Mankell

KAFKA EN LA ORILLA
Haruki Murakami

PURA ANARQUÍA
Woody Allen

SUEÑO PROFUNDO
Banana Yoshimoto

RETORNO A BRIDESHEAD
Evelyn Waugh

MODELOS DE MUJER
Almudena Grandes